MATTHEW PRITCHARD

Die Stunde des Puppenspielers

GOLDMANN
Lesen erleben

Buch

Als beim Abriss eines Hauses in der spanischen Provinz Almería eine Leiche gefunden wird, ist dies der Auftakt eines wahren Albtraums. Schon bald wird klar, dass in der Region ein Serienkiller sein Unwesen treibt, der seine Opfer in Gebäude einmauert. Manche sogar bei lebendigem Leib. Der auf den Fall angesetzte Reporter Danny Sanchez, der für die englischsprachige *Sureste News* arbeitet, ahnt, dass derselbe Killer bereits in den 90er-Jahren in Großbritannien sein Unwesen getrieben hat. Seine Opfer waren allesamt Männer, brutal ermordet und das Gesicht zu einer bizarren Clownsfratze geschminkt. Damals wurde der Mörder zwar gefasst, aber zumindest Dannys damaliger Mentor bei einer englischen Zeitung glaubte, dass der verurteilte Killer nur eine Marionette des eigentlichen Drahtziehers der Morde war. Die Fälle in Spanien scheinen das zu bestätigen: Der wahre Täter ist noch immer frei und bedient sich bei seinen Taten stets eines Helfers – den er anschließend ebenfalls beseitigt. Um dem Killer endlich auf die Spur zu kommen, sucht Danny sogar die Hilfe einer Psychologin – doch da ist er bereits vom Jäger zum Gejagten geworden und könnte seinen Spürsinn mit dem Leben bezahlen …

Autor

Matthew Pritchard arbeitete lange Zeit als Journalist in Spanien. »Die Stunde des Puppenspielers« ist sein erster Thriller mit dem halb spanischen, halb britischen Reporter Danny Sanchez, der für eine englischsprachige Zeitung in der andalusischen Provinz Almería arbeitet und dabei Kriminalfällen auf die Spur kommt.

Matthew Pritchard

Die Stunde des Puppenspielers

Thriller

Aus dem Englischen
von Klaus Berr

GOLDMANN

Die Originalausgabe erschien 2013
unter dem Titel »Scarecrow« bei Salt Publishing, Norfolk.

Dieses Buch ist auch als E-Book erhältlich.

MIX
Papier aus verantwortungsvollen Quellen
FSC® C014496

Verlagsgruppe Random House FSC® N001967
Das FSC®-zertifizierte Papier *München Super* für dieses Buch
liefert Arctic Paper Mochenwangen GmbH.

1. Auflage
Deutsche Erstveröffentlichung Januar 2014

Umschlaggestaltung: UNO Werbeagentur, München
Umschlagmotiv: Copyright © Elisa Lazo/Arcangel Images
Redaktion: Irmgard Perkounigg
mb · Herstellung: Str.
Satz: omnisatz GmbH, Berlin
Druck und Bindung: GGP Media GmbH, Pößneck
Printed in Germany
ISBN: 978-3-442-47915-3
www.goldmann-verlag.de

Besuchen Sie den Goldmann Verlag im Netz:

Meiner Schwester und meiner Mutter,
meinem Vater und meinen Freunden –
ohne euch hätte ich es nicht geschafft

Für Loli, Mari Carmen
und meine Kinder

Prolog

1

Mamá war ziemlich schnell für ihre Größe. Tommy sah den Schlag nicht kommen.

»¡Imbécil! Ich habe dir gesagt, du sollst nach unten gehen!«

Sein Gesicht brannte noch, als die Kellertür zuknallte und er plötzlich in die Dunkelheit starrte. Er tastete nach der Wand, versuchte sich zu erinnern, was seine Schwester ihrer Freundin gesagt hatte: vier Schritte vorwärts, Kopf einziehen, noch zwei Schritte, dann nach dem losen Brett in der Wand tasten.

Er stolperte, hatte Angst, die Orientierung verloren zu haben. Aber die Taschenlampe war genau dort, wo sie sein sollte, die Ersatzbatterien ebenfalls. Sie war schlau, seine Schwester.

Die kleine Schlampe.

Die Taschenlampe beleuchtete die von Schimmel fleckigen Wände unter dem Haus, Spinnweben, muffig riechende Möbel unter vergilbten Laken. Staubflusen wirbelten durch den Lichtstrahl, während Mamá oben über die Bodendielen ging. Tommy hörte eine raue Stimme, dann Mamá, die in ihrem komischen Englisch erwiderte: »Stimmt, bin geärgert. Jemand hat meine Katze gestehlt.« Eine Pause. »Zuerst du zahlen.« Die Stimmen verklangen, als sie nach oben gingen.

Jetzt war er sicher. Er leuchtete mit der Lampe in das Loch, erkundete die Schätze, die seine Schwester dort versteckt hatte, nahm sie einen nach dem anderen heraus.

Puppe.

Lippenstift.

Mascara.

Die Haare der Puppe waren verfilzt. Lippenstift und Mascara füllten die Risse im Gesicht, sie hatte es damit beschmiert und dann abgewischt. Das tat sie also hier unten: Normalerweise war sie es, die hier unten eingesperrt wurde. Mamá hasste die Schlampe.

Irgendwas weiter hinten in dem Loch stank. Tommy kniete sich hin, richtete den Strahl auf eine Plastiktüte, die dort klemmte. Er brauchte einen Augenblick, bis ihm bewusst wurde, was es war: Die roten Schlieren auf dem durchsichtigen Plastik waren zu einer dunkelbraunen Kruste vertrocknet, aber Büschel orangeroten Fells waren noch zu erkennen.

Es war lustig: Nach dem ganzen Zischen und Kratzen war Mamás Katze jetzt still und steif. Das hatte Spaß gemacht, zu schneiden und zu schälen, bis das Tier verstummte. Es war ihm egal, dass es ihre Idee gewesen war. Er *hatte es gemacht.*

Irgendwo oben setzte ein rhythmisches Stoßen ein. Tommy bewegte die Beine im Takt, während er den Kopf der Puppe packte und mit Make-up beschmierte. Dann nahm er die Puppe in den linken Arm, fuhr mit dem Finger von der Brust zum Bauch, dann weiter zum glatten Plastik zwischen ihren Beinen. Er runzelte die Stirn. Hier stimmte was nicht.

Kleine Mädchen waren nicht so.

Tommy riss die Beine auseinander, fischte sein Messer aus der Hosentasche.

2

Neunzehn Jahre später

Mit einem letzten Ächzen zerrte er den Bettbezug über die oberste Stufe und stieß die Masse in dem Sack mit der Schuhspitze an: ein gedämpftes Wimmern, aber nichts rührte sich.

Gut. Das Beruhigungsmittel wirkte. Wie der Rest des Hauses war auch diese Treppe erst halb fertig, ein Zickzack aus Betonrechtecken in der Mitte des Rohbaus. Dieses Haus hatte er noch nie benutzt. Das alte war jetzt nicht mehr zu gebrauchen. Nicht, nachdem oberhalb gebaut wurde. Er war nervös. Vorsicht und Geduld: Damit hatte er all die Jahre eine Verhaftung vermieden.

Er ging zu einem fensterlosen Loch in der Außenmauer und schaute nach, ob man ihm gefolgt war.

Nichts. Wind raschelte in den Palmen; irgendwo bellte ein Hund. Lichter – weit weg und unbeweglich – funkelten vor den Ausläufern des Gebirges.

Zeit für die Arbeit.

Er wollte das Ding loswerden, seit es die Nerven verloren hatte: Es hatte von Albträumen geplappert; klebrige, rote Hände, die beim Aufwachen seine Kehle umklammerten. Er hatte all seinen Einfluss ausüben müssen, um es sich noch einmal gefügig zu machen. Aber jetzt wurde er es besser los.

Wie immer hatte er die erste Hälfte der Wand schon in der Woche zuvor gebaut. Er legte die Hand auf die hüfthohe Mauer und rüttelte daran, um die Festigkeit zu prüfen. Fest wie Stein. Er zog den Bettbezug ab und schaute sich die bleiche Masse nackter Gänsehaut an, kniete sich kurz hin und nahm die in der Kälte geschrumpften Genitalien in die Hand. In seinem Werkzeugkasten hatte er ein Messer.

Verführerisch.

Aber nein. Das Ding hatte diese Ehre nicht verdient. Er konnte warten. Vorsicht und Geduld. Die Dunkelheit machte ihm keine Angst.

Jetzt nicht mehr.

Mit der Seilwinde zog er das Ding vom Boden hoch. Als es hing, drückte er die Unterschenkel nach unten und schob sie in den schmalen Hohlraum zwischen innerer und äußerer Mauer. Dabei bewegte sich das Ding, stieß sich die Unterschenkel an den Ziegelkanten an. Sein Empfindungsvermögen kehrte zurück und damit eine vage Vorahnung der Gefahr. So über der Wand hängend, fing es schwach an, sich zu wehren. Er fuhr mit dem Finger über die enge, schwarze Maske über dem Kopf des Dings. »Du hast mich verärgert. Ihr Dinger macht das immer. Jetzt ist es Zeit, dass wir uns trennen.«

Er sah ausdruckslos zu, wie das Ding versuchte, den Arm zu heben, und löste dann die Sperre der Seilwinde. Das Ding sackte nach unten und verschwand in dem nur dreißig Zentimeter breiten Hohlraum zwischen den Mauern.

Er wandte sich dem Haufen loser Ziegel zu und griff nach seiner Kelle.

1. Teil

La Payasada

1

Sonntag, 28. März 2010

Danny Sanchez kam um 10.27 Uhr an.

Es herrschte bereits Chaos: Hunderte Menschen drängten sich auf dem staubigen Fleck Ödland hinter den weißen Mauern des Anwesens, sie schrien, schoben und stritten sich zwischen den Kakteen und zerzausten Palmen. Der Ausleger des Schaufelbaggers hing drohend über dem Dach der einstöckigen Villa, zum Anfangen bereit.

Der Abriss war für neun Uhr geplant gewesen, aber hektische Verhandlungen hatten den betagten Besitzern, einem Auswandererehepaar, einen Aufschub von drei Stunden erbracht, in denen das Haus geräumt werden konnte. Die ganze Nachbarschaft war zu Hilfe geeilt, Briten wie Spanier. Ein Strom von Menschen wanderte am Rand der ungeteerten Straße hin und her, beladen mit allem, was zu retten war – Türen, Fenster, sogar die Arbeitsfläche aus der Küche. Das Problem war jetzt nur, wo man es deponieren sollte. Am Stamm einer Fächerpalme sammelte sich ein wild zusammengewürfelter Haufen von Haushaltsutensilien. Danny zog sein Notizbuch aus der Schultertasche und beobachtete, wie der Wind ein Nachthemd aus einer Schachtel wehte und um einen Kaktus wickelte.

Mann, was für ein Durcheinander.

In seinen achtzehn Jahren als Journalist hatte Danny Dutzende von Scheußlichkeiten erlebt – Leute, die nach Unfällen aus ihren Autowracks geschnitten wurden, eine Frau, die aus einem brennenden Gebäude sprang, einen Selbstmord auf einem Eisenbahngleis –, aber das hier war etwas Neues. Das Haus von Peggy und Arthur Cooke würde abgerissen werden, dagegen war absolut nichts zu machen. Er hatte die Akten gesehen. Fast jeder Penny, den die beiden alten Leute besessen hatten, war in die Villa geflossen, und jetzt wurden die Ersparnisse eines Lebens vernichtet. Es war, als würde man auf eine Hinrichtung warten.

Die Junta de Andalucía, die Regionalregierung Südspaniens, hatte eine Frau Mitte dreißig hergeschickt, um den Abriss zu überwachen. *Schlau*, dachte Danny, den Leuten fiel es schwerer, auf eine Frau wütend zu werden, vor allem auf eine attraktive. Ihr Schutzhelm und die Leuchtfarbenweste bildeten den Kern eines eng gedrängten Kreises von Leuten. Beamte der Guardia Civil in grünen Overalls bildeten einen Schutzwall um die Frau von der Regierung. Dann kamen die Anführer der Protestierenden. Sie schwenkten Dokumente und versuchten, über die Schultern der Guardia-Beamten hinweg zu diskutieren.

Hinter ihnen stand die Pressemeute, etwa zwei Dutzend, die Kameras und Mikrofone über die wogende Masse schwenkten. Schaulustige und neugierige Kinder trieben sich an den Rändern herum und fragten sich, was die ganze Aufregung eigentlich sollte.

Die Regierungsvertreterin wirkte, als wäre ihr das, was sie zu tun hatte, äußerst unangenehm. Danny hatte keine Ahnung, ob sie alle die englischen Wörter verstehen konnte, die man ihr entgegenschleuderte, doch dass sie den Tenor verstand, war offensichtlich. Immer wieder deutete sie auf die Dokumente auf ihrem Klemmbrett, hob die Hände und zuckte hilflos mit den Schultern. Irgendjemand hatte irgendwo beschlossen, dass dies durchgeführt werden musste, und ihre Aufgabe war es jetzt, diesen Beschluss umzusetzen.

Die Cookes waren untröstlich. Peggy saß zwischen stacheligen Büscheln von Espartogras in einem Lehnsessel. Tränen gruben Furchen in den Staub, der sich auf ihr Gesicht gelegt hatte. Danny erkannte den Lehnsessel; er hatte darin gesessen, als er sie im Jahr zuvor, nach der Bekanntgabe des Abrissbefehls, interviewt hatte. Damals hatte Arthur Cooke noch lebhaft und trotzig gewirkt, als er für die Kamera posierte; jetzt lastete jedes seiner dreiundsiebzig Jahre auf ihm. Die Hand auf der Schulter seiner Frau und mit verkniffenem Gesicht bereitete er sich auf das Unvermeidbare vor. Als Danny sich ihm näherte, schüttelte er den Kopf und sagte mit feuchten Augen: »Nicht jetzt, Kumpel. Die Mistkerle sind gerade dabei, uns zu ruinieren.«

Danny nickte, froh, dass er nicht das obligatorische »Wie geht es Ihnen?« fragen musste, das der Job eines Reporters so mit sich brachte: Es war erstaunlich, wie blöd man sich mit diesem kurzen Satz manchmal vorkam. Doch Peggy Cooke wollte etwas sagen: »Warum wir?«, fragte sie mit schriller Stimme. »Von all den Hunderten von Leuten, warum gerade wir? Ich will, dass Sie das drucken. Es ist nicht fair.«

Warum wir? Das war die erste Reaktion eines jeden gewesen, als im März 2009 der richterliche Abrissbeschluss an elf verschiedene Familien, die verstreut in der Gemeinde von Los Membrillos lebten, verschickt wurde. Im Verhältnis zum Ausmaß des Problems in Almería, der Provinz an der südöstlichen Spitze Spaniens, wirkte das monströs unfair: Ein Gutachten der Regierung hatte in nur zehn der am schlimmsten betroffenen Gemeinden zwölftausendfünfhundert irreguläre Bauten festgestellt. Aber das spanische Rechtssystem war ein kafkaeskes Konstrukt mit Korinthenkackerpersonal: gigantisch und verwirrend in seiner Kompliziertheit, willkürlich in den Entscheidungen, die es traf, und auf gehässige Art unbeugsam, wenn es das tat. Das war eins der Risiken, die man einging, wenn man sich in Spanien niederließ, die Schattenseite des vielen Sonnenscheins, der Fiestas und des guten Lebens.

Wobei sich die Zehntausenden von Briten davon nicht einschüchtern ließen, die am Ende des Jahrhunderts das Almanzoratal überflutet, Villen und Grundstücke für in Eigenregie errichtete Häuser gekauft hatten und so den sterbenden ländlichen Gemeinden dieser Gegend neues Leben eingehaucht hatten, eines knapp zweitausenddreihundert Quadratkilometer großen Streifens im Norden der Provinz, am Fuß der Gebirgskette Sierra de los Filabres. Aber im Rausch des Expandierens hatten sich Tausende in den Fallstricken der Konkurrenz zwischen lokalen und regionalen Behörden Andalusiens verfangen. Gemeinderäte konnten Baugenehmigungen erteilen, doch die Regionalregierung, die Junta de Andalucía, hatte das Recht, diese zu widerrufen. Das Problem dabei war, dass niemand einen abhielt, das Haus zu *planen*; das Haus musste erst gebaut und das Geld ausgegeben sein, damit die Regierung darauf aufmerksam wurde und seine Rechtmäßigkeit in Zweifel zog.

Warum wir? Danny kannte die Antwort auf Peggy Cookes Frage, er hatte den Bürgermeister von Los Membrillos interviewt. »Wir hatten so viele Anträge auf Baugenehmigungen, dass wir darin förmlich ertranken«, sagte der Bürgermeister, während er einen Aktenschrank aufschloss und auf drei große Kartons zeigte, aus denen die Anträge quollen. »Bis jetzt haben wir es nur geschafft, elf zu bearbeiten.« Das war die bittere Ironie: Indem die elf Hausbesitzer versucht hatten, sich an die Regeln zu halten, hatten sie lediglich eine Papierspur gelegt, die die Regierungsbeamten zu den einzelnen Häusern zurückverfolgen konnten.

Die Uhr tickte. Die Menge wurde wütender, schrie lauter. Weitere Guardia-Beamte trafen ein. Danny rief alle und jeden an, die, soweit er wusste, mit diesem Fall zu tun hatten.

Es war das übliche Schwarze-Peter-Spiel.

Der Gemeinderat gab der Regierung die Schuld, die Regierung gab den Gerichten die Schuld, und die Gerichte dem Gemeinderat. In der gesamten Zuständigkeitskette zuckte jedes Glied nur mit den Achseln und verwies auf jemand anderen. Arthur Cooke verfolgte, wie Danny telefonierte. Er konnte die Worte zwar nicht verstehen, hoffte aber, dass ein Mann, der so perfekt Spanisch sprach, irgendwie ein Wunder zu bewirken vermochte. Danny schaltete ab und schüttelte den Kopf. Das hoffnungsvolle Flackern in den Augen des Mannes verlosch.

Um elf traf Paco Pino gähnend und sich die Brust kratzend ein. »Mein freier Tag«, sagte der Fotograf und schraubte ein Objektiv auf eine der drei Kameras, die ihm vor der Brust baumelten, »und dann muss so was passieren. Ich und mein Pech.«

Danny war froh, dass die Cookes kein Spanisch sprachen: Derbe Bemerkungen wie diese waren das Letzte, was sie jetzt zu hören brauchten. Paco war kein schlechter Kerl, nur hatte ihn die Erfahrung etwas blasiert gemacht; wie jeden, der seinen Lebensunterhalt damit verdient, über das Pech anderer Leute zu berichten. Um ehrlich zu sein, im Vergleich zu einigen anderen war Paco der reinste Heilige: Danny hatte mit einer Journalistin gesprochen, die ein britisches Boulevardblatt geschickt hatte, um über die Bekanntgabe des Abrissbefehls im Jahr zuvor zu berichten. »Die Sache interessiert uns erst wieder, wenn sie die Dinger abreißen«, hatte sie, mit

Blick auf den bewölkten Märzhimmel, zum Abschied gesagt. »Wollen nur hoffen, dass es im Sommer passiert, was? Dann kriege ich vielleicht ein bisschen Farbe ins Gesicht.«

Der Haufen um die Palme wuchs: Betten, Sofas, Lampenschirme. Spiegel, Kartons mit Kleidung und Geschirr. Danny schaute auf die Uhr. Jetzt konnte es nicht mehr lange dauern.

Um zehn vor zwölf vertrieben uniformierte Beamte der Policía Local die letzten Demonstranten vom Grundstück und schauten im Haus nach, ob wirklich niemand mehr drinnen war. Auf dem weißen Kies vor der Villa gab es weitere Rangeleien, weitere Beleidigungen auf Englisch und Spanisch. Die schwarzen Tore des Anwesens waren schon zuvor aus den Angeln gehoben worden, damit der Schaufelbagger hindurchfahren konnte, und nachdem der letzte Demonstrant hinausgeschoben worden war, bildeten Beamte der Guardia Civil zwischen den Torpfosten eine menschliche Barriere. Demonstranten fuchtelten der Regierungsvertreterin mit Dokumenten vor der Nase herum, doch sie schaute nur auf die Uhr und winkte den Arbeitern.

Das unvermittelte Dröhnen des Schaufelbaggers ließ jeden erstarren und verstummen. Die Schaulustigen drehten die Köpfe, als der Motor auf Touren kam und der Heuschreckenarm des Baggers sich über das Haus reckte. Einen Augenblick lang schien die Zeit stillzustehen …

… und dann erzitterte die Luft, als die Klaue des Baggers sich in das Dach grub. Ein wütendes Ächzen drang aus der Menge, als der Arm sich wieder hob und Hunderte herausgerissener Fliesen auf die Erde regneten und zerbrachen. Der Ausleger senkte sich noch einmal, zweimal, dreimal und stemmte das Dach auf, bevor er in die Höhe schnellte und ein schartiges Stück Mauerwerk mitriss. Es war surreal, durch den gezackten Riss auf sauber verflieste Innenwände zu schauen, so als würde man in ein riesiges Puppenhaus spähen.

Die Cookes standen eng umschlungen da. Peggy weinte, Arthur zeigte eine stoische Miene und bemühte sich, sie auf den Beinen zu halten. Sein Haus wurde abgerissen, aber er wollte nicht den kleinsten Anflug von Schwäche zeigen. Ein weiteres großes Teilstück der Mauer kippte nach außen. Mit einem Donnern krachte es auf den Boden. Staub stieg auf, Leute husteten, räusperten sich und wichen dann auf der Straße zurück. Danny hielt sich einen Zipfel seiner Jacke vor den Mund.

Der spanischen Frau oben auf der Anhöhe waren die Ausländer ziemlich egal; ihr Haus war illegal, es musste abgerissen werden. Sie war nur wegen des Spektakels da, damit sie ihren Freundinnen morgen auf dem Markt etwas erzählen konnte.

Sie war die Erste, die es sah.

Ihr Mund klappte auf; dann fing sie an zu schreien und deutete auf einen Winkel des Hauses. Die Leute starrten, um herauszufinden, was das Geschrei zu bedeuten hatte, denn im Poltern der fallenden Ziegel und dem Tuckern des Baggerdiesels waren ihre Worte nicht zu verstehen.

Doch als sich der Staub legte, folgten die Leute dem ausgestreckten Arm der Frau mit Blicken und kniffen die Augen zusammen, als sie das Ding entdeckten, das in der schmalen Lücke zwischen Innen- und Außenmauer klemmte.

Ein Beamter der Guardia Civil rannte zum Bagger und klopfte ans Fenster. Der Motor verstummte. Auch andere Leute, die die schreiende Frau bemerkt hatten, drängten jetzt herbei und hielten sich die Hand über die Augen, weil sie nicht sicher waren, was sie da sahen. Zum zweiten Mal an diesem Vormittag trat plötzliches Schweigen ein.

Danny hielt es zuerst für eine Puppe, bis die Leiche nach vorn fiel und der geschwärzte Kopf hin und her pendelte. Leute schrien, andere standen mit offenem Mund da; einige rannten davon.

Mit ausdrucksloser Miene starrte Arthur Cooke die halb skelettierte Leiche an, die aus der kaputten Mauer seines Hauses hing. Und dann kippte er, ohne dass auch nur ein Muskel in seinem Gesicht zuckte, nach vorne und stürzte schwer zu Boden.

2

Die Polizei räumte die Umgebung, so schnell sie konnte – was nicht sonderlich schnell war, da Hunderte panischer Menschen kreischten, deuteten, Fotos schossen und ohnmächtig wurden. Während die Polizei die Menge zurückdrängte, schoben sich andere näher auf das Haus zu. Sie wollten sehen, was es mit der plötzlichen Aufregung auf sich hatte. Die gelbbraune Anhöhe hinter dem Haus war gesäumt von Menschen, die sich, die Hände über den Augen, vorbeugten, um die Leiche anzustarren, die aus der kaputten Mauer hing.

Die Pressemeute drehte völlig durch, wusste nicht, worauf sie sich stürzen sollte: auf die Leiche in der Mauer, den Mann auf dem Boden, das zerstörte Haus. Überall klickten Kameras, Mikrofone schwangen, Reporter bedrängten den Polizeichef, Augenzeugen und die Anführer des Protests. Paco und Danny ließen sich Zeit, Danny kümmerte sich um den Text, Paco um die Fotos.

Der Krankenwagen musste sich durch die Menge zwängen, um zu Arthur Cooke zu gelangen. Beinahe wäre es zum Streit gekommen, als ein spanischer Kameramann versuchte, ihn in stabiler Seitenlage, mit einer zusammengefalteten Jacke unter dem Kopf, auf der Erde liegend zu filmen. Danny steckte seine Kamera und das Notizbuch weg, bevor er zu Peggy ging und ihr seine Hilfe anbot: Wenigstens das war er ihr schuldig. Arthur Cooke atmete noch, als er in den Krankenwagen gehoben wurde, doch seine Haut wirkte leichenblass. Peggy wollte zu ihm in den Krankenwagen steigen und schaute sich verwirrt um, als ein junger Polizist sie davon abhielt und ihr auf Spanisch sagte, dass er sie befragen müsse.

»Mein Gott, Sie können sie doch auch im Krankenhaus befragen«, warf Danny ein, ohne seine Verärgerung zu verbergen. »Es ist ja nicht so, als würde sie sich aus dem Staub machen, oder? Außerdem braucht sie nach allem, was sie heute Vormittag durchgemacht hat, wahrscheinlich ebenfalls einen Arzt.«

Der Polizist zögerte kurz und stieg dann mit ihr in den Krankenwagen. Mit heulender Sirene quälte er sich ein zweites Mal durch die Menge. Weitere Polizeiautos trafen ein. Absperrband wurde um die Tore des Anwesens gezogen. Polizisten schoben die Menge nach hinten, drängten sie auf die Straße zurück. Und über allem hing die Leiche, eingeklemmt zwischen zwei Wänden, ein stummer Zuschauer mit dem besten Platz im Haus.

Danny besorgte sich noch ein paar Aussagen von Augenzeugen, dann gingen er und Paco in eine nahe gelegene Bar und fingen an, die Bilder aus Pacos Kamera herunterzuladen. Obwohl die beiden Männer eigentlich Konkurrenten waren – Paco arbeitete für EFE, eine spanische Nachrichtenagentur, Danny für *Sureste News*, eine Auswandererzeitung –, hatten sie ein lukratives Nebengeschäft entwickelt, wenn in ihrem Revier etwas Sensationelles passierte; denn sie verkauften die Reportagen als Exklusivstorys an spanische und britische Zeitungen unter dem Pseudonym Alan Smithee. Im Grunde genommen gehörten die Exklusivrechte ihren Arbeitgebern, aber sowohl Danny als auch Paco hatten gelernt, das Berufsethos außer Acht zu lassen. Moderne Zeitungen waren wie jedes andere Geschäft auch – sie heuerten und feuerten. Die alten Regeln galten nicht länger.

Sie bestellten sich Bier – schließlich war Sonntag – und Teller mit *carne con tomate*, Schweinefleisch in Tomatensauce. Tapas waren in Almería umsonst. Das war der Grund, warum Danny und Paco einige Kilo mehr wogen, als sie sollten.

»Okay, was sehen wir da?«, fragte Danny, während sie sich durch das gute Dutzend verwendbarer Aufnahmen klickten, die Paco mit Zoom herangeholt hatte.

»Sieht aus wie eine männliche Leiche.«

»Wirklich?« Danny war sich nicht sicher.

»Schau dir die Muskelstruktur an. Lag schon eine Weile da drin, oder?« Die Leiche war dunkelbraun verfärbt, die Haut hing wie Papier am Skelett.

»Ja, das passt.« Danny blätterte in seinen Notizen. »Die Cookes zogen im Januar 2008 dort ein. Das heißt, die Leiche befindet sich seit mindestens vierzehn Monaten dort, vielleicht noch länger.«

»Das heißt, wenn man davon ausgeht, dass sie sie nicht selber dort eingemauert haben.«

»Also komm, Paco. Du hast die Cookes gesehen. Glaubst du ernsthaft, sie haben jemanden umgebracht und dann in ihrem eigenen Haus eingemauert? Außerdem droht dem Haus seit einem Jahr der Abriss. Wenn sie Bescheid gewusst hätten, warum haben sie sie dann nicht weggeschafft?«

Paco zuckte die Achseln. »Dann muss es einer von der Baufirma gewesen sein.«

»Das ist wahrscheinlicher. Aber ich glaube auch das nicht. Warum die Leiche dann nicht in einer abgelegenen Ecke des Grundstücks vergraben? Und warum sie in ein Haus einmauern, zu dem man eine Verbindung hat? Denk an all die juristischen und finanziellen Streitereien, die den Bau aufhielten; das Haus war doch für fast zwei Jahre eine Baustelle. Irgendjemand hätte sich da reinschleichen und die Innenmauer selber hochziehen können.«

Danny hatte hundert Wörter geschrieben, als sein Handy klingelte; eins der Boulevardblätter der Fleet Street wollte wissen, ob die Gerüchte wahr seien. »Jedes Wort«, sagte Danny. »Wollen Sie einen Exklusivbericht?«

Paco tunkte Salsa mit einem Stück Brot auf. Er stierte auf den Laptop. »Könnte Verwesung das mit dem Kopf gemacht haben?«, fragte er, vergrößerte die geschwärzte Masse auf dem Bildschirm und drehte selbst den Kopf zur Seite, um ihn genauer in Augenschein zu nehmen. »Sieht aus, als würde er eine SM-Maske tragen, oder?«

Die Bemerkung war nicht so zynisch, wie sie klang. Aus der Nähe betrachtet war zu erkennen, dass der ganze Kopf mit einer schwarzen Substanz bedeckt war – wie eine Gummimaske, jedoch ohne Löcher für Augen, Nase oder Mund. Danny beugte sich näher heran. Es sah nicht aus wie aus einem Guss, die Oberfläche schien aus mehreren Schichten zu bestehen. Er ging noch dichter ran, etwas, das aus der unteren Hälfte des Gesichts herausragte, hatte sein Interesse geweckt. »Nach was sieht das für dich aus, Paco?«

»Das ist ein Schlauch, oder?«

Genau das hatte Danny auch gedacht: ein Stück durchsichtiger Plastikschlauch vor dem schwarzen Hintergrund. Dann wusste er Bescheid.

»Das ist Isolierband.«

Paco fluchte leise, als ihm klar wurde, dass Danny recht hatte; der gesamte Kopf war mit schwarzem Isolierband umwickelt. Es bedeckte Augen, Nase, Haare und Ohren und bildete so eine Art Maske. Der Schlauch war hineingesteckt worden, um das Atmen zu ermöglichen.

»Warum tut man jemandem so was an?«, fragte Paco. »Könnte es ein Sexspielchen sein, das in die Hose ging?«

Der Gedanke war Danny auch schon gekommen. Doch

jetzt hatten sie keine Zeit, um darüber nachzudenken. Bald würden auch andere Journalisten Zeitungen anrufen und ihre eigenen Angebote machen. Wer als Erster mit der Geschichte und anständigen Fotos auf dem Markt war, würde das Geld abräumen. Vierzig Minuten später war die Reportage von Alan Smithee fertig und abgeschickt, sechshundert Wörter Text und sechs Fotos.

Vor der Tür gaben sich die beiden Männer kurz die Hand, denn Paco wollte unbedingt zu Frau und Töchtern zurückkehren, die er kaum sah. »Sie sind heute die reinsten Nervensägen. Morgen kommt irgendein Clown in ihren Kindergarten. Sie sind schon die ganze Woche völlig aus dem Häuschen.«

Auch Danny befand sich auf dem Heimweg, als sein Telefon klingelte: William Fouldes. Der Herausgeber der *Sureste News* verschwendete keine Zeit mit Höflichkeiten. »Stimmt es?«

»Das mit der Leiche? Ja!«

»Brillant.« Fouldes sagte es so, dass Danny sich vorstellte, er ziehe die Faust durch die Luft. »Mann, das ist klasse. Seit Wochen hatten wir nichts Anständiges mehr für die Titelseite.«

Beinahe hätte Danny gesagt: »Bestimmt sind Peggy und Arthur Cooke auch ganz aus dem Häuschen«, doch er verkniff es sich. In letzter Zeit gab er sich Mühe, das Verhältnis zu seinem Herausgeber zu verbessern, vorwiegend um der Zeitung willen.

»Ich will, dass du ins Krankenhaus fährst und Peggy Cooke interviewst.« Fouldes' Stimme war durch das Stimmengewirr im Hintergrund kaum zu verstehen. Es war Sonntag: Fouldes veranstaltete wahrscheinlich eins seiner Grillfeste, bei denen er allen Bonzen um den Bart ging, die er zum Kommen überreden konnte. Fouldes tat so ziemlich alles, um die gesellschaftliche Leiter nach oben zu klettern.

»Dürfte im Augenblick ein bisschen schwierig sein. Arthur Cooke wurde mit Blaulicht ins Krankenhaus gebracht. Die Polizei ist ebenfalls dort und befragt Peggy wegen der Leiche. Ich habe allerdings ihre Handynummer.«

Fouldes machte ein Geräusch, als wäre das Dannys Schuld. »Versuch das. Wenn's nicht funktioniert, dann geh morgen hin.« Grußlos legte der Herausgeber auf.

William Fouldes war nicht leicht zu mögen.

3

Die Sonne ging eben unter, als er nach Hause kam. Er goss für seinen Hund Lucky eine Schüssel mit Wasser voll und zog dann ein Blatt von der Kühlschranktür, das dort unter einem *I ♥ Toledo*-Magneten klemmte.

Die schriftlichen Nachrichten seiner Mutter hatten eine Eigentümlichkeit: Je unwichtiger die Information, umso mehr Wörter benutzte sie. Auf dem Zettel stand eigentlich nur, dass sie die Nacht bei einem Freund verbringe, doch dazu hatte sie eine ganze DIN-A4-Seite gebraucht. Vor einem Monat hatte sie nur siebzehn Wörter benötigt, um eine Atombombe in Dannys Leben zu werden: *Mit Christopher ist es endgültig aus, ich brauche also für ein paar Tage eine Unterkunft. Bis Donnerstag.*

Christopher war die letzten siebzehn Jahre ihr Ehemann gewesen, der Mann, mit dem sie in New York die letzten neunzehn Jahre zusammengelebt hatte. Ganz zu schweigen von der Tatsache, dass sie sich mit neunundfünfzig (sie behauptete zwar, weniger, aber Danny hatte in ihrem Pass nachgeschaut) noch einmal scheiden ließ, in ein anderes Land zog oder von Danny erwartete, dass er sie aufnahm.

Natürlich war sie am Donnerstag nicht aufgetaucht. Zumindest nicht bei Danny. Sie fuhr zuerst nach Málaga, um Freunde zu besuchen, und Danny zerbrach sich den Kopf bis Samstagabend, als ein Taxi sie beschwipst und kichernd bei ihm absetzte. In dieser ersten Nacht stritten sie sich. »Ich lasse mich nicht scheiden«, sagte sie, als Danny mit ihr schimpfte, weil sie ihn nicht auf dem Laufenden gehalten habe, »ich bin es verdammt noch mal bereits, und mehr gibt es dazu nicht zu sagen. Aber denk dir nichts: Mein Anwalt hat, was die Alimente angeht, einen guten Job gemacht, ich werde dir also finanziell keine Last sein.«

Was konnte er tun? Adriana Sanchez war eine Naturgewalt, so wie schon ihre Mutter, die *abuela*, die Frau, die sich um Danny gekümmert hatte, als er in Großbritannien aufwuchs. Doch das war die einzige Ähnlichkeit zwischen den beiden Frauen: Wenn die *abuela* ein schnell fließender Fluss war – zielgerichtet, konzentriert –, dann war Adriana Sanchez eine Springflut.

Danny zerknüllte den Zettel und warf ihn in den Papierkorb.

Die Tür zum Schlafzimmer seiner Mutter stand offen. Inzwischen fanden sich dort beängstigende Hinweise auf einen Daueraufenthalt: ein Kalender an der Wand, ein Seidentuch über der Wandlampe – und drei gerahmte Fotos von Danny, in einem unübersehbaren Halbkreis auf dem Nachttischchen: eins von ihm als Baby, eins aus der Grundschule, ein drittes von ihm als Teenager.

Es war merkwürdig, dass diese Fotos ihre Reisen überlebt hatten. So merkwürdig, dass Danny beschlossen hatte, sein eigenes Fotoalbum durchzusehen, und so sehr schnell erkannte, dass sie ihre Reisen nicht überlebt hatten – es waren *seine* Fotos, die sie aus seinem Album geklaut hatte.

O Mann, demnächst wollte er das erste Mal in diesem Jahr Urlaub machen. Wie um alles in der Welt sollte das mit Mutter im Haus funktionieren?

Das Naheliegendste war, woanders hinzufahren. Er träumte schon lange davon, die Schlachtfelder des Ersten Weltkriegs zu besuchen. Das Problem war nur, dass das alles andere als erholsam sein würde, und Erholung brauchte er mehr als alles andere: fünf Tage nur Wein trinken, auf der Gitarre klimpern, viel essen und etwas anderes lesen als verdammte Presseerklärungen.

Egal, er würde sich entscheiden, wenn es so weit war. Und im Augenblick war er vom Urlaub noch weit entfernt. Danny nahm seinen Laptop, ging mit einem Glas Wein und einer Zigarette nach draußen und ließ sich am Rand der Terrasse nieder, wo er am Abend immer saß, um die Sonne hinter dem letzten, am Gipfel noch schneebedeckten Berg der Sierra Nevada versinken zu sehen und den Zikaden zu lauschen, die in dem sein Haus umgebenden Olivenhain zirpten. Lucky rannte fröhlich über die trockene Erde und jagte Vögel.

Er betrachtete die Fotos, die er von dem Abriss am Vormittag geschossen hatte. Sie waren nichts im Vergleich zu Pacos – das war der Unterschied zwischen einem Profifotografen und einem Reporter mit einer Kamera –, aber sie fingen doch einiges von der Grausamkeit des Augenblicks ein. Im Spanischen gab es ein Adjektiv, *dantesco*, das groteske oder katastrophale Situationen beschrieb und wörtlich »Dantes Inferno würdig« bedeutete. Auf die Cookes traf das zu. Was ihnen passiert war, schien mehr als Pech zu sein, es war ... *dantesco*.

Er rief Peggy Cooke an.

»Wie geht's Arthur?«

»Schon besser, danke«, sagte sie mit sorgenvoller Stimme. »Aber ich glaube nicht, dass ich im Augenblick noch irgendwelche Fragen beantworten wi...«

»Sie haben mir die einzige Frage beantwortet, die ich stellen wollte, Mrs. Cooke. Wenn Sie irgendwas brauchen, rufen Sie mich an. Ich kenne im Krankenhaus Leute, die helfen können. Und falls die Sprache ein Hindernis ist, nur ein Wort, und ich sitze im Auto.«

»Das ist sehr nett von Ihnen, aber die Leute hier leisten großartige Arbeit.« Sie klang jetzt herzlicher. »Ich klopfe auf Holz, aber Angst hat es mir schon eingejagt.«

»Dann klopfe ich auch auf Holz. Ich rufe Sie morgen noch einmal an, wenn das okay ist?«

Das war es.

Das Gespräch mit ihr führte ihm die Realität der Situation wieder vor Augen. Natürlich, die Entdeckung der Leiche war eine gigantische Schlagzeile, aber die eigentliche Tragödie blieb der Abriss – ein älteres Paar, das sich die größte Mühe gegeben hatte, um alle Vorschriften einzuhalten, und das jetzt ohne jeden Penny und ohne Dach über dem Kopf dastand. In der Aufregung hatte er das ganz aus dem Blick verloren.

So fing er an, zwei unterschiedliche Artikel über das Geschehene zu schreiben: einen über die Entdeckung der Leiche, den zweiten über den Abriss.

Nach einer Stunde hatte er sich so in Rage geschrieben, dass er *The Guardian* anrief und fragte, ob sie einen Text für ihren Kommentarteil brauchten. Die Frau am anderen Ende druckste herum, war dann aber sehr interessiert, als Danny anbot, es umsonst zu machen.

Ihm war es egal. Für Kommentare gab es sowieso fast nichts, und ihn würde es nicht mehr als eine Stunde kosten.

Er schaffte es in fünfundvierzig Minuten: Acht Jahre des Berichtens über die immer gleiche Geschichte – juristisches Chaos, verwirrte Briten und die heuchlerische Weigerung der spanischen Behörden, zuzugeben, dass eigentlich das System an dem Ganzen schuld war – hatten dafür gesorgt, dass die dreihundert Wörter einfach so aus ihm herausflossen.

Den Druck auf die Mistkerle aufrechterhalten, mehr konnte er nicht tun. Spanische Politiker hatten es nicht gern, wenn ihr Land in der ausländischen Presse schlecht dastand. Oder genauer, spanische Politiker hatten es nicht gern, wenn sie selber schlecht dastanden – den meisten von ihnen waren Spanien und die Leute, die darin lebten, herzlich egal.

Danach suchte er nach der Datei des Interviews, das er im Jahr zuvor mit den Cookes geführt hatte. Danny besaß digitale Sicherheitskopien von allen seinen Interviews; man wusste ja nie, wann es jemandem einfiel, einen zu verklagen. Er klickte das 2009er-Verzeichnis an und öffnete das Interview, das er nach Bekanntgabe des Abrissbefehls mit ihnen geführt hatte.

»Also …«, sagte Dannys aufgezeichnete Stimme. Er hatte das Wort in der Luft hängen lassen, was er am Anfang eines Interviews über heikle Themen immer tat. Die Cookes hatten gewusst, warum er da war; er hatte es ihnen überlassen, wie sie das Thema angehen wollten, und sich dann einfach ihnen angepasst.

Arthur Cooke hatte geantwortet. »Ich nehme an, Sie wollen wissen, wie wir uns jetzt fühlen.«

»Wenn Sie mir das sagen können.«

»Verdammt beschissen.«

Peggy hatte die Wortwahl moniert. Danny erinnerte sich noch gut, wie er ihre Hand abgeschüttelt hatte. »Nein, Peggy. Ich werde sagen, wie es ist. Man hat uns links, rechts und in der Mitte beschissen: der Stadtrat, die Regionalregierung, die Anwälte, Baufirmen und Architekten. Von Anfang bis Ende war das ein gottverdammter Scherbenhaufen. Im September 2005 sollten wir eigentlich einziehen. Weißt du noch, wann wir es dann endlich taten? Am 13. Januar 2008! Die verdammte Baufirma ging bankrott, als das Ding gerade mal halb fertig war, und dann wurde fast zwei Jahre nicht gearbeitet, bis das finanzielle Chaos bereinigt war. Und jetzt, da es fertig ist, wollen sie es verdammt noch mal wieder abrei…«

Dann stoppte die Aufnahme. Etwas später hatten die Cookes ihn durch das Haus geführt. Danny fand die Stelle, hörte, wie Arthur Cooke verächtliche Bemerkungen zur Qualität der Arbeiten machte. »Im ganzen Haus gibt es keinen einzigen rechten Winkel. Und nichts hat die richtige Größe. Jeder Raum ist kleiner, als er hätte werden sollen.«

Das war der Teil, der ihn interessierte. Er war sicher gewesen, dass die Cookes gesagt hatten, die Zimmer seien zu klein. Danny hatte es damals abgetan: Bei in Eigenregie gebauten Häusern in Spanien war das ein häufiges Problem. Die unterzeichneten Verträge vermerkten die Gesamtwohnfläche des fertigen Hauses in Quadratmetern, und die Hausbesitzer erwarteten, dass es sich dabei um das Innenmaß handelte. Doch wenn das nicht ausdrücklich vermerkt war, maßen die Baufirmen von außen, was bedeutete, dass die Mauerdicke von der eigentlichen Wohnfläche abging. Es war ein Trick, aus einem Auftrag einen kleinen Zusatzprofit herauszuschlagen.

»Ich schätze, sie haben uns, alles in allem, um gut zwanzig Quadratmeter beschissen«, sagte Cookes Stimme. »Schauen Sie sich nur dieses Bad an. Es ist zwei Quadratmeter kleiner als auf den Plänen. Und sehen Sie sich die Feuchtigkeit da oben …«

Danny stoppte die Aufnahme und nahm die Fotos vom Abriss in Augenschein. Durch den Riss in der Mauer hinter der Leiche konnte er blaue und weiße Fliesen erkennen. Es war das Bad, von dem Cooke gesprochen hatte.

Natürlich war der Raum zu klein gewesen. Dort hatte es eine falsche Wand gegeben.

Danny betrachtete das Foto genauer. Die Innenmauer bestand aus denselben grauen Waschbetonsteinen wie die Außenmauer. Wer die Leiche dort versteckt hatte, wollte nicht, dass sie gefunden wurde. Normalerweise verwendeten spanische Baufirmen leichtere, rote Tonziegel für Innenmauern. War es möglich, dass jemand die Innenwand ohne Wissen der Baufirma hochgezogen hatte? Arthur Cooke hatte gesagt, die Bauarbeiten seien für zwei Jahre unterbrochen worden. Wie viel Platz brauchte eine Leiche? Vierzig Zentimeter? Plus die Mauerstärke. Wenn die Innenmauer die gleiche Farbe hatte wie die Außenmauer, wer sollte dann erkennen, dass sie einen halben Meter nach innen gewandert war?

Danny schaute sich noch einmal das Foto an, kniff die Augen zusammen, fragte sich, warum ihn in diesem Augenblick ein Unbehagen beschlich. Irgendetwas stimmte nicht. Er schaute noch einmal hin. Eine Hand der Leiche war zu erkennen; sie hing über das schartige Mauerwerk. Er vergrößerte die Aufnahme, sah die Darstellung verschwimmen. Aber jetzt wusste er, warum ihm kalt geworden war.

O Gott, das konnte nicht sein. Er rief Paco an, bat ihn, sich dasselbe Foto auf seinem großen 30-Zoll-Monitor anzuschauen. Danny hörte, wie Paco seine zwei Töchter aus dem Zimmer scheuchte. »Du hast recht«, sagte der Fotograf schließlich. »Die Fingernägel sind schartig und gesplittert. Was hat das zu bedeuten?«

Danny bekam einen trockenen Mund. »Das bedeutet, man hat den armen Kerl bei lebendigem Leib eingemauert.«

4

Jetzt schrien sie draußen. Das taten sie immer, wenn er kam.

Er schraubte die Dose mit weißer Schminke auf, tauchte zwei Finger hinein und verrieb sich die Paste auf den Wangen. Im Schritt spürte er die Wärme.

Sein Blick im Spiegel wurde hart. Dafür war keine Zeit. Nicht jetzt.

Man hatte das Ding gefunden. Alle redeten darüber. Er hatte die Nachrichten gesehen: grobkörnige Bilder der Leiche, die aus der Wand hing, der Kopf schwarz umwickelt. Er hatte gewusst, dass man sie früher oder später finden würde: Wie seine letzte Arbeit hatte er sie an einer Stelle versteckt, wo man sie finden konnte.

Noch ein Fehler.

Vorsicht und Geduld.

Seine Wangen waren jetzt weiß. Er fuhr mit dem roten Fettstift um Augen und Mund, zog scharfe Spitzen neben seinen Mundwinkeln. Er durfte sich keine Fehler leisten. Sie würden ihn stoppen, wenn sie es konnten.

Aber das neue Ding hatte gute Arbeit geleistet. Er hatte eine gute Wahl getroffen – sein erstes Mal ohne die Liste. Er konnte sie jetzt erkennen. Er kannte die Anzeichen. Und er hatte eine Versicherung. Denk voraus. Er wusste, auf wen er den Verdacht lenken konnte. Das war der Grund, warum er in diesen Teil Spaniens gekommen war. Hier würde ihn niemand verdächtigen. Die Leute sahen ihn zwar, aber nie als das, was er wirklich war.

Jemand klopfte an die Tür. Das Geschrei wurde lauter. Er lächelte, als er an diese anderen Schreie dachte. O ja, der Mistkerl hatte gejault, der Erste in fast zwei Jahren. Wieder klopfte es, diesmal nachdrücklicher.

Er öffnete die Tür, trat hinaus. Das Geschrei wurde schriller. Dann klatschte er in die Hände und sagte, was er am Anfang der Show immer sagte.

»Hallo, Kinder. Hier ist wieder euer spezieller Freund: Pogo der Clown!«

5

Montag, 29. März 2010

Kurz nach Mittag tauchte William Fouldes im Redaktionssaal der *Sureste News* auf und sagte zu Danny: »Was machst du?« Es klang, als wäre er der Ansicht, sein Chefredakteur solle etwas anderes tun, als an seinem Schreibtisch zu sitzen. »Draußen gibt's Blaulicht und Sirenen. Das heißt Schlagzeilen.«

Dannys Woche hatte schlecht angefangen. Er war die halbe Nacht aufgeblieben und hatte einen Stapel Dokumente gesucht, von denen er wusste, dass Arthur Cooke sie ihm letztes Jahr gegeben hatte. Er hatte das Ding sogar vor Augen – eine dicke, blaue, von Gummibändern zusammengehaltene Mappe –, aber er konnte sie einfach nicht finden. In seinem Büro herrschte Chaos, seit seine Mutter von ihm verlangt hatte, alle Kartons und jeden Krimskrams aus ihrem Schlafzimmer zu schaffen.

Auf dem Weg ins Büro hatte dann Fouldes angerufen und ihm gesagt, er müsse wenden und fünfundvierzig Minuten in die Gegenrichtung fahren, um über eine Pressekonferenz um zehn Uhr zu berichten. Der verantwortliche Politiker hatte zwanzig Minuten gebraucht, um etwas zu verkünden, was alle Anwesenden bereits wussten: Almería bewerbe sich um die Ausrichtung der Powerboot-Weltmeisterschaft 2012. Die Bewerbung sei angenommen worden, in vierzehn Tagen würden Juroren eintreffen, um die Einrichtungen der Provinz zu begutachten, und er sei sicher, dass Almerías außerordentlicher Charme zusammen mit bla, bla, bla …

Ein Highlight hatte es allerdings doch gegeben: Am Ende hatte Danny dem Politiker ein Exemplar des *Guardian* überreicht, aufgeschlagen auf der Seite mit dem Kommentar »Spaniens Schande« von Daniel Sanchez.

Das Blut war noch feucht, als er unten ankam, eine Pfütze von etwa einem halben Meter Durchmesser, die im scharfen Frühlingslicht glänzte. Das Opfer lag noch dort, wo es zu Boden gestürzt war, umringt von Sanitätern in orangefarbenen Uniformen.

Der Aufruhr hatte Schaulustige aus den Cafés und Bars auf der Plaza angelockt. Sie taten, was Schaulustige in solchen Situationen immer taten: stehen bleiben, starren, plappern, näher herandrängen. Smartphones wurden über die Köpfe gereckt, um für die Nachwelt alles festzuhalten. Danny erkannte den älteren der beiden Beamten der Policía Local, die versuchten, die Menge ein wenig auf Distanz zu halten.

»Das ist aber eine Menge Blut, wenn der Kerl nur gestolpert ist und sich den Kopf aufgeschlagen hat«, sagte Danny.

»Wie's aussieht, wurde er mit irgendwas von hinten auf den Kopf geschlagen. Aber zitieren Sie mich nicht, okay? Der Chef geht später mit den Details an die Öffentlichkeit.«

Das Opfer sah aus wie ein Mann, den man nur von hinten angreifen konnte. Auch wenn die Beine der Polizisten und Sanitäter den Blick versperrten, konnte Danny sehen, dass der Mann groß und kräftig wirkte, und nur sehr wenig davon war Fett. Er sah einen tätowierten Arm, nicht die Ethnomuster, die bei den Jungen so beliebt waren, sondern altmodische Symbole auf dem Unterarm, vom Alter bereits ausgebleicht, wie man sie auf Baustellen und in Kasernen fand.

Die Haare des Opfers – der vordere, nicht blutverschmierte Teil – waren kurz geschnitten und grau meliert. Danny klappte seinen Spiralblock auf, schrieb das Datum oben auf die leere Seite und ging dann, den Stift gezückt, zur nächsten Gruppe Schaulustiger.

»Hallo, allerseits«, sagte er, zwar laut, doch weder aggressiv noch aufdringlich. »Danny Sanchez von den *Sureste News*. Hat irgendjemand gesehen, was passiert ist?«

Das hatten sie. Das Problem war nur, dass jeder etwas anderes gesehen hatte.

Während eine Frau behauptete, ja, er habe spanisch ausgesehen, sagte ihr Ehemann, der Angreifer sei Nordafrikaner gewesen. Aus der Nähe roch die Gruppe nach Urlauber: Bier ab zwölf Uhr mittags, Zigaretten und Sonnencreme.

»Kam das Opfer aus einem der Geschäfte? Oder ging er einfach nur vorbei?«

»Aus der Bausparkasse da drüben«, antwortete eine Frau mittleren Alters und deutete zu dem Gebäude.

»Was genau ist passicrt?«

»Der Typ kam irgendwie von hinten dahergerannt«, erklärte ein junger Mann, »sprang auf ihn zu und schlug ihm mit irgendwas auf den Hinterkopf.« Er hob den Arm und demonstrierte eine schnelle Ausholbewegung. »Als er am Boden lag, schlug er noch einmal zu.«

»Zweimal«, warf jemand anders ein.

»Hat irgendjemand gesehen, womit?«

Jetzt redeten alle durcheinander. Einige behaupteten, einen Hammer gesehen zu haben, andere einen Meißel, einer sogar ein Messer.

»Also schlug er ihn noch zweimal, als er schon am Boden lag«, sagte Danny. »Und dann?«

»Ist er davongerannt.«

Danny hob den Kopf. »Sofort? Er hat nicht seine Taschen durchsucht oder sonst was?«

»Nichts in der Richtung. In fünf Sekunden war alles vorbei. Mir ist es nur aufgefallen, weil ich am Geldautomaten wartete und den Kerl rennen sah. Klatsch. Der Kerl geht zu Boden. Klatsch, klatsch, dann stand der Angreifer schon wieder aufrecht und rannte.«

Der Rest der Gruppe, die bei der Waffe so uneins gewesen war, nickte jetzt zustimmend.

»Kennt irgendjemand das Opfer?«

Der Mann zuckte die Achseln. »Bin erst gestern hier angekommen.«

Danny wandte sich den anderen zu, seine Neugier war geweckt. Bei seiner Frage hatten einige den Kopf gesenkt.

Und zwar ziemlich schnell.

»Das ist Charlie Hacker«, sagte ein Mann mittleren Alters, nachdem die Frau neben ihm ihn mehrfach angestoßen hatte. »Aber ich will nicht, dass mein Name in dem Artikel auftaucht.«

»Na ja, da ich ihn nicht kenne, dürfte das Risiko wohl ziemlich gering sein, oder?«, erwiderte Danny beiläufig und kumpelhaft. »Und wer ist dieser Hacker? Ein Unruhestifter?«

Der Mann kam näher und senkte die Stimme. »Alle in der Familie sind Querulanten. Nennen sich Bauunternehmer. Würde sie eher als Cowboys bezeichnen.«

»Woher kommen sie?«

»Dem Akzent nach würde ich sagen, London.«

»Ich meine, wohnen sie hier in Almería?«

Das wusste niemand. Zumindest wollte es keiner zugeben. Ein weiteres Polizeiauto traf ein. Danny brachte einige der besseren Zeugen zu den Beamten und übersetzte ihre Aussagen. »Sieht nicht nach einem Raubüberfall aus, oder?«, meinte Danny, als sie fertig waren. »Hat er seine Brieftasche noch bei sich?«

»In der Gesäßtasche. Voller Geld.«

»Überrascht mich nicht. Sieht nicht aus wie einer, den man sich für einen Taschendiebstahl aussucht.«

Die Sanitäter ächzten, als sie die Trage in den Krankenwagen wuchteten. Hackers Lider flackerten schwach, als sie ihn anhoben. Es war eine böse Wunde. Blut bedeckte sein Gesicht und verklebte die Haare. Danny schoss ein Foto der Blutlache, bevor ein Ladenbesitzer mit einem Eimer Wasser kam und sie wegspülte. Der Krankenwagen fuhr davon, die Menge zerstreute sich.

Der Durchgang, aus dem der Angreifer gekommen war, verband die Straße mit dem Innenhof des Einkaufszentrums. Danny stand an der Ecke und schaute die Straße entlang. Die Auslagen der Geschäfte folgten dem konvexen Schwung des Gebäudes. Auch wenn er sich vorbeugte, konnte er nicht mehr als zehn Meter weit sehen.

Interessant: Der Angreifer musste Hacker gekannt, ihm vielleicht sogar aufgelauert haben. Entweder das, oder es handelte sich um irgendeinen Spinner, der im Schatten lauerte und an dem ersten wirklich harten Kerl, der vorbeiging, seine Kampfkraft ausprobieren wollte.

Hacker: Das war nicht gerade ein Name, den man schnell wieder vergaß, und irgendwie kam er Danny auch bekannt vor, er konnte allerdings nicht sagen, woher.

Er schlängelte sich zwischen Metalltischen hindurch, die zu Bars und Eisdielen gehörten, und stieg die Treppe wieder hoch zu den Büros der *Sureste News*. Die Sonne stand inzwischen hoch am wolkenlosen Himmel und ließ die weißen Wände der Gebäude hell erstrahlen.

Das Einkaufszentrum bildete den Knotenpunkt zwischen der Gegend um den Mojácar Playa, den langen, dicht bebauten Streifen entlang des südlichen Strandabschnitts, und dem eigentlichen Dorf Mojácar oben auf dem Hügel. Als Danny vor acht Jahren angefangen hatte, für die Wochenzeitung zu arbeiten, war jeder Quadratzentimeter Bürofläche im dritten Stock besetzt gewesen. Inzwischen war weniger als die Hälfte der Einheiten besetzt, und die Sonne hatte längst die Farbe aus den orangefarbenen SE-ALQUILA-Schildern in den Fenstern der leeren Büros ausgebleicht. Die Krise hatte in Almería nicht nur kräftig zugeschlagen, sie hatte sich ein gutes Stück herausgerissen und verschlungen. Die Arbeitslosigkeit lag gegenwärtig bei dreißig Prozent und hatte den Gipfel noch immer nicht erreicht.

Als Danny an der Tür zu William Fouldes' Büro vorbeiging, schnippte der Herausgeber mit zwei Fingern in seine Richtung. Er solle warten, hieß das. Dann setzte Fouldes sein Telefonat fort. Den Hörer zwischen Ohr und Schulter eingeklemmt, fummelte er an seinen Fingernägeln herum und drehte sich in seinem gepolsterten Sessel. Das Grinsen in seinem Gesicht passte zum Öl in seiner Stimme. »Ja, das Essen dort ist einfach göttlich. Jeanine und ich waren erst letzte Woche dort.«

Danny lehnte sich an den Türstock. Wie immer stank das Büro nach Rasierwasser. Jeanines Foto stand mit der Front zur Tür auf einer Ecke des Schreibtisches, eine gekünstelte Studioaufnahme. Sie sah aus wie eine, die so etwas in Auftrag gab; stark geschminkt und mit verführerischem Schmollmund, die nach Wagen und Einkommen fragte, bevor sie sich nach Hause einladen ließ. Nach Dannys Zählung war sie die dritte Frau in diesem Fotorahmen, seit Fouldes die Zeitung im Jahr zuvor übernommen hatte.

Fouldes beendete den Anruf, sein Lächeln verschwand, kaum dass der Hörer auf der Gabel lag. Er drehte Jeanines Foto wieder zu sich. »Kannst die Klappe wieder zumachen, Sanchez, sie ist schon vergeben. Hast du rausgefunden, was die Sirenen da unten sollten?«

Danny erzählte. Fouldes' Gesicht strahlte, als er hörte, dass das Opfer Brite war. »Viel Blut, sagst du? Klasse. Dann hast du ja was zu berichten.«

»*Noch* was zu berichten, meinst du.«

Fouldes äffte die Ironie in Dannys Ton nach. »Denk dir nichts, mir ist durchaus bewusst, dass am Freitag dein Urlaub anfängt.«

»Und bevor ich gehe, wirst du jeden Tropfen Blut aus mir herauspressen?«

Fouldes ignorierte die Bemerkung. »Hast du Peggy Cooke schon interviewt?«

»Nein.«

»Dann mach's. Außerdem, weil wir gerade über deine Arbeit sprechen, dein Leitartikel muss umgeschrieben werden.«

»Warum?«

»Wenn ich einen *definitiven* Artikel über die Zahl der in Almería lebenden Briten will, dann erwarte ich, dass er genau das ist: definitiv. Ich habe den Text zweimal gelesen, und was die genauen Zahlen angeht, bin ich noch immer nicht schlauer.«

»Vielleicht nicht, aber auf jeden Fall besser informiert.«

Fouldes spitzte den Mund missbilligend. »Wenn ich dir sage, du sollst den Artikel umschreiben, dann erwarte ich, dass du das auch tust. Ruf bei den relevanten Behörden an, bring sie dazu, dass sie eine Schätzung abgeben.«

»Habe ich. Sie wissen nicht, wie viele Briten hier leben. Das weiß niemand.«

»Dann bring sie dazu, dass sie über den Daumen peilen.«

»Du willst also einen definitiven Artikel basierend auf einer Daumenpeilung? Du weißt, dass die Mehrheit der Briten sich nicht bei den Behörden anmeldet. Es ist wie ein Eisberg: Der größte Teil der Bevölkerung befindet sich unter der Oberfläche.«

»Dann ist das deine neue Schlagzeile: Der englische Eisberg. Klemm dich dahinter.« Fouldes beschäftigte sich mit den Papieren auf seinem Schreibtisch. »Ich will die neue Fassung gleich morgen früh haben. Du bist nicht der Einzige ...«

Fouldes' Telefon klingelte. Er hob ab und drehte sich in seinem Sessel zum Fenster. Danny ging in den Redaktionssaal.

Diskutieren hatte keinen Sinn: Kein Mensch wusste, wie viele Menschen irgendeiner Nationalität in der Provinz lebten. Die Menschheit floss durchs südliche Spanien wie Wasser durch eine Regenrinne: Touristen, Migranten, Arbeiter, Auswanderer, Rucksackreisende, Camper, Ausreißer, Herumtreiber und Landstreicher. Das Ausmaß des Problems war für jeden offensichtlich, der sich die Mühe machte, in die Websites mit den offiziellen Daten einiger Gemeinden in Almería zu schauen: Oft übertraf die Anzahl der Häuser die Anzahl der Einwohner um ein Drittel. Offiziell wurde die Anwesenheit eines Fremden nur, wenn er sich dazu herabließ, sich ins *padrón*, die kommunale Wahlliste, eintragen zu lassen. Die bürokratischen Hürden, die dazu überwunden werden mussten, hielten die meisten jedoch davon ab.

Danny rief im Pressebüro der Guardia Civil an: Nein, man habe noch immer keine Informationen über die Leiche, die im Haus der Cookes gefunden wurde, und man werde auch im Verlauf des Tages keine bekommen. Danny sagte, was er an diesem Vormittag bereits zweimal gesagt hatte: »Ich versuche es in einer Stunde noch einmal, nur zur Sicherheit.«

Das offizielle Schweigen war keine Überraschung, frustrierend allerdings schon. Er konnte für den Artikel über den Cooke-Abriss nicht weiter recherchieren, wenn er nicht wenigstens einen Hinweis darauf hatte, wer das Opfer sein könnte. Der Pressesprecher hatte absolut dichtgemacht, als Danny ihn fragte, ob das Opfer bei lebendigem Leib eingemauert worden sei. Aber wenigstens schien er sich in dieser Hinsicht auf der richtigen Spur zu befinden.

Mann, was für eine Art, abzutreten. Warum tat man jemandem so etwas an? Die Hypothese des aus dem Ruder gelaufenen Sexspielchens war nicht mehr zu halten. War es eine Bestrafung? Das klang wahrscheinlicher, etwas, das kriminelle Banden machten, um zu strafen und einzuschüchtern. Und es gab bei Gott genügend kriminelle Banden in Almería: Briten, Zigeunerclans, Russen, Marokkaner, Südamerikaner.

Danny hatte Nachforschungen über das Henley Consortium angestellt, die Baufirma, die das Haus der Cookes gebaut hatte. Doch das war nicht einfach, denn wie so viele andere, war die Firma bankrottgegangen, und die Besitzer hatten sich aus dem Staub gemacht. Jetzt, da Danny darüber nachdachte, war er sicher, dass Arthur Cooke gesagt hatte, die eigentlichen Bauarbeiten seien an einen Subunternehmer vergeben worden. Die verdammten Dokumente, die er nicht finden konnte, enthielten wahrscheinlich die Antwort.

Mit zunehmender Frustration machte er sich an die Hacker-Geschichte. Er rief einen Kontakt im Krankenhaus La Immaculada an. Charles Hacker liege auf der Intensivstation, da sein Schädel mit einem schweren, stumpfen Gegenstand zertrümmert worden sei.

Es war also doch ein Hammer gewesen.

Danny fragte, ob er Überlebenschancen habe: Das werde

sich in den nächsten vierundzwanzig Stunden erweisen, sagte sein Kontakt.

Danny legte auf und griff nach einer Chipstüte. Fouldes telefonierte noch immer. Inzwischen schien er den Großteil seiner Tage damit zu verbringen. Danny wusste auch, warum. Fouldes war eine große Nummer in der örtlichen Auswandererszene, machte sich dicke mit den Wichtigen, den Geldigen der zweiten und dritten Reihe. Leonard Wexby, der Boulevardreporter der *Sureste News*, war bei einem von Fouldes' monatlichen Grillfesten gewesen und hatte sich anschließend mit großem Vergnügen darüber ausgelassen. »Er scheint die Leute, die er einlädt, nach dem Fahrzeugtyp auszusuchen, den sie fahren. Ich war der Einzige mit einem Auto unter achtzigtausend. Und sein Haus! Was für eine Abscheulichkeit. Es hat Zinnen auf dem Dach. Und einen verdammten Uhrenturm. Da hätte er sich gleich *Parvenü* aufs Tor schreiben können.«

Die Stimme des Herausgebers hallte durch den Gang. »Genau, Darling. Nächsten Mittwochabend bin ich nicht da. Da bin ich in Bordeaux.«

Wer ist Deaux?, fragte sich Danny und stopfte sich eine Handvoll Chips in den Mund.

6

Bis zum Krankenhaus La Immaculada in Huércal-Overa war es nur eine kurze Fahrt auf der *autovía* E-15. Arthur Cooke war von der Intensivstation auf eine normale Station verlegt worden. Peggy hatte einem Interview zugestimmt, meinte aber, es sei ihr lieber, wenn er persönlich vorbeikomme. Danny machte das nichts aus: So konnte er gleich Charlie Hacker einen Besuch abstatten und möglicherweise mit jemandem aus der Familie sprechen.

Peggy Cooke meisterte die Situation, so gut es eben ging. Sie wirkte erschöpft und blass – *überwältigt* war eigentlich das richtige Wort dafür. Das Bemühen, mit so vielen traumatischen Ereignissen gleichzeitig fertigzuwerden – der Abriss, Arthurs Zusammenbruch und die Erkenntnis, dass sie in den letzten beiden Jahren neben einer Leiche geduscht hatte –, schien ihren Verstand benebelt zu haben. Sie antwortete nur langsam auf Dannys Fragen, und wenn sie es tat, wirkten ihre Antworten unzusammenhängend. Danny bedrängte sie nicht. Er bekam genug Aussagen, um Fouldes zufriedenzustellen, und erkundigte sich dann noch einmal, ob er irgendetwas für sie tun könne.

»Reißen sie unser Haus jetzt trotzdem ab?«, fragte sie mit abwesender Stimme.

»Das weiß ich nicht, Peggy. Aber ich werde alles dransetzen, um das herauszufinden, das verspreche ich Ihnen. Wissen Sie noch, wer das Haus gebaut hat?«

»Eine Firma Henley irgendwas.«

»Ich glaube, die eigentliche Arbeit wurde an einen Subunternehmer vergeben. Wissen Sie noch, wie diese Baufirma hieß?«

»Nein. Wir waren damals die ganze Zeit in England ... Arthur dürfte das wissen ... aber er ist ...«

Sie sah aus, als würde sie gleich in Tränen ausbrechen. Danny bedrängte sie nicht weiter. Eine Weile plauderte er, um sie zu beruhigen. Als Peggy ihm gestand, sie wisse nicht mehr, wann sie das letzte Mal etwas gegessen habe, ging Danny nach unten und holte ihr einen *bocadillo* mit Käse und *jamón* und eine Flasche Wasser. Als er sie verließ, saß sie nur da und starrte die Außenwand von Arthurs Krankenzimmer an.

Danny musste nach dem Weg zum UCI, der Intensivstation des Krankenhauses, fragen; seit seinem letzten Besuch hatte sich alles verändert. Die diensthabende Schwester am Empfang sagte ihm, dass Señor Hackers Ehefrau hier sei. Auf dem Weg zum UCI überlegte er sich, wie er sich Mrs. Hacker gegenüber am besten verhielt: behutsam eintreten, sein Mitgefühl ausdrücken, fragen, ob er helfen könne, vielleicht bei der Übersetzung der ärztlichen Prognosen. Ihre Dankbarkeit gewinnen, dann würde Vertrauen folgen. *Die Arme hat wahrscheinlich eine Heidenangst*, dachte er.

Dann sah er Mrs. Hacker.

Sie musste es einfach sein. In ihren Leopardenleggins, dem weißen Pelzmantel und den High Heels wäre sie wahrscheinlich überall aufgefallen, doch von den anderen, die vor den Pendeltüren zum UCI warteten – eine marokkanische Familie in Kaftanen und ein älteres spanisches Paar –, hob sie sich auf geradezu groteske Weise ab. Als Danny auf den Korridor trat, marschierte sie klackernd über den Fliesenboden und zischte in ein leuchtend pinkfarbenes Handy. Sie war Anfang sechzig, aber ihre peroxidgebleichten Haare waren über einem stark geschminkten Gesicht zu einem Turm toupiert, so dass man sie für dreißig Jahre jünger hätte halten können.

Danny drückte sich vor der Kaffeemaschine herum und versuchte mitzubekommen, was sie sagte. Dabei fiel ihm auf, dass es in Mrs. Hackers Nähe nicht nach Krankenhaus roch – die Duftwand ihres Parfüms konnte kein anderer Geruch durchdringen.

»… scheiß drauf, Dean. Finde ihn. Tu, was du tun musst, um den Scheißkerl zu finden, okay? Für deinen Dad. Für mich.«

Danny hatte keine Ahnung, wer gefunden werden sollte, war aber froh, dass es nicht er war: Unter der streichholzdick aufgetragenen Wimperntusche funkelten ihre Augen kalt und hart.

Sie beendete den Anruf. Danny ging zu ihr.

»Mrs. Hacker. Gibt's was Neues über Ihren …?«

»Wer sind Sie? Was wollen Sie?«, fragte sie feindselig.

»Mein Name ist Danny Sanchez. Ich arbeite für eine örtliche Zeitung, und ich war …«

»Kein Kommentar.«

»Aber ich wollte doch nur …«

»Kein. Kommentar. Wenn Sie mich weiter belästigen, rufe ich meine Jungs.«

»Und sie finden doch sicher, wen immer sie suchen?«

Die rubinroten Lippen öffneten sich und zeigten kleine, scharfe Zähne. »Gelauscht, was? Passen Sie auf, wo Sie Ihre Nase reinstecken – es kann passieren, dass sie Ihnen abgeschnitten wird.« Sie drückte eine Taste auf ihrem Smartphone. »Nur noch ein Wort, und ich rufe meine Jungs an. Die geben Ihnen dann was, worüber Sie schreiben können, das verspreche ich Ihnen.«

Danny wich mit erhobenen Händen zurück. Sie starrte ihm

in die Augen und drohte mit dem Handy. Danny drehte sich um und ging zur Treppe.

So viel zum schwachen Geschlecht, dachte er, während er zwei Stufen auf einmal nahm.

7

»Charlie Hacker«, sagte Danny auf dem Parkplatz des Krankenhauses in sein Handy, den Stift gezückt. »Was weißt du über den, Leonard?«

Leonard aß eben zu Mittag. Danny hörte Gläser klirren.

»Warum um alles in der Welt willst du was über diesen grässlichen Rüpel wissen?«, fragte er.

»Jemand hat ihm heute Vormittag mit einem Hammer den Schädel eingeschlagen.«

Leonard klang beeindruckt. »Nun, derjenige ist entweder außergewöhnlich mutig oder außergewöhnlich dumm.«

»Hacker bedeutet Probleme, oder?«

»Na ja, nur so 'n typischer Kleinstadtganove. Das Problem ist, seine drei Söhne ebenfalls. Zusammen sind sie eine Truppe, die durchaus ernst zu nehmen ist, wenn man den Gerüchten glauben darf. Wenn ich mich recht erinnere, zog die Familie kurz nach dem Millennium aus Shoreditch hierher. Oder aus einem ähnlichen Kaff: Wenn er den Mund aufmacht, hört man deutlich den Prolo.«

»Woher kennst du ihn?«

»Du glaubst doch nicht, dass ich mich mit einem solchen Typen abgebe, oder? Ich kenne ihn nicht. Ich weiß über ihn Bescheid. Die Mutter traf ich allerdings mal bei einer Wohltätigkeitsveranstaltung. Typische Matriarchin aus dem East End, eine schreckliche Frau, nur Haarspray, High Heels und Selbstbräuner. Angeblich regiert sie die Familie mit eiserner Faust – die allerdings mit grell lackierten Nägeln.«

»Irgendein Grund, warum jemand ihn überfallen sollte? Hacker wurde nicht ausgeraubt. Und ich habe die Frau telefonieren gehört. Anscheinend lässt sie ihre Jungs nach jemandem suchen.«

»Na ja, er ist Bauunternehmer, also vermute ich, dass er schon einige Feinde hat. Apache Construction heißt seine Firma.«

»Apache?«

»Das Firmenmotto lautet: ›Vergiss die Cowboys und lass die Indianer mal ran …‹ – ein Motto, das die Spanier kaltlassen dürfte, aber die meisten seiner Kunden sind Auswanderer.«

»Und er ist ein Cowboy?«

»Ich glaube nicht, dass Hacker sich noch selber die Hände schmutzig macht. Seine Jungs kümmern sich jetzt um die Arbeit. Sie benutzen billige Arbeitskräfte aus dem Ausland, Cash auf die Kralle und so.«

»Namen?«

»Der Jungs? Dean, Adam und Soundso. Klingt irgendwie irisch.«

»Könnte es eine Verbindung zwischen den Hackers und dem Henley Consortium geben?«

»Bist ja ein ganz Schlauer, Daniel Sanchez. Glaubst du, dass diese Geschichte mit Hacker was mit der Leiche in der Mauer zu tun hat?«

»Nicht unbedingt. Aber zwischen den Mauern eines Hauses taucht eine Leiche auf. Tags darauf kriegt ein Bauunternehmer einen Hammer auf den Kopf, wird aber nicht ausgeraubt. Ich habe gelernt, dass man Zufälle immer genauer unter die Lupe nehmen sollte.«

»Es liegt mir fern, dir irgendwelche Ideen in den Kopf zu setzen, aber warum fragst du die Hackers nicht selbst? Ihr

Firmengelände liegt am Rand des Industriegebiets bei Albox.«

»Du hast doch gesagt, die sind gefährlich.«

»Ich hab gesagt, es sind Kleinstadtganoven, aber ich glaube nicht, dass sie dir an den Kragen wollen, vor allem wenn du mit dem Vorwand hingehst, dich nach dem Wohlbefinden ihres lieben alten Vaters zu erkundigen.«

Danny war sich da nicht so sicher, vor allem wenn er an Mutter Hacker dachte. Trotzdem hielt er vierzig Minuten später vor dem Firmengelände von Apache Construction, eine offene Fläche gelbbrauner Erde, umgeben von einem Maschendrahtzaun. Das Firmenlogo – der Kopf eines Indianerhäuptlings samt Kopfschmuck und Tomahawk – hing über dem Tor. Wenn man sich die Kakteen und den strahlenden dunkelblauen Himmel wegdachte, hätte es das Gelände irgendeiner Baufirma in Großbritannien sein können: die angeschlagenen Teetassen, das Transistorradio, die herumliegenden Schmierblattseiten.

Danny war sich noch immer nicht sicher, ob es klug war, unangemeldet bei potenziell aggressiven Interviewpartnern aufzutauchen, aber er holte einmal tief Luft und nahm all seinen Mut zusammen. Ein Journalist, der vor Konfrontationen zurückschreckte, war wie ein Chirurg, der kein Blut sehen konnte: nutzlos.

Oben auf dem Zaun lagen Stacheldrahtrollen, in Abständen geschmückt mit Fotos von zähnefletschenden Mastiffs und Warnungen auf Englisch und Spanisch vor nachts frei herumlaufenden Hunden auf dem Gelände. Die Fotos waren nichts im Vergleich zu den realen Hunden. Als Danny durchs Tor trat, knallten die Köpfe von zwei riesigen Rottweilern gegen die Stäbe einer Käfigtür, die sie innerhalb eines umzäunten Geheges in einer Ecke des Geländes hielt.

Ein einstöckiges Gebäude diente als Büro und Showroom. Es sah aus, als wäre drinnen eine Bombe explodiert. Aktenschränke standen offen, Papiere und Akten lagen überall verstreut auf Tischen und Stühlen. Ein offensichtlich nervöser Mann fluchte auf Spanisch, während er, sich am Kopf kratzend und mit Schweißflecken unter den Achseln seines Hemds, zwischen den Papierstapeln hin und her rannte. Danny klopfte an die Tür. Eine stark geschminkte Sekretärin, die Bluse einen Knopf zu weit geöffnet, begrüßte Danny mit einem Lächeln, das so falsch war wie ihre ins Orange tendierende Bräune. Danny erwiderte das Lächeln und stellte sich vor: »Ich suche nach den Hacker-Jungs.«

Sie runzelte die Stirn, als Danny sagte, dass er Journalist sei. »Dean ist drüben im Lagerhaus.« Sie deutete zu einer großen Halle aus nackten Waschbetonsteinen mit einem Wellblechdach. »Callum muss auch hier irgendwo sein. Sie sind eben zurückgekommen.« Danny fragte sich, ob sie den gefunden hatten, den Ma Hacker aufgestöbert haben wollte.

»Lagerhaus« war eine wohlwollende Beschreibung. Das Durcheinander drinnen hatte eher mit einem Werkzeugschuppen zu tun, nur eben in größerem Maßstab. Überall lagen achtlos verstreute Baumaterialien und kaputte Werkzeuge herum. Aus aufgerissenen Säcken quoll Zement auf den Boden. An der Wand stapelten sich Holzpaletten zwischen Zaunpaneelen, Firstbalken, Fensterrahmen und Brettern. Zwei brandneue Schaumfeuerlöscher hingen an den Wänden, einer neben dem Tor, der andere auf halber Höhe der Halle. In dem ganzen Durcheinander wirkten sie völlig fehl am Platz.

Dean Hacker sah aus wie Ronny Kray: große Nase, große Augen, großer Mund, alles groß. Vielleicht war es aber sein Anzug, der Danny an Kray denken ließ, ein maßgeschneiderter mit Einstecktuch. Wie auch immer, die Sechzigerjahre-Ganovenmasche wirkte bei ihm.

»Irgendein Trottel von der Gemeindeverwaltung hat uns dazu gezwungen, die aufzuhängen«, sagte er, als ihm auffiel, dass Danny sich die Feuerlöscher anschaute. »Wie auch immer, wer sind Sie und was wollen Sie?« Dean Hackers Feindseligkeit war weniger offensichtlich als die seiner Mutter, aber deutlich spürbar.

Danny erklärte, wer er war, und sah, wie die Miene des Mannes sich verhärtete. »Ich wollte mich nur erkundigen, wie es Ihrem Vater geht. Wissen Sie, er wurde direkt vor unseren Redaktionsräumen überfallen.« Danny fand es im Augenblick unpassend, zu erwähnen, dass die Feuerlöscher nicht für die Verwendung in Innenräumen gedacht waren.

»Er wird's überleben. Im Gegensatz zu dem Scheißkerl, der ihm eins übergezogen hat.« Hacker bahnte sich einen Weg durch das Chaos. Für sein Gewicht bewegte er sich leichtfüßig wie ein Boxer. Danny wich zum Tor zurück.

»Was glauben Sie, wer es war?«

Hacker kniff die Augen zusammen. »Sind Sie der Typ, der meine Mutter im Krankenhaus belästigt hat?«

»Nee.« In Anbetracht des drohenden Blicks von Hacker kam Danny diese Lüge leicht über die Lippen, wie auch der rasche Themenwechsel. »Ich wollte nur zwei Fliegen mit einer Klappe schlagen. Ich brauche Informationen über örtliche Bauunternehmer. Können Sie sich noch an eine Firma namens Henley Consortium erinnern?«

»Sie stellen aber viele Fragen, was?«

»Ich bin Journalist. Es ist mein Jo...«

Danny blieb stehen, als aus dem hinteren Teil der Halle ein dumpfes Schlagen kam. Etwas schepperte wie eine Katzenklappe. Dann tauchte der Kopf des Hundes auf. Triefende

Augen richteten sich auf Danny. Die Schnauze kräuselte sich, als der massige Rottweiler Witterung aufnahm.

Dann preschte er los, von null auf hundert in einem Sekundenbruchteil; und ungefähr so lange brauchte er, sich in einen sabbernden, zähnefletschenden Höllenhund zu verwandeln, dessen schwere Pfoten über den Hallenboden trampelten. Dannys Instinkt übernahm. Er rannte auf den nächsten Palettenstapel zu, stemmte die Wüstenstiefel auf die Holzkanten und zog sich hoch. Er spürte den Atem des Hundes an seinem Knöchel und konnte das Bein in letzter Sekunde hochziehen.

Heftig bellend warf der Hund sich gegen den Palettenstapel. Dean Hacker legte den Kopf in den Nacken, sein großer Mund öffnete sich zu einem stummen höhnischen Lachen. Ein zweiter Hacker – dieses Granitgesicht war unverkennbar – tauchte grinsend im Tor auf. »Ich habe gehört, du hast einen Journalisten bei dir, Dean. Ich dachte mir, ich lasse ihm Ripper seine Fragen beantworten.«

Callum Hacker war so groß wie sein Bruder, aber sehr viel schwammiger. Sein Hals und die Hände – die einzige Haut, die sein schmuddeliger Jogginganzug sehen ließ – waren mit Tattoos bedeckt. Er wandte sich Danny zu. »Ich würde ja gern sagen, sie beißt nicht, aber sie tut es.«

»Sehr lustig«, entgegnete Danny und versuchte, seine wackelige Zuflucht zu stabilisieren. »Schaffen Sie das Vieh hier raus.«

Dean Hacker packte den Hund an seinem Stachelhalsband und zerrte ihn über den Boden in den hinteren Teil der Halle zurück. Er verschwand hinter einem Holzstapel. Wieder war das Klappern zu hören. Als er zurückkam, war der Hund verschwunden.

»Wie gefällt Ihnen unsere kleine Überraschung für Einbrecher?«, fragte Dean Hacker. »Ich habe die Klappe einsetzen lassen, als irgend so ein Arschloch hier einbrach und ’ne Menge Werkzeuge klaute.« Er winkte Danny von dem Stapel herunter. Doch Danny blieb, wo er war.

»Blockieren Sie mit irgendwas die Klappe.«

Dean Hacker lachte wieder. »Bist ein ganz Harter, was, Schreiberling?« Er schob ein Zaunpaneel davor.

Danny kletterte herunter. Sein Schienbein war aufgeschürft, in der Handfläche steckten Schiefer.

Callum Hacker spuckte vor Dannys Füßen auf den Boden. »Das Interview ist zu Ende, Idiot.«

8

An diesem Abend legte Danny *Das Imperium schlägt zurück* in den DVD-Player und machte es sich unter einer Decke auf der Couch gemütlich. Von seiner Mutter war noch immer nichts zu sehen. Und das war auch gut so: Der Besuch bei den Hackers hatte ihn dermaßen aus der Fassung gebracht, dass er eine gluckende Adriana Sanchez absolut nicht gebrauchen konnte. Auch wenn sie für gewöhnlich die Verkörperung der Verantwortungslosigkeit war, konnte sie doch auch die übertriebene Aufmerksamkeit an den Tag legen, die Generationen spanischer Mütter zu höchster Kunst perfektioniert hatten.

Danny schloss die Augen und lauschte der Titelmelodie des Films. In letzter Zeit fiel ihm auf, dass er sich immer stärker zu solchen Filmen hingezogen fühlte. Vielleicht waren es die Erinnerungen an die Kindheit, die sie weckten, vielleicht aber auch nur die Laserstrahlen und Lichtschwerter, die so antiseptisch wirkten ...

Danny. Ich muss reden.

Es kam ihm vor, als wäre er, kaum dass er die Augen geschlossen hatte, schon wieder wach. Mit klopfendem Herzen setzte er sich auf. Der blau-weiße Schimmer des Fernsehers fiel auf seine nackte Brust. Während er nach der Fernbedienung griff, versuchte er sich an die Details des Albtraums zu erinnern. Doch da war nichts, nur ein vages Gefühl der Beunruhigung, das sich in Angst und dann in blindes Entsetzen gesteigert hatte. Oft mischten sich beliebige Erinnerungsschnipsel in seine Träume: Schnappschüsse aus seiner

Kindheit und Jugend, von Leuten, die er gekannt, mit denen er gearbeitet, die er geliebt hatte. Aber wenn er einen Albtraum hatte, war es immer so, dieses sperrige Eindringen der Erinnerung in den Traum, die Stimme, undeutlich durch schlechten Empfang, die diese immer gleichen Worte in sein Handy sprach.

Danny. Ich muss reden.

Mann, hatte er nicht schon genug getan, um seine Schuld zu sühnen?

Er schnappte nach Luft, trank einen Schluck Wasser. Die Küchenuhr zeigte vier Uhr siebzehn an. Lucky reckte schläfrig den Kopf aus ihrem Körbchen und ließ ihn mit einem leichten Ausatmen wieder sinken. Offensichtlich war es noch zu früh für Hunde, doch Danny wusste aus Erfahrung, dass es nichts brachte, wenn er jetzt versuchte, wieder einzuschlafen.

Zuerst schrieb er seinen Artikel über die britischen Bewohner Almerías um. Die nächste Stunde verbrachte er damit, das gute Dutzend Kurzmeldungen zu redigieren – Artikel mit hundert Worten zu weniger wichtigen Themen –, die er jede Woche abliefern musste. Dann schaute er in seinen Terminkalender. Um neun Uhr hatte er ein Interview mit dem Leiter einer örtlichen Wohltätigkeitsorganisation – Shelter All. Er schaute sich die amateurhafte Website des Vereins an, machte sich einige Notizen zu Shelter All: Als gemeinnützige, nicht religiöse Organisation bot sie telefonische Beratung für Einwanderer in sechs Sprachen an. Doch er konnte sich nicht wirklich konzentrieren. Diese verdammte Dokumentenmappe, die Arthur Cooke ihm gegeben hatte, musste noch irgendwo im Haus sein, da gab es keinen Zweifel. Es war, als würde ein Essensrest am Gaumen kleben.

Weggeworfen hatte er sie auf keinen Fall. O Mann, diese Menge an Zeug, das er im Verlauf der Jahre gesammelt und aufgehoben hatte – Pressemappen, Handouts, Berichte, Broschüren –, er war schon fast ein Messie. Das behauptete zumindest seine Mutter, als sie den Zustand seines Bungalows sah. Er aß etwas, trank Kaffee und ging noch einmal die Schachteln in seinem Büro durch. Genau dort hatte sich die Mappe befunden, da war er sich ganz sicher, in den Schachteln, die er aus dem Zimmer seiner Mutter geholt hatte.

Und dorthin ging er jetzt, setzte sich auf das Bett seiner Mutter und versuchte nachzuvollziehen, wo die Schachteln gestanden hatten. Dann fiel es ihm ein. Er sah das verdammte Ding vor sich, ganz oben in der größten Schachtel, eine Ecke der blauen Mappe lugte heraus. Er suchte wieder sein Büro auf, fand die Schachtel.

Nichts.

Wohin, zum Teufel, war das Ding verschwunden? War es auf den Boden gefallen? Irgendwo dazwischengerutscht?

Danny hielt inne und knirschte mit den Zähnen, als ihm bewusst wurde, wo die Mappe war.

Danny hatte nur selten Übernachtungsgäste. Deshalb war das Bett im Zimmer seiner Mutter ein wackeliges, altes Ding. Doch eben hatte es sich keinen Millimeter bewegt, als er sich daraufsetzte. Er hob die herunterhängende Ecke der Tagesdecke an und sah die blaue Mappe unter dem hinteren Bein klemmen.

Als er das Ding herauszog, fluchte er laut auf Spanisch, was er immer tat, wenn er seinem Ärger Luft machen musste: Zum Fluchen gab es keine bessere Sprache als das Spanische.

Er blätterte die Unterlagen durch. Arthur Cooke hatte nicht übertrieben, als er sagte, er hätte jedes einzelne Dokument beigefügt: Es gab Hunderte Blatt Papier sowohl auf Spanisch als auch auf Englisch. Danny schaute auf die Uhr: 8.13. Er musste los.

Er legte die Dokumente in eine Schublade seines Schreibtisches, verschloss sie und füllte Luckys Schüsseln mit Wasser und Futter.

Als er zu seinem Auto ging, überlegte er, wie er seiner Mutter am besten beibrachte, dass sie sich eine andere Bleibe suchen müsse.

9

Dienstag, 30. März 2010

In der Provinz Almería leben ungefähr sechshundertsiebzigtausend Menschen. Nur achtzig Prozent davon sind Spanier.

Das andere Fünftel besteht aus einer großen, vielsprachigen Bevölkerung, die mit ihren spanischen Nachbarn unterschiedlich erfolgreich zusammenlebt. Im Gegensatz zu einigen Regionen Andalusiens, wo der Ausländeranteil vorwiegend aus britischen Rentnern besteht, kommt die Mehrheit der Einwanderer nach Almería, weil sie Arbeit sucht; zum großen Teil Marokkaner und Rumänen, aber wenn man genau hinschaut, findet man Menschen aus jeder Weltgegend – aus dem Senegal, Bolivien, Estland, China und Russland.

Abgesehen von ein paar unglücklichen Vorfällen, bei denen rassistische Spannungen zu ernsthaften Krawallen ausarteten, sind die Beziehungen im Allgemeinen harmonisch. Wie viele Menschen, für die wirkliche Armut nur eine oder zwei Generationen in der Vergangenheit zurückliegt, sind die Spanier eher bereit, zu akzeptieren, dass auch andere in der Welt vorankommen wollen. Das ist vor allem in Andalusien so, wo fast jede Familie Angehörige hat, die auf Arbeitssuche ins Ausland gehen mussten.

Dennoch können kulturelle Konflikte problematisch werden. Alkohol und Schweinefleisch gehören wesentlich zur spanischen Kultur; Frauen tragen kurze Röcke, liegen oben ohne am Strand. Einige Einwanderer benötigen Hilfe bei der

Anpassung, andere brauchen einfach jemanden, der sich um sie kümmert.

Zumindest war das die Art und Weise, wie Toby Ibañez es erklärte.

»Marokkaner, Algerier, Senegalesen, Nigerianer: Diese Menschen erleben nicht nur die Kompromisslosigkeit der einheimischen Bevölkerung, sie treiben auch orientierungslos in einer Kultur, die ihnen vollkommen fremd ist. Diese Leute sind verletzlich. Wenn sie ankommen, sprechen sie normalerweise kein Spanisch. Kriminelle Banden innerhalb ihrer eigenen Gemeinschaft setzen ihnen zu. Eine Organisation wie Shelter All ist der einzige Rettungsanker, den sie haben. Deshalb unser Motto: *Shelter All* – von den Menschen von Almería für die Menschen von Almería.«

Danny nickte, weil er sich seine Enttäuschung nicht anmerken lassen wollte. Es war nun schon das dritte Mal, dass Ibañez ihm dieses Motto vorbetete.

Wie Danny war auch Ibañez perfekt zweisprachig. Sein Spanisch wies eine leicht südamerikanische Färbung auf, aber die beiden Männer hatten vereinbart, Englisch zu sprechen, das bei Ibañez klang, als würde er aus dem Südosten Großbritanniens kommen. Danny wollte ihn mögen. Verdammt, Ibañez war doch einer der Guten, oder? Er half den Menschen. War engagiert. Uneigennützig. Aber er hatte etwas Undefinierbares an sich, das Danny abstieß. Vielleicht war es die salbungsvolle Art, wie er sprach, die Blasiertheit seiner Worte oder wie schnell die Augen hinter der Lennon-Brille feucht wurden. Er war zu erpicht darauf, gemocht zu werden.

Shelter Alls Büro befand sich in einer Gewerbeimmobilie in einer Ladenzeile in der Stadt Campo Hermoso, zwischen einem Bäcker und einer Eisenwarenhandlung. Es bestand aus vier Räumen: einem Empfangsbereich mit Postern von glücklichen afrikanischen Frauen in bunten Kleidern, einem großen Zimmer mit Kinderspielzeug und einem dritten mit Tischen und Stühlen, in dem Sprachkurse abgehalten wurden. Die Tür zum hinteren Zimmer war geschlossen. Ein Schild an der Tür bat: »Vor dem Eintreten bitte klopfen«. Dort werde die Telefonberatung abgehalten, erklärte Ibañez. »Egal, welcher Rasse, welchen Glaubens oder welcher Hautfarbe, hier findet man Zuflucht.«

»Daher der Name – *Shelter.*«

»Genau. Zuflucht eher im seelischen Sinn. Als ich die Leitung übernahm, überlegte ich, ihn zu ›Gimme Shelter‹ zu ändern, aber ich fürchte, ich bin ein ziemlicher Beatles-Fan«, erklärte Ibañez, während Danny eine Broschüre überflog. Das Bonmot war offensichtlich sein Partywitz. Danny rang sich ein Lächeln ab.

»Wie finanziert sich die Organisation?«

Nun wurde Ibañez ernst. »Na ja, das ist ein permanenter Kampf, wie man sich ja vorstellen kann. Zum Glück gehört dieses Haus uns, wir müssen also keine Miete bezahlen. Die meisten, die bei uns arbeiten, tun es unentgeltlich, auch wenn wir uns bemühen, jeden Monat etwas zu finden, um unseren Stammmitarbeitern ein wenig über die Runden zu helfen. Außerdem bekommen wir eine kleine Beihilfe von der Provinz.«

»Erzählen Sie mir von den Hotlines.«

»Nun, inzwischen sind sie vierundzwanzig Stunden besetzt. Wir verfügen über ein Team von sechs Freiwilligen, die an den Apparaten sitzen. Insgesamt sprechen sie sechs Sprachen.«

»Und all diese Sprachen sind vierundzwanzig Stunden am Tag verfügbar?«

Ibañez legte die Stirn in Falten. »Leider nicht. Das ist der Grund, warum Vielsprachige wie Allison – die jetzt gerade

Dienst hat – so wichtig sind. Aber wir versuchen, immer jemanden hier zu haben, der Englisch, Spanisch und Französisch spricht.«

»Kann ich einen Ihrer Mitarbeiter in Aktion sehen?«

Ibañez klopfte an die geschlossene Tür des Zimmers im hinteren Teil des Gebäudes. Dort saß eine dunkelhaarige Frau am Telefon und redete auf Französisch. Sie schaute Danny mit intensiven, braunen Augen an. Danny hob die Kamera, um ein Foto zu schießen. Die Frau drehte sich zur Wand und drohte mit dem Zeigefinger. Ibañez fasste Danny am Arm und führte ihn aus dem Zimmer. »Allison ist ein absolutes Arbeitstier, aber sehr schüchtern. Am Nachmittag arbeitet sie nicht so oft. Normalerweise bemannt – oder sollte ich sagen ›befraut‹ – sie nachts die Apparate. Sie ist ein Engel. So sympathisch. Und sie arbeitet so fleißig. Tagsüber unterrichtet sie die Kinder in den örtlichen Kitas in Englisch.«

»Woher kommt sie?«

»Sie ist Engländerin, aber sie spricht gut Französisch und perfekt Spanisch. Wie ich immer sage, sie ist das Rückgrat unserer Organisation.«

»Was ist mit Problemen?«

»Probleme?«

»Ein Verein wie dieser zieht doch sicher Säufer und Drogensüchtige an.«

Ibañez nickte. »Natürlich. Und wir bemühen uns redlich, ihnen die Hilfe zu geben, die sie brauchen. Aber wir verfahren nach sehr strengen Regeln. Jeder, der irgendwie berauscht wirkt – von welchem Stoff auch immer –, wird vor die Tür gesetzt.« Er strich sich über den sauber gestutzten Bart. »Hören Sie, ich würde lügen, wenn ich sagte, wir schwenken einfach einen Zauberstab und lösen die Schwierigkeiten der Leute im Nu. Sehr oft haben wir es mit Problemen zu tun, die unsere Möglichkeiten übersteigen. Aber jeder, der hierherkommt, erhält früher oder später garantiert irgendeine Form von Hilfe, auch wenn es nur ein offenes Ohr oder eine Schulter zum Ausweinen ist.«

Die beiden Männer verabschiedeten sich. Ibañez fragte, ob er den Artikel vor dem Druck lesen dürfe. Danny schüttelte den Kopf.

»Ich schreibe einen Artikel, Mr. Ibañez, keine Presseverlautbarung. Ich berichte, was ich gesehen und gehört habe, aber der Einzige, der ihn vor Drucklegung zu sehen bekommt, ist mein Herausgeber. Machen Sie sich keine Sorgen«, fügte er hinzu, als er Ibañez' langes Gesicht bemerkte, »über eine Wohltätigkeitsorganisation schreibe ich keinen Verriss. Ich bin sehr beeindruckt von dem, was ich gesehen habe.«

Danny spazierte einmal um den Block. Danach sprach er mit den spanischen Ladenbesitzern zu beiden Seiten von Shelter All. Der junge Mann im Eisenwarenladen runzelte die Stirn bei der Erwähnung des Vereins, wollte aber mit einem Journalisten nicht reden. Die alte Frau in der Bäckerei hatte diese Skrupel nicht.

»Es ist eine Schande – diese Leute, die den ganzen Tag dort rumhängen. Vorgestern war einer da, der keine Schuhe anhatte. Seine Füße sahen aus wie Ziegenhufe, so schwielig waren sie.«

Danny wollte eben weiterfragen, als Leonard anrief. Seine Stimme sprudelte vor Aufregung.

»Rat mal, was ich eben herausgefunden habe?«

»Warum soll ich raten, wenn du es mir sowieso gleich sagst?«

»Du kannst ja so humorlos sein, Danny! Du hast mich überhaupt nicht verdient. Aber ich hab heut gute Laune, also zück Stift und Papier ...«

10

Um eins war Danny wieder auf der Straße. Er fuhr zurück ins Almanzora-Tal. Leonard hatte ihm wichtige Informationen über Charlie Hacker gegeben. »Im Dorf El Pulpillo gibt's einen Auswandererpub, den Hacker des Öfteren besuchte, um zu trinken. Die Wirtin heißt Irene Sparks. Es geht das Gerücht, dass Hacker erst kürzlich mit einem anderen Stammgast *Streit* hatte – Streit der angelsächsischen Art, wenn du weißt, was ich meine. Vielleicht könnte das dein Hammermann sein. Wie auch immer, wenn irgendjemand weiß, was da wirklich passiert ist, dann diese Sparks. Soweit ich weiß, ist sie ein schreckliches Klatschmaul.«

Man muss schon eins sein, um eins zu erkennen, dachte Danny beim Auflegen.

Das Dorf El Pulpillo lag auf halber Strecke ins Almanzora-Tal. El Pulpillos Hauptstraße – wenn man sie so nennen wollte – war hundert Meter lang. Es gab keinen Bürgersteig, nur eine weiße Linie auf dem brüchigen Asphalt, die Autos von Fußgängern trennte. Gummischwellen waren in regelmäßigen Abständen mit Stahlstiften in den Straßenbelag geschraubt, um die Leute vom Rasen abzuhalten. In diese Schwellen waren so breite Löcher geschnitten worden, dass ein Auto durchfahren konnte. Kaum eine andere Nation tolerierte behördliche Eingriffe ins Privatleben weniger als die Spanier.

Der Einfluss der Auswanderer war unverkennbar. Beim Friseur hing ein großes, handgemaltes Schild im Fenster: WIR

SPRECHEN ENGLISCH. Ein Stückchen weiter unten gab es eine Fish-&-Chips-Bude und einen britischen »Supermarkt« mit Regalen voller britischer Importe: Marmite, Tüten mit Bisto-Saucenpulver, Gläser mit Currysauce. Daneben befand sich der Pub, den Danny suchte.

Ein echtes Pub-Schild hing über dem Eingang, The Rose and Crown, doch der Lack war aufgeplatzt und von der Sonne ausgebleicht. Danny blieb stehen, um ein DIN-A4-Blatt auf dem Glaseinsatz der Tür zu lesen. *Pubwatch – out of one, out of them all.* Die Selbstverteidigung der Wirte: Wenn einer dich aus seinem rauswirft, bist du aus allen draußen. Ein ähnliches Schild hatte Danny schon im Fenster der Fish-&-Chips-Bude gesehen. Noch ein triumphaler britischer Import.

Der »Pub« war früher eine spanische Bar gewesen. Durch die Tür trat man in einen einzelnen großen Raum mit gefliestem Boden und einer Theke aus Metall. Mitten im Raum stand ein Billardtisch. Eine Gruppe englischer Jugendlicher mit nördlichem Akzent vertrieb sich mit einem Spiel, vulgärem Gequassel und Pints die Zeit. Einer starrte Danny an, als er hereinkam, lachte aber nur spöttisch auf, als er die Tasche auf Dannys Schulter entdeckte.

Das Mädchen hinter der Theke schien viel zu jung zu sein, um in einem Pub arbeiten zu dürfen. »Mum schläft gerade«, antwortete sie, als Danny sie nach Irene Sparks fragte.

Danny bestand darauf, mit ihr zu sprechen. Minuten vergingen, dann klackerten High Heels die Treppe herunter. Mum hatte tatsächlich geschlafen – ihren Rausch ausgeschlafen, so wie sie aussah.

»Zum Teufel, wer sind denn Sie? Hab für heute extra keinen Termin ausge…«

»Danny Sanchez, Journalist, *Sureste News*. Ich habe gehört, Sie sind die richtige Person, wenn man was über die örtliche Auswandererszene erfahren will, Irene.«

Danny hatte darauf gebaut, dass Schmeichelei funktionierte. Das tat sie auch. Irene reckte die Brust vor. Neugier funkelte in ihren blutunterlaufenen Augen, als sie Dannys Visitenkarte entgegennahm. »Journalist, was?« Sie gab ihrer Tochter ein Zeichen, die daraufhin anfing, eine Bloody Mary zu mixen.

»Genau.« Danny machte seinen eigenen Akzent etwas markanter. Jetzt war er einer von ihnen. »Kennen Sie einen Kerl namens Charlie Hacker?«

Irene Sparks lächelte. »Ich weiß, warum Sie hier sind. Hacker hat gestern mit ’nem Hammer eins übergebraten bekommen, oder? Hab das im Lokalblatt gelesen.«

»Genau. Irgendeine Idee, wer das gewesen sein könnte? Mit wem könnte Hacker Streit gehabt haben?«

»Mit jedem, für den er je gearbeitet hat.«

Danny tat amüsiert und bestellte sich ein Mineralwasser. »Und in letzter Zeit?«

Die Tochter stellte die Bloody Mary auf die Theke. »Alan Reade«, sagte sie. Irene schnippte mit den Fingern. »Ja, Reade stritt sich die ganze Zeit mit Hacker.«

»Wer ist er?«

»Reade? Von Beruf ist er Klempner. Typischer Liverpooler. Streitlustig, wenn er ein paar intus hat. Gibt immer an, was für eine harte Nuss er ist. Hat lauter Daten auf den Unterarm tätowiert. Behauptet, das wären die Zeiten, die er im Gefängnis verbracht hat.«

»Glauben Sie ihm?«

»Wer weiß? Einen zwielichtigen Ruf hat er auf jeden Fall. Ziemlich flinke Finger, wenn Sie wissen, was ich meine.«

Sie zwinkerte Danny zu, für den Fall, dass er es nicht wusste.

»Worüber stritten sich Reade und Hacker?«

»Über alles und jedes. Die Arbeit war nicht termingerecht, die Mauern waren nicht an der richtigen Stelle, er mochte die Arbeiter nicht, die Hacker schickte.«

»Was war das Problem mit den Arbeitern?«

»Hacker setzt vorwiegend billige Arbeitskräfte ein. Einwanderer.«

Danny schlug sein Notizbuch auf und notierte sich die Informationen. Die letzte kreiste er ein. Einwanderer, die ihr Geld auf die Hand bekamen, waren einer der Gründe, warum es schwierig war, eindeutige Einwohnerzahlen für die Provinz festzulegen. Jährlich zogen Zehntausende von Wanderarbeitern durch die Region – Nordafrikaner, Osteuropäer, Südamerikaner. Es war reine Ironie, dass einige Briten ein ganzes Jahrzehnt in Spanien verbringen konnten, ohne auch nur ein Dutzend spanische Wörter zu kennen, aber innerhalb weniger Wochen wussten, wie man das System am besten ausnutzte.

»Wie sieht Reade aus?«

»Ziemlich groß und dürr, hat 'ne Narbe auf der Lippe.«

»Haare?«

»Lang und blond. Oben schon ziemlich dünn, trägt aber noch immer einen Pferdeschwanz.«

»Alter?«

»Anfang vierzig, vielleicht auch jünger.«

»Braune Haut?«

Irene Sparks lachte. »Braun? Alan Reade? Der sieht aus wie ein verdammtes Gespenst.«

Das klang also nicht nach dem Typen, den die Zeugen als Hackers Angreifer beschrieben hatten. Aber Reade konnte ja auch jemanden bezahlt haben. Dem sollte man nachgehen.

»Sonst noch was, über das sie sich gestritten haben könnten?«

»Sein Haus«, sagte ein Mann etwas weiter unten an der Bar. Danny drehte sich zu dem Mann, um ihn in das Gespräch einzubeziehen.

»Sein Haus?«

»Hackers Firma baute Reades Haus. Sie stritten sich die ganze Zeit darüber.«

Die Wirtin nickte heftig. Jetzt, da die halbe Bloody Mary bereits getrunken war, genoss sie offensichtlich die Situation. »Das stimmt. Der verdammte Kasten ist eben erst fertig geworden. Wir dachten, damit wäre die Sache gegessen, aber dann wurde es nur noch schlimmer. Reade behauptet, die Hackers hätten ihn beschissen.«

»Wie?«

»Na ja, zuerst unterbrachen sie für fast ein Jahr die Arbeit. Dann meinte er, es wäre nicht so groß, wie es sein sollte. Und es würde stinken.«

Der Mann an der Bar prustete. »Das muss gerade der sagen.«

»Inwiefern stinken?«

Die Wirtin zuckte die Achseln. »Hat er nie genau gesagt. Nur, dass es stinkt. Wie auch immer, ich würde mir keine großen Gedanken über die Gründe ihrer Streits machen. Es ist vor allem immer zu viel Alkohol und dummes Dahergerede.«

»Haben Sie eine Ahnung, wo Mr. Reade jetzt sein könnte?«

»Nicht in seinem Haus, wenn er auch nur ein bisschen Grips hat.«

»Warum das?«

»Hackers Söhne. Es sind drei, und zusammen wiegen sie so viel wie ein Bulldozer.«

Danny schüttelte den Kopf. »Zeugen behaupten, Charlies Angreifer wäre ein dunkelhaariger Typ gewesen.«

»Der muss aufpassen, dass Charlies Jungs ihn nicht in die Finger kriegen. Wie auch immer, Reade lästert schon so lange über Hacker, dass er es nicht anders verdient.«

»Als von ’nem Bulldozer überrollt zu werden, was?«

Irene kreischte noch immer vor Lachen, als Danny die Bar verließ und zu seinem Auto ging.

11

Irene Sparks hatte Danny den Weg zu Reades Haus beschrieben. Doch das brachte ihm nicht viel. Eine Gruppe brauner Hügel nach der anderen. Asphaltbänder, die kaum breit genug waren für zwei Autos, schlängelten sich durch offene Ebenen mit Büscheln von Espartogras und stacheligen Kakteen. Wenigstens die Apfelbäume blühten, doch die zarten hellrosa Knospen wirkten in der Spaghetti-Western-Landschaft fehl am Platz.

Es war schon eine Weile her, dass Danny das letzte Mal in Almanzoras Hinterland gewesen war. Er konnte gut verstehen, warum so viele Briten es vorzogen, hier ihren Ruhestand zu verbringen. Überall war leerer, freier Raum, der Horizont umringt von hohen Bergen. Die Landschaft leuchtete in Pastelltönen: Grün und Ocker für die Hügel des Vorgebirges, rötliches Braun für die Steilhänge, und über allem der helle und klare Himmel, wolkenlos wie ein polierter Saphir, und das für etwa dreihundert Tage im Jahr. Filmemacher und Fotografen liebten das Licht in Almería.

Überall wurde aber auch gebaut. Einige Dörfer waren so schnell gewachsen, dass Anwesen an Straßen entstanden, die noch nicht einmal einen Namen hatten. Anwesen wie das von Alan Reade.

Danny fuhr langsam und versuchte sich Dinge einzuprägen, die man als Orientierungspunkte benutzen konnte. Eine abgebrochene Palme, eine zerbröckelnde Mauer, ein Umspannwerk. Was jedoch wirklich ins Auge stach, waren die

Dutzende halb fertiger Häuser, die die Straßen säumten: einige Ziegelkästen, die fast schon fertig waren, andere kaum mehr als graue Betonskelette.

Die Mauern von Reades Bungalow waren satt burgunderrot gestrichen, die Fenster weiß umrahmt. Eisenstreben schützten die Scheiben.

Danny drückte auf die Klingel, wusste aber sofort, dass Reade nicht zu Hause war. Sein halbes Leben hatte er damit zugebracht, an die Türen von Fremden zu klopfen. Er wusste, wann eine Klingel in einem leeren Haus ertönte. Als er sich umwandte, bemerkte er eine Frau, die durch ein Fenster des gegenüberliegenden Hauses zu ihm herüberspähte. Er ging zu seinem Auto und wartete zwanzig Minuten. Irene Sparks hatte ihm Reades Handynummer gegeben. Danny versuchte es, doch es sprang sofort die Mailbox an.

Dann schaute er rasch die Straße entlang und ging um das Haus herum.

Das Wasser in dem nierenförmigen Swimmingpool kräuselte sich leicht; irgendwo lief eine Filteranlage. Er beschirmte die Augen mit beiden Händen und spähte durch die Terrassentür. Drinnen war alles makellos sauber. Auf einem Regal stapelten sich Ablageboxen und Dokumente.

Danny erreichte die hintere Ecke des Hauses und rümpfte die Nase. In einer Sache hatte Reade recht: Das Haus stank. An der Vorderseite war das nicht zu bemerken, doch je näher Danny der Rückseite kam, desto heftiger wurde der Gestank. Das Fenster in dieser Wand war beschlagen. Wahrscheinlich ein Problem mit der Kanalisation, dachte Danny, eine Verstopfung der …

Er erstarrte, als vor dem Haus ein Fahrzeug kreischend zum Stehen kam. Eine Tür wurde zugeknallt. Schnelle Schritte knirschten über Kies, gefolgt von heftigem Hämmern an die Tür – das ganze Haus schien unter ihnen zu erzittern. »Komm raus, Reade, du Arschloch«, bellte ein Mann. »Ich weiß, dass du da drin bist.«

Panische Angst ergriff Danny, als der Mann um das Haus herumlief und ihn böse anglotzte. Wobei Danny seinen Blick gar nicht sah – er war viel zu sehr damit beschäftigt, den Baseballschläger in der Hand des Mannes anzustarren.

Das musste Hacker Nummer drei sein: Adam. Er hatte das Mopsgesicht und die Schweinsaugen seiner Brüder. Und noch mehr Masse als sie. Adam Hacker war Gewichtheber und wollte die Leute dies sehen lassen. Das war der Grund, warum er nur ein Unterhemd trug, damit man die Steroid-Wölbungen seiner Oberarme sah. Danny dachte an seinen Spruch mit dem Bulldozer – und fand ihn plötzlich gar nicht mehr so lustig.

»Wer, zum Teufel, sind denn Sie?«, fragte Adam Hacker und deutete mit dem Schläger auf Danny. Der Instinkt befahl Danny davonzulaufen, aber wenn er sich jetzt in Bewegung setzte, würde Hacker ihm auf der Stelle nachrennen.

Die Erfahrung siegte. Wenn er im Journalismus irgendetwas gelernt hatte, dann blitzschnell und überzeugend Unsinn zu reden.

»Alan Reade, nehme ich an«, antwortete Danny und nahm eine offiziöse Haltung ein. »Wir suchen nach Ihnen.«

»Willste mich verscheißern? *Ich* suche nach Reade.«

»Schön für Sie. Ich bin vom britischen Konsulat. Reade befindet sich in Schwierigkeiten«, sagte Danny. Er klappte wie ein Polizist seine Brieftasche auf und ließ Adam Hacker einen kurzen Blick auf den geklauten Konsulatsausweis werfen, den er immer bei sich trug. Mit seiner purpurroten Beschriftung und dem goldfarbenen Einhorn wirkte er ziemlich beeindruckend, wenn man ihn nur für eine Sekunde sah – und mehr gestattete Danny ihm nicht.

»Und wie der in Schwierigkeiten ist.«

»Dann stehen wir auf derselben Seite«, sagte Danny, machte einen Schritt auf ihn zu und streckte ihm die Hand entgegen.

Adam Hacker starrte Dannys Hand an. Keiner der Hacker-Brüder schien besonders intelligent zu sein. Dieser jedoch war schlau genug, es zu erkennen; man konnte beinahe Zahnräder knirschen hören, als er die Situation einschätzte. »Adam Hacker«, sagte er nach einer gefühlten Ewigkeit, umklammerte mit riesiger Pranke Dannys Hand und drückte fest genug zu, um ihn wissen zu lassen, dass das nur ein Viertel dessen sei, wozu er fähig war. »Was hat Reade denn ausgefressen?«

»Das ist Sache des Konsulats«, erwiderte Danny, zog sein Handy aus der Tasche und sprach hinein, während er sich ein paar Schritte entfernte. *Ich bin ein vielbeschäftigter Mann,* drückte seine Körpersprache aus, *ich habe Dinge zu erledigen.* »Richten Sie der Polizei aus, dass Reade nicht zu Hause ist«, sagte er in den Apparat, nachdem er so getan hatte, als würde es klingeln. Dabei sprach er das Wort »Polizei« extra laut und deutlich aus. »Ja, ich warte auf sie.«

Vor dem Haus stand ein weißer Transit mit dem ausgebleichten Apache-Logo. Adam Hacker ging darauf zu, drehte sich dann aber noch einmal um. »Wenn Sie Reade sehen, sagen Sie ihm, Adam Hacker lässt schön grüßen.«

»Bin ich vielleicht Ihr Bote?«

»Glauben Sie, ich mach nur Spaß?«

Nein, das dachte Danny nicht. Nicht jetzt, da Adam Hacker ihn an die Mauer drückte und sein großes, hässliches Gesicht ganz dicht an seins brachte. »Konsulat, Polizei, ist mir scheißegal. Wer zwischen uns und Reade gerät, wird es bereuen.«

Danny wartete, bis der Transporter verschwunden war. Dann lief er zu seinem Auto und fuhr in die Gegenrichtung.

Schnell.

An diesem Abend arbeitete Danny länger im Büro. Am Donnerstag war sein Abgabetermin, und er wollte seinen Artikel so früh wie möglich fertig haben: Sobald die Zeitung in Druck war, konnte er eine ganze Woche Urlaub nehmen, der erste seit fünf Monaten.

Mehrmals an diesem Nachmittag rief er die Pressestelle der Guardia Civil an. Es gab noch immer nichts Neues über die Leiche aus dem Haus der Cookes.

»Wie kann das sein?«, fragte Danny, versuchte allerdings, nicht ungehalten zu klingen – die Guardia Civil zu verärgern war keine gute Idee. »Inzwischen sind zwei Tage vergangen.«

Der Pressesprecher seufzte. »Hören Sie, ich sage der Presse nur das, was man mir sagt, dass ich es sagen soll. Und wenn *mir* niemand was sagt, was soll ich dann tun? Und das ist die Wahrheit. Der Untersuchungsrichter befand sich am Tag des Abrisses am Tatort und blieb den ganzen Tag dort, und dann brachte man die Leiche ins Instituto de Medicina Legal. Und bevor Sie fragen, nein, die Ergebnisse der Autopsie kenne ich nicht. Um ehrlich zu sein, ich weiß nicht einmal, ob schon eine durchgeführt wurde.«

»Was ist mit dem Haus? Wird der Abriss weitergehen?«

»Dazu kann *ich* nichts sagen. Meiner Meinung nach wird aber die Tatsache, dass das Haus ein Tatort ist, in den Augen des Gerichts nichts ändern.«

Dieser Meinung waren alle, die Danny kontaktiert hatte. Doch Peggy Cooke wollte er damit jetzt nicht belasten.

Danny kontrollierte seine E-Mails, sah, dass Fouldes den

Artikel über die britische Bevölkerung noch einmal zurückgeschickt hatte, weil er weitere Änderungen wollte. »Die letzten zwei Absätze sind schwammig. Verbessern.«

Danny tippte als Antwort nur ein Wort: Nein.

Genug war genug. Wenn Fouldes noch weitere Änderungen wünschte, sollte er sie selber ausführen. Es wäre nicht das erste Mal. Der Herausgeber tat das in letzter Zeit ziemlich häufig, versah seine Artikel mit haarspalterischen »Korrekturen«, zu denen immer auch gehörte, die besten Sätze herauszustreichen. Oder schlimmer noch, er fügte zwanzig eigene Wörter hinzu und setzte als Verfasserzeile »William Fouldes und Danny Sanchez« darunter.

Danny goss sich ein Glas Wein ein, leerte es in einem Zug und goss sich noch eins ein. Dann rief er seine Mutter an.

»Hallo, mein Darling. Wie geht es dir?« Sie klang außer Atem.

»Mir geht's gut. Was ist mit dir?«

»Könnte nicht besser sein.«

»Ich hab mich nur gefragt, wann du nach Hause kommst.«

»Mein Gott, Danny, ich bin doch keine sechzehn mehr.« Im Hintergrund hörte Danny eine tiefe Männerstimme.

»Es ist nur ... schau, vor zwei Tagen wurde eine Leiche gefunden, und ich wollte nur hören, ob bei dir alles in Ordnung ist.«

»Ach, das ist ja so süß.« Sie sagte etwas, das Danny nicht verstand, die Männerstimme lachte. »Sei beruhigt, man kümmert sich *sehr gut* um mich.« Ein Klatschen auf nacktes Fleisch war zu hören. Mehr Gelächter. Danny legte auf.

Jetzt wünschte er sich nicht mehr, seine Mutter wäre zu Hause.

12

Später am Abend fuhr Danny zu Paco Pinos Wohnung.

»Erklär mir noch einmal, was wir eigentlich machen«, sagte Paco aus der Küche, während er eine Olive kaute.

Danny knallte den dicken blauen Ordner mit den Fotokopien, die Arthur Cooke ihm gegeben hatte, auf den Esstisch. »Irgendwo da drinnen stehen die Details, wer genau dieses Haus gebaut hat. Ich will mit den Leuten reden. Leichen landen nicht zufällig zwischen zwei Mauern. So verschaffen wir uns einen Vorteil gegenüber der Konkurrenz. Das könnte der bis jetzt größte Exklusivbericht von Alan Smithee werden. Ich war den ganzen Tag total im Stress und kann das alles nicht allein durchackern.«

»Ich dachte, du hättest gesagt, die Baufirma hätte *nichts* damit zu tun.«

»Ich habe gesagt, ich glaube nicht, dass irgendjemand dumm genug ist, einen Mord zu begehen und dann die Leiche in einem Haus einzumauern, mit dem man direkt in Verbindung gebracht werden kann. Aber die Baufirma ist wahrscheinlich ein guter Ausgangspunkt, oder? Vielleicht hat jemand auf der Baustelle ja bemerkt, dass da eine Wand ist, die gar nicht dorthin gehört. Und falls nicht, müssen sie doch wissen, wer Zugang zu der Baustelle hatte. Mauern tauchen ja nicht wie durch Zauberhand auf. Man braucht Zeit.«

»Und Ziegel«, sagte Paco und steckte sich noch eine Olive in den Mund.

Nun machten sie sich daran, die Dokumente durchzugehen, Paco die auf Spanisch, Danny die auf Englisch. Es waren Hunderte Blatt Papier, eine Tour durch die Risiken des Bauens in Eigenregie in Spanien. Übersetzungen von fast jedem Dokument in die jeweils andere Sprache vergrößerten den Papierstapel noch.

Die Cookes hatten ihr Geld an das Henley Consortium SL gezahlt, das, nach den Papieren zu urteilen, wirklich kaum über mehr verfügte als eine attraktive Website, die das Grundstück versprach, und ein Verkaufsbüro. Das Consortium hatte Anzahlungen von Dutzenden von Interessenten angenommen, dann die Arbeiten an ein kompliziertes Netz von ortsansässigen Handwerkern delegiert, die wiederum spezielle Aufgaben an Subunternehmer weitergegeben hatten. Die Cookes gehörten zu den »Glücklichen«: Ihr Haus war tatsächlich schon fast fertig gewesen, als das Consortium pleiteging und sich in Luft auflöste.

Nach einer Stunde Papierwälzen rauchte Danny der Kopf. Pacos kleine Töchter, die in ihren Pyjamas im Wohnzimmer herumtobten, waren auch nicht gerade konzentrationsfördernd. Dann kam Pacos Frau Lourdes nach Hause und schaltete den Fernseher an, eine nervende Klatschsendung mit spanischen »Promis« aus der untersten Schublade, die sich gegenseitig Untreue und Schönheitsoperationen vorwarfen.

Danny war mit seinem Stapel fertig und wühlte sich dann durch einige von Pacos Papieren. Die Arbeit an den spanischen Unterlagen war so gut wie zum Erliegen gekommen, weil häusliche Pflichten riefen: Paco hatte vergessen, die Mädchen zu baden; dann mussten sie ins Bett gebracht werden, was Küsse und eine Gutenachtgeschichte zur Folge hatte sowie einen Paco, der mit dümmlichem Gesichtsausdruck in der Tür des Kinderzimmers stand und ihnen beim Schlafen zusah.

»Ich kann jetzt nur noch eine halbe Stunde erübrigen«, erklärte der Fotograf, als er an den Tisch zurückkam.

Danny brauchte zweiundzwanzig Minuten.

»Hast du was gefunden?«, fragte Paco, als Danny sich mit einem Ruck aufsetzte. Er gab Paco die Rechnung, die er gerade in der Hand hielt, eine Rechnung von Apache Construction, eine detaillierte Auflistung der geleisteten Arbeiten, sowohl auf Spanisch wie auf Englisch. Die Rechnung belief sich auf insgesamt 123 417 Euro.

Die Hackers. Die Hackers hatten das Haus der Cookes gebaut.

Paco schaute sich die Rechnung an und zuckte die Achseln. »Was hat das zu bedeuten?«

»Keine Ahnung. Aber der Besitzer dieser Firma hat vor zwei Tagen mit einem Hammer eins über den Schädel bekommen.«

Paco wollte noch etwas wissen, aber in Dannys Kopf schwirrten nun ebenfalls Fragen herum. Waren die Hackers zu einem Mord fähig? Danny war sicher, die Hackers hatten es gerne, wenn die Leute *dachten*, sie wären fähig, einen Mann zu töten. Aber falls sie gemordet hatten, würden sie dann wirklich die Leiche in einem Haus verstecken, das über diverse Dokumente mit ihnen in Verbindung gebracht werden konnte? Waren sie wirklich so dumm? Sie hätten während des Hausbaus doch sicher bessere Gelegenheiten gehabt, eine Leiche verschwinden zu lassen. Zum Beispiel irgendwo im Fundament oder in einem schönen, tiefen Graben. Nicht hinter einer falschen Innenmauer.

Doch daran dachte Danny jetzt gar nicht. Er dachte an ein anderes Haus, in dem ein Raum zu klein war.

Ein Haus, das die Hackers gebaut hatten.

Ein Haus, das stank.

Danny straffte die Schultern. Paco machte eine besorgte Miene. »Was ist los, Danny?«

»Es gibt noch eine Leiche. Mein Gott, Paco, ich glaube, hinter einer anderen Mauer steckt noch eine andere Leiche.«

13

Mittwoch, 31. März 2010

»Mir passt das hier ganz und gar nicht«, sagte Paco und schaute sich im frühmorgendlichen Dunst um. »Was ist, wenn diese Hackers noch einmal kommen? Ich habe Kinder, vergiss das nicht.«

Danny zeigte sein zuversichtlichstes Lächeln, als er Werkzeug aus dem Kofferraum seines Autos lud. »Deshalb machen wir es ja ganz schnell. Wir bohren ein Loch, nehmen einen Ziegel heraus und schauen hinein.«

Paco schüttelte den Kopf und stieß geräuschvoll die Luft aus, während er die burgunderroten Wände von Alan Reades Bungalow betrachtete. »Wenn du recht hast und da wirklich eine Leiche drin ist, wird die Polizei nicht sehr erfreut sein, dass wir da herumgepfuscht haben.«

»Und wenn es nur eine tote Ratte ist, Paco? Wir ersparen ihnen Zeit und Aufwand. Außerdem verschaffen wir uns die Chance auf einen Exklusivbericht.«

»Und was ist, wenn der Besitzer zurückkommt und sieht, dass wir sein Haus einreißen?«

»Wenn Alan Reade auftaucht, werden äußerliche Veränderungen an seinem Anwesen sein geringstes Problem sein. Glaub's mir, ich habe die Hackers gesehen. Die alte Kuh von gegenüber hält für sie die Augen offen. Deshalb habe ich sie ja einen guten Blick auf uns werfen lassen, damit sie nicht durcheinanderkommt wie beim letzten Mal.«

Paco schien nicht sehr überzeugt.

»Wie wär's damit?«, fragte Danny. »Wir sagen, Reade hätte die Zeitung angerufen, sich über den Gestank beschwert und die Baufirma kritisiert und uns dann die Erlaubnis erteilt, der Sache auf den Grund zu gehen.«

»Das kauft die Polizei uns nie ab.«

Danny hatte schon neunzig Minuten Pacos Magenschmerzen ertragen, und es war noch nicht einmal acht Uhr morgens: Danny hatte noch in der Nacht herkommen wollen, aber Paco hatte die Ausrede gebracht, dass er erst seinen Schlagbohrer aufladen müsse.

»Schau«, fuhr Danny fort und knallte den Kofferraumdeckel zu, »nur *falls* wir was finden, zerbrechen wir uns den Kopf darüber, wie wir unsere Geschichte erzählen. Und sobald wir die Fotos haben. Vergiss nicht, Paco, wer wagt, gewinnt. Lieber um Verzeihung als um Erlaubnis bitten.«

»Kannst du mir das schriftlich geben? Dann lasse ich es meinen Anwalt vor Gericht verlesen.«

Zuerst klopften sie an die Haustür, dann spähten sie durch die Fenster nach Hinweisen auf kürzliche Benutzung. Alles wirkte so wie bei Dannys erstem Besuch. Alan Reade hatte ganz offensichtlich eine Heidenangst vor den Hackers, und Danny versuchte die Frage, ob er die auch haben sollte, aus seinen Gedanken zu verdrängen.

Die Morgenluft hinter dem Haus hatte einen fauligen Geruch.

»Riechst du, was ich meine?«, fragte Danny.

Paco nickte.

Danny nahm einen Hammer und schlug ein Stück Verputz von der Außenwand ab, genug, um die Kanten von einem der dreißig Zentimeter langen, grauen Waschbetonsteine erkennen zu können, die in Spanien für den Hausbau verwendet wurden. Sie schauten sich beide um. Reades nächster Nachbar befand sich zwanzig Meter weiter unten an der Straße, aber in der morgendlichen Stille hörten sich die Schläge besonders laut an.

»Wenn sie noch nicht wach sind, werden sie es jetzt gleich sein«, meinte Paco und hielt den Akkuschlagbohrer an die Wand.

Am Rand des Steins bohrte er ein Loch in den Mörtel. Beide Männer wandten sich angewidert ab, als der Bohrer durchbrach: Der Gestank, der aus dem Loch drang, war ekelerregend.

Paco deutete auf das Loch. »Danny, wir sollten jetzt die Polizei rufen. Was immer da auch drinliegt, ist eindeutig tot und nicht rattengroß.«

Danny nahm den Topf Wick VapoRub, den er mitgebracht hatte, rieb sich einen großzügigen Klecks unter die Nase und gab ihn dann Paco. »Jetzt sind wir schon so weit, Kumpel. Lass es uns zu Ende bringen.«

Danny bohrte weiter und brach den Rest des Mörtels, der den Stein hielt, mit Hammer und Meißel heraus. Zwanzig Minuten später ruckelte er den Stein aus der Mauer. Jetzt klaffte ein dunkles, dreißig mal fünfzehn Zentimeter großes Loch in der Außenwand. Der Gestank war jetzt überwältigend.

Danny schaltete seine Stablampe ein und hielt sie in das Loch. »So sollte es nicht sein«, sagte er, als er im Schein der Lampe Ziegel erkannte. »Man baut in Spanien keine Hohlräume in Häuser. Jemand hat im Haus noch eine Wand errichtet.«

»Wie bei den Cookes.«

»Genau.«

Paco schoss Fotos des Hohlraums. »Okay, wer schaut rein?«

Danny schluckte. »Ich mach's.« Er atmete tief ein, drückte die Nase zusammen, hielt sich die Lampe an die Schläfe und schob seinen Kopf in das Loch.

Er sah nach links, würgte, sah nach rechts.

Und schrie auf.

Danny schnellte zurück, fiel nach hinten und landete mit dem Hintern im Kies. Seine tauben Arme versuchten erst gar nicht, den Sturz zu bremsen. Seine Hände zitterten vor Schock und Panik.

Paco kniete sich neben ihn. »Was ist? Was ist da drin?« Danny versuchte zu sprechen. Sein Mund bewegte sich, aber es kam kein Ton heraus. Paco schaute mit seinem Handy in das Loch. »O Gott«, flüsterte er und zuckte zurück. »Danny, wir müssen die Polizei rufen. Sofort.«

14

Die Guardia Civil sperrte die Straße ab und wickelte Polizeiband um das Tor zu Reades Anwesen. Es war ein windiger, kühler Tag, aber am Straßenrand bildeten sich Gruppen von Menschen und unterhielten sich, wie man es eben tat, wenn sich vor der eigenen Haustür ein Drama abspielte. Forensiker in weißen Overalls und Gummistiefeln liefen hin und her. Die ersten Vertreter der Pressemeute trafen auch schon ein. Einer beschwerte sich bei einem Polizisten und deutete auf Danny und Paco, die nebeneinander auf dem Mäuerchen vor dem Grundstück saßen. Wahrscheinlich fragte er, warum »die zwei« Zugang zum Tatort hatten. In Wirklichkeit wollte Danny überall sein, nur nicht hier.

Sie hatten keine Zeit gehabt, sich eine Geschichte zurechtzulegen. Nachdem Paco die Polizei gerufen hatte, hatten sie beide in benommenem Schweigen dagesessen, um auf die Behörden zu warten. Auf die Frage, was sie hier machten und wie sie an die Leiche gekommen waren, war Danny nichts anderes übrig geblieben, als die Wahrheit zu sagen. Mit immer mürrischerer Miene hatte der Beamte der Guardia Civil ihnen zugehört. »Wenn Sie Spuren manipuliert haben, wird Ihr Herausgeber nicht sehr erfreut über Sie sein. Dafür sorge ich persönlich.«

Aber Dannys Herausgeber war bereits alles andere als erfreut. Um neun hatte Fouldes mit einer ganzen Liste von Anweisungen angerufen. Dass Danny für eine weitere Befragung festgehalten wurde, hatte ihm ganz und gar nicht gefallen. »Ihnen ist schon bewusst, dass Sie morgen Abgabetermin haben, nicht? Und dass Sie am Freitag in Urlaub gehen. Wie lange müssen Sie dort bleiben?«

Das hätte Danny auch gern gewusst.

Paco starrte auf das Display seiner Kamera und sah sich die Fotos an, die er durch das Loch geschossen hatte. Er schüttelte den Kopf. »Die können wir unmöglich benutzen, Danny. Sie sind viel zu drastisch. Das ist das einzige, das wir eventuell hernehmen können. Schau.«

Danny schob die Kamera weg, er zitterte. Doch das hatte nichts mit dem scharfen Wind zu tun. Paco legte ihm die Hand auf den Arm. »Du bist wirklich fix und fertig, oder? Mach dir nichts draus, mir geht's genauso.«

Dannys Stimme war brüchig, als er zum Sprechen ansetzte. Er hatte lange gebraucht, um die richtigen Worte für etwas zu finden, das er sich selbst nicht eingestehen wollte.

»Paco, eine Leiche wie die habe ich schon einmal gesehen.«

»Du meinst eine Leiche hinter einer Wand.«

»Nein. Eine mit Make-up im Gesicht.«

Paco starrte ihn an. »Bist du sicher?«

Danny schnaubte. Gott, was für eine Frage. Das war etwas, das man so schnell nicht vergaß: ein verwesendes, mit Make-up beschmiertes Gesicht, die groteske Parodie einer Frau, halb Hure, halb Clown, mit schief hängendem Zopf.

»Wo hast du sie gesehen?«

»In England. Da gab es eine Mordserie, über die ich 1995 berichtet habe.«

»Und die Leichen waren alle gleich?«

»Fünf Männer wurden umgebracht. Vier von ihnen …« Danny deutete zur Rückseite des Hauses, wo Beamte der Guardia Civil eben die restlichen Steine entfernten. »Er hatte ihnen das angetan.«

»Wurde der Mörder gefasst?«

»Ja.«

»Sitzt er noch?«

»Soweit ich gehört habe, wurde er in ein psychiatrisches Krankenhaus eingewiesen.«

»Finde heraus, ob er sich noch immer dort aufhält. Egal, die Story ist ein Knüller: Wenn er noch drinnen ist, haben wir es mit einem Nachahmungstäter zu tun.«

Danny nickte. Er versuchte, sich zu konzentrieren. Er spürte das vertraute Zucken im Augenwinkel, das er nur bekam, wenn irgendetwas ihn tief erschütterte. Nichts hatte ihn auf den Geruch des Todes aus solcher Nähe vorbereitet. Es war nicht in Worte zu fassen: Zunge, Nasenlöcher, Kehle, alles schien umhüllt von einem Gestank, den auch noch so viel Husten, Schnäuzen oder Pfefferminzlutschen nicht beseitigen konnten. Und dieses Gesicht, ein kurzes Aufblitzen des Grauens, das durch die Kürze noch schlimmer wurde: Die Fantasie füllte die Leerstellen der Erinnerung mit viel Schlimmerem als der Wirklichkeit.

Aber was er sah, war eigentlich ein zusammengesetztes Bild. Dessen war er sich ganz sicher. O Mann, sie waren gleich. Wie konnte das sein? Nach fünfzehn Jahren war hier eine Leiche, die genauso ausschaute.

Immer mehr Polizisten trafen ein. Ein Mann, den Danny als den Juez de Guardia, den Untersuchungsrichter, erkannte, erschien, um die Spurensicherung zu überwachen, bevor die Leiche bewegt wurde. Als der *juez* in den Hohlraum spähte, entstand kurz Unruhe.

»Der ist ziemlich neu auf seinem Posten«, flüsterte Paco. »Ich bezweifle, dass er eine so fürchterliche Leiche schon mal gesehen hat.«

Der Leiter der Mordkommission, ein kleiner Spanier mit

grau meliertem Bart, verdrehte die Augen, als er Danny entdeckte. »Hätte ich mir denken können, dass Sie es waren, als es hieß, ein Journalist hätte die Leiche gefunden.«

Danny nickte dem Inspector Jefe Andrés Bosquet zu, einem Mann, mit dem er schon früher die Klingen gekreuzt hatte.

Danny berichtete seine Geschichte noch einmal: Er habe das Haus im Verlauf von Recherchen, einen Überfall betreffend, zum ersten Mal besucht, den Gestank bemerkt und beschlossen, dem auf den Grund zu gehen. Paco schaute ihn nervös an, als er merkte, dass Danny den Faktor Hackers überging. Bosquet ließ Danny und Paco die Geschichte wieder und wieder erzählen, ein sicheres Zeichen, dass er sie ihnen nicht abkaufte.

»Also haben Sie einfach beschlossen, ein Loch in das Haus eines Fremden zu bohren?« Bosquet verschränkte die Arme. »Wo ist dieser Alan Reade?«

»Keine Ahnung.«

Danny war froh, dass er nicht lügen musste. Bosquet musterte ihn eingehend. »Ich hoffe um Ihretwillen, dass das stimmt. Denn wenn Mr. Reade beschließt, gerichtlich gegen Sie vorzugehen, dann hat er ziemlich gute Karten.«

Die letzten Steine wurden entfernt, dann zog man die Leiche heraus. Schreie und Ausrufe waren zu hören. Danny zog Bosquet zu sich heran und senkte die Stimme.

»Inspector Jefe, ich habe so eine Leiche schon einmal gesehen. Ich glaube …«

»Sie werden die Nachahmungstäterschiene fahren. Ja, einer der Beamten hat Ihr Gespräch belauscht.« Bosquet starrte kalt die Hand auf seinem Arm an. »Überlassen Sie die Polizeiarbeit den Profis, und kein Wort über den Zustand des Toten in der Zeitung, bis wir uns entschieden haben, wie wir die Ermittlungen führen wollen.« Er blickte Danny kurz in die Augen und entfernte sich dann.

Die Polizei hielt sie noch eine Stunde fest, bevor sie den Ort verlassen durften.

Danny fuhr in die Stadt, hielt vor einer Bar, bestellte ein Glas *aguardiente* und kippte das Feuerwasser in einem Schluck hinunter. Er zündete sich eine Zigarette an. Allmählich fand er seine Fassung wieder.

»Das war blöd«, sagte Paco und nippte an seinem Kaffee.

»Was?«

»Diese englische Baufirma, die Hackers, nicht zu erwähnen.« Paco sprach es aus wie *hahkers*.

Danny zuckte die Achseln. »Sobald die Polizei Wind von der Verwicklung der Hackers in die Sache bekommt, knöpft sie sich die Familie vor. Ich will zuerst hören, was sie zu sagen haben.«

»Soll das heißen, dass wir jetzt da hinfahren?«

»Ja.«

Paco stöhnte.

»Keine Angst. Du kommst nicht mit rein. Ich will, dass du mit Kamera und Handy beim Auto bleibst. Wenn ich dir zunicke, schwenke beides in der Luft, damit sie merken, dass ich Unterstützung habe.«

Paco schaute nicht sehr überzeugt.

»Denk dir nichts«, sagte Danny und leerte sein zweites Glas *aguardiente*. »Ich werde das genießen.«

15

Das Tor zum Gelände der Baufirma war mit einem Vorhängeschloss versperrt. Hinter dem Büro stieg dicker, schwarzer Rauch in die Luft. Danny legte die Hände an den Mund und rief. Die beiden Rottweiler im Käfig drehten durch.

Callum Hacker kam hinter dem Büro hervor. Er trug denselben Overall wie beim ersten Mal, nur diesmal rußfleckig. Er grinste höhnisch, als er Danny erkannte.

»Hast das letzte Mal nichts gelernt, was? Soll ich Ripper wieder freilassen?«

»Ich bin hier, um Ihnen einen Gefallen zu tun.«

»Der einzige Gefallen, den du mir tun kannst, ist, von meinem Gelände zu verschwinden.«

Nun tauchte auch Dean Hacker in der Tür auf, so groß und hässlich wie sein Bruder. Wenigstens hatte er seine Kleidung gewechselt.

»Keine Angst, ich komme nicht rein. Außer Sie laden mich ein.«

Wieder grinste Callum Hacker höhnisch. »Was bist du, ein verdammter Vampir?«

Dean lachte.

Danny ließ sie über ihre eigenen Witze lachen. Dann sagte er: »Ich würde ja gern hier stehen und mit Ihnen scherzen, aber ich bin ziemlich im Stress und muss mit Ihnen reden, bevor die Polizei hierherkommt.«

Die Hackers wechselten Blicke. Jetzt hatte Danny ihre Aufmerksamkeit geweckt.

»Schon von dem Haus gehört, das man in Los Membrillos abreißen wollte?«, fragte Danny. »Arthur und Peggy Cooke? Dem mit der Leiche in der Wand? Wie's aussieht, hatte Ihre Firma mit dem Bau zu tun. Und den Beweis dafür habe ich schwarz auf weiß.« Danny schwenkte die Fotokopie der Rechnung. Aus Dean Hackers Gesicht verschwand das großspurige Grinsen. »Und wissen Sie was? Eben hat die Polizei in Alan Reades Haus noch eine Leiche gefunden.«

Er sprach sehr deutlich und verfolgte die Reaktion der beiden Brüder. Wenn einer von ihnen irgendwas über die Leiche in Reades Haus wusste, dann war ihre Goldfischmiene oscarreif. Dean Hacker klappte als Erster den Mund wieder zu. »Sie wollen uns auf den Arm nehmen.«

Danny zuckte die Achseln. »Ich weiß, dass Sie Alan Reades Haus beobachten lassen. Rufen Sie das alte Mädchen an, fragen Sie sie, was da jetzt im Augenblick los ist. Und dann sollten Sie mich reinlassen, weil uns nämlich die Zeit davonläuft.«

Danny zündete sich eine Zigarette an, während Callum Hacker hastig ins Haus lief, um zu telefonieren. Zwei Minuten später kam er aschfahl wieder heraus und ging mit einem Schlüssel in der Hand auf das Tor zu.

Danny ließ ein kaum sichtbares Lächeln seine Lippen umspielen. »Haben Sie jetzt doch Lust auf das Interview, Callum?«

Als sie den Hof überquerten, entdeckte Danny die Sekretärin, die er von seinem ersten Besuch her kannte, wie sie mit Beuteln voller Futter zu dem Rottweilerkäfig ging. Danny staunte, als er sah, dass die Hunde sich beruhigten, kaum dass sie den Käfig geöffnet hatte, zu ihr gelaufen kamen und sich von ihr den Kopf streicheln ließen.

»O Mann, ist die mutig.«

Callum Hacker spuckte auf den Boden. »Wir haben sie trainieren lassen. Bei Leuten, die sie kennen, sind sie ganz okay.«

»Und bei Leuten, die sie nicht kennen?«

»Sagen wir einfach, seit wir sie haben, gab's nur einen versuchten Einbruch. Der Mistkerl hat einen Schuh hiergelassen, mit dem halben Fuß drin. Yorkie und Ripper sind die beste Investition, die wir je gemacht haben.«

»Yorkie. Ich schätze, das hat nichts mit dem Schokoriegel zu tun, oder?«

»Nein, von Yorkshire.«

Yorkshire und Ripper. Wirklich drollig.

Callum Hacker bedeutete ihm, in den Bürocontainer zu steigen. Auf der Treppe blieb Danny kurz stehen und winkte Paco Pino zu. Paco winkte zurück, Kamera in einer Hand, Handy in der anderen. »Nur damit Sie wissen, dass ich nicht so dumm bin, alleine herzukommen.«

Dean Hacker lachte zynisch. »Meinen Sie wirklich, wir haben Leute umgebracht und sie eingemauert?«

»Glauben Sie mir, ich habe auf die harte Tour gelernt, wie viel Vorsicht wert ist. Und wenn Sie nichts dagegen haben, werde ich von der Tür aus reden, damit mein Freund mich sehen kann.« Dass die Hackers ihre Hunde nach einem Massenmörder benannt hatten, hatte Danny ein wenig nachdenklich gemacht. Er drehte sich zu ihnen und fragte: »Wo ist Adam?«

»Er ist nicht hier«, antwortete Dean Hacker. »Muss was erledigen.«

Wie es aussah, hatte Apache Construction eine ganze Menge zu erledigen. Das Chaos war noch schlimmer als beim ersten Mal. Überall lagen Papiere und Akten verstreut. Durchs Fenster sah Danny, was Callum Hacker hinter dem Büro gemacht hatte: Flammen loderten aus einer Metalltonne mit Löchern darin. Anscheinend verbrannten sie Papiere. Der Spanier mit Brille, den Danny bei seinem ersten Besuch gesehen hatte, kam aus einem der hinteren Zimmer und wirkte noch nervöser, als er einen Stapel Architektenpläne durchging, die aus einer roten Ablagebox quollen. Callum Hackers Blick schnellte zu Danny, dann nahm er dem Mann die Box aus der Hand und stopfte sie in eine Schublade.

»Ich habe an keinem dieser Häuser gearbeitet, das schwöre ich«, sagte Dean Hacker und kaute an seinen Nägeln.

»Sie müssen mir gar nichts schwören, Kumpel, ich bin nicht die Polizei. Aber wenn das stimmt, werden Sie Freunde brauchen, die Ihnen helfen, diese Botschaft auch rüberzubringen. Jemand bei den Medien zum Beispiel.«

»Was wollen Sie wissen?«

»Als ich vor zwei Tagen hier war, habe ich das nicht kapiert.« Danny deutete mit seinem Kuli auf die im Büro verstreuten Unterlagen. »Das da. Das war wegen der Leiche, die man im Haus der Cookes gefunden hatte, stimmt's?«

Keiner der Hackers sagte ein Wort; sie starrten beide zu Boden.

»Ich nehme das Schweigen als ein Ja. Worüber machen Sie sich solche Sorgen? Über das, was die Polizei finden wird, oder das, was sie nicht finden wird?«

»Wie meinen Sie das?«

»Es heißt, Sie bezahlen viele Ihrer Arbeitskräfte bar auf die Hand. Einwanderer, Tagelöhner, solche Leute.«

Dean Hackers Gesicht wurde mürrisch. »Ja, und?«

»Von denen keiner in den Büchern auftaucht?« Mürrisches Schweigen: noch ein Ja. »Woher kommen diese Arbeiter?«

Dean leckte sich die Lippen. »Es gibt da einen Ort, wo man hingehen kann. Hinter einer Bar, ganz früh am Morgen. Sie suchen sich einfach so viele aus, wie Sie brauchen, laden sie in einen Transporter – und ab zur Arbeit.«

»Was ist mit Alan Reade? Hat er im Haus der Cookes irgendwelche Arbeiten erledigt?«

»Ja. Ja, hat er tatsächlich, jetzt, wo ich darüber nachdenke.« Begeisterung schlich sich in Dean Hackers Stimme. »Genau. Es war Reade. Wahrscheinlich hat er die Leichen eingemauert. Er prahlt doch immer, was für ein harter Kerl er ist.«

Danny schüttelte den Kopf. »Ich bin nur aus einem einzigen Grund hier, nämlich weil ich nicht glaube, dass Sie dumm genug sind, eine Leiche in einem Haus zu entsorgen, das Ihre Firma gebaut hat. Aber dass Reade eine Leiche in seinem eigenen Haus einmauert«, Danny dachte, dass »entsorgen« bei den Hackers vielleicht die falsche Wortwahl war, »und sich dann vor aller Welt über den Gestank beschwert? Also wirklich.«

»Er hat versucht, meinen Dad umzubringen.«

»Nein, das hat er nicht. Ich habe mit einer ganzen Reihe von Zeugen gesprochen, die alle schwören, der Angreifer habe dunkle Haare und eine dunkle Hautfarbe gehabt.«

Diese Information schien keinen der Brüder zu interessieren. Reade würde so oder so bezahlen müssen.

»Wer hatte Zugang zu der Baustelle bei den Cookes? Und bei Reade? Wie konnte eine falsche Wand eingezogen werden, die niemand bemerkte?«

Dean Hacker zuckte die Achseln. »Für beide Aufträge haben wir Dutzende von Leuten eingesetzt. Die Arbeit am Haus der Cookes wurde für zwei Jahre unterbrochen. Bei Reade passierte dasselbe: Wir unterbrachen die Arbeiten für acht Monate, weil der Mistkerl uns so viel Geld schuldete. Jeder x-Beliebige hätte da eindringen und eine neue Mauer hochziehen können.«

»Ohne dass es irgendjemand bemerkt?«

»Sicher, wenn man Außenmauersteine verwendet. Man hat einen Raum mit neun Quadratmetern Grundfläche. Wenn man nach sechs Monaten zurückkommt und es sind nur noch siebeneinhalb, fällt das keinem auf.«

»Ist irgendjemandem ein Geruch aufgefallen?«

»Ja. Alan Reade. Monatelang hat er sich vor allen und jedem darüber aufgeregt und uns die Schuld dafür gegeben. Das Arschloch hat's echt drauf ange…«

Der nervöse Spanier tauchte wieder auf: Offensichtlich war er der *gestor* der Hackers, ein freiberuflicher Verwalter, der extra dafür engagiert wurde, die Firma durch das Labyrinth des spanischen Rechts- und Steuersystems zu lotsen.

Oder eben nicht, wie es hier der Fall zu sein schien.

Der *gestor* schob sich an Danny vorbei und sprach im Flüsterton mit den Brüdern. Danach stützte Dean Hacker den Kopf in die Hände. Callum kickte einen Papierkorb durch den Container. Dann drehte er sich um. Sein Blick war genauso hässlich wie der seines Bruders Adam, als Danny ihn vor Alan Reades Haus getroffen hatte.

»Das ist deine Schuld, du Wichser. Schnüffelst überall herum, anstatt dich um deinen eigenen Dreck zu kümmern, du …«

Danny brauchte nicht mehr zu hören. Er hatte schon genug Callum Hackers kennengelernt und kannte die Signale, wenn sich ein Mann kurz vor einem Gewaltausbruch in Rage redete. Er rannte los.

Zum Glück für Danny war Callum Hacker für einen Sprint so schlecht ausgestattet wie Danny für einen Faustkampf. Als Danny das Tor erreichte, hatte Callum Hacker erst die halbe Strecke geschafft und sah aus, als würde er gleich einen Herzinfarkt erleiden.

»Komm her, du Scheißer!«, schrie er mit dem letzten Rest seines Atems.

Danny lief zum Auto, als zwei Fahrzeuge der Guardia Civil vor dem Gelände der Hackers hielten. Einer der Beamten sah Danny über die Straße hasten. Wiedererkennen zuckte über sein Gesicht, doch Danny sprang in das Auto, das Paco bereits in Bewegung gesetzt hatte.

16

Es war schon nach drei, als Danny in seinem Büro ankam. Er blieb bis acht. Er wollte seine Arbeit abschließen, damit er jede Stunde des nächsten Tages der Geschichte über die Leichen widmen konnte.

War die Guardia Civil bei der ersten Leiche schon schmallippig gewesen, so hatte die Entdeckung der zweiten bei ihr eine regelrechte Kieferstarre ausgelöst. Irgendwas schien im Busch zu sein, da war Danny ganz sicher. Nach Minuten sanften Drucks hatte er wenigstens die Bestätigung erhalten, dass die Leiche in Reades Haus die eines Mannes war, aber mehr wollte der Pressesprecher nicht verraten. Der Mann mauerte so resolut, dass Danny überzeugt war, er handle auf Befehl. Er weigerte sich sogar zu sagen, wann eine Presseerklärung herausgegeben werde.

Die wichtige Frage war, ob die beiden Verbrechen miteinander zu tun hatten. Es konnte doch gar nicht anders sein, so viel Zufall auf einmal: zwei Leichen, beide auf identische Art versteckt, kaum eine halbe Stunde voneinander entfernt.

Er ging davon aus, dass die Hackers nichts damit zu tun hatten. Sie waren nervös gewesen, als Danny mit ihnen redete, aber auf eine sehr natürliche, offensichtliche Art. Ihre Sorge galt mehr dem drohenden finanziellen Desaster: Die Strafen für Firmen, die illegale Arbeiter beschäftigten, waren astronomisch. Leonards Einschätzung der Hackers war korrekt: Kleinstadtganoven, die einen nach zehn Pints auf einem Pub-Parkplatz verprügelten. Aber Mord? Nein! Richtige Verbrecher gingen unauffälliger, vorsichtiger vor. In der Öffentlichkeit den großen Macker zu spielen brachte einen nur hinter Gitter.

Danny versuchte die Gedanken an die Leichen zu verdrängen, als er nach Hause fuhr.

Es funktionierte nicht.

Während der Fahrt fiel ihm jedes Detail dieser Nacht 1995, als er die erste Leiche gesehen hatte, wieder ein: Ray Taylors Nikotinkeuchen, das nasse Farngestrüpp an den Hosenbeinen, die Blinklichter der Polizei, die gespenstische Schatten zwischen die Fichten warfen. Danny war noch zwanzig Meter entfernt gewesen, als die Kamera des Polizeifotografen in dem Bunker geklickt und der Blitz einen kurzen Blick auf den Toten im Innern freigegeben hatte, aufgehängt wie Vieh in einer Schlachterei, das Gesicht mit einem grotesken Make-up bedeckt, in seiner Grellheit wie das eines Clowns. Und jetzt, fünfzehn Jahre später, gab es hier noch so einen.

Konnte es zwischen diesen beiden Fällen eine Verbindung geben? Unmöglich. Der Mörder war gefasst und weggesperrt. Danny hatte dem Prozess beigewohnt.

Danny lief durch den dunklen Olivenhain, der sein Haus umgab: Es waren nur vierzig Meter vom Auto bis zur Haustür, aber in den Schatten des Hains schienen Gefahren zu lauern. Spanien war noch nie ein ruhiges Land gewesen, auch nicht in so ländlichen Gegenden wie dieser. Er versuchte, etwas zu essen, aber der Geruch des Todes war noch immer präsent. Nachdem er in seinem Essen herumgestochert hatte, holte er seinen Laptop und gab den Namen Ishmael Vertanness in die Suchmaschine ein.

Der Serienmörder hatte seinen eigenen Wikipedia-Eintrag, eine ganze Seite.

Ishmael Vertanness oder die »Vogelscheuche«, wie die

Zeitungen ihn während der acht Monate seiner Terrorherrschaft genannt hatten. Danny las seinen biografischen Hintergrund, obwohl ihm das alles bekannt war. Vertanness entsprach in jedem Detail dem Profil eines Serienmörders: vom Vater sexuell missbraucht, von einer Pflegefamilie in die nächste abgeschoben; Vorfälle von Grausamkeit gegen Tiere, eine kindliche Fixierung auf Messer; in der Pubertät dann Ladendiebstahl, Exhibitionismus, eine Verurteilung auf Bewährung, nachdem man ihn nackt auf dem Gelände einer privaten Knabenschule erwischt hatte. Unfähig, einen Job zu behalten. Sexuell impotent.

Ein stiller Mann, ein Einzelgänger – so hatten seine Kollegen in der Firma ihn beschrieben.

Wobei er eigentlich eine tickende Zeitbombe gewesen war.

DAS GESICHT DES BÖSEN lautete damals eine Schlagzeile. Es war eine der wenigen Aufnahmen, die man je von Vertanness hatte machen können. Ausdruckslos starrte er durch die Heckscheibe eines Gefangenentransporters in die Kamera. Aus diesem Blickwinkel erkannte man, wie dünn der Lack der Menschlichkeit bei ihm aufgetragen war. Seine Augen wirkten leblos, wie die einer Puppe.

Danny schauderte, als er an sein eigenes Erlebnis mit diesem Mann dachte. Er hatte einen Tag auf der Besuchergalerie des Winchester Crown Court verbracht, hatte Vertanness beobachtet, während ein vollständiger Bericht über die Gräueltaten der »Vogelscheuche« verlesen wurde. Vertanness hatte fünfmal getötet, bei allen Opfern handelte es sich um junge, attraktive Männer. Vier seiner Opfer waren auf die grausamste Art gedemütigt worden: aufgehängt, anal vergewaltigt, kastriert. Stundenlang hatte er mit seinen Opfern gespielt, sie mit Make-up beschmiert, ihnen Zopfperücken aufgesetzt. Irgendwann während dieser Tortur waren sie dann erdrosselt worden. Man hatte nie genau herausfinden können, zu welchem Zeitpunkt. Vertanness selbst hatte sich dazu nicht geäußert. Den ganzen Tag von Dannys Anwesenheit war ihm kein Wort über die Lippen gekommen, kein einziges. Ihm schien kaum bewusst gewesen zu sein, wo er sich befand. Auch als er in den Zeugenstand geführt und ihm eine Strafe wegen Missachtung des Gerichts angedroht wurde, hatte er nichts gesagt. Es schien, als wäre er in Trance. Sein Verteidiger behauptete, bei seinem Mandanten sei eine Form von Autismus festgestellt worden.

Es hatte einen Aufschrei gegeben, als das ganze Ausmaß von Vertanness' sexueller Pervertiertheit in der Öffentlichkeit bekannt wurde. Die Familien der Opfer hatten sich gegen das Plädieren der Verteidigung auf Geistesgestörtheit gewehrt – sie wollten, dass Vertanness in ein normales Gefängnis kam –, aber für Danny bestand nie ein Zweifel darüber, dass Vertanness geistesgestört war. Ein Verhandlungstag musste unterbrochen werden, als Vertanness beim Masturbieren unter der Anklagebank ertappt wurde.

Danny klickte auf die Website seines früheren Arbeitgebers, *The Fleet Bugle*. Dort war nichts zu finden, was er oder Ray Taylor geschrieben hatte. Abgesehen von dem Wikipedia-Eintrag gab es kaum Informationen über »Das Vogelscheuchen-Verfahren«, wie die Ermittlungen damals genannt wurden. Ishmael Vertanness war nur einer auf einer langen Liste von Serienmördern. Danny besaß auch keins seiner damaligen Notizbücher mehr. Er hatte sie alle verbrannt, als er 2002 beschloss, nach Spanien zu gehen.

Doch sie hätten ihm auch nicht weitergeholfen: Die Leiche in Alan Reades Haus konnte unmöglich mit Vertanness in Verbindung gebracht werden. Nach Wikipedia war Vertanness noch immer im Hochsicherheitstrakt der psychiatrischen Klinik Deepmere in Berkshire untergebracht. Danny hatte bei der Psychiatriestiftung angerufen, die das Krankenhaus betrieb: Vertanness war einer ihrer Hochrisikopatienten und hatte seit seiner Einlieferung 1995 die Einrichtung kein einziges Mal verlassen.

Wo lag dann die Verbindung? Ein Nachahmungstäter? Zufall? Irgendein kranker Witz? Wie die Erklärung auch lauten mochte, dachte Danny, als er Lucky hereinrief und die Haustür verriegelte, bei einer Sache war er sich ganz sicher: Irgendwo da draußen lief ein ernsthaft gestörtes Individuum frei herum.

17

Donnerstag, 1. April 2010

Am nächsten Vormittag um elf stieg Danny zusammen mit Dutzenden anderer Journalisten die Treppe hinauf zum Gebäude der Regionalregierung in Almería-Stadt, einem riesigen Bau aus dem neunzehnten Jahrhundert mit Säulenvorbau und hohen Decken. Es kam selten vor, dass die Polizei eine Pressekonferenz wegen eines Verbrechens abhielt. Die Behörden in Spanien wahrten gern die Distanz.

Alle waren sie da: Radio, Fernsehen, lokale und nationale Zeitungen, Online-Freischaffende. In der Schlange vor dem Metalldetektor hörte Danny Französisch und Deutsch. Die Entdeckung der beiden Leichen war eine Riesensensation.

An der Rückwand des Konferenzsaals standen Kameras auf Stativen, Kabel wanden sich über den Boden. Dann kamen die Journalisten. Diejenigen, die keinen Sitzplatz mehr fanden, drängten sich in den Zwischengängen und versperrten den Fotografen die Sicht, die auf der Suche nach dem besten Blickwinkel hin und her rannten. Eine Tür in der Rückwand des Saals öffnete sich. Der Polizist Bosquet trat heraus und nahm hinter den Mikrofonen Platz. Der Mann, der ihm folgte, kam Danny bekannt vor, aber er brauchte einen Augenblick, um ihn zu identifizieren: Es war der Politiker, der die Powerboot-Präsentation geleitet hatte. Danny fragte sich, was, zum Teufel, ein Politiker hier wollte, während er in seinem Notizbuch nach dem Namen des Mannes suchte – Jesus Gutierrez.

Für eine Nation, deren Bürger so gerne gleichzeitig sprachen, waren spanische Pressekonferenzen merkwürdig ruhige Veranstaltungen. Hier war nichts von dem Gerangel zu spüren, das britische Journalisten so gerne inszenierten. Bosquet sprach als Erster. In seiner zehnminütigen Rede wiederholte er in einer wirklich verblüffenden Anzahl von Umschreibungen eine einzige Information: Der verantwortliche Untersuchungsrichter für diese »Fälle« – nicht Hinrichtungen oder Morde, sondern *Fälle* – habe ein *secreto de sumario* verkündet, was bedeutete, dass unter Geheimhaltung ermittelt werde und die Presse bis zum Prozess keine Informationen erhalten werde.

Die Meute stöhnte auf. Was sollten sie dann eigentlich hier?

Nun war Gutierrez an der Reihe und brauchte noch einmal zehn Minuten, um zu erklären, dass die beiden Fälle (wieder dieses Wort) keinesfalls auf das Versagen der sozialistischen Regierung Andalusiens oder der sozialistischen Nationalregierung Spaniens zurückzuführen seien.

Wieder stöhnten alle auf, Danny am lautesten. Er war sowieso schon spät dran. Gleich nach dem Ende der Pressekonferenz würde er ins nächste Café stürzen und seinen Artikel in den Laptop hacken müssen, um ihn noch vor dem Abgabetermin um zwei in die Redaktion schicken zu können. Und jetzt sah es aus, als hätte er nur seine Zeit verschwendet.

Einige Details kamen nun doch an die Öffentlichkeit: Die im Haus der Cookes entdeckte Leiche sei männlich, Kaukasier, wahrscheinlich zwischen vierzig und sechzig. Der Mann sei seit über zwei Jahren tot. Details über die schwarze Substanz, die den Kopf der Leiche bedeckte, könne Bosquet nicht nennen. Die zweite Leiche sei ebenfalls männlich, aber jünger und Nordafrikaner, wahrscheinlich zwischen zwanzig und dreißig Jahre alt. Der Grad der Verwesung lasse auf einen Todeszeitpunkt vor etwa vier Monaten schließen. Mehr könne er jedoch nicht sagen, das Wie, Wo und Warum der beiden Fälle seien geheim.

Nun durften Fragen gestellt werden. Ein junger spanischer Journalist war der Erste, der das Mikrofon erhielt: »In Anbetracht der Ähnlichkeit der Auffindesituationen hätte ich gerne gewusst, ob die Polizei eine Verbindung zwischen den beiden Morden in Betracht zieht.«

Bosquet wollte antworten, brach aber ab, als Gutierrez seinen Arm berührte. Mikrofone gaben das leise Murmeln ihres Wortwechsels wieder, zu verstehen war jedoch nichts. Doch Danny hatte den Eindruck, dass die beiden Männer uneins waren. Letztendlich beantwortete Gutierrez die Frage.

»Wir können unzweideutig feststellen, dass zwischen diesen Fällen keine Verbindung besteht.«

Allgemeines Gemurmel war zu vernehmen. Einige der älteren Reporter wechselten Blicke. Wörter wie »unzweideutig« kamen Politikern ohne guten Grund selten über die Lippen. Worum ging es hier? Bosquet kratzte sich am Kopf. Er sah nicht sehr glücklich aus.

Danny hob die Hand und musste warten, bis ihm das Mikrofon gereicht wurde, ein alter Trick, den die Behörden anwendeten, um das Tempo einer schwierigen Pressekonferenz zu drosseln. Er stand auf, um seine Frage zu stellen. Gutierrez verzog kurz das Gesicht, als er Danny erkannte.

»Ich möchte Sie gerne fragen, wie Sie ›unzweideutig‹ feststellen können, dass die beiden Morde nichts miteinander zu tun haben. Ist das nicht ein bisschen verfrüht? Die ersten Autopsieberichte sind noch kaum …«

»Die *Fälle* haben nichts miteinander zu tun.«

Eine Hand streckte sich nach dem Mikrofon.

»Ich möchte Sie nach diesem Begriff ›Fälle‹ fragen. Er ist ziemlich vage. Wir reden hier doch von Morden, oder?«

»Ich fürchte, das kann ich nicht beantworten.«

Die Hand griff noch einmal nach dem Mikrofon. Danny wich aus. »Die Polizei zieht also gar nicht in Betracht, dass hier ein Serienmörder frei herumläuft?«

Politiker haben eine ganz bestimmte Art, ihr Lächeln einfrieren zu lassen, wenn sie versuchen, ihr Missfallen zu verbergen. »Ich würde sagen, es ist viel zu früh, um *irgendeine* Schlussfolgerung zu ziehen – und dass die Verwendung von so hetzerischen Phrasen wie ›Serienmörder‹ im Höchstmaß unverantwortlich wäre. Wenn Sie jetzt freundlicherweise das Mikrofon weitergeben würden.«

Ein ganzer Wald von Händen schoss in die Höhe. Doch es kam nichts Neues mehr. Der Polizeichef und Gutierrez schmetterten alles ab, bis zum Ende.

Gutierrez blickte auf seine Uhr, schob seine Unterlagen zusammen, stand auf und bückte sich dann noch einmal hinunter zum Mikrofon: »Nur noch eins. Der Zahnstatus und die DNS des ersten Falls wurden an verschiedene europäische Polizeieinheiten geschickt und dort mit existierenden Daten verglichen. Es freut mich sehr, Ihnen mitteilen zu können, dass dies zur positiven Identifikation eines Briten Anfang fünfzig führte, der in Spanien lebte, aber das ist alles, was ich zu diesem Zeitpunkt sagen kann.«

Noch ein alter Trick: Bring die wirkliche Nachricht erst zum Schluss, und dann mach dich aus dem Staub. Jesus Gutierrez schob sich durch die Journalisten, die ihn umringten. Danny hatte gespürt, dass da noch etwas kam, und war perfekt positioniert, um den Politiker abzufangen, als er von der Bühne stieg. »Von einer Polizeiquelle weiß ich, dass die zweite Leiche – Entschuldigung, der zweite Fall – Verstümmelungen im Genitalbereich aufweist«, sagte Danny mit leiser, aber deutlich hörbarer Stimme. »Wollen Sie das bestätigen oder dementieren?«

Das war ein Schuss ins Blaue gewesen, aber offensichtlich hatte Danny ins Schwarze getroffen. Gutierrez' Augen funkelten. Er packte Danny am Arm, zerrte ihn zu Bosquet und flüsterte dem Mann etwas ins Ohr. Auch der Polizist riss die Augen weit auf. »Quelle? Was für eine Quelle? Wer hat Ihnen das gesagt?«

»Dann stimmt es also?«

»Ich will kein Wort davon gedruckt sehen, haben Sie verstanden?«, schimpfte Bosquet. »Kein einziges Wort. Ich habe Sie gestern schon gewarnt. Wer ist diese Quelle? Ich will einen Namen.«

Allmählich zeigten auch andere Journalisten Interesse. Danny nickte zu einer nahen Tür. »Warum gehen wir nicht irgendwohin, wo wir ungestört darüber sprechen können?«

Die anderen Journalisten jaulten, als Danny in ein Büro geführt wurde. Aus den Augen der Öffentlichkeit direkt in die Höhle des Löwen. Hier ließ Bosquet jede Höflichkeit fahren.

»Den Namen. Sofort!«

Danny hob die Hände. »Ich gestehe, es gibt keine Quelle. Ich habe nur eine naheliegende Vermutung angestellt, um zu sehen, wie Sie reagieren. Anscheinend habe ich den Nagel auf den Kopf getroffen.«

»Ich glaube Ihnen nicht«, entgegnete Bosquet. »Woher kam die Information, dass Sie eine solche Vermutung überhaupt anstellen konnten? Irgendjemand muss geredet haben.«

»Wie ich Ihnen gestern schon gesagt habe, gab es 1995 in England eine Mordserie mit einer ähnlichen Vorgehensweise: junge, männliche Opfer, Make-up, Perücke, alles. Und Schwanz und Eier abgeschnitten.«

Bosquet wollte etwas sagen, hielt aber inne, als Jesus Gutierrez Danny seine nasskalte Hand auf die Schulter legte. Der Politiker hatte sein strahlendstes Lächeln aufgesetzt. »Sie wissen so gut wie ich, dass Serienmörder in Spanien äußerst selten in Erscheinung treten. Treffen wir doch eine Übereinkunft: Wir geben Ihnen einige exklusive Informationen über die polizeilichen Ermittlungen, und Sie halten alle Theorien über einen serienmordenden Nachahmungstäter zum gegenwärtigen Zeitpunkt unter Verschluss.«

»Beeindrucken Sie mich.«

»Die Polizei geht im Augenblick von der Annahme aus, dass der junge Mann im zweiten Fall starb, weil ein Sexspielchen aus dem Ruder lief.«

Danny bemühte sich erst gar nicht, seinen Spott zu verbergen. »Ein Sexspielchen, zu dem gehörte, dass ihm seine *cojones* abgeschnitten wurden?«

»Hat Ihnen irgendjemand ausdrücklich gesagt, dass sie es wurden?«

»Nein, aber ich konnte sehen …«

»Dann ist das eine reine Vermutung Ihrerseits, stimmt's?«

Danny war klar, wohin das führte. »Okay, diese ganze Show mit ›Sagen Sie mir sofort, wer die Quelle ist‹ war also nur ein schlechter Scherz.«

»Was Bestätigungen oder Dementis von offizieller Stelle angeht, fürchte ich, ja.«

»Worum geht's hier eigentlich? Warum versuchen Sie es hartnäckig so darzustellen, als hätten diese beiden *Tötungen*« – Danny betonte das Wort – »nichts miteinander zu tun?«

»Mir liegt lediglich sehr viel daran, dass über diese Angelegenheit korrekt berichtet wird. Es gibt Details aus den Autopsien, die Sie nicht kennen.«

»Dann klären Sie mich auf.«

Gutierrez lächelte weiter, sagte aber nichts.

»Wissen Sie was«, fuhr Danny fort, »nennen Sie mir den Namen des Briten, den Sie im Haus der Cookes gefunden haben, und ich verspreche Ihnen, nichts über die Möglichkeit zu schreiben, dass da ein Serienmörder frei herumläuft.«

Gutierrez schaute Bosquet an. Die Miene des Polizisten war schwer zu deuten: Er schien dauernd verärgert zu sein.

»Okay«, sagte Gutierrez. »Wir geben Ihnen den Namen, aber ich will nicht, dass er veröffentlicht wird.« Er deutete zur Tür, hinter der noch immer Stimmengewirr zu hören war. »Das Pack da reißt mich in Stücke, wenn es erfährt, dass ich Ihnen eine exklusive Information gegeben habe.«

Damit konnte Danny leben.

Gutierrez las den Namen von einem Blatt Papier ab. »Phillip Samuel Cohen.«

»Ich nehme an, der Mann hatte ein Vorstrafenregister?«

»Sie haben Ihren Namen bekommen.«

»Warum sonst sollte die Polizei seinen Zahnstatus kennen?«

Gutierrez verlor die Geduld. »Okay, ja, er hatte ein Register. Das ist jetzt aber wirklich alles. Vergessen Sie unsere Abmachung nicht: keine Erwähnung eines Serienmörders oder anderer skandalöser Hypothesen.«

Danny schlich sich durch eine Hintertür hinaus ins Freie, um der Pressemeute zu entgehen. Er wollte seine private Unterhaltung geheim halten. Er ging in ein Café, holte seinen Laptop heraus und arbeitet bereits fünfzehn Minuten, als ihm einfiel, dass sein Handy noch ausgeschaltet war.

Er hatte dreizehn Anrufe von Fouldes.

Pech für einige, dachte Danny und wählte die Nummer.

»Danny, du musst in die Redaktion kommen«, befahl Fouldes ohne Umschweife.

»Aber ich bin noch nicht fertig mit …«

»Schick, was du hast, und komm nach Mojácar. Sofort.«

Die Leitung war tot. Danny schrieb den Artikel in zehn Minuten fertig. Zu seinem Text gehörte eine detaillierte Beschreibung dessen, was er und Paco in Alan Reades Haus gefunden hatten. Er betonte ausdrücklich die Ähnlichkeiten zwischen den Auffindesituationen der beiden Leichen, bevor er Gutierrez' »unzweideutige Feststellung« zitierte.

Er hielt inne und fügte dann einen Schlussabsatz hinzu: *Die spanische Polizei verweigert jeden Kommentar bezüglich einer Verbindung zwischen diesen jüngsten Morden und einer Mordserie 1995 in Großbritannien, die allgemein als das »Vogelscheuchen-Verfahren« bekannt wurde und in deren Verlauf fünf junge Männer getötet wurden. Vier davon hatten das Gesicht ähnlich mit Make-up beschmiert, wie es bei der Leiche in dem zweiten Anwesen in Almería der Fall ist. Der damalige Mörder Ishmael Vertanness kastrierte seine Opfer ebenfalls.*

Danny tippte den letzten Satz mit schwungvoller Geste. Da habt ihr's. In keinem Satz hatte er konkret von der Möglichkeit gesprochen, dass ein Serienmörder frei herumlief.

Gutierrez konnte ihn mal.

18

Die Fahrt nach Mojácar dauerte normalerweise fünfundvierzig Minuten. Danny nahm sich eine Stunde Zeit. Wozu die Eile? Wenn Fouldes nicht noch einen Text von ihm wollte, war er praktisch bereits im Urlaub. Je näher der Abgabetermin um zwei Uhr rückte, umso weniger Zeit hatte Fouldes, ihn noch mit Aufträgen in letzter Minute zu nerven. Denn es ging um nichts anderes als eine letztminütliche Gemeinheit von Herausgeber zu Reporter, da war sich Danny ganz sicher.

Eins verwirrte ihn allerdings: Normalerweise freute Fouldes nichts mehr, als seinen Reportern lange Fahrten aufs Auge zu drücken, doch diesmal hatte kaum verhohlene Wut aus seinen Worten geklungen. Vielleicht gibt es doch noch eine ausgleichende Gerechtigkeit auf dieser Welt, dachte Danny.

Als Danny ankam, saß Leonard Wexby draußen auf der Plaza und unterhielt sich auf Spanisch mit einem Anwalt und einem Stadtrat. Als Boulevardreporter hatte er einen Tag früher Abgabetermin als Danny, und das rieb er ihm gern unter die Nase, indem er sich draußen vor dem Büro sonnte. Er winkte, als Danny den Platz überquerte.

»Jetzt nicht«, sagte Danny. »Ich arbeite noch.«

»Nein, ich wollte dich nur warnen«, erklärte Leonard. »Fouldes kocht vor Wut.«

»Warum?«

»Er hat da oben ein verheiratetes Paar. Er ist einer von den großen Nummern, an die Fouldes sich so gerne ranschleimt, aber sie wollen mit ihm absolut nichts zu tun haben und nur dich sprechen.«

»Mich?«

»Nur und ausschließlich dich.«

»Woher weißt du, dass er eine große Nummer ist?«

»Ach, das merkt man immer. Die Klamotten, das Auftreten. Außerdem kamen sie in dem da.« Leonard deutete mit seinem Spazierstock auf einen kirschroten BMW auf der anderen Seite des Platzes. Danny konnte das Modell nicht identifizieren, auf jeden Fall aber war es Oberklasse. Auf dem personalisierten Nummernschild stand MIKE T.

Danny ging nach oben. Leonard hatte recht. Fouldes war wirklich stinksauer.

»Danny, darf ich vorstellen …«

»Michael Thorndyke.« Der Mann schob sich an Fouldes vorbei und streckte die Hand aus. Trotz der weichen Handflächen war der Griff fest. »Meine Frau Jocelyn. Wir wollen Sie sprechen.« Fouldes' Gesicht wurde noch einen Ton dunkler rot, als Thorndyke ihm den Rücken kehrte. Danny gestattete sich ein hilfloses Achselzucken, als Thorndyke ihn zur Tür führte.

Sie gingen nach unten, ließen sich vor einer der Bars an einem Tisch nieder.

Thorndyke war unverkennbar Selfmademan. Danny sah sofort, dass man diesem Mann nichts vormachen konnte. Und er war reich. Das hätte Danny auch ohne das Auto erkannt. Man musste Thorndyke nur einmal ansehen und wusste, dass er alles hatte: den Liegeplatz im Yachthafen, das Anwesen oben auf der Klippe mit Sicherheitszaun und Kameras. Sein Gesicht wirkte hart und humorlos, wie das reicher Männer, die fest entschlossen sind, noch reicher zu werden.

»Sie müssen wissen, dass ich eigentlich dagegen war, aber

meine Frau überredete mich dazu«, begann Thorndyke, als der bestellte Kaffee kam. Es war offensichtlich, dass die Überredungskünste seiner Frau nicht sehr weit gereicht hatten. Sein Mund blieb eine gerade Linie, die Kiefermuskeln waren angespannt. Der Gedanke, einen anderen um Hilfe bitten zu müssen, war ihm offensichtlich zuwider.

Nach betretenem Schweigen sagte seine Frau: »Wir wollen Sie wegen unserem Sohn Craig um Hilfe bitten. Wir können ihn nicht erreichen, und wir …«

Ihr Mann unterbrach sie. »Ihr Chef hat Sie uns empfohlen.«

»Fouldes?«

»Nein, Ms. Pelham-Kerr. Wir sind persönliche Freunde von ihr.«

Ach so. Dannys oberster Chef. Die Besitzerin der Zeitung.

Dann waren sie also Freunde der Weißen Hexe. Deshalb war Fouldes so aus der Fassung. Die Thorndykes waren Sterne in dem Jetset-Universum, zu dem Fouldes so gerne gehören wollte. Er hätte alles getan, um jetzt hier mit ihnen sitzen und sich einschmeicheln zu können.

Danny nippte an seinem Kaffee, während er sich überlegte, wie er mit dieser Situation umgehen sollte. »Das ist sehr schmeichelhaft, aber im Gegensatz zu dem, was Ms. Pelham-Kerr vielleicht denkt, bin ich kein Experte im Auffinden von Vermissten. Die Letzte war …«

»Craig wird nicht vermisst.«

»Aber warum? … Es tut mir leid, aber da komme ich nicht mit.«

Thorndyke schien schon jetzt die Geduld zu verlieren. »Wie meine Frau bereits sagte, ist Craig nicht zu erreichen. Aber wir wissen, wo er ist. Wenigstens wissen wir das am Anfang jedes verdammten Monats.« In dem letzten Satz schwang eine gewisse Entrüstung mit.

»Was passiert am Anfang jedes Monats?«

Mrs. Thorndyke sagte: »Wir schicken«, während Thorndyke meinte: »Sie schickt.« Sie hielten beide inne und schauten sich an. »Am Ersten jedes Monats werden neunhundert Euro auf Craigs Konto überwiesen«, erklärte Thorndyke. »Und abgehoben am Ersten, Zweiten und Dritten, jeweils dreihundert Euro. Daher wissen wir, wo er sich befindet: Sämtliche Kontoauszüge belegen, dass er einen Geldautomaten in dieser Gegend benutzt.«

»Mojácar.«

Thorndyke nickte. »Punkt halb acht. Und das sind die einzigen Tage, an denen sich dieser stinkfaule Taugenichts um diese Zeit aus dem Bett wälzt.«

»Das ist jetzt vielleicht eine blöde Frage, aber wenn Sie wissen, wann er wo sein wird, warum sprechen Sie dann nicht persönlich mit ihm?«

Mutter und Vater sahen einander an. Nach kurzem Schweigen konterte Jocelyn Thorndyke die Frage. »Das haben wir bereits versucht. Um ehrlich zu sein, unser letzter Versöhnungsversuch brachte Craig erst dazu, sich in Luft aufzulösen. Wir glauben, es wäre besser, wenn ein Fremder es macht. Wir wollen nur mit ihm reden. Vor allem jetzt, da diese Leichen aufgetaucht sind.« Sie schauderte. »Wir haben es gestern in den Nachrichten gesehen und sind direkt von unserem Haus in Valencia hierhergefahren.«

»Wann haben Sie das letzte Mal etwas von Craig gehört?«

»Letzte Woche. Er schickt uns Textnachrichten.«

»Mit welchem Inhalt?«

»›Lasst mich in Frieden‹, falls er gerade guter Laune ist.«

»Wann haben Sie ihn das letzte Mal gesehen? Oder mit ihm telefoniert?«

Mrs. Thorndyke senkte den Blick. »Vor drei Monaten«,

antwortete Michael Thorndyke. Danny seufzte erleichtert auf. Es war also nicht Craig, der in Alan Reades Haus eingemauert gewesen war.

Michael Thorndyke redete weiter. »Die Bausparkasse, die wir für Craigs Konto benutzen, ist eine kleine, regionale, die nur ein paar Filialen hat. Wir wollten nicht, dass er so leicht an das Geld kommt. In Spanien kostet es immer noch Geld, wenn man die Automaten anderer Banken benutzt«, ergänzte Thorndyke, als Danny die Augenbrauen hob. »Ich wusste, Craig ist zu geizig, um die Gebühren zu bezahlen.«

»Was ist dann passiert?«

»Wir warteten vor der Filiale hier in Mojácar auf ihn.« Die Thorndykes wurden still. Es war eindeutig, dass die Erinnerung an diesen Versuch der Familienzusammenführung keine angenehme war.

»Es gab ... nun ja, eine kleine Szene«, sagte Jocelyn Thorndyke.

»Eigentlich sollte er auf Reisen sein«, merkte Thorndyke mit Verärgerung in der Stimme an. »Wir pendeln zwischen Großbritannien und Spanien hin und her, und wir wussten gar nicht, dass er zu diesem Zeitpunkt nur bis Almería gekommen war.«

Danny trank seinen Kaffee aus und wischte sich die Finger an einer Serviette ab. »Nun ja, ich würde Ihnen sehr gerne helfen, aber leider fahre ich heute Nachmittag in Urlaub, und ich könnte mich erst übernächste Woche darum kümmern.«

Thorndyke schaute ihm in die Augen. »Wir sind persönliche Freunde von ...«

»... Ms. Pelham-Kerr. Ich weiß. Das haben Sie bereits gesagt.« Danny verschränkte die Arme. »Sie bitten mich nicht, Sie verlangen es von mir. Habe ich das richtig verstanden?«

»Wenn Sie es so drastisch formulieren wollen, ja.«

»Wir sorgen dafür, dass Sie für alle Unannehmlichkeiten, die Ihnen entstehen, entschädigt werden«, sagte Mrs. Thorndyke, als Danny die Augen verdrehte.

»Und was genau soll ich Craig sagen?«

Mrs. Thorndyke setzte zu einer Antwort an, doch Thorndyke fuhr ihr über den Mund. »Sagen Sie ihm, wenn er weiter seiner armen Mutter solchen Kummer bereitet, dann erklären wir ihn als vermisst; und gleich als Erstes werden wir Sie einen langen Artikel darüber schreiben lassen, was für ein ungezogener Junge er war, zusammen mit den peinlichsten Fotos von ihm, die wir finden können.«

Danny klappte sein Notizbuch auf. »Okay, ich mache es. Und behalten Sie Ihr Geld. Aber sagen Sie Ms. Pelham-Kerr, ich will einen zusätzlichen Urlaubstag anstelle des Tags, der mir dann morgen entgeht.«

Danny schrieb sich die Adresse der Bausparkasse und den Zeitpunkt 7.30 Uhr auf. »Ich brauche auch ein Foto von Craig.«

Mrs. Thorndyke zog eine Polaroidaufnahme aus ihrer Handtasche und gab sie Danny. Der glückliche, gesunde Junge auf dem Foto konnte nicht älter als dreizehn sein.

»Ein neueres Foto.«

»Das ist das letzte normale Foto, das wir von ihm gemacht haben, alle anderen sind digital, und deshalb …«

»Gib's ihm einfach, Jocelyn.«

Sie schaute ihren Mann eingeschüchtert an. Dann gab sie Danny einen Computerausdruck.

Das verwüstete Gesicht, das Danny anstarrte, war nicht mehr zu erkennen. Entzündete Pusteln waren die einzigen Farbtupfer auf der knochenweißen Haut. Wenn die Wangen noch eingefallener gewesen wären, hätten sich die Zähne darunter abgezeichnet. Craigs Haare waren pechschwarz gefärbt und hingen über eine Gesichtshälfte. Das sichtbare Auge war blutunterlaufen und lag tief in der Höhle. Sein Ohr war voller Piercings, sein T-Shirt modisch eng.

»Er hat sich mit den falschen Leuten eingelassen«, erklärte Jocelyn Thorndyke, als sie Dannys Reaktion bemerkte. Danny wusste nicht, ob ihr ruhiger, überzeugender Ton ihm oder ihr selbst galt. »Er hat alle möglichen Probleme.«

»Probleme der Art, über die Sie mit mir reden wollen?«

Jocelyn öffnete den Mund, doch ihr Mann schnitt ihr das Wort ab. »Drogenprobleme. Vorwiegend Kokain und Ecstasy, doch aus den Polizeiakten wissen wir, dass er für alles offen ist, wenn's hart auf hart kommt. Deshalb dachten wir, dass es ihm hier in Spanien vielleicht besser geht.«

In dem einzigen Land in Europa, das Großbritannien beim Drogenkonsum Konkurrenz macht, dachte Danny. *Brillant.*

»Nun gut, ich werde sehen, was ich morgen tun kann«, sagte Danny und bat um die Rechnung, weil er diese Begegnung jetzt unbedingt beenden wollte. »Dann wollen wir mal hoffen, dass Craig in aufgeschlossener Stimmung ist.«

Thorndyke warf einen Blick auf die Rechnung und fischte in seiner Tasche nach Kleingeld. Danny versprach, sie anzurufen, nachdem er mit Craig gesprochen hatte.

Mrs. Thorndyke dankte ihm überschwänglich, Thorndyke weniger. Das ist ein Geschäftsvertrag, schien sein fester Händedruck zu bedeuten, ich erwarte, dass Sie Ihren Teil erfüllen.

Danny sah sie wegfahren und rauchte seine Zigarette zu Ende. Dann zählte er das Geld, das Thorndyke auf den Tisch gelegt hatte: exakt der Preis der beiden Getränke, die er und seine Frau bestellt hatten. Danny legte das Geld für seinen Kaffee dazu. Kopfschüttelnd dachte er: *O Mann, aber dass Thorndyke reich ist, merkt man schon.*

William Fouldes saß in seinem Büro und schaute sich die Titelgeschichte dieser Woche an. Sanchez' Artikel über die Entdeckung der beiden Leichen war gut.

Wieder mal.

Aber wie konnte er es bei einem so knackigen Thema auch nicht sein? Der verdammte Danny Sanchez schien immer das Glück zu haben. Das Leben warf ihm die Dinge einfach in den Schoß – dass er zweisprachig war zum Beispiel.

William Fouldes hatte lang und viel lernen müssen, um so gut Spanisch zu sprechen, wie er es jetzt tat. Briten staunten über seine Eloquenz. Spanier machten ihm Komplimente. Sein Spanisch sei perfekt. Das sagte jeder.

Fast perfekt.

Mein Gott, aber ihn ärgerte es. »Fast« war kein Wort, das Fouldes mochte.

Er wischte sich über die Stirn. Langsam wurde er nervös. Er wusste auch, warum. Was, zum Teufel, wollten Freunde von Ms. Pelham-Kerr von einem Verlierer wie Sanchez? War ihnen denn nicht bewusst, dass er, William Fouldes, der Herausgeber war? Mann, noch vor drei Monaten hatte Sanchez ein Auto gefahren, das aussah wie das Überbleibsel eines Crash-Car-Rennens. William Fouldes gehörte in ihre Welt. Er war einer von ihnen. Sahen sie das denn nicht?

Das Telefon klingelte. Die Herstellung wartete auf die Titelgeschichte. Fouldes ging nicht dran. Zuerst montierte er fünfzig zusätzliche Wörter ans Ende des Artikels. Dann unterlegte er die Zeile »Von Danny Sanchez«, löschte sie und schrieb etwas anderes an ihre Stelle.

Das Telefon klingelte erneut. Diesmal hob er ab.

»Titelseite ist unterwegs.«

19

Nach seinem Treffen mit den Thorndykes fuhr Danny direkt zum Büro von Shelter All.

Der Winter in Almería war zwar kühl, aber doch so warm, wie man es nördlich von Afrika erwarten konnte. Bei sechzig Pence pro Liter Wein war es leicht, die Kühle an den wenigen Tagen zu vertreiben, wenn Wind und Regen stärker wurden. Jedes Jahr im November kamen die Vagabunden und Aussteiger Europas, einige zu drogenumnebelt oder betrunken, um an der normalen Gesellschaft teilzunehmen, aber auch andere, die es gar nicht wollten. Die meisten strebten in die Provinzhauptstadt, andere führten ein halb nomadisches Leben, trampten von einem Ort zum anderen, schliefen an Stränden. Craig Thorndyke schien einer von ihnen zu sein. Wenn das zutraf, bestand durchaus die Chance, dass er in Toby Ibañez' Wohltätigkeitsorganisation vorbeigeschaut hatte.

Ibañez hielt sich in der Rezeption auf und sprach Französisch mit einer dicken afrikanischen Frau, die ein Baby im Arm hielt und nervös wirkte. Sie hörte Ibañez aufmerksam zu, und ihr Gesichtsausdruck entspannte sich langsam. Als Danny Ibañez so in Aktion sah, bekam er ein schlechtes Gewissen, weil er über den Mann so hart geurteilt hatte: An Ibañez' Stimme und seiner Art merkte man deutlich, dass ihm die Notlage der Frau durchaus am Herzen lag. Das Gespräch endete damit, dass Ibañez aus seiner Hosentasche einen Geldschein zog und ihn der Frau gab.

»Danny«, sagte Ibañez, als die Frau, das Baby auf der Hüfte, hinauswatschelte. »Habe nicht erwartet, Sie so schnell wiederzusehen.«

»Toby.« Zum ersten Mal kam Danny der Name leicht über die Lippen. »Ich habe mich gefragt, ob Sie mir vielleicht helfen können. Kennen Sie diesen jungen Mann hier?«

Danny zeigte ihm das Foto von Craig Thorndyke. Ibañez betrachtete es lange und konzentriert und nickte dann.

»Ich glaube, ich kenne ihn tatsächlich. Ist er Engländer? Oberklassenakzent, den er aber verstecken will?«

»Klingt nach ihm. Wann haben Sie ihn das letzte Mal gesehen?«

»Das ist eher Monate als Wochen her.«

»Irgendeine Idee, wo er jetzt sein könnte?«

»Da muss ich raten. Ich hatte den Eindruck, dass er im Freien schläft. Er roch auf jeden Fall so. Um ganz ehrlich zu sein, ich fand ihn ein wenig unheimlich.«

»Unheimlich? Inwiefern?«

»Ach, nur so ein Gefühl. Er hatte diesen leeren, starren Blick, den Leute kriegen, wenn sie zu viele LSD-Trips eingeschmissen haben. Pusteln um den Mund. Er scheint ein junger Mann mit großen Problemen zu sein.«

»Und wirklich keine Idee, wo er sich jetzt aufhalten könnte?«

Toby bedauerte es aufrichtig, nicht weiterhelfen zu können.

»Was ist mit ... wie heißt sie gleich wieder?«, sagte Danny und deutete auf das Telefonzimmer. »Könnte sie es wissen?«

»Allison. Sie ist heute nicht hier. Aber ich frage mal den Typen, der Dienst tut.«

Am Telefon saß ein ordentlich gekleideter Marokkaner. Ja, er kenne Craig Thorndyke, nein, er wisse nicht, wo er sein könnte. Seine Miene verriet einen leichten Abscheu, als er Craig Thorndykes verwüstetes Gesicht sah.

Nachdenklich ging Danny zu seinem Auto zurück. Wenn Craig Thorndyke am nächsten Morgen um 7.30 Uhr am Geldautomaten in Mojácar sein wollte, musste er irgendwo in der Nähe sein. Mit dem Schlüssel in der Tür seines Golfs hielt er inne.

Egal, er würde noch eine halbe Stunde dranhängen. Er hatte Lust auf eine oder zwei Flaschen Wein heute Abend, um den Beginn seines Urlaubs zu feiern.

Zu Fuß ging Danny zum Strand von Mojácar. Die beiden Deutschen waren leicht zu finden. Klaus und Justus bearbeiteten jedes Jahr denselben Strandabschnitt, errichteten komplexe Skulpturen aus Sand und lebten von den Münzen, die man ihnen zuwarf. Sie besaßen wirklich Talent. Letztes Jahr hatten sie eine Kopie der Alcazaba gebaut, des berühmten Schlosses der Provinz, und in diesem Jahr einen riesigen Drachen, so groß, dass sie in seinem Maul und den Augen Kerzenstummel anzünden konnten.

Im Freien zu schlafen war eine riskante Sache, aber Klaus und Justus waren bestens dafür ausgestattet. Wenn einen der Anblick von Klaus' Amphetaminaugen und seinem zahnlückigen Grinsen nicht schon vertrieb, gab es da noch Justus: eins achtundachtzig groß, über hundertdreißig Kilo schwer, das meiste davon bedeckt mit Bikertattoos. Klaus war der Künstler, Justus machte die Drecksarbeit. Er schleppte Eimer voller Meerwasser herbei, um den Sand zu befeuchten, den Klaus modellierte. Ein paar Jahre zuvor hatte Danny einen Artikel über die beiden geschrieben. Er wusste noch, dass Klaus gebrochenes Englisch sprach, mit einem Akzent irgendwo zwischen Arnold Schwarzenegger und Herrn Flick. In der Zwischenzeit hatte er offensichtlich keine Sprachkurse besucht.

»Ja, ich erinnere mich an dich«, sagte er, als Danny sich vorstellte. Danny setzte sich auf das Mäuerchen, drehte den Verschluss der eiskalten Literflasche San Miguel ab, die er sich unterwegs besorgt hatte. Er trank auf die spanische Art, den Mund etwa einen Zentimeter von der Flasche entfernt, damit seine Lippen den Flaschenhals nicht berührten. Spanier waren immer entsetzt darüber, wie Ausländer mit Spucke verschmierte Dosen und Flaschen herumgehen ließen. Danny bot die Flasche Klaus an, der sie erfreut nahm.

Justus kam mit zwei randvoll mit Wasser gefüllten Eimern dazu. Der kräftige Mann hätte auch Eier tragen können, so wenig sah man ihm die Anstrengung an. Die Flasche wanderte weiter zu Justus, der trotz seiner vielen Aufenthalte in Spanien die landesübliche Technik, aus gemeinsamen Flaschen zu trinken, noch nicht gelernt hatte. Er rammte sich den Flaschenhals in den Mund und trank gierig. Danny lehnte höflich ab, als der Deutsche ihm die Flasche zurückgeben wollte. Er hätte sowieso wenig davon gehabt: Justus hatte in einem einzigen großen Schluck fast die ganze Flasche geleert. Der massige Mann grinste Danny an und schlug sich auf den riesigen Bauch.

Okay, er hatte ihre Dankbarkeit gewonnen. Zeit für die Arbeit. Er faltete Craig Thorndykes Foto auf.

»Habt ihr den Typen schon mal gesehen?«

Klaus betrachtete das Foto und grinste, dann gab er es Justus. Der grinste ebenfalls und begann dann lauthals zu lachen. »Der Schwule!«, sagte er und deutete auf das Foto.

»Was ist so lustig?«, fragte Danny.

»Er ist – wie sagt man auf Englisch?« Klaus spitzte die Lippen und bewegte seinen Kopf auf und ab. Danny brauchte einen Augenblick, bis er begriff, dass er einen Blowjob nachahmte.

»Ihr kennt ihn?«

»Ja.«

»Und Craig ist schwul?«

»Für Geld schon. Er sagt, er macht es« – wieder die Blasbewegung – »für zwanzig Euro. Justus hat Nein zu ihm gesagt.« Klaus lachte, deutete auf einen der Eimer und tat so, als würde er ihn nach jemandem werfen.

Sie redeten noch eine Weile, aber die Unterhaltung gestaltete sich schwierig. Danny konnte schließlich herausfinden, dass die Geschichte mit dem Eimerwerfen im letzten Jahr passiert war, wahrscheinlich im Dezember. Danach hatten beide den jungen Mann nicht mehr gesehen.

Während Danny wieder zu seinem Auto ging, schaute er Craig Thorndykes Foto an. Ein reicher Dad, eine liebende Mom, und er bietet Blowjobs für zwanzig Euro auf einem spanischen Strand an.

20

Freitag, 2. April 2010

Sein erster Urlaubstag, und Danny musste anderthalb Stunden früher aufstehen als normal. Er war sich der Ironie durchaus bewusst. Die Entscheidung vom Abend zuvor, seinen Weintrinkplan in die Tat umzusetzen und sich nicht um die Konsequenzen zu kümmern, besserte seine Laune auch nicht gerade.

Um 7.00 Uhr war er in Mojácar, um 7.15 Uhr bei der Bausparkasse. Sie lag auf halber Höhe des Mojácar Playa. Danny parkte vor der Tür und wischte die beschlagene Scheibe sauber. Die Häuser erstrahlten weiß, als die Sonne aus dem silbrigblauen Meer stieg. Der erste Kunde tauchte um 7.23 Uhr auf. Er war offensichtlich Spanier. In den folgenden zehn Minuten kamen noch zwei: eine junge spanische Frau und ein blonder Mann mit einem Pferdeschwanz. Er hätte britisch sein können – doch als er sich umdrehte, sah Danny, dass es eindeutig nicht Craig Thorndyke war.

Die nächste Person erschien um 7.46 Uhr, eine ältere Dame, dem Aussehen nach eine Deutsche auf dem Weg zum Strand.

Danny schaute auf die Uhr, kontrollierte die Zeit.

So viel zu Punkt 7.30 Uhr.

Es kamen noch mehr Leute, doch kein Craig Thorndyke.

Um 8.03 Uhr rief Michael Thorndyke an. »Und?«

Der herrische Ton dieses einzigen Worts brachte Danny zu der Überzeugung, dass er diesen Kerl wirklich nicht mochte.

»Was und? Ich sitze seit 7.15 Uhr direkt hier vor der Tür und warte, aber er ist nicht aufgetaucht.«

Thorndyke räusperte sich. »Dann müssen Sie ihn übersehen haben.«

»Welchen Teil von ›direkt hier vor der Tür‹ haben Sie nicht verstanden? Ich sage Ihnen, dass ich den Geldautomaten aus einer Entfernung von etwa acht Metern mit völlig freiem Blickfeld beobachtet habe. Ihr Sohn ist nicht gekommen.«

»Dann müssen Sie morgen ...«

»Ich *muss* rein gar nichts tun, Mr. Thorndyke. Sie haben mich um einen Gefallen gebeten, und den habe ich Ihnen getan. Nur um des lieben Friedens willen bleibe ich noch bis neun hier, um ganz sicherzugehen, aber wenn Sie nichts mehr von mir hören, dann deshalb, weil Craig nicht erschienen ist. Auf Wiedersehen.«

Danny legte auf und schaltete das Handy ab.

Craig kam nicht. Auf dem Weg nach Hause nahm Danny eine *Sureste News* mit. Die Titelgeschichte – seine Titelgeschichte – trug die Verfasserzeile »Reporter der Redaktion«. Und Fouldes hatte noch zwei völlig sinnfreie Absätze ans Ende gehängt.

Streiten hatte keinen Sinn mehr: Das verdammte Ding war inzwischen gedruckt. Kein Protest konnte das noch ändern.

Ich habe Urlaub, wiederholte er. *Ich will einfach nur entspannen.*

Er hielt am Strand an und warf Steine ins Meer. Es hatte keinen Zweck, jetzt schon nach Hause zu fahren. Er konnte sich nicht konzentrieren. Viele Fragen gingen ihm durch den Kopf. Fragen in Bezug auf die Leichen. Er setzte sich wieder in sein Auto und kontrollierte einen Eintrag, den er am Abend zuvor im örtlichen Auswandererforum gepostet hatte mit der Frage, ob sich irgendjemand an einen Mann namens

Philip Samuel Cohen erinnern könne. Offensichtlich hatte Cohen nicht zu den Wichtigen in der Provinz gehört, denn sonst hätte Leonard ihn gekannt.

Es waren bereits sieben Antworten eingegangen. Einige Briten hier schienen ihr ganzes Leben in Foren zu verbringen, sie zankten, klatschten und jammerten. Fünf waren witziger Unsinn, doch zwei äußerten übereinstimmend die Meinung, dass ein Mann mit diesem Namen früher in der Stadt Zurgena gelebt habe.

Also noch einmal ins Almanzoratal. Fast den ganzen Vormittag vergeudete Danny damit, in Bars herumzufragen und an Türen zu klopfen, um herauszufinden, wo Cohen gewohnt hatte. Letztendlich wurde er fündig; es war nur eine bescheidene, kleine Wohnung. Danny sprach mit den Nachbarn. Ja, sagten sie, sie erinnerten sich an Cohen: ein großer, blonder Mann Anfang vierzig, sagte einer, ein typischer Brite sei er gewesen, der für sich blieb. »Er hatte eine Freundin. Die kam manchmal vorbei.« Dann sprach Danny mit dem jungen spanischen Paar, das jetzt die Wohnung gemietet hatte. Sie wussten nichts von Philip Cohen, rieten Danny aber, sich an den Vermieter zu wenden. Wie es in Spanien oft der Fall war, besaß der Vermieter auch noch zwei andere Mietobjekte in dieser Straße.

Danny drückte auf die Klingel. Ein älterer Spanier öffnete ihm. Er begrüßte Danny mit neutralem Gesichtsausdruck.

»Wie kann ich Ihnen helfen?«

»Erinnern Sie sich an einen Mann namens Philip Samuel Cohen? Er hatte die Wohnung da drüben gemietet.«

»Warum?«

Zu sagen, er sei ein alter Freund, wäre wohl genau das Falsche gewesen: Bei der Erwähnung von Cohens Namen hatte sich das Gesicht des Mannes verdüstert. Danny sagte ihm die Wahrheit: Er sei ein Journalist, der über den Mann recherchiere.

Die Miene des Mannes verdüsterte sich noch mehr. »Journalist? Was hat er getan?«

»Warum soll er etwas getan haben? Ich will einfach ein bisschen was über ihn erfahren. Wie lange war er Ihr Mieter?«

Der alte Mann bat ihn herein und kramte in seinen Unterlagen. »Cohen mietete die Wohnung im Januar 2001. Im November 2007 zog er wieder aus.«

»Hat er den Mietvertrag gekündigt?«

»Nein. Er verschwand einfach eines Nachts. Mir war es egal, ich hatte seine Kaution.«

Das dürfte in etwa die Zeit seiner Ermordung gewesen sein, der November 2007. Den Mann schien noch etwas anderes zu beschäftigen. Danny fragte ihn, was es sei.

Der alte Mann biss sich auf die Lippen, offensichtlich überlegte er sich, was er sagen sollte.

»Er ist ja ziemlich überstürzt verschwunden«, sagte er schließlich. »Hat viele Sachen zurückgelassen. Mein Sohn und ich mussten sie rausräumen. Dabei haben wir was gefunden ... Zeitschriften. Ich habe sie verbrannt.«

»Was für Magazine?«

»Schmuddelige. Männer. Mit anderen Männern.« Er kniff die Augen zusammen. »Und nicht irgendwelche Männer. Er hatte Fotos von Leuten hier aus dem Dorf gemacht. Von meinen Nachbarn. Meinen Freunden. Meiner Familie. Er hatte die Gesichter ausgeschnitten und sie auf die Gesichter der Männer in den Zeitschriften geklebt.«

Auf der Heimfahrt wünschte sich Danny, er hätte nicht nach Philip Samuel Cohen gefragt.

Den Rest des Tages putzte er sein Haus, die Stereoanlage

voll aufgedreht: Powerage, Sabotage, Toys in the Attic. Als er die Arbeit beendet hatte, war es schon früher Abend. Er ging nach draußen und setzte sich mit seiner Gitarre auf die Terrasse. Es war noch immer kühl. Wenn der Wind aus dem Norden blies, brachte er die Kälte der Sierra Nevada mit. Er trank Wein und klimperte Flamenco. Seine Finger huschten über die Saiten und schickten die weichen Noten von *tarantas* in den Nachthimmel, während er zu den Sternen emporblickte.

Der Schatten an der Wand ließ ihn hochschrecken. Adriana Sanchez stand da und begleitete ihn mit leisem Klatschen.

»Hör nicht wegen mir auf, Danny«, sagte sie mit enttäuschter Miene.

»Ich lass mich nicht gern beobachten.«

»Kann mir nicht vorstellen, warum. Du spielst ziemlich gut.« Sie zog sich einen Stuhl heran, nahm ihm gegenüber am Tisch Platz und zündete sich eine Zigarette an. »Na gut, wenn du nicht mehr spielen willst, müssen wir uns eben unterhalten.« An ihrem entspannten Lächeln und den leicht hängenden Lidern merkte er, dass sie beschwipst war.

Adriana Sanchez schaute gut aus für ihr Alter, in dem Sinn, dass man ihr ihr Alter tatsächlich ansah. Im Gegensatz zu vielen Frauen mit knapp sechzig benutzte sie Make-up nur sehr sparsam und vor allem Kombinationen, die die attraktiven Seiten ihres Gesichts hervorhoben und ergänzten, anstatt krampfhaft zu versuchen, sich zwei Jahrzehnte jünger zu machen. Dass sie die klassische Kombination spanischer Schönheit besaß – olivfarbene Haut, dunkles Haar und große, braune, fast mandelförmige Augen –, half natürlich.

»Danny, sag was«, meinte sie und griff über den Tisch nach seinem Glas.

Bereits ihr Gesichtsausdruck verriet ihm, was er sagen sollte, deshalb machte er keine Anstalten in diese Richtung.

»Mir gefällt die Hose, die du trägst. Sehr farbenfroh.«

Sie ließ die Schultern hängen und blies die Wangen auf.

»Fragst du mich nicht, wo ich gewesen bin? Ich sollte doch eigentlich schon vor Tagen hier sein.«

»Du hast jemanden kennengelernt.«

»O ja, er ist wundervoll, Danny. Jacques. Ein Franzose. Ich habe die letzten Nächte, ich weiß gar nicht mehr, wie viele, in seinem Haus in Sorbas verbracht, oben in den Bergen.«

Nächte. Nicht Tage. Die Wortwahl war bewusst, die Bedeutung klar. Danny war Journalist. Ihm fielen Dinge auf.

Nur ein Blick auf sie, und man wusste, dass eine Romanze für Adriana Sanchez immer mehr mit den Liebhabern als mit der Liebe zu tun gehabt hatte. Doch jetzt nahm Danny in ihrem Gesicht nichts von dem Kummer wahr, der eigentlich die unausweichliche Folge für eine so oberflächliche Herangehensweise war. Allerdings hatte Adriana schon immer ein Talent dafür gehabt, Kummer aus dem Weg zu gehen. Sie war wie eine Ratsche: Wenn ihr irgendwas Sorgen bereitete, drehte sie einfach einen Zacken weiter, schloss die Vergangenheit weg und schaute nie mehr zurück.

In seiner Kindheit hatte sie sich eher wie eine ungezogene ältere Schwester aufgeführt, war für Monate verschwunden, bis sie dann unangekündigt wieder auftauchte, sein Leben auf den Kopf stellte und ihn mit zuckersüßer Aufmerksamkeit überschüttete. Und dann war sie genauso unvermittelt wieder verschwunden. Danny konnte noch die Tränen schmecken, die ihm übers Gesicht liefen, wenn er an solchen Morgen in ihr Zimmer stürmte und ihr Bett leer fand, erkannte, dass sie weg war.

Schon wieder.

Die *abuela* begrüßte ihn dann mit mürrischer Miene und flüsterte die Worte, die sie ihm immer sagte: »*Estamos condenados a quererla.«* Wir sind verurteilt, sie zu lieben. Und genauso fühlte sich das manchmal an, wie eine Bestrafung.

»Es freut mich sehr, dass du jemanden kennengelernt hast, aber das ganze Hin und Her muss ich nun wirklich nicht wissen.«

Einen Moment lang verschwand die Maske alberner Aufgedrehtheit, und sie kniff die Augen zusammen. »Eine sehr unglückliche Wortwahl, Danny, wenn man sich überlegt, wie ungezogen wir die ganze Zeit gewesen sind.«

Das war immer ihre Taktik, wenn sie glaubte, nicht die Aufmerksamkeit zu bekommen, die sie verdient hatte: zu empören, zu schockieren. Danny wusste noch sehr gut, wie sie eines Abends das Gleiche mit der *abuela* getan hatte, als sie hereinkam. Es hatte in einem lautstarken, heftigen Streit geendet, die Art von Gezänk, die immer entstand, wenn spanische Frauen sich in die Haare gerieten.

Adriana Sanchez lachte. »Sei doch nicht so prüde, Danny. Wenn du so ein Gesicht machst, erinnerst du mich an meine Mutter.« Die liebenswürdige Beschwipstheit kehrte zurück. »Du könntest auch so was brauchen. Eine Freundin, meine ich. Ich habe mit deinem Freund Paco telefoniert. Er sagt, es ist Ewigkeiten her, dass du eine Freundin hattest. Wie lange denn?«

»Das geht dich nichts an.«

»Weißt du was? Ich glaube, du bist in der Midlife-Crisis«, sagte sie, als er seine Gitarre nahm und ins Haus ging. Sie sprach zu seinem Rücken, weil sie genau wusste, dass Danny ihr nie das letzte Wort lassen würde. Er schaffte es bis in die Küche, bevor er sich umdrehte.

»Warum glaubst du das?«

»Das passiert, wenn Männer in dein Alter kommen, übergewichtig und unfit werden. Nimm doch nur dieses Auto zum Beispiel.«

»Was ist mit dem Auto?«

»Für einen Mann deines Alters ist es lächerlich, in einem solchen Auto herumzufahren. Rennstreifen auf der Motorhaube und ein Heckspoiler.«

»Ich habe es so gekauft.«

»*Precisamente*. Merkst du, wie du unbewusst davon angezogen wurdest? Das ist ein Beweis für den inneren Aufruhr, den du gerade durchmachst, Darling. Und dieses blöde Star-Wars-Poster im Wohnzimmer. Du bist ein bisschen zu alt für einen solchen Unsinn, oder? Wenn ich gewusst hätte, dass ich damit den Samen einer lebenslangen Obsession säe, wäre ich mit dir nie in diesen verdammten Film gegangen.«

»Du bist nicht mit mir gegangen. Das war die *abuela*.«

»Bist du sicher?«

Ja, Danny war sicher: Diese Erfahrung war seiner Psyche unauslöschlich eingeprägt. Nicht nur, dass die *abuela* unfähig war, auch nur ein Wort von dem zu verstehen, was gesagt wurde, sie war auch von Kopf bis Fuß in Schwarz ins Kino gegangen, weil sie noch um ihren kürzlich verstorbenen Mann trauerte. Ihre Ähnlichkeit mit Darth Vader war Dannys Schulkameraden nicht entgangen.

Danny zählte bis fünf, weil er einen Streit unbedingt vermeiden wollte. »Hör zu, ich schlafe schon im Stehen ein. Ich werde mich jetzt noch ein bisschen mit der Gitarre entspannen und mich dann in die Falle hauen.«

Seine Mutter ließ sich nicht beschummeln. »Du bist sehr gut mit der Gitarre, nicht? Was für ein *palo* von Flamenco war das? Ich schätze, du hast das von deinem Vater. Er war sehr musikalisch. Zumindest so weit ich mich noch erinnern kann.«

Danny drehte sich um, doch zu schnell – die Gitarre stieß gegen den Küchentisch und warf das darauf stehende Weinglas um. Dannys Vater war das Thema, das ihn immer auf die Palme brachte, der Stachel, der so tief in seinem Fleisch steckte, dass er ihn nicht herausziehen konnte.

Dann stritten sie, und während sie sich beide in Rage redeten, wechselten sie unvermeidlich ins Spanische. Der Streit endete, wie alle spanischen Streits enden: Mit vielen übertriebenen Gesten zogen sich beide Seiten in entgegengesetzte Richtungen zurück und murmelten dabei vor sich hin, um sicherzustellen, dass der andere nicht das letzte Wort haben würde. Mutter ging nach drinnen, Danny in den Garten.

Dann klingelte sein Handy.

Es war Michael Thorndyke.

Schon wieder.

Er hatte tagsüber noch dreimal angerufen, aber Danny hatte ihn ignoriert.

»Mr. Thorndyke, es tut mir wirklich leid, aber ich kann Ihnen nicht mehr …«

»Sie haben ihn übersehen?«

»Wen übersehen?«

»Meinen Sohn. Wir haben in der Bank angerufen. Heute Morgen um 7.36 Uhr wurden von dem Konto, das Craig benutzt, dreihundert Euro abgehoben.«

»Dann hatte er jemand anderen geschickt. Ich habe genau hingesehen …«

»Sie haben ihn übersehen, Mr. Sanchez. Sie müssen morgen noch einmal hin und die Augen gut aufmachen. So einfach ist das.«

Danny ließ sich nicht gerne unterbrechen. Er spürte, wie seine Fingerknöchel weiß wurden, und zählte bis fünf. Der Mann war immerhin ein persönlicher Freund der Weißen

Hexe. Danny war bei drei angelangt, als Thorndyke sagte: »Hören Sie, Sie haben Mist gebaut ...«

»Nein, jetzt hören Sie mir zu, Thorndyke. Ich weiß ja, welche Art von Speichelleckern Sie sonst herumkommandieren, aber ich gehöre nicht dazu. Ich habe Ihnen heute Morgen einen Gefallen getan, aber Sie haben eben alle Reserven des Wohlwollens verbrannt, die ich noch für Sie übrig hatte. Engagieren Sie einen Privatdetektiv, damit der Ihren Sohn findet, Mr. Thorndyke. Gute Nacht.«

Danny legte auf und schaltete das Handy ab. Er ging in sein Büro und machte den Computer an. Er hatte eine Entscheidung getroffen. Er würde wegfahren.

Und er wusste auch, wohin.

2. Teil

La Matanza

5. Mai 2000

Die drei Jäger waren den ganzen Tag gewandert. Der Weg war gesäumt von kleinen, in schwarze und weiße Rechtecke unterteilten Metallplatten. Das hieß, sie näherten sich jetzt der Grenze des Jagdreservats.

Cipriano, der Älteste, schaute auf seine Uhr. Sie hatten noch zwei, vielleicht zweieinhalb Stunden Tageslicht. Vaya mierda de día, *dachte er und spuckte einen Klumpen Schleim auf einen Felsbrocken. Was für ein beschissener Tag. Sie hatten rein gar nichts von Wert gefunden.*

Carlos, sein Sohn, ging fünfzig Meter hinter ihm und trug die Beute des Tages: zwei Hasen und einen Fasan. Die waren kaum das Benzin wert, das sie für die Fahrt hierher verbraucht hatten.

Cipriano schüttelte den Kopf. Es war seine Schuld. Er war alt genug, um zu wissen, dass man einem jungen Narren wie Nacho Morales nicht trauen sollte. Noch jetzt konnte er seine vom Brandy schwere Stimme hören: Ich kenne da eine Ecke, wo kein Mensch hingeht. *In der Hinsicht hatte Morales recht gehabt, warum sollte sich irgendjemand die Mühe machen, die ganze Strecke hierherzufahren? Zum Jagen war es einfach furchtbar hier.*

Ciprianos Füße schmerzten, weil sie stundenlang bergauf gestolpert waren. Er zog den Weinschlauch von der Hüfte, stellte einen Stiefel auf einen Felsbrocken und zielte mit ei-

nem Weinstrahl nach seinem Mund. Links von ihm kreisten Bussarde am weiten, blauen Himmel. Er hob den Schlauch zum stummen Gruß. Ich wünsche euch mehr Jagdglück, als ich es hatte.

Der Weinschlauch war beinahe leer. Er hatte zu viel getrunken. Das war der Grund, warum er das einzige anständige Ziel des Tages verfehlt hatte: einen riesigen Eber. Noch ein Grund, warum das ein Tag zum Vergessen war.

»Gehen wir in diese Richtung«, sagte Nacho, die Flinte aufgeklappt über dem Arm. Er deutete zu einem Piniengehölz. »Da drüben ist ein Pfad, der uns zur Straße zurückbringt. Von dort können wir zum Auto gehen.«

Cipriano schulterte seine Flinte und bahnte sich einen Weg durch das Stechginstergestrüpp der Hügelflanke. Das war's. Ein vergeudeter Tag. In dieser Richtung würden sie nichts mehr finden.

Schweigend wanderten sie zehn, vielleicht zwanzig Minuten dahin. Sie näherten sich dem Bereich, in dem sich die Bussarde befunden hatten. Beim Geräusch ihrer Schritte erhoben sich fransige Flügel in die Luft: Die Vögel hatten am Boden gesessen und gefressen.

Dann kam noch ein Geräusch, ein metallisches – das Rasseln einer Kette.

Nacho schrie als Erster. Cipriano riss sich die Flinte von der Schulter, rannte los und blieb dann stehen, als er erkannte, was an dem Baum mitten auf der Lichtung baumelte. Die Waffe fiel ihm aus den Händen.

Jetzt hatten sie doch noch etwas gefunden.

1

Samstag, 3. April 2010

Die Maschine erzitterte, als sie in eine Wolke tauchte. Über Dannys Kopf sprang das Gurtlämpchen mit einem *Pling* an. Der Landeanflug auf Gatwick begann.

Er war da.

Zuhause.

Danny formte das Wort mit dem Mund, er wollte spüren, ob er dabei noch etwas empfand. Er hatte die ersten dreißig Jahre seines Lebens in England verbracht, aber war es noch immer sein Zuhause? Es gab hier inzwischen keine Freunde mehr, keine Verwandten. Es war sein erster Besuch, seit er vor acht Jahren diesem Land den Rücken gekehrt hatte. Alles, was er von seinem Fensterplatz aus sehen konnte, war eine graue Wolkenmasse – was seiner Stimmung entsprach.

Er war eine Mischung aus Spanier und Engländer. Die Kinder hatten ihn wegen seiner übertriebenen Gesten, seines andalusischen Lispelns gehänselt. »Dago Danny« hatten sie ihn in der Schule gerufen. Jetzt nannten die Spanier ihn *el inglés*, den Engländer. Das Schicksal hatte entschieden, dass er sich nirgendwo ganz zu Hause fühlte.

Er holte seinen Mietwagen ab, fuhr zur M3 und geriet in einen Stau, kaum dass er auf die M25 abgebogen war.

Daran hatte sich also nichts geändert.

Ob Zuhause oder nicht, das südliche England war ihm noch immer sehr vertraut: die ordentlich aneinandergereihten roten Backsteinhäuser, die Hecken, der anämische Himmel. Wie anders war das doch als das einsame, leere Innere Spaniens. Regentropfen glitzerten auf den nackten Ästen der Bäume am Rand der Autobahn. Da gab es noch einen Unterschied: die Jahreszeiten. Es war ihm zuvor noch gar nicht aufgefallen: An der andalusischen Küste lieferten die immergrüne Vegetation und der wolkenlose blaue Himmel keinen Hinweis darauf, in welchem Monat man sich befand.

Die Fahrt von Gatwick nach Fleet, der Pendlerstadt im östlichen Hampshire, in der Danny aufgewachsen war, dauerte neunzig Minuten. Entfernungen wirkten in England so kurz. Von Almería aus konnte man leicht neunzig Minuten fahren, ohne die Provinz überhaupt zu verlassen.

Er mietete sich ein Zimmer über einem örtlichen Pub. Was für eine Ironie: Pro Jahr reisten siebzehn Millionen Briten von Großbritannien nach Spanien, um dort Ruhe und Entspannung zu finden; Danny gehörte wahrscheinlich zu der Handvoll, die gezwungen war, das genaue Gegenteil zu tun. Er hatte sich am Abend zuvor für dieses Reiseziel entschlossen, eine von Wut und Wein motivierte Entscheidung: Mit seiner Mutter auf der einen und Michael Thorndyke auf der anderen Seite bestand kaum die Chance, in Spanien so etwas wie Ruhe und Entspannung zu finden. Also hatte er beschlossen, nach Fleet und in seine Vergangenheit zurückzukehren.

Die Spinnweben seiner Erinnerungen lauerten schon zu lange in seinem Kopf, die beunruhigende Ahnung, dass sein Lauf zur Sonne eigentlich ein Davonlaufen gewesen war. Es war Zeit, sich dieser Tatsache zu stellen. Außerdem, wenn er eine Verbindung zwischen dem Vogelscheuchen-Prozess und der Leiche in Alan Reades Haus herausfinden wollte, konnte er das nur in Fleet tun.

Aber was sollte er mit dem Rest der Zeit anstellen? Ein

Schloss besuchen? Einen Tag in London verbringen? Wie auch immer, Entscheidungen hatten bis morgen Zeit, heute wollte er einfach nur entspannen. Und Denise besuchen. Er hatte seit Rays Beerdigung vor acht Jahren nicht mehr mit ihr gesprochen.

Das war nicht richtig.

Es war merkwürdig, wieder in seinem alten Revier zu sein. Ein ganzes Jahrzehnt lang hatte er über das Leben der Menschen in dieser Stadt berichtet, und doch erkannte er keinen einzigen auf der Straße. Es war erstaunlich, wie die Zeit sich verdichten und die Vergangenheit ersticken konnte: Von seiner Version von Fleet schien keine Spur mehr zu existieren. Läden, an die er sich erinnerte, waren jetzt leere Grundstücke. Pubs hatten andere Namen. Und überall waren Coffeeshops aus dem Boden geschossen.

Er ging zur Stadtbibliothek und fragte nach Mikrofiche-Kopien des *Fleet Bugle* von März bis November 1995. Nachzulesen, was er damals über den Vogelscheuchen-Prozess geschrieben hatte, war ein guter Zeitvertreib, während er sich überlegte, was er mit dem Rest seines Urlaubs anfangen sollte. Außerdem wollte er unbedingt herausfinden, wie sehr sein Stil sich in fünfzehn Jahren gewandelt hatte.

»Dazu muss ich runter ins Archiv«, erklärte die Bibliothekarin. »Sind Sie sicher, dass Sie sonst nichts brauchen?«

Danny nickte. Er war sicher, dieser Zeitraum war seinem Gedächtnis unauslöschlich eingeprägt. Es war die erste große Story, über die er berichtet hatte, der wahr gewordene Traum eines Reporter-Greenhorns – ein richtiger Serienmörder, der nur sechs Monate nach Dannys Berufseinstieg die Straßen Südenglands unsicher machte.

Es war lange her, dass er zum letzten Mal ein Mikrofiche-Lesegerät benutzt hatte. Es wäre einfacher gewesen, direkt in die Redaktion zu gehen und dort die Akten durchzusehen, aber er wollte *The Bugle* meiden, so gut es ging: zu viele Erinnerungen.

Er fing mit dem Artikel an, den er und Ray Taylor nach der Entdeckung der ersten Leiche geschrieben hatten: KINDER FINDEN BUNKERGRÄUEL.

Die verstümmelte Leiche war die größte Sensation, die je in Fleet passiert war: ein Leichenfund im Wassereinzugsgebiet, einer riesigen Fläche aus Hügeln, Heide und Wald zwischen Fleet, Aldershot und Farnham. Danny wusste noch sehr gut, dass Ray Taylor ihn eigentlich gar nicht hatte mitnehmen wollen, denn es war eine Geschichte, die höchstwahrscheinlich national einschlagen würde und deshalb rechtmäßig dem altgedienten Reporter von *The Bugle* zustand. Aber die Polizei hatte den einzigen Zugang zum Fundort abgesperrt. Man kam nicht rein – außer man kannte den Schleichweg durch den Wald. Und Danny kannte ihn, er war als Kind mit seinem BMX-Rad in diesem Waldstück herumgesaust.

Am hinteren Ende des Sperrgebiets verlief ein Fußpfad, der schnurgerade die steile Flanke eines Hügels hochführte. Fallschirmjäger aus der nahen Kaserne in Aldershot nutzten das Gelände als Übungsplatz. Danny führte Ray Taylor dort hinauf, und der Veteran versuchte dabei zu verbergen, wie außer Atem er war. So erreichten sie das Sperrgebiet von der anderen Seite, wo die Polizei nicht so genau hinschaute.

Der rote Bunker – Teil einer hastig errichteten Verteidigungslinie gegen die Nazis – war von Flutlichtern erhellt, in deren grellem Schein sich die astlosen unteren Stämme der Fichten, die hier zu Hunderten dicht beieinanderstanden, als Silhouetten abzeichneten. Polizisten bauten eben ein weißes Zelt über dem Bunker auf. Danny bot an, sich mit Rays alter Kamera nach vorne zu schleichen, um herauszufinden, ob er vielleicht einen Schnappschuss des Bunkerinnern machen konnte.

Ein Beamter der Tatortsicherung tauchte auf, als Danny noch zwanzig Meter entfernt war. Der Mann zitterte am ganzen Leib. Und dann klickte im Bunker die Kamera des Tatortfotografen. Für einen Sekundenbruchteil erhellte der Blitz den Innenraum, und die torlose Öffnung des Bunkers zeigte ein Bild, das auch fünfzehn Jahre später noch deutlich in Dannys Gedächtnis eingebrannt war: eine nackte Leiche, die, mit einer Kette gefesselt, von in die Decke eingelassenen Haken hing. Und dieses Gesicht. Das gleiche Gesicht, das er auch in der Wand von Alan Reades Haus gesehen hatte: die Zopfperücke, das so grauenvoll verschmierte und entstellende Make-up. In diesem Sekundenbruchteil war es, als würde das Gesicht des Opfers schmelzen.

Danny – damals kaum einundzwanzig – schrie auf. Polizisten wirbelten herum, jagten ihn mit wütenden Worten davon. Ein ranghoher Beamter beklagte sich heftig bei Ray Taylor: »Wenn dieses kleine Arschloch uns irgendwelche Fußabdrücke zertrampelt hat, dann mache ich euch die Hölle heiß.« Ray Taylor ließ sich nicht einschüchtern und verteidigte seinen jungen Kollegen. So stellte Danny zum ersten Mal fest, dass er den Mann tatsächlich mochte – auch an seinen besten Tagen war Taylor ein mürrischer alter Knacker.

Danny bewegte den Mikrofiche. Erst im Verlauf der nächsten achtundvierzig Stunden sickerte das wahre Grauen des Verbrechens durch. Die Polizei postierte Beamte vor den Häusern der Jungen, die die Leiche gefunden hatten. Die Familien wurden psychologisch betreut. *The Fleet Bugle* brachte eine vierseitige Sonderbeilage mit allen Details, die man über den Mord wusste, und der Bitte an eventuelle Zeugen, sich zu melden. Besitzer weißer Transporter in der Gegend wurden aufgespürt und befragt, insgesamt mehr als siebentausend. Und dann fand man außerhalb von Andover eine zweite Leiche, und die schlimmsten Befürchtungen der Öffentlichkeit wurden Realität: Das Verbrechen in Fleet war erst der Anfang. Das Entsetzen verwandelte sich in Wut, als die Opferzahlen stiegen und bekannt wurde, dass der Mörder es vor allem auf junge, attraktive Männer abgesehen hatte, meist aus der Mittelklasse und mit Freundinnen. Als ein Zeuge angab, einen dünnen, zerlumpten Mann gesehen zu haben, war für den Mörder ein Spitzname gefunden: die »Vogelscheuche«.

Danny überflog den Rest der Berichterstattung in *The Bugle*. Ray Taylor hatte das meiste davon geschrieben, da aber Danny von Anfang an mit dabei war, wurde er zu seiner inoffiziellen Nummer zwei. Das sorgte für ziemlich viel böses Blut: Einige andere Reporter hatten zwanzig Jahre für diese Zeitung gearbeitet, ohne je eine Chance auf etwas ähnlich Sensationelles zu erhalten. Aber so war Ray eben: Ein wenig böses Blut hielt ihn nie davon ab, genau das zu tun, was er tun wollte, und zwar genauso, wie er es wollte.

Zum ersten Mal erlebte Danny, wie aufregend es sein konnte, Reporter zu sein und gut informiert über Themen, die alle interessierten. 1995 redeten die Leute über nichts anderes, und keiner redete mehr als Danny Sanchez, der damals einundzwanzig war, aber wirkte wie vierzig; der sich in den Biergärten von Pubs ausließ über die Details der polizeilichen Ermittlungen und die klaffenden Lücken in seinem Wissen mit einem gewieften Zwinkern und einem kurzen Tippen an die Nase überspielte – *das darf ich dir nicht sagen, Kumpel.* Er musste lächeln, als er daran dachte. Mein Gott, was für ein widerlicher kleiner Scheißer musste er damals gewesen sein. Die Popularität war ihm zu Kopf gestiegen. Das erste Mal in seinem Leben hörte jemand auf ihn.

Danny ging die gesamte Berichterstattung über den Mord durch. Nachdem Ishmael Vertanness verhaftet worden war, schwand das Interesse an dem Fall, und neue Geschichten traten an seine Stelle. Nach einer Stunde hatte Danny genug gesehen. Mit aufgefrischten Erinnerungen fuhr er zu Ray Taylors Haus.

Müsste Danny den einen Menschen nennen, der ihm alles beigebracht hatte, würde er Ray Taylor sagen. Doch eigentlich hatte Taylor ihm gar nichts beigebracht. »Schreib mir eine Liste mit allem, was du bis jetzt gelernt hast«, forderte Taylor Danny am Ende der ersten Woche bei *The Bugle* auf.

Danny klappte der Kiefer herunter. »Aber Sie haben mir gar nichts beigebracht.«

»Sollte ich auch nicht müssen. Ein guter Reporter braucht nichts anderes als Augen, Ohren und ein Quäntchen gesunden Menschenverstand. Wenn du diese Woche nichts gelernt hast, kannst du am Montag zu Hause bleiben.«

Dannys »Ausbildung« hatte einen Monat gedauert. Er war hinter Taylor hergestolpert, hatte Botengänge gemacht, Tee geholt, Telefonhäuschen gesucht. Dann kam sein großer Durchbruch: Taylor hatte versprochen, Danny ein paar Zeilen schreiben zu lassen. Danny lächelte, als er an den Artikel dachte – eine Taubenzüchterversammlung in einem örtlichen Gemeindesaal –, die Art Alltagsgeschichte, die Herausgeber an Auszubildende und in Ungnade gefallene Reporter vergeben, so langweilig, dass man Blut schwitzte, bis man zweihundertfünfzig Wörter zusammenhatte.

Doch Danny war wissbegierig von Tisch zu Tisch gegangen und hatte Zitate gesammelt. Und dann das Chaos: Rufe, Schreie, Durcheinander, als ein rotbrauner Kater, verfolgt von Ordnern, durch den Saal rannte. Tauben wurden hastig in ihre Käfige gesteckt oder über den Kopf gehalten, während das Katzenvieh von einem Ende zum anderen rannte, auf Tische sprang, fauchte und kratzte.

Danach im Pub nippte Taylor an seinem Orangensaft und fragte auf eine Art, wie man es machte, wenn man die Antwort bereits wusste: »Was ist der Aufhänger?« Danny zermarterte sich das Hirn, wollte unbedingt einen guten Eindruck erwecken.

Viele Tauben.

Eine Katze.

Die Zeile sprudelte aus ihm heraus, als sie ihm schließlich einfiel. »Katze unter Tauben.«

Taylor nickte, die Andeutung eines zufriedenen Lächelns auf den Lippen. »Mach bis morgen dreihundert Wörter. Wenn ich den Artikel nicht zu sehr umarbeiten muss, kann dein Name drunter.« Er stand auf, zündete sich eine neue Zigarette an der alten an und schlüpfte in seinen langen Lammfellmantel.

»Haben Sie gesehen, wie die Katze da reinkam?«

Taylor antwortete, ohne sich umzudrehen: »Unter meinem Mantel. Aber das lässt du am besten aus, okay?«

Danny schrieb den Artikel, und Taylor hielt Wort. Es war der erste, dessen Verfasserzeile lautete: »Von Danny Sanchez«. Die *abuela* hatte geweint, als sie es sah, hatte den Text allen Nachbarn gezeigt, obwohl sie kein Wort verstand.

Dannys Grinsen verschwand, als er vor der bescheidenen viktorianischen Doppelhaushälfte mit drei Schlafzimmern hielt, in der die Familie Taylor gewohnt hatte. Er hoffte, dass Denise, Rays Tochter, die das Haus geerbt hatte, noch immer darin wohnte.

Er stieß das Gartentor auf, bemerkte, dass es nicht mehr quietschte, und klopfte dann an die Tür. Denise brauchte einen Augenblick, bis sie ihn wiedererkannte. »Danny? Danny

Sanchez? Bist du es wirklich? Ach, hättest du mir Bescheid gesagt, dass du kommst, dann hätte ich mich ein wenig schön gemacht.«

Denise drückte ihre Zigarette aus, räumte hastig Sachen von Oberflächen und schlurfte in ihren Pantoffeln über den PVC-Boden im Gang. An der Wand hingen Fotos von Denise, auf denen sie sich schön gemacht hatte, mit mehreren Millimetern Schminke im Gesicht und einem lächerlich kurzen Rock.

»Meine Brautparty«, erklärte sie.

»Meinen Glückwunsch.«

Sie führte Danny ins Wohnzimmer. Ein pummeliges Kleinkind starrte ihn einen Augenblick an und spielte dann weiter mit Plastikbausteinen. Auf dem Kaminsims stand ein Foto von Ray Taylor. Es war eine gute Aufnahme: dieses lange, ausgezehrte Gesicht, die feine, graue Strähne mit dem Nikotinfleck im Haar. Er lächelte für die Kamera, aber die Fältchen um die Augen ließen seine gewohnte strenge Miene erahnen.

Ray Taylor war nicht wie die anderen Journalisten von *The Bugle*, das hatte Danny schon am ersten Tag erkannt. Erstens trank Taylor nicht – nicht mehr, denn er war zu entspannt in angetrunkener Runde, um sein ganzes Leben lang Antialkoholiker gewesen zu sein. Außerdem war er Purist, was seine Arbeit anging, kein Schmierfink. Was ihn antrieb, war der Drang nach Genauigkeit, nach Wahrheit. Wenn Taylor über etwas berichtete, hegte und pflegte er die Fakten wie eine Mutter ein Neugeborenes. Ray Taylor machte seine Themen zu Herzensangelegenheiten.

»Du warst der Einzige bei *The Bugle*, für den Dad je ein gutes Wort hatte, weißt du das?«, sagte Denise, als sie das Teegeschirr brachte und auf den Tisch stellte. »›Der ganze

Rest ist nur ein Haufen …‹ Na ja, du hast ja mit Dad gearbeitet«, meinte sie mit einem Seitenblick auf das Baby. »Du kannst dir den Rest denken.«

Das konnte Danny wirklich.

Sie machten ein wenig Konversation – was noch nie Dannys Stärke gewesen war –, dann erzählte er ihr von seinem Leben und merkte, wie wenig er in den letzten acht Jahren getan hatte. Sie machte die üblichen Bemerkungen: Was für ein Glück er habe, in Spanien zu leben, aber besonders braun sei er nicht. Denise stand auf, um frischen Tee zuzubereiten. Danny stoppte sie.

»Hast du eigentlich die Notizbücher deines Vaters noch, Dee? Die von *The Bugle*?«

Ihre Nasenflügel blähten sich kurz. Sie atmete zweimal tief durch und nickte dann. »Ich habe schon daran gedacht, sie wegzuwerfen. Aber was in denen steht, war sein Leben. Oben auf dem Dachboden befindet sich ein ganzer Karton davon. Du bist wahrscheinlich der Einzige, der was damit anfangen kann.«

Es handelte sich weniger um einen Dachboden als um einen niedrigen dreieckigen Hohlraum unter dem Spitzgiebel. Er steckte voller Gerümpel: ein Plastikchristbaum, ein Puppenhaus, Kleinkram, abgelegte Spielzeuge. Zum Glück stand der Karton ziemlich weit vorn.

Als Danny den Deckel öffnete, stieg ihm Ray Taylors Geruch in die Nase: schaler Zigarettenrauch, ein billiges, stechendes Rasierwasser.

Im Karton lagen Dutzende von Notizbüchern, alle gleich – DIN A5, Spiralbindung, blauer Umschlag –, alle methodisch beschriftet und datiert. Die Datumsangaben waren das Einzige, was ein ungeübtes Auge entziffern konnte; alles andere war in Rays spezieller Kurzschrift. Taylor, ein Reporter alter

Schule, hatte Diktiergeräte abgelehnt. Sie waren damals noch Ungetüme – und für Journalisten, die nicht hundertzwanzig Wörter pro Minute mitschreiben konnten, hatte er nur Verachtung übrig.

Taylor hatte Danny an seinem ersten Tag eins dieser blauen Notizbücher zugeworfen. »Datum. Ganz oben auf die Seite. Jeden Tag. Unbedingt. Wenn du als Zeuge vor Gericht aussagen musst, sind die Dinger Beweismittel. Gibt schon genug Leute, wo denken, Journos sind Arschlöcher, muss' du nich' mit schlampige Notizbücher auftreten.«

Es hatte Danny immer fasziniert, wie jemand, der so stilsicher schrieb, das gesprochene Englisch so verstümmeln konnte. Vielleicht waren es die filterlosen Capstan, die permanent zwischen seinen Lippen klemmten: Die Wörter kamen in kurzen Atemstößen zwischen den Zügen, und dabei bewegte er ständig den Kopf, damit der Rauch ihm nicht in die Augen stieg.

Jetzt war Danny froh über diese Datierungen. Er ging die Notizbücher durch, bis er das fand, das sich mit dem ersten Vogelscheuchen-Mord befasste. Das Notizbuch war randvoll mit Informationen, ein Lehrbeispiel dafür, wie man eine große Mordgeschichte auf fünf oder sechs DIN-A5-Seiten komprimieren konnte. Da standen Details aus Interviews mit Polizisten und Augenzeugen, eine vollständige Zusammenfassung der letzten Bewegungen des Opfers, die Kontaktdaten der Familie des Toten. Jeder Informationsschnipsel, den er sich, wie auch immer, verschafft hatte, war hier präzise festgehalten.

Unten in der Schachtel lag noch ein anderes Notizbuch, eins mit einem gelben Umschlag. Es hatte keine Datierungen oder, besser gesagt, es war voller Datumsangaben, aber nicht oben auf jeder Seite datiert. Als Danny die kurzschriftlichen

Notizen überflog, erkannte er, dass sich das ganze Notizbuch nur mit dem Vogelscheuchen-Prozess befasste.

»Wie kommst du voran, Danny?«

Die Stimme ließ ihn hochschrecken. Denise stand unten, ihr Baby im Arm. Ob er noch Tee wolle?

»Gut, danke. Aber ich wollte dich um einen Gefallen bitten.«

Denise lächelte, wie Frauen es tun, wenn sie wissen, was ein Mann von ihnen will. »Nimm so viele, wie du möchtest, Danny. Du bist der Einzige, der was mit ihnen anfangen kann. Außerdem glaube ich, Dad hätte gewollt, dass du sie bekommst.«

Danny nahm sich alle Notizbücher aus der Zeitspanne des Vogelscheuchen-Prozesses und außerdem das mit dem gelben Umschlag. Dann stieg er vom Dachboden herunter. Unten wartete Denise, jetzt mit ernstem Gesicht. »Du fühlst dich doch nicht schuldig, oder, Danny?«

»Natürlich nicht. Warum sollte ich?« Danny spürte sein Gesicht erstarren, diese verquere neutrale Miene, die unvorbereitete Lügen immer provozieren.

»Ich dachte nur … na ja, nach dem, was du bei der Beerdigung gesagt hast. Über Dads Anruf. Und zwei Wochen später warst du dann verschwunden. Hast den Job hingeworfen und bist nach Spanien abgedüst.« Sie standen inzwischen an der Haustür. »Es war nicht deine Schuld, Danny. Du warst wie ein Sohn für ihn. Dad hätte dir nie die Schuld dran gegeben.«

Danny lächelte und wandte sich dann schnell um, damit sie die Tränen nicht sah, die ihm in die Augen stiegen.

Wenn er ihr nur glauben könnte.

2

Den Rest des Tages verbrachte er mit Ray Taylors Notizbüchern.

Danny wusste noch, dass Taylor besessen war von dem Vogelscheuchen-Prozess, aber es war ihm nicht bewusst gewesen, in welchem Ausmaß. Nach dem gelben Notizbuch zu urteilen hatte Taylor auch nach Ishmael Vertanness' Verhaftung und Verurteilung weiterrecherchiert. Im Notizbuch gab es zahlreiche Vermerke zur Verwahrung des Mörders, zu Versuchen, mit dem für ihn verantwortlichen psychiatrischen Team in Kontakt zu kommen, und zu Nachforschungen in Vertanness' biografischem Hintergrund.

Auf späteren Seiten seiner Notizen hatte Taylor seine Aufmerksamkeit einer anderen Mordserie zwischen 1998 und 1999 zugewandt: die Grenzland-Morde, so genannt, weil sie beiderseits der schottisch-englischen Grenze passiert waren. Danny erinnerte sich nur undeutlich an sie. Es gab verblüffende Ähnlichkeiten mit dem Vertanness-Fall. Die Opfer waren männliche Prostituierte gewesen, deren Körper verstümmelt und deren Gesichter mit Make-up verschmiert waren. Der Mörder schlug dreimal zu und verschwand dann, nachdem ein Zeuge ihn am Tatort seines letzten Verbrechens gesehen und die Beschreibung für eine detaillierte Phantomzeichnung geliefert hatte. Die Polizei konnte ihn nie fassen. Da Ishmael Vertanness hinter Schloss und Riegel saß, wurden die Morde einem Nachahmungstäter zugeschrieben.

Zwei Namen wurden auf zahlreichen Seiten im gelben

Notizbuch wiederholt, immer ausgeschrieben, immer eingekreist.

DOROTHY???

ORSON???

Danny blätterte die blauen Notizbücher durch. Während der eigentlichen Ermittlungen wurden die beiden Namen nirgends erwähnt. Hier ging es offensichtlich um etwas, das Taylor erst danach entdeckt hatte. Warum hatte er weitergebohrt? Vertanness hatte die Morde nie gestanden, aber die Beweislage gegen ihn war erdrückend. Serologen fanden in Blut, Sperma und Speichel an allen fünf Tatorten Spuren von ihm. Drei Zeugen benannten Vertanness bei Reihengegenüberstellungen als Fahrer des weißen Transporters, der bei zwei Tatorten erkannt worden war. Hatte Taylor geglaubt, Vertanness hätte irgendetwas mit den Grenzland-Morden zu tun?

Dorothy.

Orson.

Danny dachte über die beiden Namen nach. Die Mutter des zweiten Opfers hieß Dorothy Knowles, aber Taylor hatte ihren Namen in keiner Weise hervorgehoben. Für Orson kam ihm nur ein Name in den Sinn: Orson Welles. Die Notizen enthielten bis zum Ende keinen Hinweis auf die Bedeutung der Namen. Waren sie so etwas wie Codenamen? Auf einer Seite führten Pfeile von den Namen zu einer Kurzschriftnotiz: Kontakt. Aussagenprüfer/Vogelscheuche.

Taylor hatte also den Aussagenprüfer beim Vogelscheuchen-Prozess kontaktieren wollen. Der Begriff erinnerte ihn an etwas: Danny und Taylor hatten in einem Auto gegenüber dem Polizeirevier von Fleet gesessen und beobachtet, wie sich im Foyer die Art von Chaos entwickelte, die nur die Meute der landesweiten Medien produzieren konnte.

»Diese ganzen Wichser werden jetzt über den EM herfallen und rein gar nichts erfahren. Was meinst du, warum ist das so?«

»Weil ein Ermittlungsbeamter eine Untersuchung organisiert und leitet und deshalb bis über beide Ohren in Arbeit steckt.«

Taylor blies anerkennend einen Rauchkringel in die Luft: Danny hatte sich gemerkt, was die Abkürzung bedeutete. »Genau. Der EM entscheidet über die Richtung, in der die Ermittlung geht, entscheidet, welche Hinweise einer Weiterverfolgung wert sind, entscheidet, wo die Detectives beginnen sollen, an Türen zu klopfen. Aber alle Informationen, die reinkommen, gehen an eine Person: den Aussagenprüfer.«

»Wie durch ein Sieb in einen Abfluss.«

Es war das erste Mal gewesen, dass Danny Taylor lachen gehört hatte, ein trockenes, heiseres Geräusch irgendwo zwischen einem Keuchen und einem Husten. »Ja, so in etwa. Und genau mit dem werden wir beide sprechen. Sein Name ist ...«

Genau an dieser Stelle knallte Dannys Erinnerung gegen die Wand. An alle Nebensächlichkeiten konnte er sich erinnern – die Uhrzeit, den kalten Wind, das Hupen und Schreien, während die TV-Übertragungswagen um die Parkplätze rangelten –, er konnte sogar noch das leise Prasseln des Regens auf dem Autodach hören. Nur der Name des Mannes fiel ihm nicht ein. Er blätterte in den Notizbüchern zurück. Der Name musste irgendwo stehen – aber nur ein einziges Mal, denn Taylor besaß ein gutes und präzises Gedächtnis. Da war noch etwas, das Danny in Bezug auf DOROTHY/ORSON nicht aus dem Kopf ging: Die Kombination schien Taylor schon sehr wichtig gewesen zu sein, sonst hätte er sie nicht dreimal aufgeschrieben.

Er blätterte durch die Seiten zu Beginn der Ermittlungen. Und da stand es. EM: Detective Chief Superintendent Phillip France. Aussagenprüfer: DS Harry O'Byrne. Harry O'Byrne dürfte aber nicht in Fleet stationiert gewesen sein. Das Krisenzentrum befand sich in Fleet, aber die Mitglieder des Ermittlungsteams kamen von überall her. Doch jemand musste gewusst haben, wo er war.

Wenn Taylor damals mit O'Byrne hatte sprechen wollen, so wollte Danny es jetzt.

Zuerst versuchte er das Naheliegende: Er googelte den Namen, startete eine Facebook-Suche. Es gab Dutzende Harry O'Byrnes, aber keinen, den Danny wiedererkannte. Harry O'Byrne war offensichtlich einer der wenigen Menschen auf diesem Planeten, die über keinen Facebook-Account verfügten. Da hatten er und Danny etwas gemeinsam.

Das Polizeirevier in Fleet war nur hundert Meter von dem Pub entfernt, in dem Danny übernachtete. Vor acht Jahren hatte er jedes Gesicht dort namentlich gekannt. Wie viele waren davon noch übrig? Ein ihm unbekannter Sergeant am Empfang hob den Kopf, als Danny durch die Tür trat.

»... Ihnen helfen, Sir?«

»Ist DS Wickes da?«

Er schüttelte den Kopf.

»DS Ronald Walton?«

Noch ein Kopfschütteln, diesmal begleitet von einem Stirnrunzeln. »Die beiden arbeiten nicht mehr hier. Darf ich fragen, wer Sie sind?«

Danny zeigte ihm seinen Presseausweis. »Ich bin auf der Suche nach einem DS O'Byrne.«

»Noch nie von ihm gehört.«

Danny erklärte, warum er mit O'Byrne sprechen wollte. Der Sergeant schrieb sich die Details auf, doch als Danny das

Revier verließ, war er davon überzeugt, dass der Zettel bereits im Papierkorb lag. Er rief die Presseabteilung der Polizei von Hampshire an und fragte, wo DS O'Byrne gegenwärtig stationiert sei.

»Diese Information können wir Ihnen nicht geben.«

»Können Sie dann an DS O'Byrne eine Nachricht weiterleiten?«

»Er ist kein Angehöriger der Polizei mehr.«

»Haben Sie wenigstens eine Telefonnummer?«

»Diese Information können wir Ihnen nicht geben.«

Er kehrte in den Pub zurück und bestellte sich ein Pint. Du bist in Urlaub, sagte er sich.

Nur dass er das nicht war. Journalisten waren das nie. Es gab immer noch eine Frage, die beantwortet, noch einen Zweifel, der ausgeräumt werden musste. Es war der Preis, den man zu zahlen hatte, wenn man Skepsis zu einer der wichtigsten beruflichen Qualitäten machte. Ray Taylor war an etwas dran gewesen. Danny hatte nie erlebt, dass den Mann sein Instinkt trog. Danny würde herausfinden, worum es sich handelte. Das war er dem armen Kerl schuldig.

Doch nicht jetzt. Danny schmeckte das Pint so, dass er am liebsten gleich mehrere getrunken hätte und dann vielleicht noch ein paar doppelte Jameson obendrauf. Um genau das zu tun stand er auf, stellte aber schließlich das leere Glas auf die Theke und verließ den Pub.

Es war besser, eine Runde spazieren zu gehen.

Muss das Alter sein, dachte er sich, als er in den Nieselregen hinaustrat.

3

Er ging ohne richtiges Ziel. Das war das Fleet, das er wiedererkannte: feucht, aber nicht kalt, Autos, die vorbeizischten, das Licht aus den Läden, das in der frühen Dämmerung auf den Bürgersteig fiel. Er stellte sich unter einen Baum, um seiner Mutter eine SMS zu schicken, dass er gut angekommen sei.

Zwanzig Minuten bevor sein Taxi zum Flughafen eintraf, hatte Adriana Sanchez ihn abgefangen. Das war typisch für sie. Normalerweise wäre sie vor Mittag gar nicht aus dem Bett gekommen, aber wenn Danny einmal wollte, dass sie schlief, stand sie mit den Hühnern auf.

»Aber wohin willst du denn?«, fragte sie, als sie die Koffer sah. »O bitte, sag nicht, dass es wegen gestern Abend ist. Sag nicht, dass ich dich aus deinem Haus gejagt habe.«

Genau das war der Grund, warum Danny ihr aus dem Weg hatte gehen wollen: Verkaterte Zerknirschung war das Letzte, was er jetzt brauchen konnte.

Doch genau das bekam er.

Seine Mutter benötigte nur eine Sekunde, um sich in eine geschäftige, nervöse spanische Matriarchin zu verwandeln, die darauf bestand, ihm Kaffee zuzubereiten, sich besorgt erkundigte, ob er im Flugzeug etwas zu essen bekommen würde und wann er zurück sein würde, und er möge doch bitte nicht wegen ihr …

Und dann die Tränen.

Schließlich hatte Danny sich bei *ihr* entschuldigt, während draußen schon der Taxifahrer hupte.

Allmählich hörte es auf zu regnen. Als er die Fleet High Street entlangging, fielen ihm die vielen leeren Läden auf. Es war noch nicht ganz die wirtschaftliche Apokalypse, von der er gelesen hatte, aber es war nicht zu übersehen, dass die Geschäfte zu kämpfen hatten. Doch in England schien die Krise nicht *so* hart zugeschlagen zu haben. O Mann, in Almería standen die Leute schon zwei Stunden vor Öffnung vor dem Arbeitsamt Schlange.

Danny setzte sich auf eine Bank und rief Niall, das Reporter-Greenhorn der *Sureste News*, an. Erst zwei Tage war Danny weg, und schon wurde er zappelig wegen dem, was er vielleicht verpasste.

»Solltest du nicht eigentlich im Urlaub sein?«, fragte Niall, nachdem er abgehoben hatte.

»Bin ich. Ich bin in England.«

»In England?«, höhnte Niall. »Ich frage dich noch einmal: Solltest du nicht eigentlich im Urlaub sein?«

»Hör zu, Niall, wie steht's mit den Hackers? Gibt's irgendwas Neues?«

»Die Polizei hat alle drei verhaftet und die ganze Nacht auf dem Revier verhört. Alan Reade wurde zur Fahndung ausgeschrieben. Sein Foto ist heute überall in der Presse. Die spanischen Medien stellen es so dar, als wäre er der Mörder. Zumindest des Opfers, das man in seinem Haus gefunden hat.«

»Kannst du mir das Fahndungsfoto mailen?«

»Sicher. Die Polizei überprüft außerdem die anderen Häuser, die von Apache Construction gebaut wurden. Fouldes hat einen Text auf die Website gestellt, in dem er die Leute einlädt, sich zu melden, falls sie Kunden von Apache Construction waren. Wir hatten schon ein halbes Dutzend Anrufe. Die Leute haben Schiss, dass sie vielleicht mit einer Leiche in der Wand leben.«

»Gib die Informationen unbedingt an die Polizei weiter. Du kannst es als Druckmittel verwe…«

»Wir sind dir weit voraus, Danny. Und ja, genau das hat Fouldes getan. Wie's aussieht, ist die Sache mit den Fremdarbeitern noch das geringste Problem der Hackers. Auf der Straße heißt es, dass der Großteil ihrer tatsächlichen Bauleistung gar nicht durch die Bücher ging. Sie stellten ihre Rechnungen in Pounds aus, ließen sich das Geld auf englische Konten überweisen, alle möglichen Tricks, um die Leute und beide Staaten zu bescheißen. Finanziell stecken sie tief in der Scheiße. Es ist nur die Frage, wer sie sich zuerst vorknöpft: das britische Finanzamt oder das spanische.«

»Hat die Polizei den *gestor* verhaftet?«

»Keine Ahnung.«

»Finde es heraus. Schau mal bei dem Firmengelände der Hackers vorbei. Vielleicht ist der *gestor* noch dort. Ich muss dich allerdings warnen: Geh diesen verdammten Hunden aus dem Weg. Die sind schlimmer als ihre Besitzer.«

Niall ging schwierigen Aufträgen sehr gerne aus dem Weg. Seine Stimme klang nervös. »Hunde?«

»Ich glaube, mein Signal wird schwach, Kumpel. Ich versteh dich … mehr. Niall? Niall?«

Danny zischte zur Sicherheit in sein Handy und schaltete es aus. Danach machte er sich wieder auf den Weg, besuchte Plätze seiner Kindheit, Pubs, in denen er getrunken hatte. Ohne dass er es merkte, stand er plötzlich in der Straße, in der er aufgewachsen war. Eine Weile verharrte er vor dem roten Backsteinhaus, das seine Familie mehr als vier Jahrzehnte lang gemietet hatte. Mit den Händen in den Taschen versuchte er abzuschätzen, wie viel diese Doppelhaushälfte mit drei Schlafzimmern wert sein könnte. Seine Großeltern waren 1937 nach England gekommen. Danny gab den Schlüssel zurück, als er 2002 nach Spanien ging. Fünfundsechzig Jahre Miete. O Mann, sie hatten bestimmt zehnmal mehr bezahlt, als das Haus wert war.

Seine Großeltern hatten alles verloren – ihr Geschäft, ihr Haus, ihre Familie –, als sie, Opfer der republikanischen Revolution in der Stadt Málaga, aus Spanien flohen. Seitdem hatte die *abuela* auf einer gemieteten Unterkunft bestanden. »Man weiß nie, wann das Unglück wieder zuschlägt«, erklärte sie. »Es kommt wie ein Blitz aus heiterem Himmel. Schlag nie Wurzeln, Daniel. Niemals.«

Dass Danny mit neunzehn ausgezogen war, empfand sie als das größte Trauma ihres Lebens. Es gehörte zum Wesen spanischer Frauen, die Verwandten zu bemuttern, aber die Frauen von *abuelas* Generation sahen das Sorgenmachen als ihre Hauptaufgabe an. Wo würde er essen? Was würde er essen? Wie würde er seine Kleidung sauber halten? Wer waren diese Leute, mit denen er sich ein Haus teilen wollte? Würden sie ihn ausrauben?

Sie versuchte alles, um ihn zurückzuholen: Bestechung, Zwang, emotionale Erpressung, Piesacken, oft alles auf einmal. Sie kochte ihm seine Lieblingsgerichte. Dem war schwer zu widerstehen. Was das Essen anging, mochte Danny Braten und Specksandwiches so gern wie jeder Brite, aber die englische Küche konnte sich mit der spanischen nicht messen. Monatelang hatte die *abuela* ihn verwöhnt: mit Empanadas, Paellas, riesigen Salaten, gebratenem Fisch und starkem Kaffee.

Der Nachteil der spanischen Küche war, dass man so verdammt lang zum Essen brauchte: Das Mittagessen war der Dreh- und Angelpunkt des spanischen Familienlebens, etwas von großer Bedeutung, etwas, das Zeit und Ruhe brauchte. Der Gedanke, mittags nur schnell ein Sandwich im Gehen runterzuwürgen, war für die Spanier unvorstellbar, vor allem für die aus *abuelas* Generation. »Warum haben es die Leute in diesem Land nur immer so eilig?«, fragte sie oft.

Letztendlich holte ein leichter Schlaganfall seiner Großmutter Danny zurück. Freunde hatten ihn gehänselt, als er mit Anfang zwanzig wieder zu ihr zog. Aber auch in dieser Hinsicht war er durch und durch Spanier. Die *abuela* hatte sich in seiner Kindheit um ihn gekümmert, und als das Alter sie zum Krüppel machte, war es seine Aufgabe, sich um sie zu kümmern, für sie zu kochen, zu putzen und ihr Gesellschaft zu leisten. Und dann starb sie plötzlich. Er war einundzwanzig, gerade mal seit zwei Monaten Journalist und unversehens allein. Adriana Sanchez, die damals bereits in New York lebte, schickte einen Kranz und überließ Danny den Rest.

Nun erkannte er zum ersten Mal, wie fragil sein Familienleben gewesen war, mit einem Vater, den er nie kennengelernt hatte, einer flatterhaften Mutter, die immer unterwegs war, und einem Großvater, den er kaum gekannt hatte. Die *abuela* war die einzige Konstante. Und plötzlich war sie nicht mehr da. Er hatte niemanden mehr. Die Einsamkeit war ihm damals schier unerträglich erschienen.

Im Wohnzimmerfenster seines früheren Hauses betrachtete er sein Spiegelbild. Am Tag nach *abuelas* Tod hatte er dort gesessen, mit den Tränen gekämpft und schwarze Gedanken gewälzt, als es an der Tür klopfte: Ray Taylor, mit einer Flasche Whisky.

»Ich dachte mir, vielleicht brauchst du jemanden zum Reden.«

Das war das einzige Mal, dass Danny den Mann trinken sah. Sie saßen im Wohnzimmer, leerten die Flasche und rauchten Kette. Taylor war stumm, aber aufmerksam. Sie sprachen kaum ein Wort, aber in Dannys Erinnerung war dieser Nachmittag eine der wenigen Gelegenheiten, bei denen er das Gefühl gehabt hatte, mit jemandem zu kommunizieren.

»Woher hast du es gewusst?«, fragte Danny, als die Flasche leer war und er Taylor schwankend zur Tür begleitete.

»Wir sind Reporter, Danny. Das ist unser Job.«

Und damit ging er zurück zur Arbeit, den Kragen seiner Lederjacke gegen den Wind hochgestellt. Erst als Taylor um die Ecke gebogen war, erkannte Danny die Bedeutung dieser wenigen Worte: *Wir*, *unser.*

Damals waren ihm die Tränen gekommen. Er war doch nicht ganz allein.

Und wie hast du dich revanchiert?

Der Gedanke kam mit unvermittelter Heftigkeit. In diesem Moment schien der Tag sich zu verdüstern. Er hatte gewusst, das würde passieren, wenn er zurückkehrte. Das schlechte Gewissen war immer da gewesen, hatte am Rand seines Bewusstseins gelauert. In Spanien war es diffus, hier konzentriert.

Danny. Ich muss reden.

Das waren Ray Taylors letzte Worte gewesen. Danny wusste es. Er hatte es nachgeprüft. Nachgeprüft mit der Sorgfalt eines professionellen Reporters, die nur Kummer und Verzweiflung hervorrufen konnte. Danny hatte mit jedem gesprochen, mit jedem verdammten Redaktionsmitglied, jedem Informanten, jedem Menschen, der ihm einfiel, den Taylor angerufen haben könnte.

Nichts.

Taylor hatte ihn und nur ihn angerufen. Er hatte ihn angefleht, und wie hatte er reagiert? Sorry, Ray, hab ziemlich viel zu tun. Kann ich dich zurückrufen, Ray? Wir reden morgen, Ray.

Nur dass es für Ray in diesem Augenblick kein Morgen mehr gab.

Denise hatte nicht recht. Es *war* seine Schuld. Es war immer seine Schuld gewesen.

Unsinn, dachte er. Er würde sich jetzt betrinken. Auf die englische Art: acht Pints und dann in einen Curryladen. Irgendwas, um den Schmerz zu betäuben.

Ohne sich umzusehen überquerte er die Straße. Oder genauer, er schaute in die falsche Richtung, eine Gewohnheit, von der man sich nach acht Jahren in Spanien nur schwer lösen konnte. Ein Auto kam quietschend und hupend zum Stehen. Danny winkte entschuldigend und drehte sich um, als er hörte, dass das Fenster heruntergelassen wurde. Ein Teil von ihm war froh darüber: Er suchte Streit.

Doch die Wut blieb ihm im Hals stecken, als er sah, dass eine Frau hinterm Steuer saß. Sie schob sich dunkle Haare aus dem Gesicht und starrte ihn an.

Dann sagte sie: »Du bist es ja wirklich, oder? Danny Sanchez aus der Achten?«

4

Er schlug die erste der Zeitungen auf.

Es stimmte also. Sie hatten sein letztes Werk gefunden, das in Reades Haus. Er bemühte sich beim Lesen um ein möglichst ausdrucksloses Gesicht. Gesichter waren leicht zu kontrollieren. Man konnte Gesichter anmalen, so malen, wie man sie wollte. Das wusste keiner besser als er. Er hatte es sich zur Lebensaufgabe gemacht, Leuten Gesichter zu malen, ihnen die Gesichter zu malen, die sie verdammt noch mal verdienten.

Er spürte Wut in sich aufsteigen. Sein Gesicht würde ihn im Stich lassen. Sie würden sein Geheimnis erraten. Vorsicht und Geduld. Und Veränderung. Anpassen. Kein Mensch durfte je auch nur vermuten, wer er im Inneren wirklich war. Die Leute schauten ihn an, aber sie sahen nie einen Mann. Das war der Grund, warum er seine Arbeit machte. Diese Arschlöcher sollten lernen, wer er war.

Der Schuh ist jetzt an dem anderen Fuß. Der Schuh ist an dem anderen Fuß, Mamá, du Schlampe.

SCHLAMPE.

Er stand auf, schrie vor Wut, trat gegen die hohle Schlafzimmertür, einmal, zweimal, dreimal, trat zu, bis die dünne Deckplatte aufbrach.

Nein. Das war nicht gut.

Er atmete tief durch, tilgte die Spuren des Gefühlsausbruchs aus seinem Gesicht, schluckte seine Wut hinunter. Er war nervös. Zuerst die Leiche des alten Dings, jetzt Beweis seiner Arbeit mit dem neuen. Er hatte seine Arbeit seit Jahren nicht getan, und jetzt hatten sie nach diesem einen Mal bereits die Leiche gefunden. Er hatte so lange gebraucht, einen passenden Ersatz zu finden und in Form zu biegen. Würden sie es herausfinden? Würden sie es erkennen?

Er las zuerst die spanischen Zeitungen. Sie hatten es nicht gesehen. Gut. Sie hatten die Zeichen nicht erkannt. Blut pulsierte in seinem Schritt. Keiner konnte die Schrift lesen. Er schrieb seine Botschaft so klar, und die blöden Hunde verstanden sie nicht. Weil die Schrift nicht immer da war.

Das war gut. Es war stets ein Risiko gewesen, seit beide verdammten Häuser fertiggestellt waren. Das war Pech. Er hatte seine Spuren gut verwischt. Das tat er immer. Das war der Grund, warum er sich des alten Dings entledigt und sich ein neues gesucht hatte. Vorsicht und Geduld.

Er wandte sich den englischen Zeitungen zu. Da war es genauso. Auch sie hatten die Verbindung nicht hergestellt.

Bis auf eine.

Seine Hand zitterte, als er die Titelgeschichte las: Sie erwähnte seine Arbeit im alten Land. Er hätte am liebsten aufgeheult. Stattdessen ging er zu der Schneiderpuppe, wischte ihr Gesicht sauber und begann die Fettschminke aufzutragen.

Mamá.

Mamá.

Mamá.

Dreimal ritzte er mit dem Teppichmesser das Wort in den Brustkorb der Puppe und schmierte dann Lippenstift in die Schnitte. Es sah beinahe echt aus: klebrige, rote Schlieren. Er wurde ruhiger.

Aber sie waren zu dicht dran. Wie hatte diese blöde Zeitung der Wahrheit so nahe kommen können? Er trat hinaus auf seinen Balkon, schaute auf das unfertige Haus unter ihm, dachte an seine Geheimnisse. Die Frühlingssonne wärmte seine Haut. Spanien hatte ihn träge gemacht. Er hatte hier eine Nische gefunden, ein bequemes Schlupfloch, aber er hatte die goldene Regel vergessen: Vor allem anderen kam die Arbeit.

Es war Zeit weiterzuziehen. Wieder. Seine Hand zitterte, als er den Artikel las. Die Zeitung hatte alles ruiniert. Ein Jahrzehnt stiller Arbeit, zerstört mit einem einzigen Satz.

Es war Zeit weiterzuziehen, ja. Aber er würde eine Mahnung an all jene hinterlassen, die versuchten, ihm zu folgen. Er würde dafür sorgen, dass sie bezahlten. Es würde etwas Besonderes sein. Etwas Klebriges, Feuchtes und Rotes.

Etwas wie Mamás Katze.

5

Sonntag, 4. April 2010

Zum ersten Mal seit Monaten wachte Danny Sanchez nur mühsam auf, befreite sich aus der klebrigen Umarmung des Schlafs, blinzelte und gähnte.

Er hatte zu viel getrunken. Das war sein erster Gedanke, als sein System wieder hochgefahren war. Alle Anzeichen sprachen dafür: der Druck an den Schläfen, der zähe Schmerz im Hinterkopf, der bittere, pappige Geschmack im Mund, den auch noch so viel Schlucken nicht vertreiben konnte. Er hob den Kopf, sah ein ihm unbekanntes Schlafzimmer. Über der Lehne eines Stuhls hing ein Paisleykleid.

Die beiden nächsten Gedanken kamen gleichzeitig.

Das ist nicht mein Zimmer. Ich habe nichts an.

Die Frau neben ihm ebenfalls nicht. Sie bewegte sich, kuschelte sich ins Kissen. Danny starrte ihre langen, dunklen Haare an, den herunterhängenden Unterkiefer. Verschwommene Erinnerungen stiegen auf: eine betrunkene Umarmung auf dem Parkplatz eines Pubs, eine Taxifahrt irgendwohin, plötzliche Leidenschaft, kaum dass sich die Haustür geschlossen hatte. O Gott, wie hieß sie gleich wieder? Es war ein Mädchen, mit dem er zur Schule gegangen war. Jetzt konnte er ihr Gesicht sehen, wie sie sich vor *abuelas* Haus aus dem Autofenster lehnte und ihn fragte, ob er es wirklich sei, der kleine Danny Sanchez aus der Achten.

Die Schleusen der Erinnerung öffneten sich. Sie hatten sich

auf der Straße unterhalten, nachdem sie ihn beinahe überfahren hatte, und ausgemacht, sich später auf einen Drink zu treffen. Aus einem Drink waren schnell zwei und dann vier geworden, die Hemmschwelle sank, und man tauschte Geständnisse gegenseitiger Verliebtheit in der Schule aus, und so wurde aus dem Wiedersehen zuerst ein Flirt und dann Verführung.

Stimmte das? War er wirklich in sie verliebt gewesen? Falls ja, half es ihm auf jeden Fall nicht, sich an ihren Namen zu erinnern. Doch an etwas anderes erinnerte er sich jetzt. O Mann, er hatte vielleicht dick aufgetragen, hatte den mit allen Wassern gewaschenen Journalisten heraushängen lassen, mit seinem Spanisch geprahlt und in Kurzschrift geschrieben. So wie er seine berufliche Tätigkeit dargestellt hatte, war der Pulitzerpreis nur noch eine Frage der Zeit. Das war der Geschmack, den er nicht loswurde: Wie die Nase reagierte auch der Sanchez-Gaumen extrem empfindlich auf Schwachsinn, vor allem, wenn er selbst produziert wurde.

Er setzte sich langsam auf, schwang die Beine aus dem Bett und versuchte, sie nicht zu stören. Wo waren seine Klamotten? Seine Boxershorts hingen an der Kommode. Sonst war nichts zu sehen.

Er ging hinaus auf den Treppenabsatz und stützte sich am Geländer ab, als der Schmerz in seinem Kopf nach vorne schwappte und er beinahe gestolpert wäre.

Kleidungsstücke, sowohl von ihm als auch von ihr, lagen auf dem Absatz verstreut und auch auf der Treppe, die ins Wohnzimmer führte. Er folgte der Spur und zuckte zusammen, als die Stufen unter seinem Gewicht knarrten. Noch immer schmeckte er ihren Lippenstift auf seinem Mund, roch ihr Parfüm auf seiner Haut. An den Sex konnte er sich jedoch nicht erinnern.

Letztendlich fand er alles bis auf seine Socken. Doch er zog sich nicht an, wusste nicht so recht, was er tun sollte. Er nahm die Reisezahnbürste und die Zahnpasta, die er immer dabeihatte, putzte sich in der Küche die Zähne und hielt dann den Kopf unter den kalten Wasserstrahl. Davon wurde ihm nicht besser. Er schüttelte die Haare aus und starrte seine beiden Optionen an: Wasserkessel oder Haustür.

Es war schon lange her, dass er sich in einer solchen Situation befunden hatte. Der Anstand verlangte, dass er sich nicht einfach davonschlich. Aber er konnte nicht wieder nach oben gehen, ohne ihren Namen zu wissen. Auf Zehenspitzen schlich er durchs Haus und suchte nach etwas, das ihm weiterhalf.

Eine laminierte Kennkarte an einem blauen Band rettete ihn: Marsha Constance. Das war es. Sie hatte in Physik ihm gegenübergesessen, ein stilles, aber freundliches Mädchen. Er betrachtete das Foto auf der Kennkarte genau. Sie war hübsch auf eine unscheinbare Art; ihre Figur beschrieb man höflicherweise als grobknochig. Danny hatte keinen besonderen Typ – weibliche Gesellschaft war viel zu selten, als dass sich ein Muster hätte herausbilden können –, aber Marsha schien mit seinen früheren Partnerinnen eins gemeinsam zu haben: Sie sah nämlich auch ohne viel Make-up gut aus.

Der Gedanke an Make-up war in seinem Zustand nicht gut. Ein unerfreuliches Bild der Leiche in Alan Reades Haus platzte wie eine Blase auf der Oberfläche seines Bewusstseins. Er kämpfte gegen die Übelkeit an, trank ein Glas Wasser. Sein Blick fiel auf das Logo auf der Kennkarte: Surrey Constabulary.

Noch eine Schleuse ging auf.

Marsha arbeitete als Telefonistin bei der Polizei, nahm Notrufe entgegen, bewertete die Schwere des Notfalls und leitete ihn an die entsprechende Polizeieinheit weiter. Jetzt fielen ihm die frühen Teile ihrer Unterhaltung wieder ein; es war nicht alles nur Flirten gewesen. Er konnte Marshas Gesicht sehen, als sie seine Frage beantwortete: »Ja, eine Freundin von mir arbeitet in der Personalabteilung. Die haben dort alle Daten über das Polizeipersonal.«

Darunter auch Telefonnummern und Adressen von ehemaligen Polizisten.

Verdammt, war das der Grund, warum er mit ihr geschlafen hatte?

Er durchforschte seine Erinnerungen und entschied, nein. Der Abend blieb nebelhaft, aber dieser Nebel hatte einen angenehmen, rosigen Rand, eine Wärme, die nur aus gegenseitiger Anziehung entsteht. Das war von Anfang an offensichtlich gewesen. Außerdem erschien ihm der Gedanke, dass er jemanden wegen Informationen verführte, so lachhaft wie unwahrscheinlich.

Er machte zwei Tassen Tee und ging damit nach oben. Marsha saß aufrecht im Bett, inzwischen trug sie einen Pyjama. Ein Räucherstäbchen brannte in einem Halter neben dem Bett.

»Als ich dich nach unten schleichen hörte, dachte ich, du würdest verduften.«

»Ich doch nicht.«

Er kam sich lächerlich vor, so barfuß in Boxershorts, und er spürte die Kälte von den Bodendielen in seine Beine ziehen. Er legte sich wieder ins Bett. Sie wirkte nervös, als sie in ihren Tee blies.

»Nur damit du's weißt, normalerweise mache ich so was nicht.«

Danny brauchte einen Augenblick, bis er begriff. »Nein, ich auch nicht.«

Sie hob zweifelnd eine Augenbraue. »Also komm, nach allem, was du mir von den großen Geschichten erzählt hast, über die du berichtest, musst du doch Unmengen von Frauen kennenlernen.«

Danny spülte sich den Mund mit Tee; der schlechte Geschmack war unvermittelt zurückgekehrt. Sie saßen im Bett und starrten das Fußende an. Sie blies wieder in ihren Tee, nippte daran. Dann rümpfte sie die Nase.

»Für die Zukunft, ich trinke meinen Tee mit Zucker.«

»Ich hol dir welchen.«

»Lass gut sein.«

Danny war enttäuscht, dass er jetzt keine Ausrede mehr hatte, das Zimmer zu verlassen; denn die Verlegenheit zwischen ihnen war inzwischen beinahe mit Händen zu greifen. Sie hatte »für die Zukunft« gesagt. Die Frage war sehr subtil gestellt: Würde es ein nächstes Mal geben? Dass sie das dachte, war offensichtlich. Als er schwieg, drehte sie sich zu ihm.

»Bedauerst du diese Nacht, Danny?«

»Natürlich nicht.«

Wenigstens musste er nicht lügen. Wie konnte er etwas bedauern, woran er sich nicht erinnern konnte?

»Also ...« – die Pause, die sie machte, kam ihm endlos vor – »... wo stehen wir jetzt?«

Danny klopfte auf die Matratze. »Ich stehe nicht, ich sitze, und zwar ganz bequem.«

Ein schwacher Versuch, die Spannung etwas zu lösen, und die Belohnung war die Andeutung eines Lächelns. Danny gingen tausend Dinge durch den Kopf. Deshalb ließ er sich auf keine Beziehungen ein. Sie waren so schrecklich anstrengend.

Sie blies wieder in ihren Tee. »Werden wir uns wiedersehen?« Ihr Tonfall war völlig neutral, weder fragend noch andeutend.

»Wenn du willst?«

»Soll heißen, dir ist es ziemlich egal?«

Da war noch etwas, das Danny jetzt zu Beziehungen wieder einfiel: Frauen waren so verdammt gut darin. Und er kam bereits ins Schwimmen, hatte keinen Boden mehr unter den Füßen.

»Soll heißen, wenn du mir die Ehre erweist, dich an einem anderen Abend noch einmal ausführen zu dürfen, würde mich das sehr freuen.« Er war überrascht, als er feststellte, dass er den Satz tatsächlich ernst meinte.

Sie legte ihre Hand auf die seine und blickte ihm in die Augen. Ihr Lächeln war jetzt aufrichtig. »Das ist das Süßeste, was man mir seit langer Zeit gesagt hat.«

»Aber das nächste Mal trinken wir nicht mehr so viel, okay? Ich habe höllische Kopfschmerzen.«

Sie schwang die Beine aus dem Bett. »Ich hole dir ein Aspirin.«

Er hatte sie auf seiner Seite. Das hieß, jetzt oder nie. Er drückte ihre Hand.

»Hör zu, Marsha, bevor du gehst, möchte ich dich um einen Gefallen bitten …«

6

»Was gibt's, Niall?«

Das Reporter-Greenhorn der *Sureste News* stand in der Tür zu William Fouldes' Büro.

»Da ist eine Frau am Telefon, die mit Danny sprechen will.«

»Was eine physische Unmöglichkeit ist, da sich Sanchez ja, wie du sagst, gegenwärtig in Großbritannien sonnt.«

»Ja, ich weiß, aber ...«

»Soll heißen, die einzig logische Reaktion wäre gewesen, ihr genau diese Information zu geben, aufzulegen und mich nicht zu belästigen. Es ist schon schlimm genug, dass ich am Sonntag arbeiten muss, auch ohne mit hirnrissigen Problemen belästigt zu werden.«

»Aber sie ruft von *The Sunday Times* an.«

Nun schaute Fouldes zum ersten Mal von seinem Computermonitor hoch. »*The Sunday Times*? Hat sie namentlich nach Sanchez gefragt?«

»Nein. Sie wollte mit dem Journalisten sprechen, der den Artikel über die zwei Leichen geschrieben hat.«

»Stell sie durch. Und mach die Tür zu.«

Fouldes' Telefon klingelte.

»Hallo, mein Name ist Gillian Wood von *The Sunday Times*.«

»Hallo, Gillian. William Fouldes hier, Herausgeber der *Sureste News*. Ich glaube, Sie wollten mit mir sprechen.«

»Haben Sie den Artikel über die Morde geschrieben? Darunter steht nur ›Reporter der Redaktion‹.«

»Ja, das machen wir so, wenn ich Artikel schreibe. Man muss ja nicht gleich jedem auf die Nase binden, wie unterbesetzt wir sind.« Trotz geschlossener Tür senkte Fouldes bei dieser Lüge die Stimme.

»Es ist ein guter Artikel. Sie sollten stolz darauf sein. Eine Frage habe ich jedoch: Wie kamen Sie auf die Verbindung mit den Morden in Großbritannien? Das ist eine ziemlich gewagte Behauptung. Ich nehme an, Sie beziehen sich auf den Vogelscheuchen-Prozess? Oder die Grenzland-Morde?«

Verdammt? Wie hatte Sanchez die Verbindung hergestellt? Einen Augenblick lang war Fouldes sprachlos. Doch nur einen kurzen Moment: Nach einem Jahrzehnt in der Fleet Street war ihm Verstellung in Fleisch und Blut übergegangen.

»Sie wissen, dass ich meine Quellen nicht preisgeben kann, Gillian.«

Ihre Stimme wurde tiefer, bekam einen schmeichlerischen Klang. »Sie haben Quellen, nicht, William? Und wie könnte ich Sie überzeugen, Ihre Quellen mit mir zu teilen?«

Fouldes genoss das Spiel. »Ach, ich bin mir sicher, wir finden da eine Lösung. Das Problem ist nur, dass Sie so weit weg sind.«

»Vielleicht bin ich näher, als Sie glauben.«

Fouldes schaute sich die Nummer auf dem Display an. Er spürte das Blut in seinen Schritt strömen, als er sah, dass die Nummer eine 950-Vorwahl hatte: Sie rief aus Almería an.

»Wie ich sehe, sind Sie bereits hier, Gillian.«

»Sie sind gut, William. Eine letzte Frage noch. Schicken Sie jemanden nach England, der die Geschichte weiterverfolgt und vielleicht versucht, mit Ishmael Vertanness zu sprechen?«

»Kann sein. Aber ich glaube wirklich, wir sollten uns treffen, das alles bei einem Drink besprechen. Ich würde Sie sehr gerne kennen…«

»Oh, Sie werden mich noch kennenlernen, früher oder später. Ciao.«

Die Leitung war tot. *Die hält sich wohl für eine ganz Schlaue*, dachte Fouldes. Aber dieses Spiel konnte man auch zu zweit spielen. Er kannte Leute bei *The Sunday Times*. Er würde sich ihre Handynummer besorgen, vielleicht sogar herausfinden, in welchem Hotel sie wohnte.

Fünfzehn Minuten später saß Fouldes da und kaute an seiner Unterlippe. Er hatte jeden bei der Zeitung angerufen, der ihm einfiel: Bekannte, alte Kollegen, sogar Leute, die er als Feinde betrachtete. Sie hatten alle dasselbe gesagt: Bei *The Sunday Times* gab es keine Gillian Wood.

7

Zum Glück für Danny hatte Marsha so lange in ihren Tee geblasen, sonst hätte er ihn verbrüht.

Zum Glück hatte er sich auch seine Klamotten schon zusammengesucht, denn Marsha ließ ihm kaum Zeit dafür, als sie ihn aus dem Haus jagte. »Du gottverdammter Scheißkerl. Gleich als du gesagt hast, dass du Journalist bist, wusste ich, dass ich dir nicht trauen darf. Du glaubst, wenn du mit mir schläfst, heißt das, dass ich dir eine Adresse besorge. Also ehrlich, die Scheiße, die ich mir von Männern schon gefallen lassen musste!« Ihr tränenersticktes Schreien klang noch in seinen Ohren.

Das Geschrei hatten offensichtlich auch die Nachbarn gehört: Ein älteres Ehepaar spähte aus dem Panoramafenster seines Wohnzimmers, als er in Marshas Garten stand, die Hose hochzog und den Schaden betrachtete: Er hatte keine Socken an, seine Haare waren triefnass, und er wusste nicht, wo er sich befand. Abgesehen davon ging es ihm gut.

Er schaute die Straße mit den viktorianischen Reihenhäusern und den an den Bordsteinen geparkten Autos entlang. Die Häuser besaßen kleine Vorgärten. In Marshas sah er gepflegte Reihen von Kräutern und Blumen. Er zermarterte sich das Gehirn, versuchte sich zu erinnern, wohin Marsha das Taxi dirigiert hatte. Er konnte sich noch an das Trinkgeld erinnern, das er dem Kerl gegeben hatte, aber das Fahrziel blieb ein Geheimnis.

Aus dem Haus gegenüber kam eine Familie. Der Vater zog

instinktiv die Kinder an sich, als er auf der anderen Straßenseite die barfüßige Gestalt mit den Zottelhaaren sah, die eben ihre Wüstenstiefel anzog.

»Entschuldigung«, sagte Danny und zeigte sein freundlichstes Lächeln. »Können Sie mir vielleicht sagen, wo ich bin?«

North Camp. Das war nicht so schlecht. Er konnte in Farnborough den Zug zurück nach Fleet nehmen. Oder ein Taxi rufen. Er klopfte seine Taschen ab und wühlte mit wachsender Verzweiflung in seiner Tasche. Er konnte kein Taxi rufen.

Kein Handy.

Scheiße.

Er starrte Marshas Haustür an. Drinnen zerbrach irgendetwas. Jetzt war nicht der Augenblick, um noch einmal zurückzugehen. Am Ende der Straße gab es einen Kiosk. Danny kaufte sich eine Flasche Lucozade und Sandwiches und setzte sich auf eine Bank, um zu frühstücken und sich zu überlegen, was er tun sollte. Da war nichts zu machen, er brauchte dieses Handy. Auf dem Gerät waren die Kontaktnummern seiner Journalistenjahre gespeichert. Er ging wieder in den Kiosk und erwarb eine Karte, eine Glückwunschkarte mit Blumen darauf. Etwas Passenderes gab es nicht.

Marsha,
das Missverständnis heute Morgen tut mir wirklich sehr leid. Alles passierte so schnell, dass ich gar nicht die Gelegenheit hatte, mich zu erklären. Ich bin mir sicher, wenn du über die Unzulänglichkeiten meiner körperlichen Erscheinung nachdenkst, wirst du erkennen, dass Verführung nicht zu den wichtigsten Waffen in meinem journalistischen Arsenal gehört. Es gehört zu meinem Job, Chancen zu ergreifen, sobald sie sich bieten – bei

dieser habe ich den falschen Zeitpunkt gewählt, vor allem weil meine romantischen Fähigkeiten so eingerostet sind. Du kannst von dieser Karte halten, was du willst, aber bitte lass mich dich als Entschuldigung zum Mittagessen einladen. Ich warte um halb zwei im Swan auf dich.

Danny

Er ging zum Haus zurück, hörte drinnen das Geräusch eines Staubsaugers, schob die Karte durch den Briefschlitz, klopfte einmal und ging dann schnell weg. Es war fast schon Mittag. Am Ende der Straße blieb er stehen und überlegte sich, was er tun konnte.

Was soll's, er würde in den Pub gehen und den Kater mit einem Pint vertreiben.

Danach fühlte er sich noch schlechter.

~

Marsha kam eine Viertelstunde zu früh.

»Ich weiß, das ist der einzige Grund, warum du mir die Karte durch die Tür geschoben hast. Als ich sie las, rief ich dich an, um dir zu sagen, du sollst mich in Ruhe lassen. Als ich dann die Star-Wars-Titelmusik im Haus hörte, ist bei mir der Groschen gefallen.«

»Dann habe ich dir also meine Nummer gegeben?«

»Weißt du nicht mehr?« Sie senkte die Stimme, um seine zu imitieren. »›Wir müssen uns noch einmal sehen, bevor ich wieder abfliege, Marsha.‹ ›Hier ist meine Nummer, Marsha.‹ ›Vergiss die internationale Vorwahl nicht, Marsha.‹ Am liebsten hätte ich das verdammte Ding ins Eck gepfeffert. Du hast Glück, dass ich auch ein Fan von Star Wars bin.«

»Wo war das Handy?«

»Zwischen den Sofakissen. Es ist dir wahrscheinlich aus der Tasche gefallen, als wir …« Sie verstummte und errötete.

»Bitte setz dich. Ich hol dir was zu trinken.«

Sie zögerte kurz, bevor sie sich niederließ. Ihre Hände blieben in den Taschen. »Mineralwasser mit Zitrone bitte.«

»Willst du einen klaren Kopf behalten?«

»Ja.« Und nach einer kurzen Pause: »Und ich muss heute noch arbeiten.«

Danny holte die Getränke, lenkte die Unterhaltung von ihren beruflichen Verpflichtungen weg. Er hatte ihr Stirnrunzeln gesehen, als sie ihre Arbeit erwähnte. Sie unterhielten sich über Belangloses. Danny fühlte sich jetzt besser, er war wieder Herr der Lage. Es waren nicht nur die Biere, die er getrunken hatte, sie befanden sich auf seinem Territorium. So etwas konnte er, eine entspannte Atmosphäre schaffen, mit den Leuten reden. Sie bestellte ihr Essen. Danny bezahlte. Sie taute langsam auf.

»Schau mir in die Augen und sag mir, dass du nicht mit mir geschlafen hast, weil du die Adresse dieses Polizisten willst«, sagte sie schließlich.

»Hand aufs Herz.«

Sie sah ihm tief in die Augen, als er das sagte. Er hielt ihrem Blick stand.

»Ich habe gelogen, als ich sagte, dass mir deine Karte nicht gefiel. Um ehrlich zu sein, sie hat mich zum Lachen gebracht. Es tut mir leid, ich glaube, ich habe mich dir gestern an den Hals geschmissen.«

»Solange du mir nichts mehr an den Kopf schmeißt, ist dir verziehen. Um ehrlich zu sein, an viel kann ich mich nicht mehr erinnern. Ich meine, abgesehen von guten Sachen«, fügte er rasch hinzu, als sie wieder die Stirn runzelte.

»Ist für mich auch schon eine Weile her. Ich bin geschieden. Ich glaube, das habe ich gestern Abend schon erzählt. Er ist mit einem jüngeren, schlankeren Modell durchgebrannt.« In ihrer Stimme schwang Wut. »Was ist deine Geschichte?«

Sie unterhielten sich. Das Tauwetter hielt an. Sie aßen zu Ende. Sie legte das Besteck über Kreuz auf den Teller, tupfte sich den Mund mit der Serviette ab. »Okay, du hast mich zum Essen eingeladen. Entschuldigung angenommen. Und jetzt erzähl mir von diesem DS O'Byrne. Warum willst du mit ihm Kontakt aufnehmen?«

»Kannst du dich noch an den Vogelscheuchen-Prozess erinnern?«

»Meinst du das ernst?«

Es war eine blöde Frage. Nach den ersten Morden war die ganze Region in Aufruhr gewesen, bei jeder neuen Leiche die Fieberkurve nach oben geschnellt. Vor den Schultoren drängelten sich die Autos der Eltern, die ihre Kinder abholten; auf den Straßen der Städte war weit vor Einbruch der Dunkelheit kein einziges Kind mehr zu sehen. Die nationalen Zeitungen waren nicht ganz unschuldig daran, sie hatten die Öffentlichkeit aufgestachelt. Doch schon bald war aus der Angst Wut geworden. Jemand zündete das Haus eines alten Mannes an, weil der angeblich Schulmädchen auf ihrem Nachhauseweg anglotzte. Ein junger Mann wurde halb ohnmächtig geschlagen aufgefunden, auf seine Stirn hatte man mit Magic Marker das Wort »Perverser« geschrieben.

Danny beugte sich über den Tisch und versuchte, ihr die Dringlichkeit klarzumachen. »O'Byrne war der Aussagenprüfer bei den polizeilichen Ermittlungen zum Vogelscheuchen-Prozess. Er ist allerdings nicht mehr bei der Truppe. Ich muss mit ihm sprechen.«

»Warum?«

»Ich habe an der Geschichte gearbeitet, als es hier passierte. Und jetzt ist in Spanien etwas Ähnliches geschehen.«

Sie schien noch nicht überzeugt zu sein. Es war Zeit für die schweren Geschütze. Danny zog Paco Pinos Fotos der Leiche in der Wand von Alan Reades Haus heraus. Marsha schrie auf, als ihr klar wurde, was das war. Die Leute im Pub drehten sich zu ihnen um. Danny steckte das Foto wieder weg.

»Es ist identisch, Marsha. Die Leichen der Vogelscheuchen-Morde sahen genauso aus.«

»Aber sie haben den Mörder doch geschnappt. Ich habe es im TV gesehen. Irgendein Vertanness. Er sitzt in Deepmere. Man hat bewiesen, dass er es war.«

»Ich weiß. Deshalb muss ich ja mit Harry O'Byrne reden. Als Aussagenprüfer hatte er den Überblick über die gesamte Ermittlung. Ich muss mich unbedingt mit ihm unterhalten. Aber niemand gibt einem Zivilisten die Adresse eines Expolizisten.«

Sie überlegte. »Es wäre völlig unprofessionell von mir. Warum gehst du nicht einfach zur Polizei und erzählst denen, was Sache ist?«

»Weil das meine Geschichte ist. Ob du es glaubst oder nicht, einige aus der Truppe verkaufen Informationen an Zeitungen. Ein Wort im falschen Ohr, und nach ein paar Tagen steht alles auf den Titelseiten der nationalen Presse. Außerdem könnte es eine Sackgasse sein. Vielleicht hat irgendein Verrückter vom Vogelscheuchen-Prozess gelesen und beschlossen, die Morde zu kopieren.«

Der Abschied gestaltete sich etwas peinlich: Danny vergaß, wo er war, und versuchte, ihr die beiden Luftküsse zu geben, die in Spanien üblich waren. Marsha schreckte kurz zurück und versuchte dann, ihn in dem Augenblick, als er sich entschuldigte, auf den Mund zu küssen. Er wollte den Kuss erwidern, aber es war zu spät. »Ich muss jetzt nach Guildford zur Arbeit. Ich werde sehen, was ich tun kann.«

Mit gerötetem Gesicht und verwirrter Miene eilte sie davon.

Danny sah ihr nach und fragte sich, wer, zum Teufel, das Gerücht in die Welt gesetzt hatte, Spanier könnten gut mit Frauen umgehen. *Muss derjenige gewesen sein, der die Welt auch davon überzeugt hat, die Engländer wären pünktlich und organisiert*, dachte er, als er sein Bier austrank.

8

Er konnte nichts anderes tun als warten. Marsha würde ihm entweder helfen oder eben nicht.

Danny rief die Psychiatriestiftung an, die das Krankenhaus Deepmere betrieb, und sprach mit der Pressesprecherin. Nein, sagte sie auf eine Art, die klang, als hätte Danny selbst psychiatrische Betreuung nötig, es sei absolut unmöglich, dass ein Mitglied der Presse mit einem so schwerwiegend gestörten Patienten wie Ishmael Vertanness sprechen könne. Auch werde es keinem Mitglied seines Betreuungsteams gestattet sein, über den Fall zu sprechen.

Das war keine Überraschung. Manchmal musste man bereit sein, sich zum Narren zu machen und auch das Unwahrscheinlichste zu versuchen. Im Lauf der Jahre hatte Danny sich eine dicke Haut zugelegt.

Er ging die Farnborough Road entlang bis zum Bahnhof, setzte sich in den Zug nach Fleet, spazierte einmal um den Teich herum und sah den Zügen nach, die auf den nahen Gleisen vorbeiratterten. Die Biere hatten seinen Kater vertrieben, aber er wollte jetzt nichts mehr trinken und damit riskieren, morgen noch mal einen zu haben. Alle fünf Minuten schaute er auf sein Handy, um nur ja keinen Anruf zu verpassen. Er kehrte in den Pub zurück, kontrollierte seine E-Mails. Der Posteingang war mit dem üblichen Unsinn vollgestopft: Spams für Viagra, E-Mails, die ihn zu Pressekonferenzen einluden. Er löschte alles.

Es blieb nur noch die E-Mail von Niall übrig.

Hier ist das Fahndungsfoto, um das du mich gebeten hast. Ich war beim Firmengelände der Hackers. Den Buchhalter habe ich nicht gefunden. Auch von den Hunden keine Spur – anscheinend hat die frühere Putzfrau der Hackers sie aufgenommen.

N.

Danny öffnete den Anhang und überlegte sich, was für eine Person zwei fünfzig Kilo schwere Rottweiler mit den Namen Yorkshire und Ripper bei sich aufnehmen würde. Das Foto von Alan Reade füllte seinen Monitor.

Danny wusste sofort, dass er das Gesicht des Mannes schon einmal gesehen hatte: hager, eine feine Narbe auf der Oberlippe, die blonden Haare zu einem Pferdeschwanz gebunden. Es brauchte allerdings einen Augenblick, bis ihm einfiel, wo er ihn gesehen hatte: am Geldautomaten in Mojácar. Er dachte über das Timing nach.

O Gott, Alan Reade hatte Craig Thorndykes Bankkarte.

Er stieß geräuschvoll die Luft aus, und ihm wurde fast schwindlig, als er sich überlegte, was das alles bedeuten konnte. Zwei Leichen, eingemauert in zwei verschiedenen Häusern, ein Mord davon eine Nachahmungstat einer Serie von 1995, ein Hammerangriff auf den Inhaber der Baufirma, die die Häuser errichtet hatte, und jetzt das: Der Besitzer des Hauses, in dem die zweite Leiche aufgetaucht war, hob Geld von Craig Thorndykes Konto ab. Er stieß noch einmal die Luft aus. Das alles ergab keinen Sinn. Doch eins war sicher: Craigs Eltern mussten das wissen.

Michael Thorndyke war über Dannys Anruf alles andere als begeistert. »Ich dachte, unsere Geschäftsbeziehung sei beendet, Mr. Sanchez.«

»Wann, sagten Sie, wurde Craigs Bankkarte benutzt?«

»7.36 Uhr.«

»Ich glaube, Sie sollten sich an die spanische Polizei wenden, Mr. Thorndyke.«

»Warum?«

»Weil ein Mann, den die Polizei in Verbindung mit einem Mord sucht, die Bankkarte Ihres Sohnes hat.«

Die Pause dauerte ungefähr drei Sekunden. Dann drehte Thorndyke völlig durch, verlangte, dass Danny nach Spanien zurückkehre, bot an, das Ticket zu zahlen, und drohte rechtliche Schritte an, falls er sich weigere. Danny versuchte ihn zu beruhigen, verlor aber bald die Geduld. »Wenn Sie sich an die spanische Polizei gewandt haben, werde ich sehr gerne eine telefonische Aussage machen.«

Er legte auf. Und zwar die nächsten zwei Stunden lang. Thorndyke hörte einfach nicht auf anzurufen, aber Danny konnte sein Handy auch nicht ausschalten, weil er auf Marshas Anruf wartete. Letztendlich rief er selber bei der spanischen Polizei an und berichtete dem Beamten alles, was er wusste. Man fragte ihn, wann er wieder in Spanien sein werde. Er antwortete, das wisse er nicht.

Stunden vergingen. Marsha würde nicht anrufen. O Mann. Er hatte sich solche Mühe gegeben, ihr die Dringlichkeit zu verdeutlichen. Er ging noch ein wenig spazieren, besorgte sich in einem Kebab-Laden sein Abendessen – die letzte Phase seiner Katertherapie – und kehrte dann in sein Zimmer über dem Pub zurück. Der Anruf kam, als er bereits auf dem Bett döste.

»Ich habe die Details. Harry O'Byrne lebt in Newbury. Das ist zumindest die letzte bekannte Adresse, die wir aus der Zeit hatten, als er 2004 in Frührente ging.«

»Und die Adresse?«

»Dir ist schon klar, dass ich mit dem, was ich hier tue, meinen Job aufs Spiel setze, oder?«

Sie hatte recht. Danny hatte zu forsch geklungen. »Okay, danke, jetzt habe ich wenigstens etwas, womit ich anfangen kann.«

Im Hintergrund waren gedämpft Stimmen zu hören. Als Marsha sich wieder meldete, klang sie atemlos. »O Gott, das war mein Vorgesetzter. Mir schlägt das Herz bis zum Hals.«

»Danke, Marsha. Ich weiß deine Hilfe wirklich zu schätzen.«

»Warte, Danny.« Eine Pause, ein Seufzen. »Osbourne Street. Mehr kann ich dir nicht sagen.«

»Ich schulde dir einen vergnüglichen Abend.«

»O ja, das tust du wirklich.«

9

Montag, 5. April 2010

Am nächsten Morgen stand Danny früh auf und machte sich auf den vierzigminütigen Weg nach Newbury. Die Osbourne Street lag in den Außenbezirken der Stadt. Danny fuhr sie ein paarmal auf und ab und schaute in Vorgärten und Fenster, weil er hoffte, O'Byrne wiederzuerkennen. Er war ein dünner Mann mit braunen Haaren und einem Schnurrbart, wie Danny sich erinnerte. Wenigstens vor fünfzehn Jahren hatte er so ausgesehen. Gott weiß, wie er heute aussah.

Das Glück war ihm nicht hold. Er stellte sein Auto ab und überlegte sich, was er sonst noch tun konnte. Er hatte keine Lust, wahllos an Türen zu klopfen und zu fragen, welches Haus Harry O'Byrne gehörte. So machte man sehr leicht die Polizei auf sich aufmerksam. Zwei Querstraßen von der Osbourne entfernt befand sich ein Zeitungskiosk. Er fuhr hin.

Ein Mädchen im Teenageralter stand hinter der Ladentheke und blätterte kaugummikauend in einer Zeitschrift.

»Hallo«, sagte Danny. »Ich würde gern die Zeitungsrechnung für O'Byrne in der Osbourne Street bezahlen.«

Das Mädchen zog einen Ordner unter der Theke hervor, schlug ihn auf und fuhr mit einem lackierten Fingernagel die Seite entlang. »Vierzehn Pfund fünfzig.«

Danny zog Luft durch die Zähne. »Er hat gar nicht gesagt, dass es so viel ist. Das ist Patrick O'Byrne in Nummer 60, oder?«

Das Mädchen schaute in den Ordner. »Nein, H. O'Byrne in Nummer 82.« Jetzt blätterte sie verwirrt die Seiten des Ordners durch. »Wir haben gar keine Unterlagen von …«

Aber Danny war bereits bei der Tür. »Denken Sie sich nichts. Ich kläre das mit meinem Freund und sage ihm, er soll selber herkommen.«

Harry O'Byrnes Haus war einer dieser gepflegten, kompakten Bungalows, die man gerne für den Ruhestand erwarb – leicht sauber zu halten, billig im Unterhalt, aber mit genug Garten, um die Sonne zu genießen. Doch von der Sonne war heute nichts zu sehen. Danny zog seine Jacke fester um sich, als er sein Auto abstellte und aus der Wärme seines Autos stieg.

Danny hatte das hüfthohe Tor noch kaum berührt, als es schon aufschwang; die Angeln waren makellos sauber und geölt. Im Carport stand ein praktischer Kombi mit einem christlichen Fisch-Aufkleber auf der Heckscheibe. Danny klopfte. Hinter der Tür bewegte sich was, jemand, der durch den Spion spähte. Die Tür ging einen Spalt auf, doch die Kette war noch dran. Das Gesicht eines Mannes erschien.

»Kann ich Ihnen helfen?«

Nicht sonderlich unfreundlich, aber alles andere als einladend. Das war O'Byrne. Auch wenn Danny den Mann nicht gekannt hätte, hätte er ihn für einen Expolizisten gehalten. Er hatte so viel Zeit mit Polizisten verbracht, dass er sie sofort erkennen konnte: das Selbstbewusstsein, die Entschiedenheit seiner Worte, die Art, wie O'Byrne ihn ansah, wie er den ihm unbekannten Mann auf seiner Schwelle abschätzte.

»Ich würde gerne mit Ihnen über einen Fall sprechen, den Sie 1995 bearbeitet haben.«

Die Tür ging ein Stückchen weiter auf. »Den Vogelscheuchen-Prozess? Wer sind Sie?«

Danny gab ihm ein Exemplar der *Sureste News* und deutete auf die Titelseite. »Es ist einfacher, wenn Sie das lesen. Ich gehe einmal um den Block und komme in zehn Minuten zurück.«

Als Danny dann wieder vor der Tür stand, bat O'Byrne ihn herein. »Bitte Schuhe ausziehen.« Die Bitte kam nicht überraschend, nicht von einem Mann, der zu Hause eine Krawatte trug. Danny knüpfte seine Wüstenstiefel auf und hoffte, dass er kein Paar Socken mit Löchern darin angezogen hatte.

Wie sich zeigte, hatte er überhaupt kein Paar angezogen; O'Byrnes Blick schnellte zu den nicht zusammenpassenden Socken – eine schwarze, eine gestreifte –, und er nickte kaum merklich, als hätte er eben seine erste Einschätzung Dannys bestätigt bekommen.

O'Byrne sah mehr oder weniger noch so aus wie in Dannys Erinnerung von vor fünfzehn Jahren. Und doch … etwas fehlte. Er hatte es auch bei Journalisten im Ruhestand festgestellt. Ein Funke in ihnen war erloschen. Sie vermissten die Aufregung, das Gefühl, im Mittelpunkt des Geschehens zu stehen.

Eine Frau erschien auf der Treppe und knöpfte sich ihren Mantel zu. »Harry, mein Lieber, ich dachte, ich hätte eben die Tür ge… Oh«, sagte sie, als sie Danny sah.

Wie ihr Mann war Mrs. O'Byrne ein Paradebeispiel für ehrbare untere Mittelschicht. Doch Danny hatte sie trotzdem als Polizistengattin erkannt: Es waren die vor der Zeit gealterten Augen, die tiefen Falten an den Mundwinkeln von zu vielen allein und sorgenvoll durchwachten Nächten. Sie gab sich große Mühe mit ihrem Lächeln. Es war offensichtlich, dass sie sich fragte, wer dieser Fremde war, den ihr Mann so bereitwillig in ihr Haus eingelassen hatte.

»Das ist Mr. Sanchez, meine Liebe. Wir gehen einfach durch in den Wintergarten.«

Auch Mrs. O'Byrne fielen Dannys Socken auf. Auch sie zuckte zusammen. »Soll ich Tee kochen, wenn ich von Hilda zurückkomme?«

»Das wäre wunderbar, meine Liebe.«

Sie nickte Danny zu. »Sehr erfreut, Ihre Bekanntschaft zu machen, Mr. Sanchez.«

Ihre Worte klangen hohl. Man lernte, so etwas zu bemerken. Sie war nicht glücklich über Dannys Anwesenheit.

O'Byrne führte Danny in einen hinten ans Haus angebauten Wintergarten und ließ ihn dort allein, um etwas zu holen. Danny hatte ein paar Minuten Zeit, über die perfekten Reihen mit Tomatenpflanzen und Salatköpfen im Garten zu staunen, bis O'Byrne mit einem Aktenordner voller Dokumente zurückkehrte.

»Ich wusste schon beim ersten Blick, dass Sie Journalist sind.« Seine Stimme verriet, dass das für ihn keine angenehme Erkenntnis gewesen war. »Bringen wir zunächst einmal die Präliminarien hinter uns. Alles, was ich sage, ist inoffiziell, außer ich gebe Ihnen spezifisch die Erlaubnis, mich zu zitieren – und auch dann will ich meinen Namen nicht genannt haben. Wenn ich Ihnen die Erlaubnis zum Zitieren gebe – was wohl kaum passieren dürfte –, dann bin ich ›eine Quelle, die früher bei der britischen Polizei Dienst tat‹. Haben wir uns verstanden?«

»Vollkommen.«

O'Byrne hob ein Diktafon in die Höhe. »Nur um sicherzugehen werde ich unser ganzes Gespräch aufnehmen. Wenn Sie mich verarschen, sehen wir uns vor Gericht wieder.«

Auf der Hut, wie nur ein Expolizist es sein konnte. Danny hoffte, das Gedächtnis des Mannes war so gut wie sein Geschick im Umgang mit der Presse.

»Was sagen Sie zu diesem Artikel?«, fragte Danny.

»Er ist auf jeden Fall interessant. Aber ich verstehe nicht so recht, was Sie von mir wollen. Ich bin nicht mehr bei der Polizei.«

»Aber Sie waren der Aussagenprüfer beim Vogelscheuchen-Prozess, richtig?«

»Ich war einer von ihnen. Es war ein gigantisches Verfahren.«

»Aber Sie waren von Anfang an dabei?«

Ein Nicken.

»Ich will Sie nur nach Ihrer Meinung fragen.«

»Dann fragen Sie.«

»Könnte zwischen diesen Verbrechen eine Verbindung bestehen? Ich meine, zwischen den Morden hier und den in Spanien aufgefundenen Leichen.«

»Wie könnte das sein? Ishmael Vertanness befindet sich seit 1995 in Deepmere.«

»In Bezug auf die Vogelscheuchen-Ermittlung, wer oder was war Dorothy?«

O'Byrne beugte sich vor. »Woher haben Sie das?« War sein Ausdruck zuvor wachsam gewesen, war er jetzt argwöhnisch.

»Ich recherchierte in den Notizen, die ein anderer Journalist über diesen Fall angelegt hatte. Der Name Dorothy kam ein paarmal vor, immer in Großbuchstaben geschrieben – als wäre das ein Codename oder dergleichen.«

O'Byrnes Unbehagen wuchs, während er über etwas nachdachte. »Ich werde es Ihnen erklären, aber zuerst will ich, dass Sie sich des Galgenhumors bewusst sind, der in polizeilichen Ermittlungen dieser Art vorherrscht. Je schlimmer das Verbrechen, desto schwärzer der Humor. Ich schätze, das ist so eine Art, äh … Dampfablassen.«

»Das kenne ich.«

»Bei Fällen wie diesen versuchen wir, die präzisen Details

des Verbrechens geheim zu halten. Es geht nicht nur allein um Panikverhinderung, es hilft uns auch beim Verhör von etwaigen Verdächtigen. Wenn sie Wissen über den Tatort an den Tag legen, das nie öffentlich gemacht wurde, hilft uns das, die am stärksten Verdächtigen herauszupicken. In der Presse haben wir immer nur erwähnt, dass Vertanness seine Opfer entmannt hatte.«

»Da war noch mehr?«

O'Byrne richtete den Blick kurz in die Ferne. »Gewisse Leichen bekommt man nie mehr aus dem Kopf.«

Danny nickte. Auch das kannte er nur zu gut. Als O'Byrne den Faden wieder aufnahm, klang seine Stimme heiser.

»Ja. In jedem Fall gehörte zu der Verstümmelung auch ein Wort, das über dem Schritt ins Fleisch geritzt war.« Er zog eine imaginäre Linie quer über seinen Hosenschlitz.

»Was für ein Wort?«

»Toto.«

»Toto? Wie der Hund aus dem *Zauberer von Oz*?«

»Genau. Und so dauerte es nicht lange, bis unser Mörder in der Einsatzzentrale den Spitznamen Dorothy bekam.«

Danny hatte das bereits vermutet. »Was bedeutete es? Toto?«

»Das haben wir nie herausgefunden. Wir hatten ein Team, das nach Verbindungen zum Film wie auch zum Buch suchte. Und auch zu der Band Wizard Oz, deren Texte und Songtitel wir nach geheimen Bedeutungen abklopften. Als sich aber herausstellte, dass die Mutter des zweiten Opfers Dorothy hieß, wurde der Spitzname natürlich sofort geändert.«

»Warum kam das beim Prozess nicht zur Sprache? Ich meine, dieses ›Toto‹?«

»Es kam zur Sprache. Es wurde erwähnt, dass Vertanness den Opfern Buchstaben ins Fleisch geritzt hatte.«

»Aber nicht das konkrete Wort. Die Presse hätte das aufgegriffen. Der Boulevard hätte sich auf die Oz-Verbindung gestürzt. Warum wurde das Wort geheim gehalten?«

»Ich bin nicht bereit, Ihnen das zu verraten.« Danny merkte an O'Byrnes sturem Blick und den verschränkten Armen, dass er ihn nicht weiter zu bedrängen brauchte.

»Warum wurde Vertanness ›Vogelscheuche‹ genannt?«

»Die Presse nannte ihn so; einige Reporter hatten bereits Wind von dem Spitznamen Dorothy bekommen – ich vermute mal, es war die Oz-Verbindung. Außerdem erwähnte ein Zeuge, er habe einen Mann mit wirren, zerzausten Haaren gesehen, ›wie eine Vogelscheuche‹. Das blieb einfach hängen.«

»Was ist mit Orson? Wer oder was war das?«

Zum ersten Mal war O'Byrne fassungslos. Er riss die Augen auf. »Wie zum ... wer hat Ihnen davon erzählt?«, fragte er und klang jetzt richtig wütend.

»Wenn man bei Riesen auf den Schultern steht. Ich fürchte, Ray Taylor war mein Mentor.«

»Ray Taylor«, sagte O'Byrne langsam, als würde er Rauch ausblasen. »Diesen Namen habe ich schon eine ganze Weile nicht mehr gehört. Er war ein verdammt guter Reporter.«

»Aus dem Mund eines Expolizisten ist das ein großes Lob.«

»Aus dem Mund eines Expolizisten ist das ganz und gar kein Lob. Taylor war eine richtige Nervensäge; er schnüffelte immer herum, wo er nicht sollte, und stellte peinliche Fragen.« O'Byrne bewegte sich in seinem Sessel. »Dann haben Sie also mit Ray gearbeitet, was? Dachte ich mir doch, dass ich Ihr Gesicht von irgendwoher kenne. Arbeiten Sie immer noch hier in der Gegend?«

»Ich werde Ihnen sehr gerne meine gesamte Karriere erzählen, wenn Sie mir zuvor meine Frage beantworten: Wer oder was war Orson, Mr. O'Byrne?« Danny war sofort klar gewesen, dass O'Byrne der Frage ausweichen wollte.

O'Byrnes Hand wanderte zur Akte, er schien sich zu überlegen, ob er sie öffnen sollte oder nicht.

»Okay«, meinte er nach einer Weile. »Ich werde Ihnen das mit Orson erklären. Aber ich kann das nicht tun, ohne Ihnen Fotos der Tatorte zu zeigen.« O'Byrne ließ die Hand noch einen Augenblick auf dem Aktendeckel liegen. »Haben Sie gefrühstückt?«

Danny nickte.

»Das ist gut, denn Mittagessen werden Sie keins wollen. Das kann ich Ihnen versichern.«

10

O'Byrne öffnete den Aktenordner und legte eine Reihe Schwarz-Weiß-Fotos auf den Tisch. »Das sind Ishmael Vertanness' erste vier Opfer.«

Danny erschrak und kniff die Augen zusammen, als wollte er instinktiv den Blick vor den Bildern verschließen. Es waren Variationen desselben grotesken Themas: männliche Leichen, die wie geschlachtetes Fleisch in diversen Innenräumen hingen, der Intimbereich zerhackt und zerstückelt, und immer dieses Gesicht, diese grässliche weibliche Maske, die Augen dunkel wie Quetschungen, die Wimpern schwer von Mascara, der Lippenstift zu scharfen Spitzen gezogen.

Danny ertrug es nicht mehr. Er schaute weg.

O'Byrne bemerkte seine Reaktion. »Einer der armen Kerle, die das fotografieren mussten, brauchte ein ganzes Jahr, um sich zu erholen. Ein Spurensicherungstechniker hat seinen Job ganz aufgegeben.«

»Ich dachte, Polizisten dürfen nichts, was irgendwie Beweischarakter hat, aus der Einsatzzentrale mitnehmen.«

»Dürfen sie auch nicht.« O'Byrne schaute Danny herausfordernd an. »Ich will Ihnen noch mehr zeigen. Vertanness' fünftes Opfer.«

Er legte ein letztes Foto vor Danny auf den Tisch.

Die Männerleiche lag mit dem Gesicht nach oben auf Laub und Schlamm, Hose und Unterhose hingen an einem Knöchel, der Pullover war hochgeschoben, sodass die nackte Brust zu erkennen war. Es sah aus, als wäre ein wildes Tier über ihn hergefallen. Eine dunkle Pfütze breitete sich unter dem gezackten Riss quer über die Kehle aus; Dutzende Stichwunden bedeckten seinen Bauch, hässliche, vertikale Münder im weißen Fleisch. Sein Penis und der Hodensack waren kleine, blasse Umrisse im Schamhaar.

»Fällt Ihnen der Unterschied auf?«

»Natürlich. Keine Schminke. Und er ist nicht gefesselt. Und das Opfer hat seine Genitalien noch.«

O'Byrne zählte an den Fingern weiter: »Und die Leiche liegt draußen. Und der Schnitt durch die Kehle. Und dieser letzte Mann war ein Stricher. Die anderen vier Opfer waren heterosexuell. Und es gab noch ungefähr zwölf andere Unterschiede in der Vorgehensweise. Wenn nicht Vertanness' Körperflüssigkeiten überall auf ihm gewesen wären, hätte ich gedacht, es ist ein völlig anderer Mörder.«

O'Byrne deutete auf das Foto des ersten Opfers, der Leiche, die Danny persönlich in dem Bunker gesehen hatte. »Schauen Sie sich den Boden da drin mal genauer an. Was fällt Ihnen auf?«

Danny zwang sich zum Hinsehen, spürte ein schwaches Pulsieren in seinen Eingeweiden, als er sich darauf vorbereitete, sich seiner schlimmsten Erinnerung zu stellen. Merkwürdigerweise war die Wirklichkeit viel nüchterner als die Gräuel, die er sich vorgestellt hatte. Er sah nichts: Da war nichts als die Leiche. Nichts an den Wänden, nichts auf dem Boden. Er brauchte einen Augenblick, bis ihm klar wurde, was O'Byrne meinte.

»Der Boden wurde gefegt.«

»Ja, stimmt«, sagte O'Byrne. »Das ist ein Bunker mitten im Wald. Und doch sind drinnen keine Blätter, keine leeren Dosen, keine kaputten Flaschen. Vertanness war der Traum eines jeden Serologen. Er hat überall Flüssigkeiten hinterlassen: Speichel, Sperma, Blut. Und wir hatten Haare und Fasern von seinem Pullover. Forensisch war es so, als hätte der Kerl für uns seine Unterschrift hinterlassen. Es war nur eine Frage der Zeit. Aber warum fegte er dann den Boden?«

»Vielleicht versuchte er wenigstens, vorsichtig zu sein.«

O'Byrne deutete zum Foto des fünften Opfers. »Sieht das aus wie das Werk von jemandem, der versucht, vorsichtig zu sein?«

Danny wandte den Blick zu diesem Foto. O'Byrne hatte recht.

»Also, was wollen Sie mir damit sagen?«

»Ich bin noch nicht fertig. Während der Ermordung von Nummer eins in dem Bunker ging Vertanness nach draußen und saß eine ganze Zeit auf einem Baumstumpf zweiundzwanzig Meter vom Bunker entfernt.«

»Woher wissen Sie das?«

»Die Suche nach Fingerabdrücken in der Umgebung erbrachte sieben Zigarettenkippen neben einem Baumstumpf, alle von der Marke, die Vertanness rauchte. Ein DNA-Abgleich zeigte, dass sie von ihm stammten.«

»Hätte er sie nicht drinnen rauchen und dann dort wegwerfen können?«

»Nein. Er drückte eine davon direkt auf dem Stumpf aus. Andere wurden gelöscht, indem sie mit dem Absatz in die Erde getreten wurden.« Er machte mit seinem Hausschuh eine Drehbewegung.

Danny rechnete im Kopf nach: Vier bis sechs Minuten für eine Zigarette. Sagen wir vier. Vertanness war mit Sicherheit nervös gewesen. Auch wenn er Kette geraucht hatte, waren das achtundzwanzig Minuten.

»Wir schätzen, dass er zwischen fünfunddreißig Minuten und einer Stunde draußen war.«

»Hätte er nicht während der Ermordung raus- und reingehen können?«

O'Byrne schüttelte den Kopf. »Der Boden war feucht. Die Fußabdrücke passten nicht. Nur eine Spur führte dorthin, und eine zurück.«

Endlich verstand Danny, worauf O'Byrne hinauswollte. »Sie glauben, Vertanness ging nach draußen und hat einen anderen mit dem Opfer allein gelassen?«

»Genau. Irgendjemand fegte danach den Boden, um sicherzugehen, dass er keine Spuren hinterlassen hatte.«

»Und das gab während der Ermittlungen keinen Anlass für Zweifel?«

»Natürlich ermittelten wir auch in diese Richtung. Das war der Grund, warum wir dem Täter einen Namen gaben: Orson.«

Danny verstand sofort: Opfer, Mörder und Orson. »Wie in dem Film von Orson Welles, oder? *Der dritte Mann?*«

»Ja.«

»Warum gelangte das nie an die Öffentlichkeit?«

»Es gab bei allen anderen Tatorten keinen Hinweis darauf, dass Vertanness während der Tat wegging.«

»Orson hatte gelernt und verbot Vertanness, es zu tun?«

»Das dachten einige von uns. Die andere Möglichkeit war, dass es sich bei dem Verhalten im Bunker um einen Einzelfall handelte.«

»Ist das wahrscheinlich?«

»Bei einer Bestie wie Vertanness ist alles möglich.«

»Haben Sie ihn nicht nach Orson gefragt?«

»Natürlich. Aber der gab ja nicht mal die Verbrechen selber zu. Hat es bis jetzt noch nicht getan. Wie kann er einen Komplizen haben, wenn er seine Schuld nicht eingesteht?«

»Was sagte er während der Verhöre darüber?«

»Nichts. Und wenn ich nichts sage, meine ich auch nichts: Wir legten ihm alles vor, was wir hatten, doch er sagte in Dutzenden von Stunden des Verhörs kein einziges Wort. Genau genommen stimmt das nicht. Manchmal fing er an zu reden, und wissen Sie, was er dann sagte? Er wiederholte, was wir gesagt hatten. Nicht nur beliebige Sätze, sondern komplette Abschnitte. Wir haben uns die Bänder wieder und wieder angehört: Er machte nie auch nur einen Fehler. Er hatte alles im Gedächtnis gespeichert, jedes einzelne Wort, sogar die Betonung. Wir haben ein paar wirklich harte Bullen auf ihn losgelassen, und sogar die bekamen eine Gänsehaut. Es war, als wäre er die meiste Zeit überhaupt nicht da. Man konnte direkt neben ihm auf den Tisch hauen, und da kam gar nichts, keine Reaktion. Er zuckte nicht mal zusammen.«

»Dann war also das Autismusargument der Verteidigung nicht nur eine Ausrede?«

»Irgendetwas stimmte nicht mit ihm.«

»Warum wurde die Orson-Theorie nach der Verhaftung nicht weiterverfolgt?«

O'Byrne seufzte. »Vergessen Sie nicht, das war nur Monate, nachdem der Rachel-Nickell/Colin-Stagg-Fall der Polizei um die Ohren geflogen war. Erinnern Sie sich daran? Die Sexfalle der Polizei, die uns in die völlig falsche Richtung schickte, während der wahre Täter weitermordete? Von oben kam die Anweisung – und ich meine jetzt wirklich von ganz, ganz oben –, dass wir uns im Vogelscheuchen-Prozess strikt an die Vorschriften halten sollten. Viele von uns glaubten, dass es Orson gab, aber der Ermittlungsleiter wollte nicht, dass, und ich zitiere, ›... irgendein Hokuspokus das Wasser trübt‹. Man wollte nur eins, und das war eine gute, solide Überführung. Wir hatten Vertanness. Zeugen identifizierten ihn, Spermaspuren passten, Fasern passten. Es war eine hieb-

und stichfeste Überführung, und sobald die über die Bühne war, wurden wir alle anderen Fällen zugeteilt.«

Dannys Gedanken rasten. »Aber es gab noch immer Zweifel, oder? War das der Grund, warum Sie diese »Toto«-Geschichte nicht vor Gericht brachten? Damit Sie immer noch was zum Weitermachen hätten, falls die Orson-Theorie wieder relevant würde?«

O'Byrne zögerte erst und nickte dann.

»Es gab einfach so viele Faktoren, die darauf hindeuteten, dass es so sein könnte. Die ersten vier Morde zeigten einen sehr hohen Grad an Beschränkung und Vorsicht. Die Tatorte wurden sorgfältig ausgewählt in Bezug auf ihre Abgelegenheit und die Möglichkeit, mit einem Fahrzeug hin- und wieder wegfahren zu können, ohne allzu viel Aufsehen zu erregen. Der fünfte Mord zeigte nichts von diesen Merkmalen. Vertanness hatte den armen Jungen einfach im Freien abgeschlachtet.«

»Glauben Sie, dass Vertanness seinem Orson ausgebüxt ist?«

»Könnte sein. Bei den ersten vier Morden schien der Zweck der Morde das gewesen zu sein, was *danach* mit den Leichen geschehen ist. Die Autopsien zeigten, dass einige Wunden erst Stunden nach dem Eintritt des Todes beigefügt wurden. Der fünfte war ganz einfach die Tat eines Verrückten, der wahllos abschlachtete. Außerdem war Vertanness ein komischer Kauz. Ich meine nicht nur, dass er hässlich aussah, er war auch ein Außenseiter, dem sich kein Mensch mit klarem Verstand genähert hätte, ein kompletter Loser. Und doch schaffte er es viermal, sich vernünftigen, intelligenten Männern so weit zu nähern, dass er sie mit einem sauberen Schlag auf den Hinterkopf außer Gefecht setzen konnte. Es gab nie irgendwelche Spuren eines Kampfes – keine Kratzwunden, keine Haut unter den Fingernägeln, keine blauen Flecken. Einmal hätte ich mir ja noch vorstellen können: Er hatte einfach Glück, erwischte einen Dummen oder Naiven. Aber viermal? Hintereinander? Auf gar keinen Fall.«

»Sie glauben, er hatte einen Komplizen?«

»Das wäre eine Erklärung, nicht? Er arbeitete mit jemand Vertrauenswürdigerem – seine eigene Art der Sexfalle.«

»Und was passierte, als die Leichen dann weiter im Norden auftauchten? Die Grenzland-Morde?«

»Nachahmungstäter.«

»O Gott. Sie meinen, kein Mensch dachte je daran, die Orson-Theorie zur Sprache zu bringen?«

O'Byrne klang ebenso entrüstet wie Danny. »Die Polizei ist anfällig für die gleichen Rivalitäten und Zankereien wie jede andere Behörde. Und hier war es noch schwieriger, weil wir von den Komplikationen grenzüberschreitender Ermittlungen reden. Die ersten beiden Opfer wurden in Schottland verschleppt, die Leichen jedoch in Nordengland gefunden. Das dritte in England verschleppt, in Schottland gefunden. Das war sofort ein monströses Zuständigkeitsgerangel.

Wissen Sie, die schottisch-englische Rivalität beschränkt sich nicht auf den Fußballplatz. Als dann endlich geklärt war, wer welche Ermittlung leitete, wollte keiner mehr die zusätzliche Komplikation einer möglichen Verbindung zwischen diesen neuen Morden und einer Serie, deren Täter bereits hinter Gittern saß. Außerdem waren die Vorgehensweisen nicht ganz identisch. Die Opfer der Grenzland-Morde waren alle Stricher. Außerdem fehlte das Wort ›Toto‹. Das wurde von denen benutzt, die die Nachahmertheorie favorisierten: Jedes Element der Handschrift des Täters war da, bis auf das eine, das nie an die Öffentlichkeit gelangte.«

Danny hörte aufmerksam zu und sagte dann: »Orson hätte es mit Absicht so machen können. Er hätte mit einem anderen Mörder arbeiten können. Er hatte schon vorher gezeigt, dass er in der Lage war, die Polizei auf die falsche Spur zu führen. Er hätte seine Handschrift mit Absicht verändern können.«

»Nach Ansicht des forensischen Psychologen, den wir beim Vogelscheuchen-Prozess zurate gezogen haben, passiert so etwas nicht.« O'Byrne blätterte in der Akte. »Hier steht's. Ich zitiere: *Der Modus Operandi ist die Art und Weise, wie ein Mörder tötet. Bei einem Amokläufer, der wie im Rausch tötet, kann es eine große Bandbreite von Variationen geben, normalerweise aufgrund der Tatsache, dass die Morde Folge einer psychotischen Episode sind. Ein solcher Täter verwendet häufig, was er gerade zur Hand hat, oder er erdrosselt oder erschlägt seine Opfer. Bei Serienmördern gibt es normalerweise weniger Variationen. Sie benutzen eher etwas, von dem sie wissen, dass es funktioniert.*

Die Handschrift des Mörders lässt jedoch auf spezifische rituelle Handlungen schließen, die während oder nach dem Mord vollzogen werden. Serienmörder sind immer motiviert durch eine spezifische, verquere Fantasie, oft masturbatorischer oder sexueller Art. Diese Fantasie dominiert sie so sehr, dass die reine Fantasie sie nicht mehr befriedigt. Sie beginnen, die Fantasie auszuleben. Das Opfer ist ein unfreiwilliger Mitspieler in der Inszenierung der Fantasie. Die ritualistischen Aspekte der Handschrift verändern sich nicht. Sie können mit der Zeit komplexer werden, wenn nämlich der Mörder die Aspekte seiner Fantasie verfeinert, die ihm am meisten Vergnügen bereiten; die Fantasie an sich wird sich jedoch nicht ändern, weil sie der einzige Grund für sein Morden ist.«

Danny schaute sich den Ordner an. Ganz oben lag ein Blatt Papier. Es sah aus wie eine Namenliste. O'Byrne schnappte sich das Blatt, als er bemerkte, wohin Danny schaute. Er faltete das Papier zusammen und steckte es sich in die Brusttasche.

»Was ist das?«

»Eine Verdächtigenliste für die Grenzland-Morde. Ich fürchte, die darf ich Sie nicht sehen lassen.«

Danny deutete auf die Fotos. »Kann ich mir die kopieren?«

»Auf gar keinen Fall. Wie Sie selber sagten, eigentlich dürfte nicht einmal ich die haben.«

»Warum haben Sie sie?«

O'Byrne lehnte sich in seinem Sessel zurück. »Wissen Sie, ich habe sehr lange nicht mehr an diese Geschichte gedacht. Und glauben Sie mir, es dauerte eine Weile, bis ich so weit war, mir darüber nicht mehr den Kopf zu zerbrechen. Es ist ein Klischee, nicht, ein Polizist, der besessen ist von einem ungelösten Fall? Nur hatte ich eben das Pech, von einem verdammten *gelösten* Fall besessen zu sein.«

»Wie wurde Vertanness gefasst?«

»Dank guter, solider Polizeiarbeit. Und ein wenig Glück. Anders kann man diese Mistkerle nicht kriegen.«

Zum ersten Mal hatte Danny den Eindruck, dass O'Byrne ihm nicht die ganze Wahrheit sagte. Man lernte, diese kleinen, unwillkürlichen Pausen zu erkennen, die einer Lüge vorausgehen. Und dann das Gewäsch, das folgt.

»Sie kennen sicher die Statistiken«, sagte O'Byrne, und seine bisher so ruhige Stimme wurde hastiger. »Die meisten Morde passieren zwischen Menschen, die sich kennen. Wenn es keine Verbindung gibt, wenn ein Fremder willkürlich eine Person tötet, zu der er absolut keine Beziehung hat, wird die Polizeiarbeit ungeheuer kompliziert.«

Danny nahm sich vor, das Wie, Wo und Warum von Vertanness' Verhaftung genauer zu recherchieren. Jetzt aber wollte er noch eine andere Richtung einschlagen. »Was halten Sie von psychologischer Profilierung?«

O'Byrne zuckte leicht die Achseln. »Sie ist mit Sicherheit keine exakte Wissenschaft, wie sie in Büchern und Filmen dargestellt wird. Aber sie ist ein Hilfsmittel, das die Polizei nutzen kann, eins, das meiner Meinung nach sehr hilfreich sein kann, wenn es mit der gebührenden Diskretion angewandt wird.«

»Kennen Sie den forensischen Psychologen, der beim Vogelscheuchen-Prozess konsultiert wurde?«

O'Byrne war zu gewieft, um sich überrumpeln zu lassen. »Warum?«

»Wissen Sie, wer zurzeit der verantwortliche Direktor der Hochsicherheitsabteilung im psychiatrischen Krankenhaus Deepmere ist?«

»Die Person, die sie leitet.«

»Ich meine seinen Namen: Edward Shelley.«

Wieder verriet O'Byrnes Miene nichts. »Was ist mit ihm?«

»Nach den Unterlagen des Vogelscheuchen-Prozesses wurde er als Berater hinzugezogen, um ein psychologisches Profil von Vertanness zu erstellen.«

»Worauf wollen Sie hinaus?« Die plötzliche Schärfe in O'Byrnes Stimme bedeutete, dass er genau wusste, worauf Danny hinauswollte.

»Sie müssen ihn kennen oder mit ihm in Kontakt gewesen sein.«

»Ich werde ihn nicht anrufen und um einen Gefallen bitten.«

»Ach kommen Sie. Sie kennen die Indizien. Lassen Sie mich doch wenigstens versuchen, mit Vertanness zu reden. Vielleicht ist er in all den Jahren weicher geworden und jetzt bereit zu reden.«

O'Byrne lehnte die Unterarme an die Tischkante und drückte die Fingerspitzen aneinander. »Mr. Sanchez, Ishmael Vertanness ist ein Monster, das schlimmste, das ich in meinen siebenundzwanzig Jahren bei der Polizei gesehen habe – und ich habe bei Gott einige gesehen. Doch Vertanness spielt in einer eigenen Liga. Er wird nie und nimmer weicher werden. Er hat nichts, was weich werden könnte. Ich weiß, dass Begriffe wie ›böse‹ unmodern geworden sind, aber wenn es das Böse gibt, dann ist es in Vertanness' Seele. Er ist ganz einfach nicht menschlich.«

»Versuchen Sie es einfach. Mehr verlange ich nicht.«

O'Byrne verdrehte die Augen. »Okay. Ich rufe Shelley an, mal sehen, was er sagt. Aber ich bitte nur ungern Leute um einen Gefallen, mit denen ich ...«

Die Tür zum Wintergarten glitt auf, und Mrs. O'Byrne trug ein Tablett mit Tee und Keksen herein.

»Ich weiß ja nicht, wie Sie ihn trinken, Mr. Sanchez, deshalb habe ich ... o mein *Gott.*«

O'Byrne hatte sich blitzschnell bewegt, als die Tür aufging, aber er war nicht schnell genug, um alle Fotos zusammenzuraffen. Mrs. O'Byrnes Hände flogen vor ihr entsetztes Gesicht. Danny hob die strumpfsockigen Füße, als das Tablett auf den Boden krachte. Teekanne, Tassen und Unterteller zerbrachen.

»Du hättest klopfen sollen, meine Liebe.« O'Byrne stand auf und legte ihr die Hand auf die Schulter. »Ich hole Mopp und Besen.«

Muriel O'Byrne stand reglos inmitten der Scherben. Dann wandte sie sich Danny zu. Die Feindseligkeit, die er bei seiner Ankunft gespürt hatte, war jetzt unverkennbar.

»Harry hat ein schwaches Herz. Das würde er Ihnen allerdings nie sagen. Ihr Männer sagt doch nie etwas, wenn ihr krank seid, oder? Zu stolz. Deshalb hat er das alles ja hinter sich gelassen.« Sie deutete zum Tisch. »Er darf sich nicht aufregen.« Mrs. O'Byrne stürzte aus dem Zimmer.

Danny fing an, den Tee mit Küchentüchern aufzusaugen, stellte aber rasch fest, dass es nichts brachte. Es war erstaunlich, wie weit eine Flüssigkeit sich ausbreiten konnte. Der Gedanke brachte ihn wieder auf die Fotos, die er eben gesehen hatte.

Danny schnellte hoch und fischte sich die Kamera aus seiner Tasche. Eine zweite Chance würde er nicht bekommen. Er öffnete den Ordner, zog die Opferfotos heraus und fotografierte eins, zwei, drei, dann hörte er Schritte. Seine Kamera steckte schon wieder in seiner Tasche, als O'Byrne hereinkam.

Dannys Blick wanderte unwillkürlich zum Ordner. Die Fotos standen noch halb heraus. O'Byrne folgte seinem Blick und runzelte die Stirn.

»Ich möchte, dass Sie jetzt gehen. Ich rufe Shelley für Sie an, aber damit hat sich's, okay? Ich will nicht, dass Sie mich je wieder belästigen.«

11

Danny fuhr nach Fleet zurück. Es war schon deutlich nach Mittag, aber O'Byrne hatte recht gehabt: Essen war das Letzte, was er jetzt wollte. Er parkte im Stadtzentrum und rauchte eine Zigarette. Schon nach wenigen Zügen war sie verschwunden: Das passierte immer, wenn er nervös war.

Jetzt kam er nicht mehr darum herum. Er brauchte Hilfe von außen, größere Ressourcen, und es gab nur einen Ort, wo er noch irgendjemanden kannte. Er trat die Kippe mit dem Absatz aus und machte sich in Richtung des *Fleet Bugle* auf.

Er öffnete die Tür und ging nach oben in die Redaktionsräume, die – er rechnete nach – zehn Jahre lang sein Zuhause gewesen waren. Empfangsbereich gab es keinen mehr. Auch keine Sekretärin. Man stieß einfach die Tür auf und stieg direkt hinauf zu den Büros im ersten Stock.

Der Redaktionssaal sah noch so aus wie in seiner Erinnerung, mehr oder weniger. Einige Tische waren umgestellt worden, die Poster an den Wänden hatte man ausgetauscht, aber die Ausstattung war noch so ziemlich dieselbe: schäbig verhüllte Schäbigkeit – so nannten sie es damals im Spaß. Papierstapel schwankten auf Tischkanten. Sogar der strategisch platzierte *Ficus benjamina*, der den feuchten Fleck an der Wand verdeckte, war noch derselbe – nur viel größer und weniger gesund aussehend.

Es war eine Metapher, über die Danny lieber nicht nachdenken wollte.

Der Redaktionssaal war leer. Das war gut. Die Reporter des *Bugle* befanden sich da, wo sie sein sollten, auf der Straße, beim Recherchieren, im Gespräch mit Leuten. Heutzutage saßen zu viele Journalisten nur faul auf ihren Ärschen und erledigten ihren Job mit Presseverlautbarungen und Zitaten, die sie aus dem Internet holten.

Er durchquerte den Saal und steuerte das Büro der Herausgeberin an, wobei er den Blick zu den beiden Schreibtischen in der hintersten rechten Ecke mied – den Schreibtischen, die früher seiner und Rays gewesen waren. Er klopfte an die halb geöffnete Tür und trat dann ein.

Die Herausgeberin des *Bugle* riss den Mund auf. Dann drehte sie sich in ihrem abgenutzten Bürostuhl und lächelte ihn an. »Das ist genau der Grund, warum ich den Mistkerlen in der Geschäftsführung sage, dass wir noch immer eine Sekretärin brauchen: Jeder Trottel kann einfach hereinspazieren.« Sie stand auf und streckte die Hand über den Tisch. »Daniel Sanchez, wie, zum Teufel, geht's dir?«

Kimberley Swatton war eine große, attraktive Frau mit einer freundlichen Art und einer dröhnenden Stimme. Ihre Freundlichkeit stand in starkem Kontrast zur Dickens'schen Tristesse ihres Büros: Auch hier drinnen hatte sich nichts verändert.

»Hast du Zigaretten?«, fragte sie und bedeutete Danny, er solle die Tür schließen. »Lass uns mal unartig sein, solange die Kinder nicht da sind.« Sie zündete sich eine von Dannys Ducados an und hustete, als sie an dem starken, schwarzen Tabak zog. »Mein Gott, wie raucht man denn diese Dinger?«

»Ich wette, dass du sie zu Ende rauchst.«

Sie nahm noch einen Zug. »Du kennst mich zu gut.«

Sie saßen bei geöffnetem Fenster beiderseits des Tisches, schnippten Asche in einen metallenen Papierkorb und brachten sich gegenseitig auf den neuesten Stand. Dann lehnte sie sich zurück und seufzte. »Wie auch immer, Danny, du solltest mir besser sagen, was du willst.«

»Bin ich so durchschaubar?«

»Ich war nicht immer eine Schreibtischtusse und habe auch eine ganze Weile als Reporterin gearbeitet. Die Instinkte bleiben. Sosehr ich deine Gesellschaft auch genieße, du bist keiner für Höflichkeitsbesuche. Warst du nie. Du und Ray Taylor, ihr wart aus einem Holz. Kein Wunder, dass ihr euch so …« Sie riss die Hand vor den Mund. »O Gott, Danny, das tut mir leid. Das war jetzt wirklich krass von mir.«

Sie hatte recht. Es war krass, aber verständlich. Danny und Ray waren wirklich gut miteinander ausgekommen. Sie waren das Rückgrat der Zeitung gewesen, die beiden Arbeitstiere, bei denen man darauf vertrauen konnte, dass sie über alles die Hintergründe herausfanden, wie schmutzig oder gefährlich der Job auch sein mochte. Sie gaben einander Schützenhilfe und wetteiferten miteinander. Und dann waren binnen zwei Wochen beide verschwunden: Danny war nach Spanien gegangen, Ray ins … wo ein achtundfünfzigjähriger atheistischer Sozialist eben landete.

Es war reiner Zufall, dass Danny Ray überhaupt gefunden hatte: Danny ging nur selten in die Redaktion, aber an diesem Abend tat er es. Er benutzte seinen Schlüssel, um sich hineinzuschleichen, nachdem er in einem nahen Pub mit einem Mädchen getrunken hatte und jetzt angeben wollte.

Als sie kichernd die Treppe hinaufstiegen, wunderte er sich über das Licht im Redaktionssaal. Und dann sah er Ray, der zusammengesunken auf seinem Schreibtisch lag. Er wusste sofort, dass es sich um einen Selbstmordversuch handelte. Die Szene war zu ruhig, zu geplant, um irgendetwas anderes zu sein. Das Mädchen schrie auf und rannte davon. Während Danny auf den Krankenwagen wartete, rekonstruierte er, was passiert war.

Nach Redaktionsschluss war Ray wieder hereingekommen, hatte eine 75-cl-Flasche Jameson getrunken und sich Schostakowitschs *Leningrader Symphonie* auf seinem winzigen Kassettenrekorder angehört. Dann hatte er Gott weiß wie viele Tabletten geschluckt und auf den Tod gewartet, das Entlassungsschreiben in der einen Hand, einen Brief an Denise in der anderen.

Danny hatte dagesessen, den Kopf in die Hände gestützt und mit Tränen in den Augen, die seinen Blick trübten. Der Anruf, den er an diesem Nachmittag erhalten hatte, kam ihm jetzt in seiner ganzen bitteren Schärfe wieder ins Bewusstsein.

»Danny. Ich muss reden.«

Danny hatte sich in dem Augenblick nicht allzu viel gedacht. Verdammt, er war der Starreporter, der Schauplätze besuchte und mit Leuten sprach. »Ray, ich fahre gerade«, log er. »Kann im Augenblick nicht reden. Ich ruf dich zurück.«

Auch das war eine Lüge gewesen. Er hatte sich nicht die Mühe gemacht. Oder er hatte es vergessen. Seine Erinnerung daran war verschwommen. Doch die grässliche Tatsache blieb: Ray Taylor hatte sich in seinem schlimmsten Augenblick an Danny gewandt.

Und Danny hatte ihn im Stich gelassen.

Die Sanitäter pumpten Ray noch in der Redaktion den Magen aus. Sie schafften es, ihn so weit wieder zu Bewusstsein zu bringen, dass sie ihm einen Schlauch durchs linke Nasenloch schieben konnten. Danny starrte die winzigen Fragmente weißer Tabletten an, die sie aus ihm heraussaugten, und hoffte, dass es noch rechtzeitig geschah.

Als sie das Krankenhaus erreichten, war Ray ins Koma gefallen. Er starb noch in dieser Nacht. Danny und Denise erfuhren es gemeinsam. Danny war hysterisch geworden. Verwandte der Taylors hatten sich gewundert, warum Denise in der Nacht des Selbstmords ihres Vaters einen anderen trösten musste.

Danach zerbröckelte Dannys Leben: Alles scheinbar Solide erwies sich als auf Sand gebaut. Beim *Bugle* weiterzuarbeiten war unmöglich. Am nächsten Tag hatte er sein Kündigungsschreiben eingereicht und sich dann krank gemeldet: Die Mistkerle hatten Ray auf dem Gewissen, hatten ihm die Basis seines Lebens entrissen, nur um ein paar armselige Pennys einzusparen. Aber die Wut verflog ziemlich schnell, was blieb, waren Schuldgefühle und Kummer.

Es war nicht die Schuld des *Bugle*, sondern Dannys. Er wartete noch die Beerdigung ab und zog am Tag darauf mit einem Koffer und einer Gitarre nach Spanien. Sein letzter Blick auf Fleet war der aus dem Heckfenster eines Taxis um zwei Uhr nachmittags: ein Betrunkener, der versuchte, das Pappschild über einem großen Stapel Haushaltsutensilien auf dem Rasen zu lesen: BEDIENT EUCH. ADIÓS.

Er würde nie zurückkehren, hatte er beschlossen, also was soll's?

Aber er war zurückgekehrt. Danny spürte Tränen auf den Wangen. Kimberley war blass vor Zerknirschung. Sie reichte ihm Papiertaschentücher, umarmte ihn und holte dann zwei Tassen Kaffee. »Eine armselige Entschädigung für einen Fauxpas solch gigantischen Ausmaßes«, sagte sie, öffnete eine Schublade und holte einen Flachmann heraus, »aber ich hoffe, ein Schluck hiervon wird dir helfen, mir zu verzeihen.« Sie goss je einen kräftigen Schuss in beide Tassen.

Danny nippte an seinem mit Brandy versetzten Kaffee. »Du hast recht, Kim. Das ist nicht nur ein Höflichkeitsbesuch, ich muss dich um einen Gefallen bitten.«

»Dann mal los.«

»Benutzt die Zeitung noch immer einen Pressedienst?«

»Nicht mehr so oft wie früher. Die da oben erwarten, dass wir alles aus dem Internet holen.« Sie klopfte auf die Seite eines riesigen Monitors, der ihren halben Schreibtisch einnahm. »Aber wollen sie Geld für Flachbildschirme ausgeben? Glaub ich erst, wenn ich einen habe.«

»Aber du hast noch immer Kontakt zu einem Dienst.«

»Das wollen wir doch gleich mal rausfinden«, sagte sie, nahm den Hörer ihres Festnetztelefons und schaltete auf Lautsprecher. Es klingelte einmal, dann hörte man eine barsche Stimme: »Was willst du?«

»Aber Nathan, spricht man so mit einer Lady?«

Die Stimme lachte, ein kurzes, schroffes Bellen. »Was willst du, Mylady?«

»Zugriff auf eure Datenbanken. Ich habe hier einen jungen Mann, dem ich einen Gefallen schulde.«

»Und was will *er*?«

Kimberley bedeutete Danny, er solle sprechen. Ihre Blicke kreuzten sich, und sie lächelten sich kurz an. Kimberley hatte ihre Karten meisterhaft ausgespielt: Danny hatte keine andere Wahl, als preiszugeben, was der Grund seines Interesses war. Auch Zerknirschung hatte ihre Grenzen: einmal Reporterin, immer Reporterin.

»Ich suche nach Details über Morde in Großbritannien von ...«

»Also ein hübsches, eingeschränktes Thema.«

»... von 1995 rückwärts.«

»Und nicht digitalisiert. Noch besser.« Der Tonfall des Mannes war so sauer, dass Danny beinahe erwartete, der Hörer würde sich verziehen.

Kimberley mischte sich ein. »Also komm, Nathan, sag mir

nicht, ihr hättet nicht irgendein Magazin, das sich mit wahren Verbrechen beschäftigt und dem ihr jeden Monat ein Paket mit den pikantesten neuen Morden schickt.«

Man hörte, wie Rauch ausgeatmet wurde. »Kann sein.«

»Dann ist die halbe Arbeit doch schon getan, oder?«

»Wonach suchen Sie genau?«

»Alles vor 1995 mit ungewöhnlichen Umständen und Manipulationen an der Leiche.«

»Wie ungewöhnlich?«

»Genitalverstümmelung. Oder dass postmortal irgendetwas mit der Leiche angestellt wurde. Vor allem, dass das Gesicht geschminkt wurde.«

Prusten war zu vernehmen. »Sie haben recht, das grenzt das Thema wirklich ein. Mal sehen, was ich tun kann.«

»So, so«, meinte Kimberley, als sie den Hörer aufgelegt hatte. »Dann bist du also wegen des Vogelscheuchen-Prozesses hier? Hat das was mit Ray zu tun? Ich weiß noch gut, wie er da weiterstocherte, lange nachdem Vertanness weggesperrt war.«

Danny ignorierte die Neugier, die in Kimberleys Blick lag, als er ihr die Hand schüttelte. »War schön, dich mal wieder gesehen zu haben, Kim. Wir reden morgen noch mal. Behalt die Zigaretten, ich habe genügend.«

»Wenn du an etwas arbeitest, das auch die guten Bürger von Fleet interessiert, wirst du dich hoffentlich an deine früheren Loyalitäten erinnern?«, rief sie ihm nach.

Danny kehrte in den Pub zurück. Sein Telefon klingelte: O'Byrne.

»Ich habe mit Edward Shelley gesprochen.«

»Was hat er gesagt?« Danny merkte an O'Byrnes Stimme, dass es schlechte Nachrichten waren.

»Kommt absolut nicht infrage. Er sagte, und ich zitiere:

›Deepmere ist eine Zuflucht für Patienten und kein viktorianisches Irrenhaus, in das jeder x-beliebige Fremde latschen darf, um zu gaffen.‹«

»Vielen Dank, dass Sie es versucht …«

»Ich habe mich zu weit aus dem Fenster gelehnt und eins übergezogen bekommen. Unsere gemeinsamen Transaktionen sind damit beendet. Leben Sie wohl.«

Die Leitung war tot.

12

An diesem Abend war Danny mit Ray Taylors Notizbuch beschäftigt.

Konnte es sein, dass da noch jemand beteiligt war? Ray Taylor hatte es geglaubt. Nach der ersten Erwähnung von Orson im Notizbuch hatte Taylor sich auf die Suche begeben, hatte sich andere Verbrechen, andere Serienmörder angeschaut. Jetzt würde es keinen Urlaub mehr geben, keine Ruhe und Erholung, keine Saufereien. Hier lockte Erlösung. Er war es Ray schuldig, diese Geschichte aufzuklären. Und er wusste, wie die Verfasserzeile des Artikels lauten würde: Von Ray Taylor und Danny Sanchez. Seit acht Jahren tot, aber jetzt schwarz auf weiß wieder zurück.

Ray hätte das gefallen.

Danny überlegte, mit welchen Problemen er es zu tun bekommen würde, falls Orson existierte. Das erste war offensichtlich: Warum jemanden mit dazunehmen? Serienmörder wurden normalerweise getrieben von irgendeinem tiefen Wunsch, ihre verqueren Fantasien in der realen Welt auszuleben, andere menschliche Körper zu benutzen, um ihre Szenarien zu erschaffen. Das war etwas sehr Persönliches. Es gab zwar Abweichungen – die Moor-Morde, Fred und Rose West –, doch normalerweise agierten Serienmörder allein.

Das zweite Problem bestand in der Durchführbarkeit. Wo fand Orson diese Personen? Angenommen, Ishmael Vertanness war nichts als ein Werkzeug gewesen, wie hatte Orson ihn gefunden?

Das war der Punkt, an dem die Orson-Theorie zusammenbrach. Denn angenommen, Orson existierte wirklich, dann steckte er wahrscheinlich hinter den Grenzland-Morden. Wie hatte er es geschafft, zweimal so viel Glück zu haben? Nicht nur jemanden zu finden, der bereit und fähig zum Töten war, sondern auch jemanden, von dem er sicher sein konnte, dass er nicht zusammenbrechen und ins nächste Polizeirevier rennen würde?

Er prüfte die Datumsangaben. Der dritte und letzte Grenzland-Mord passierte im Januar 1999. Der Mörder wurde nie gefasst. Angenommen, Orson war Realität, dann konnte es durchaus sein, dass er hinter dem Mord in Spanien bei Reades Haus steckte. Das ergab eine Lücke von knapp einem Jahrzehnt. Da war noch ein Problem, das die Orson-Theorie unglaubwürdig machte: Wo befanden sich die anderen Leichen? Bei Serienkillern gab es kaum absolute Gewissheiten bis auf eine: Wenn sie einmal auf den Geschmack gekommen waren, hörten sie nicht mehr auf. Der perverse Impuls, der sie zum Handeln zwang, war so tiefgehend, dass sie damit genauso wenig aufhören konnten wie mit dem Atmen.

Danny erschrak, als das Telefon klingelte. Er schaute auf das Display und war überrascht, als er schwach Schmetterlinge der Erregung in seinem Bauch spürte.

»Hallo, Marsha.«

»Wie geht's? Ich hoffe, du hast nichts dagegen, dass ich dich anrufe.«

»Natürlich nicht.« Danny musste nicht einmal lügen: Die Nervosität in ihrer Stimme brachte ihn zum Grinsen.

»Ich bin nur gerade dabei, die beiden Grundprinzipien des Journalismus anzuwenden«, erklärte sie.

»Ich verstehe nicht, was du meinst.«

»Weißt du nicht mehr, dass du sie mir erklärt hast? ›Alles,

was ein guter Journalist braucht, sind Hartnäckigkeit und Wahrheitsliebe.‹«

Danny verzog das Gesicht. Hatte er das wirklich gesagt? Gott, was für ein Wichser.

»Wie auch immer. Ich rufe nur an, um zu fragen, ob du diesen Wie-hieß-er-gleich-wieder in Newbury gefunden hast?« Ihre Stimme klang jetzt selbstbewusster.

»Ja, ich habe Harry O'Byrne gefunden. Und er erwies sich als sehr hilfreich.«

»Das freut mich wirklich.«

»Was heißt, dass ich dich zum Abendessen ausführe.«

Sie schwieg, aber Danny hatte das Gefühl, dass Marsha sich erst jetzt wirklich freute.

»Ist morgen Abend okay, Marsha?«

»Passt mir gut. Wohin gehen wir?«

»Erst Pub und dann ein Curry?«

»Klingt gut. Auch wenn's genau das ist, was wir beim ersten Mal gemacht haben.«

Sie hatten ein Curry gegessen? Danny konnte sich absolut nicht daran erinnern. Es erklärte allerdings, wie er es geschafft hatte, so viel Geld auszugeben: Bis jetzt war er davon ausgegangen, er hätte irgendwo ein paar Scheine verloren.

»Ich rufe dich morgen gegen fünf an, um was Konkretes auszumachen, okay?«

»Cool. Dann gute Nacht, Señor Sanchez.«

»Schlaf gut.«

Danny legte auf. Bildete er sich das nur ein, oder hatte sie ihm einen Kuss durch die Leitung gehaucht, bevor sie auflegte? Diese blöden Schmetterlinge waren noch immer da. Danny schüttelte den Kopf. Das Leben war nie einfach. Eine verdammte Liebesaffäre mit einer Frau tausend Meilen von seinem Zuhause entfernt war das Letzte, was er jetzt brauchte.

Er lehnte sich im Bett zurück, stellte seinen Laptop neben sich, suchte im Internet nach Videos über Serienmörder und fand ein Interview, das angemessen aussagekräftig war. Ein amerikanischer Professor der Kriminalpsychologie wurde zum Thema Menschen, die Fremde töten, befragt.

»Womit wir es hier zu tun haben, sind Soziopathen«, sagte der kraushaarige Akademiker zur Einführung. »Im Grunde genommen ist der Soziopath eine völlig andere Art menschliches Wesen. Der Kernpunkt ist die Entwicklungshemmung gewisser Elemente in ihrem Charakter, Elemente, die es ihnen ermöglichen würden, mit anderen mitzufühlen, sich Empfindungen vorzustellen und zu verstehen, dass andere ebenfalls empfinden. Für einen Soziopathen existiert die Welt nur als eine Reihe von selbstsüchtigen Bedürfnissen und Sehnsüchten. Darüber hinaus existiert nichts. Der Gedanke, dass andere ebenso fühlen und empfinden wie er, ist für ihn etwas völlig Fremdes, etwas, das er einfach nicht begreifen kann. Da könnte man ebenso gut einem Kleinkind Nietzsche erklären. Der Soziopath entwickelt einfach die Werkzeuge nicht, die zu diesem Verständnis notwendig sind.

Er lernt jedoch sehr schnell, zu täuschen und seinen Makel zu verbergen. Er fängt an, die notwendigen Reaktionen nachzuahmen, die man von ihm erwartet. Das Problem ist, dass der Schaden normalerweise in der Kindheit angerichtet wird. Es kommt sehr selten vor, dass eins dieser Individuen nicht aus einem Missbrauchsumfeld stammt. Der Missbrauch, den sie während der Kindheit erleiden – sei es Gewalt oder Sex oder beides –, bringt sie dazu, sich eine Fantasiewelt zu erschaffen, in die sie sich flüchten können, eine private Welt, in der sie stark und mächtig sind. Die Probleme, die dies verursacht, zeigen sich erst in der Pubertät oder …«

Danny unterdrückte ein Gähnen, als die Antwort immer

verwickelter wurde. Der Kernpunkt war, dass kein Mensch genau wusste, warum sie es taten oder woran man es festmachen konnte.

Oder wie man es stoppen konnte.

Das war das Problem. Fast alle wurden bereits in der Kindheit deformiert. Es war wie ein Pestbazillus, der sich im Kern der Familie gebildet hatte und von einer Generation zur nächsten weitergegeben wurde – Sadismus, Perversion –, bis er in jemandem wie Ishmael Vertanness plötzlich ausbrach.

Er hatte sich über Vertanness' Hintergrund informiert, über seine Kindheit voll unvorstellbarer Brutalität: von den Eltern geschlagen und missbraucht, von älteren Geschwistern gehänselt und gequält. Ein Arm war bedeckt von Zigarettenbrandnarben, die ihm seine Brüder zugefügt hatten. Zu der Zeit war Vertanness sieben gewesen, die Brüder neun und elf. Was für Hoffnung konnte es geben, wenn eine Kindheit unter einer solchen beiläufigen Brutalität erdrückt wurde?

Und doch, was empfand er für Vertanness? Mitgefühl? Verständnis?

Danny gähnte noch einmal. Die Antwort musste bis zum nächsten Morgen warten.

13

Nackt ging er zum Fenster und schaute auf sein Haus hinunter.

Silbernes Mondlicht lag auf dem grauen Stein. Er betrachtete es immer so, als sein Haus. Denn das Haus gehörte ihm, außer dem Namen nach. Er hatte es zu seinem gemacht. Er hatte zunächst woanders gewohnt, aber der Gedanke, dass Leute sein Haus anglotzten und nichts von der Schönheit sahen, die es enthielt, hatte ihm schier das Herz gebrochen.

Die Brise wehte das leise Rascheln von Fächerpalmen zu ihm. Irgendwo bellte ein Hund.

Geräusche trugen hier draußen sehr weit. Das war der Grund, warum er das alte Haus nicht mehr benutzen konnte. Nicht mehr, seit man auf der Anhöhe darüber gebaut hatte.

Vor den neuen Gebäuden war es eine perfekte Zeit gewesen. Manchmal hatte er das Ding allein arbeiten und im Garten herumwandern lassen und seiner Musik gelauscht, den zitternden Höhen und Tiefen, dem gehauchten, abgehackten Flehen.

Zu Hause in der alten Heimat waren sie ihm ziemlich nahe gekommen. Sie hatten ihm sogar einen Namen gegeben. Dorothy hatten sie ihn anfangs genannt. Das hatte ihm gefallen.

Und Orson. Das hatte ihm weniger gefallen. Er war noch nie fett gewesen.

14

Dienstag, 6. April 2010

Das Telefon weckte Danny.

»Tut mir leid«, sagte Marsha, als er abhob. »Habe ich zu früh angerufen?«

»Keine Ahnung. Wie spät ist es?«

»Dann war es zu früh.« Sie klang verunsichert. »Es tut mir wirklich leid, Danny, es sind diese verdammten Schichten, die ich arbeite. Ich wollte nur fragen, ob wir uns heute Abend vielleicht so gegen acht treffen können.«

»Okay. Ich rufe dich Punkt acht an.«

Danny war gerade wieder am Einschlafen, als Kimberley anrief.

»Entschuldigung, Danny. Ich habe ganz vergessen, dass du ja in Urlaub bist. Soll ich mich später wieder melden?«

Danny schwang die Beine aus dem Bett. »Nein. Was gibt's?«

»Ich habe deine Presseausschnitte hier. Nathan ist sehr schnell, nicht?«

»Ich bin in fünfzehn Minuten bei dir.«

»Nicht so schnell, Superman.« Sie klang noch immer neckisch.

Gerade so.

Danny hatte etwas dergleichen erwartet. »Ich dachte, du wolltest mir einen Gefallen tun.«

»Ja, und dazu stehe ich auch. Aber eine Hand wäscht die

andere, und es war nachrichtentechnisch eine karge Woche. Ich habe selber ein bisschen recherchiert. Faszinierender Artikel, den du über diese beiden Leichen geschrieben hast, die man in Spanien gefunden hat. Ich nehme zumindest an, dass er von dir stammt. Drunter steht: ›Von einem Reporter der Redaktion‹.«

Danny umklammerte sein Handy ein wenig fester, weil er sich vorstellte, es sei der Hals einer gewissen Person.

»Ja, den Artikel habe *ich* geschrieben.«

»Du kannst mir ja davon erzählen, wenn du ins Büro kommst.«

Danny ging zu Fuß zu *The Bugle*. An diesem Vormittag war im Redaktionssaal mehr los. Er kannte niemanden mehr. Die Leute starrten ihm neugierig nach, als Kim ihn in ihr Büro führte und die Tür schloss. Kimberleys Fragen beantwortete er wahrheitsgemäß: Er würde sich hüten, sie anzulügen. Ja, er verfolge eine mögliche Verbindung zwischen den Morden. Nein, er habe noch nichts Konkretes, es sei nur ein Verdacht.

Über die Orson-Theorie oder seinen Besuch bei O'Byrne bewahrte er Stillschweigen. Das war allein seine Sache. Und Ray Taylors. Sie betrachtete ihn mit einem ironischen Lächeln und hielt ihm einen Umschlag hin. »Ich kann sehen, dass du etwas vor mir verbirgst. Ich glaube, es liegt an deinen Augen. Du hörst auf zu blinzeln, wenn du heuchelst.«

Danny griff über den Tisch und nahm ihr den Umschlag aus der Hand. »Faszinierend.«

Der Umschlag war randvoll mit Fotokopien von Presseausschnitten. Danny stand auf.

»Willst du dir Kopien davon machen, Kim?«

Sie hob ihre Kaffeetasse und klopfte auf einen Papierstapel neben ihr. »Ist schon längst passiert, Danny.«

Danny betrachtete den Umschlag noch einmal prüfend und sah, dass er über Dampf geöffnet worden war.

»Du solltest dich schämen, die Post eines anderen zu öffnen.«

»Dir fällt vielleicht auf, dass der Brief an mich adressiert ist, Danny«, konterte sie und klang dabei schon nicht mehr so neckisch. »Das vergisst du doch nicht, oder, Danny? Eine auflagenfördernde Exklusivstory würde eine ganze Menge Druck von uns nehmen.«

»Keine Angst, ich halte dich auf dem Laufenden.«

Danny kehrte in den Pub und sein Zimmer zurück und breitete die Ausschnitte auf dem Bett aus. Alles in allem waren es etwa drei Dutzend, und sie bezogen sich auf nur einen Vorfall, den Mord an einem Angestellten der Gloucester University im Jahr 1994. Die Ausschnitte waren in zwei Gruppen unterteilt. Die erste beschäftigte sich mit den Details des Mordes.

Große Aufmerksamkeit hatte er nicht erregt: ein paar kurze Notizen in den landesweiten, etwas detailliertere Berichterstattung in den regionalen Zeitungen. Adrian Kimber, Angestellter der psychologischen Fakultät der Gloucester University, wurde am 28. März 1994 tot auf dem Bredon Hill, einem örtlichen Wahrzeichen, gefunden. Der Achtundzwanzigjährige war gefesselt und anal vergewaltigt worden. Seine Genitalien waren zerstückelt. Todesursache war entweder Verbluten oder Strangulation, und – das war wichtig – sein Gesicht war mit Make-up bedeckt. Gefunden wurde er von Leuten, die ihre Hunde spazieren führten. Nach den kurzen Beschreibungen, die abgegeben wurden, unterschied sich die Verwendung des Make-ups von den Vertanness-Morden: Ein Zeuge beschrieb Kimbers Gesicht als »hergerichtet wie eine Nutte«, ein anderer meinte, er hätte ausgesehen wie eine Puppe.

Die zweite Gruppe Ausschnitte bezog sich auf den Selbstmord eines Manns aus Gloucester, Nicholas Todd, vier Tage nach dem Mord. Todd hatte eine lange Vorgeschichte mentaler Krankheiten und war schon des Öfteren wegen Exhibitionismus verhaftet worden. DNS-Tests brachten Todd mit dem Mord an Kimber in Verbindung.

Die Berichterstattung über diesen Aspekt der Geschichte war umfangreicher – die Pressemaschinerie der Polizei wollte sicherstellen, dass die erfolgreiche Aufklärung eines Verbrechens maximale Öffentlichkeit erreichte. Einige Artikel aus regionalen Zeitungen berichteten, wie Todd und Kimber sich in einem Tageszentrum kennengelernt hatten, in dem Kimber als Freiwilliger arbeitete. Vor allem ein Artikel deutete eine mögliche Beziehung zwischen den beiden Männern an. Dieser Aspekt weckte schließlich auch das Interesse der Boulevardmedien: *Schwulen-Techtelmechtel endet in Mord auf dem Berg und Selbstmord* war noch die geschmackvollste Überschrift der dortigen Viertelseitenartikel.

Viele erwähnten auch Adrians Eltern, Brian und Beverly Kimber, die in der Stadt Tewkesbury lebten. Einer nannte sogar die Straße, Sebastopol Avenue. Das war allerdings 1994. Würden sie immer noch dort wohnen, sechzehn Jahre später? Falls sie es taten, hatten sie sich aus Telefon- und Adressverzeichnissen löschen lassen – Danny hatte verschiedene Auskunftsdienste angerufen. Nach Tewkesbury war es eine zweistündige Fahrt. Ein langer Weg für einen Schuss ins Blaue.

Viele der Artikel stammten aus einem Lokalblatt, *The Gloucester Herald*. Er suchte sich die Telefonnummer der Zeitung heraus und erkundigte sich, ob er jemanden von der Nachrichtenredaktion sprechen könne.

»Hallo? Wer ist am Apparat?«, wollte eine junge Männerstimme wissen.

Danny sagte ihm, wer er war. »Ich hatte gehofft, Sie können mir die Telefonnummer von Brian und Beverly Kimber geben – ihr Sohn wurde Anfang 1994 ermordet.«

Falls der junge Mann ihn verstanden hatte, reagierte er nicht darauf. »Spanien, was? Weit weg von zu Hause, Danny. Gibt's da irgendwas, das ich wissen sollte?«

Aus irgendeinem Grund war Danny sicher, dass sein Gesprächspartner mit seinem Stuhl auf den Hinterbeinen kippelte. »Hören Sie, ich bin in Fleet und will herausfinden, ob die Kimbers noch immer am Ort wohnen, bevor ich dorthin fahre. Es geht nur um Hintergrundinformationen.«

»Das ist eine lange Fahrt für Hintergrundinformationen, was?«

»Hören Sie, können Sie mir weiterhelfen oder nicht?«

»Ich rede mit dem Herausgeber, mal sehen, ob er was weiß. Ich rufe in dreißig Minuten zurück.«

Die Leitung war tot.

Danny schlug auf den Tisch. *»¡Mierda!«* Er wusste, was jetzt passieren würde. Sein Gesprächspartner würde herausfinden, ob die Kimbers noch am Ort wohnten – und falls das der Fall war, würde er anfangen herumzustochern, sie belästigen und den Grund für Dannys Interesse herausbekommen.

Danny schaffte die Fahrt nach Tewkesbury in neunzig Minuten. Er brauchte nicht lange, um das Haus der Kimbers ausfindig zu machen. Die Leute, die er auf der Straße fragte, wirkten freundlich und hilfsbereit. Seine Fragen erweckten nicht den Argwohn, den die Frage nach einer fremden Adresse in Hampshire erweckt hätte. Tewkesbury war offensichtlich noch immer eine intakte Gemeinde. Brian und Beverly? Ja, die wohnten noch immer im selben Haus, in dem mit dem Anbau, dort unten, wo die Straße sich zum Fluss hin senkte.

Danny fand das Haus. Doch was sollte er ihnen sagen? Er hatte nicht das Recht, sie mit halbgaren Vermutungen zu belästigen. Soweit sie wussten, hatte der Mord an ihrem Sohn mit nichts anderem zu tun, eine einmalige Tragödie. Wie sollte er sie davon überzeugen, dass sie ihm erlaubten, in der Asche ihres Kummers zu stochern?

Mit einem flauen Gefühl im Magen lief Danny die Sebastopol Avenue auf und ab. Es war immer dasselbe bei Todesklopfern – Reporterslang für unangemeldete Besuche bei Hinterbliebenen –, gleichgültig, wie viele man davon schon hinter sich hatte. Man wusste nie, welche Reaktion das Klingeln hervorrufen würde: Tränen, Wut, Aggression. Und solche Todesklopfer, mehrere Jahre nach der eigentlichen Tragödie, waren manchmal schlimmer, als wenn der Verlust noch frisch war: Man riskierte, alte Wunden aufzureißen, ein Leben aufs Neue aus der Spur zu bringen, das Jahre gebraucht hatte, um wieder ins Gleis zu kommen.

Es wäre ein Leichtes, die Kimbers mit einer Lüge zu täuschen, aber Danny vermied es zu lügen, wann immer das möglich war. Menschen absichtlich zu hintergehen, um an Informationen zu gelangen, hatte eine Aura des Verbotenen, die süchtig machen konnte. Einmal zu oft eine Abkürzung genommen, und schon tat man es dauernd.

Was soll's?, dachte er, nachdem er dreimal am Gartentor vorbeigegangen war: einfach klopfen und schauen, was rauskommt.

Klingel gab es keine. Danny betätigte den Klopfer, tacktack, und erst dann fiel ihm ein Aufkleber mit einem STOPP-Schild neben der Tür auf: KEINE HAUSIERER.

Er hörte, wie ein Riegel aufgeschoben wurde, dann ein zweiter.

Der Mann, der die Tür öffnete, war Anfang sechzig. Er begrüßte Danny mit dem unsicheren, argwöhnischen Blick, mit dem Engländer Fremde an der Tür empfangen.

»Wenn Sie was verkaufen, wir wollen es nicht. Können Sie das Schild nicht lesen?«

»Es geht um Adrian«, sagte Danny zu der sich schnell schließenden Tür.

Einen Zentimeter, bevor die Tür zufiel, blieb sie stehen und wurde dann weit aufgerissen. Jetzt war Wut anstelle des Argwohns in den Blick des Mannes getreten. »Was denkt ihr euch eigentlich? Wir hatten siebzehn Jahre Kummer, seit dieser Mistkerl unserem Sohn das angetan hat. Wenn Sie meine Frau noch einmal so quälen …«

Mit erhobener Faust kam er jetzt auf Danny zu, der schnell drei Schritte zurückwich und besänftigend die Hand hob.

»Wer immer das war, ich war es nicht, das schwöre ich. Fragen Sie Ihre Frau, ob es ein spanischer Journalist war, der sie belästigt hat.«

»Spanisch? Sie sind doch kein verdammter Spanier.«

Danny zögerte einen Augenblick, zog dann seinen spanischen Ausweis heraus. Brian Kimber betrachtete ihn und drehte ihn in seiner Hand, als wäre er auf der Suche nach einem Fehler.

»Es tut mir leid, wenn andere Angehörige der Presse Sie belästigt haben. Aber es ist wirklich wichtig, dass ich mit Ihnen spreche.«

»Lassen Sie uns in Frieden.«

»Bitte, ich glaube, es ist …«

»VERSCHWINDEN SIE!«

Brian Kimber folgte Danny bis zum Ende der Einfahrt und verscheuchte ihn mit Gesten über den Zaun hinweg. Danny versuchte noch ein letztes Mal, vernünftig mit ihm zu reden, sich zu entschuldigen.

Keine Chance.

Er ging zum Ende der Straße. Und jetzt? Zwei Stunden

Rückfahrt nach Fleet? Abwarten und in einer Stunde noch einmal einen Versuch starten? Er brauchte einen Kaffee und eine Zigarette. Er ging zur Hauptstraße, blieb stehen, als ein Auto hupte, und runzelte die Stirn, als er merkte, dass der Fahrer ihn meinte. Er hielt neben Danny an, ließ den Motor aber laufen. »Hey«, sagte der Mann, »sind Sie Journalist?«

»Wer will das wissen?«

Der Mann lächelte. »Kimber hat Ihnen gesagt, Sie sollen sich verpissen, was?«

Danny legte den Kopf schief, um den Mann im Auto besser erkennen zu können: ungefähr so alt wie Danny, Hemd und Krawatte zu schmuddelig und zerknittert, um als flott durchzugehen. Bereits seine Art zu sprechen verriet Danny, dass es sich um einen Journalisten handelte – ohne Übung sprach man einen Fremden nicht so selbstbewusst an. Auch das Innere des Autos bestätigte das: der Rücksitz voll mit zerdrückten Zeitungen und Akten, auf dem Boden leere Schachteln und zerknülltes Einwickelpapier, Hinweise auf ein Leben auf dem Sprung. Post-it-Zettel mit Zeit-, Datums- und Ortsangaben klebten auf Armaturenbrett und Handschuhfach. Es war jedoch nicht der Journalist, mit dem Danny am Telefon gesprochen hatte. Der hier hatte eine tiefere, selbstbewusstere Stimme. Der Mann stieg aus dem Auto und schloss ab.

»Jim Durkin, *Gloucester Herald.*«

Danny zögerte, bevor er die hingestreckte Hand drückte. »Neuigkeiten verbreiten sich hier aber schnell.«

Durkin deutete auf ein Haus an der gegenüberliegenden Straßenseite. »Ich kenne die Frau, die in Nummer 65 wohnt. Ich habe sie gebeten, das Haus im Auge zu behalten, nachdem heute Vormittag ein spanischer Journalist mit einem unserer Greenhorns telefoniert hat.«

»Was haben Sie ihr gesagt, wonach sie Ausschau halten soll?«

»Einem Kerl mit Schultertasche und Kamera.« Durkin grinste schief; genau diese beiden Sachen hingen an seiner eigenen Schulter. »Kann ich Sie auf einen Drink einladen?«

»Ich vermute, Sie tun das nicht nur aus kollegialer Höflichkeit?«

»Ich habe über den Kimber-Mord berichtet. Ich kenne die Eltern und kann Sie da einführen.«

»Mein Eindruck ist, dass da jemand den Brunnen bereits vergiftet hat.«

Durkin zuckte die Achseln. »Sie wissen doch, wie diese Reporter-Greenhorns sind, immer unter Dampf. Der junge Laurence ist einfach reingetrampelt wie ein Elefant. Ich kann das aber wahrscheinlich bei den Eltern wieder ausbügeln.« Er trat nach einem Stein.

»Wenn ich Ihnen verrate, woran ich arbeite?«

»So hört es sich ein bisschen schroff an, aber im Wesentlichen, ja. Vielleicht können wir uns gegenseitig helfen.«

»Gut. Bringen Sie sie dazu, dass sie mit mir reden, und Sie können bei dem Interview dabei sein und mit ihm machen, was Sie wollen.«

»Das Internet ist doch was Wunderbares, stimmt's? Man gibt nur Danny Sanchez in Google ein, und schon hat man das auf dem Schirm.« Durkin zog einen Ausdruck von Dannys Artikel in der *Sureste News* heraus. »Sie glauben, es gibt eine Verbindung zwischen dem Mord an Adrian Kimber und den in Spanien gefundenen Leichen, oder?«

Danny bemühte sich um eine neutrale Miene.

»Sagen Sie mir nur eins, bevor ich mit den Eltern spreche.« Durkin hielt Dannys Blick stand. »Sind Sie sich Ihrer Sache wirklich sicher? Denn ich kann Ihnen sagen, diese Leute leiden immer noch unter dem Tod ihres Sohnes, als wäre er gestern passiert. Der Vater hatte deswegen einen Nervenzusammenbruch; die Mutter wurde innerhalb weniger Monate grau.«

»Nein, ich bin mir überhaupt nicht sicher. Aber irgendwas Merkwürdiges läuft da. Deshalb will ich – muss ich – mit ihnen sprechen.«

»Dann warten Sie hier einen Augenblick.«

Durkin öffnete das Gartentor.

15

Danny war schon sehr lange nicht mehr in einem Haus wie diesem gewesen: das Sofa mit ordentlich aufgereihten Kissen, Spitzendecken auf dem Couchtisch, eine Schabracke über dem Fenster im Stoff der Vorhänge. Ledergebundene Reader's-Digest-Bände säumten die Wände. Eine Reiseuhr auf dem Kaminsims über einem gegabelten Feuerschutz. Die Uhr tickte laut, wie es Uhren in unglücklichen Häusern Dannys Eindruck nach immer zu tun schienen – wahrscheinlich deshalb, weil sie von Schweigen umgeben waren. Links und rechts der Uhr standen zwei Fotos, die beide junge Männer mit Doktorhut zeigten.

»Das da rechts ist Adrian«, erklärte Brian Kimber.

Danny kannte das Gesicht aus den Presseausschnitten. Unter warmen, braunen Augen zeigte Adrian ein aufrichtiges Lächeln. Die Haut war noch rot vom Rasieren, der Adamsapfel trat deutlich hervor.

»Wie alt war er da?«

»Ich glaube, fünfundzwanzig.«

»Sechsundzwanzig, Brian.« Die Frau, die jetzt den Raum betrat, korrigierte ihren Mann in pedantischem Tonfall. »Es wurde sechs Wochen nach seinem Geburtstag aufgenommen. Sechs Wochen und vier Tage.«

Also zwei Jahre vor seinem Tod, dachte Danny. Sie setzten sich. Brian Kimber entschuldigte sich, weil er Danny so unhöflich behandelt hatte. »Sie hätten sagen sollen, dass Sie ein Freund von Jim sind. Was wollen Sie eigentlich wissen?«

Das war die Frage. Was wollte Danny wissen? Er sah, dass Durkins Blick in seine Richtung wanderte, während er Beverly Kimber mit dem Teegeschirr half. Durkin dachte das Gleiche: Was hat diesen Kerl den ganzen Weg von Spanien hierhergebracht?

Danny begann nun, Details des Falls noch einmal durchzugehen. Das war das Beste, wenn man sich schmerzhaften Themen zu nähern versuchte – man errichtete quasi einen Puffer der Sachlichkeit, bevor man sich heikleren Fragen zuwandte. Adrian Kimber lebte 1994 noch bei seinen Eltern. Zum letzten Mal sahen sie ihn um neun Uhr am Abend seines Mordes im März, als er einen Anruf erhielt und gleich darauf in seinem Auto wegfuhr. Niemand wusste, wer der Anrufer gewesen war – die Polizei hatte das Gespräch lediglich zu einem Telefonhäuschen in der Hauptstraße von Tewkesbury zurückverfolgen können. Am nächsten Morgen wurde Adrians Leiche oben auf dem Bredon Hill gefunden, etwa fünfzehn Minuten Fahrt von der Stadt entfernt.

Die Kimbers reagierten gut auf Dannys Fragen. Sie sprachen deutlich und präzise, ohne übermäßig bekümmert zu wirken. Brian Kimber öffnete ein Album mit Zeitungsausschnitten, von denen Danny die meisten schon kannte.

»Natürlich passierte diese Geschichte gleich nebenan in Gloucester zur selben Zeit. Einigen überregionalen Zeitungen war Adrian nicht einmal eine Erwähnung wert.«

Danny brauchte einen Augenblick, bis er wusste, was Brian Kimber meinte: die Morde in der Cromwell Street. Die Ermittlungen im Horrorhaus der Wests hatten im Februar 1994 begonnen. Der Tod des armen Adrian Kimber konnte mit einer solchen Titelseitenbombe natürlich nicht mithalten. Kimber schien zum Thema Zeitungen noch mehr sagen zu wollen, überlegte es sich dann aber anders, weil ihm möglicherweise bewusst wurde, dass er mit zwei Journalisten im Zimmer saß.

Das Album war randvoll mit Ausschnitten, Dutzende davon, jede nur mögliche Pressenotiz über Adrian Kimbers Tod, alle sorgfältig auf eine Seite geklebt und mit einer Datumsangabe daneben.

Korrektur: nicht jede mögliche Notiz. Die Artikel, die auf eine mögliche romantische Verbindung zwischen Kimber und Todd hindeuteten, glänzten durch Abwesenheit.

Danny stellte noch weitere Fragen, Fragen, die die Kimbers eigentlich gar nicht mehr beantworten wollten, wie er deutlich sah: Ja, Adrian hatte Nicholas Todd in dem Tageszentrum kennengelernt, in dem er als Freiwilliger arbeitete. Nein, Freunde waren sie keine gewesen. Nein, es war unmöglich, dass Adrian weggefahren war, um sich mit Todd zu treffen.

»Er war ein guter Junge«, sagte Brian Kimber und schaute zu Adrians Bild hinüber. »Wissen Sie, dass er sich sein Studium selber finanzierte? Er arbeitete an den Wochenenden in einer Baufirma.«

Durkin war gut. Jemand mit weniger Erfahrung als Danny hätte nie bemerkt, wie der andere Journalist seine Reaktion verbarg. Einen Augenblick lang wurde Jim Durkins Miene völlig ausdruckslos. Dann beschäftigte er sich mit seinem Notizbuch. Auch Danny machte sich schnell eine Notiz: A. Kimber – Baufirma?

»Gab es in der Zeit vor dem Mord irgendetwas« – Danny suchte nach dem richtigen Wort – »*Ungewöhnliches* in Adrians Leben?«

Die Kimbers blickten einander an. »Er hatte in der Arbeit ein paar Probleme«, antwortete schließlich die Frau.

Brian Kimber übernahm. »Adrian arbeitete an einem Teil

eines Projekts für die University of Surrey. Wobei das nichts mit Adrians Tod zu tun hatte. Da ist sich die Polizei ziemlich sicher.«

»Was für ein Projekt war das?«

»Ich weiß es nicht mehr so genau. Adrian arbeitete an der psychologischen Fakultät, also irgendwas in dieser Richtung. Wie auch immer, er war ja eher ein Handlanger. Eigentlich machte er nur Verwaltungskram, half bei der Zusammenstellung der Informationen, die reinkamen. Ich glaube, es hieß *Project Round* oder so ähnlich.«

»Und was wurde ihm vorgeworfen?«

Brian machte eine wegwerfende Handbewegung. »Sie wissen doch, wie paranoid diese verdammte PC-Brigade wird, wenn's um Datenschutz und persönliche Details geht, vor allem damals. Angeblich hat jemand eine Kopie gemacht, die er nicht hätte machen dürfen, und das schob man Adrian in die Schuhe.«

Jim Durkin rutschte deutlich irritiert in seinem Sessel hin und her. »Warum haben Sie mir das damals nicht erzählt, Brian?«

»Ich habe es der Polizei gesagt. Sie haben nie danach gefragt. Und außerdem wurden in der Presse schon genug Lügen gedruckt, auch ohne dass Adrian als Dieb gebrandmarkt wurde.«

Durkin wollte etwas erwidern, überlegte es sich dann aber anders. Das hier war noch immer Dannys Show, aber die Aufmerksamkeit des anderen Journalisten war deutlich gestiegen.

»Ich bin froh, dass Sie das erwähnen«, sagte Danny. »Ich weiß noch, damals gab es Behauptungen in einigen Teilen der Presse …« Danny sprach langsam, er wollte sich unterbrechen lassen. Brian Kimber enttäuschte ihn nicht.

»Ja, wir kennen das alles. Verdammter Blödsinn. Adrian war genauso sehr Mann wie Sie oder ich.«

Sein Gesicht rötete sich vor Zorn. Danny hatte die Reaktion erwartet, weshalb er den Blick nicht von Kimbers Frau nahm. Ihre Lippen hatten gezittert, als Danny sprach, aber jetzt nickte sie, als Brian Kimber aufstand und in Schränken und Schubladen nach etwas suchte, das beweisen konnte, dass »Adrian Mädchen mochte«.

Mit einer Lüge zu leben hatte ganz spezielle Auswirkungen auf den Gesichtsausdruck. Auf Mrs. Kimbers Gesicht sah Danny keins dieser Zeichen.

»Da.« Brian Kimber knallte ein Fotoalbum auf den Tisch und schlug es bei Fotos auf, die bei einem Familiengrillfest aufgenommen worden waren. Zwei zeigten Adrian, wie er den Arm um ein dunkelhaariges Mädchen legte. »Also, ich behaupte ja gar nicht, Adrian wäre Errol Flynn gewesen, aber so ein Mädchen bekommt man nicht, wenn man ein verdammter …« Er brach ab, wusste nicht, welchen Begriff er angesichts der völligen Neutralität in Dannys Miene verwenden sollte. »Na, einer von denen halt.«

Danny schaute genauer hin. Im ersten Moment dachte er, das Gesicht des Mädchens komme ihm bekannt vor, wahrscheinlich weil sie so sehr einem Typ entsprach. Sie war etwa achtzehn und nicht auffallend hübsch – die Lippen waren zu voll, die Nase zu breit –, aber sie hatte diesen starken, kompakten, kurvenreichen Körper, bei dem Männer eher an Lust denn an Liebe denken.

»Wie hieß sie?«

»Nicola.« Beverly Kimber schüttelte sofort den Kopf. »Nein, so hieß sie nicht.«

»Ist das noch wichtig, wie sie hieß? Das war lange, bevor …« Wieder fehlten ihm die Worte.

»Gibt es noch andere Fotos von Nicola?«

»So hieß sie nicht«, sagte Beverly Kimber zu ihrem Mann, während sie das Teetablett vom Tisch nahm.

Kimber blätterte die Seiten durch. »Na ja, dann war's etwas Ähnliches. Nicki Jane oder so. Aber ist das noch wichtig? Da ist sie.«

Das zweite Foto war bei demselben Fest aufgenommen worden. Aber es brachte Danny nicht weiter. Nicolas Gesicht war verzerrt, sie hatte die Augen zugekniffen und streckte der Kamera die Zunge heraus. Dadurch wurde ihr offensichtliches Flirten noch deutlicher. Man sah es an der Stellung ihrer Hüften und daran, dass ihr Rock gerade kurz genug war, um zu zeigen, dass sie Strümpfe trug und keine Strumpfhose. Und man erkannte es an der Art, wie Adrian Kimber sie anschaute. Wollte man das Wort »vernarrt« bildlich darstellen, würde Adrians Gesichtsausdruck sich bestens dafür eignen.

»Wissen Sie noch, wann Adrian und die junge Dame sich trennten?«

»Ein Jahr vor seinem Tod.«

Beverly Kimbers Stimme drang aus der Küche zu ihnen. »Nein, das war es nicht.«

»Hören Sie, Sie sprechen besser mit ihr, da ich offensichtlich von Tuten und Blasen keine Ahnung habe.«

»Du kannst dich einfach an gewisse Dinge nicht so gut erinnern«, erklärte seine Frau und setzte sich wieder. »Es war ungefähr drei Monate vor ...« Auch ihr versagte die Stimme. »Ich weiß es noch ganz genau, weil Adrian am Boden zerstört war.«

»Es war also nicht seine Entscheidung.«

»Er hat nie darüber geredet, aber nach seiner Reaktion zu urteilen, würde ich eindeutig sagen, nein.«

»Wurde diese Frau je von der Polizei befragt?«

»Ich glaube nicht. Sie waren ja nur ungefähr einen Monat zusammen. Wir haben sie nur einmal gesehen, auf diesem Grillfest hier. Und ich kann nicht sagen, dass sie einen sehr guten Eindruck auf mich gemacht hat.«

»Wirklich?«

»Für meinen Geschmack hat sie zu viel getrunken. Und sie war sehr laut, eins von den Mädchen, die immer und überall im Mittelpunkt stehen wollen.«

Sie unterhielten sich noch zehn Minuten. Die Tassen wurden ausgetrunken. Danny notierte sich die Telefonnummer der Kimbers. Auf dem Weg zur Tür bemerkte Danny, dass Jim Durkin etwas zurückblieb und leise mit Beverly Kimber sprach.

Sie verließen das Haus. Durkin zündete sich eine Zigarette an und hüpfte gegen die Kälte von einem Fuß auf den anderen. »Also …«, sagte er durch eine Rauchwolke hindurch. Jetzt war es an Danny, die Karten auf den Tisch zu legen.

Danny erzählte ihm alles, was er über die Leichen in Spanien wusste, die erste im Haus der Cookes mit dem Isolierband, die zweite in Alan Reades Haus. Er berichtete ihm von dem mit Make-up beschmierten Gesicht. Durkin musterte ihn, während er sprach, und nahm zwischendurch kurze Züge an seiner Zigarette. Das Gespräch mit O'Byrne behielt er allerdings für sich.

»Interessant. Aber Sie haben mir noch immer nicht wirklich was erzählt, das nicht in den Artikeln stand. Und Sie halten noch etwas anderes zurück. Ich merke so was. Aber das ist okay«, sagte er. »Ich habe Ihnen auch noch nicht alles erzählt, was ich weiß. Wollen Sie sich den Fundort von Adrian Kimbers Leiche mal ansehen?«

16

Sie fuhren in Durkins Auto und näherten sich dem Bredon Hill durch das Dorf Westmancote: eine Handvoll Wohnstraßen umgeben von Feldern. Nur ein Pfad führte auf den Hügel. Sie fuhren, so weit es ging, parkten dann das Auto und gingen zu Fuß weiter.

Der Pfad war steil und uneben, bald schmerzten Dannys Oberschenkel und Gelenke. Eine Viertelstunde später blieb er stehen, um Atem zu schöpfen, und schaute hinunter auf das flache Farmland zu seinen Füßen. Im schwachen Sonnenlicht funkelten die Flüsse Severn und Avon.

Die steilen unteren Hänge endeten in einer flachen Ebene. Sie wanderten an eingezäunten, von Stechginster gesäumten Feldern vorüber. Danach kam ein schmaler Waldstreifen. Hier drinnen sei der Strahl von Kimbers Taschenlampe zum letzten Mal von einer Frau gesehen worden, die zu einer Farm unterhalb der Hügelkuppe fuhr, erläuterte Durkin. Danny sah das Giebeldach über welligem Farmland.

Ein letztes Feld, auf dem noch die Erntereste Weißer Rüben lagen, dann hatten Danny und Durkin den Gipfel erreicht: Knapp dreihundert Meter hoch, und Danny spürte jeden Zentimeter in seinen Beinen. Es war merkwürdig: Bredon Hill war für spanische Begriffe kaum mehr als ein Hügel, und doch konnte Danny sich nicht mehr erinnern, wann er das letzte Mal so hoch gestiegen war. Seine Mutter hatte recht, er war nicht fit. Er spürte, wie die sanfte Brise den Schweiß an seinem Haaransatz trocknete.

Eine solche Aussicht war in Spanien alltäglich, aber in England gab es Vergleichbares nur sehr selten. Von der Hügelkuppe aus sah man meilenweit in jede Richtung: The Vale of Evesham, The Cotswolds, The Malvern Hills. Danny staunte, wie sauber und ordentlich Englands Patchworklinien aus Hecken und Bäumen im Vergleich zu Spanien wirkten.

Der quadratische Steinturm oben auf der Kuppe heiße Parsons Folly, erklärte Durkin, und sei erbaut worden, um die Gesamthöhe des Hügels über dreihundert Meter zu bringen. Wenn man zum Turm blickte, ließ das geringe Gefälle die Kuppe flach wirken. Aus der Nähe wurden zwei tiefe Gräben sichtbar, die die Kuppe in Halbkreisen umgaben. Es waren die Reste von Erdwällen, die zur Verteidigung einer eisenzeitlichen Festung dienten. Die Gräben waren vier oder fünf Meter tief. Durkin wies Danny vor allem auf einen hin, ein tiefes Loch, das mit moosbewachsenen Felsbrocken angefüllt war.

An dieser Stelle war Kimbers nackter Körper am nächsten Morgen gefunden worden, die Hände und Füße so straff mit Paketschnur gefesselt, dass sie ins Fleisch schnitt. Der Bericht des Leichenbeschauers hatte das ganze Grauen seines Todes skizziert: betäubt mit einem Schlag auf den Hinterkopf, bei lebendigem Leib entmannt, vergewaltigt. Irgendwann im Verlauf der Tortur waren Mascara, Rouge und Lippenstift aufgetragen worden. Niemand würde je wissen, wann genau.

Oder vielleicht doch?

Das war die Frage, die Danny sich stellte, als er mit den Händen in den Taschen dastand und nach einem Stein trat. War es wirklich ein einmaliges Verbrechen gewesen, oder war Adrian Kimbers Tod das erste Glied einer viel unheimlicheren Kette? Trotz aller Gemeinsamkeiten gab es doch einen Unterschied zwischen dem Mord an Kimber und dem Vogelscheuchen-Prozess: Kimber war ein junger Mann, aber er war im Freien getötet und er war entmannt worden, aber das Make-up hatte nichts grotesk Clownhaftes. Er war straff gefesselt, aber in sein Fleisch waren keine Worte geritzt.

Der Mord an Kimber hatte nichts, um die Orson-Theorie zu entkräften, entschied Danny. Er konnte durchaus der erste Versuch eines im Entstehen begriffenen Psychopathen sein, die Perversion, die er in sich spürte, auszuleben.

»Was, zum Teufel, wollte Kimber eigentlich um zehn Uhr abends allein hier oben?«, fragte Danny.

»Der Anruf. Das ist der Schlüssel. Die Polizei konnte die Nummer zurückverfolgen: zu einem Telefonhäuschen in der Nähe von Kimbers Haus.«

»Okay, er erhält den Anruf. Minuten später fährt er weg.«

»Und kommt direkt hierher. Ein Zeuge sah ihn um 21.20 Uhr sein Auto abstellen. Ungefähr vierzig Minuten später wird der Schein seiner Taschenlampe knapp unterhalb des Hügels gesehen.«

»Und die Polizei vermutete, dass er hierherkam, um sich mit Todd zu treffen?«

»Ja. Das ist das Puzzleteil, das nie so recht passte. Kimber kannte Todd beruflich. Dieser ganze Unsinn, dass die beiden ein Paar gewesen wären, wurde erst übermäßig aufgeblasen, als die Nationalen Wind davon bekamen.«

»War Todd schwul?«

»Nach dem zu urteilen, was bei dem Prozess herauskam, gibt es meiner Ansicht nach keinen Begriff, der beschreibt, was Todd sexuell war. Am ehesten noch ›abweichend‹. Nach Angaben der Psychologen missbrauchte er seine jüngeren Brüder und seine Schwester mit derselben Begeisterung.«

»Und Kimber wusste das?«

»Natürlich. Es ist völlig ausgeschlossen, dass er hier raufkam, um sich mit Todd zu treffen.«

»Warum schluckte die Polizei diese Theorie dann so bereitwillig?«

»Sie dürfen das Timing nicht vergessen. Das passierte, als der Cromwell-Street-Skandal noch hohe Wellen schlug. Die Polizei rotierte, sie musste erklären, wie zwei komplette Psychopathen diese ganzen Mädchen hatten töten, ihre Leichen in einem Vorstadthaus verstecken und unter dem Radar hatten durchschlüpfen können. Dann kriegen sie beim Kimber-Mord eine hübsche, schnelle Lösung vorgesetzt. Da stochert doch keiner weiter rum.«

»Was glauben Sie?«

Durkin zündete sich eine Zigarette an, ließ seinen Blick über die Landschaft zu ihren Füßen schweifen.

»Schon mal beim Poolbillard auf die Schwarze verloren? Das tut weh, nicht? Genau genommen die schlimmste Art zu verlieren. Die sieben Kugeln, die man bereits versenkt hatte, bedeuten rein gar nichts mehr, die verdammte letzte Kugel ist alles, was noch zählt. Und genau dieses Gefühl hatte ich bei dieser Geschichte: als hätte ich den letzten Stoß vergeigt.«

»Sie glauben nicht, dass Todd es getan hat?«

»Nein, das ist ja das Problem: Todd hat es tatsächlich getan. Daran besteht kein Zweifel. Aber ich war nie überzeugt, dass das die ganze Geschichte ist. Todds Selbstmord vier Tage nach dem Mord wirkte einfach zu ... passend.«

»Erzählen Sie von dem Selbstmord«, sagte Danny, als Durkin verstummte.

»Eine Hand wäscht die andere. Sagen Sie mir, woran Sie arbeiten. Ich kann Ihnen helfen. Ich habe Kontakte im Psychiatriebereich. Vielleicht kann von denen jemand Licht in dieses Dunkel bringen.«

Inzwischen wanderten sie den Hügel wieder hinunter. Jetzt war es Danny, der schwieg. Durkin sagte nichts. Während sie durch matschige Felder stapften, dachte Danny über die Situation nach.

»Okay«, sagte er schließlich, »wir bearbeiten die Geschichte gemeinsam, okay? Jeder Artikel, der geschrieben wird, trägt unsere beiden Namen, und keiner veröffentlicht etwas ohne die Zustimmung des anderen.«

»Abgemacht.«

»Und der Name Ray Taylor kommt ebenfalls unter die Artikel. Er war derjenige, der mich überhaupt auf diese Fährte gebracht hat.«

»Mir soll's recht sein.«

Sie gaben sich die Hand, um die Abmachung zu besiegeln, und schauten einander wachsam an. Dann erzählte Danny alles: Orson, O'Byrne, die Zweifel, die während der ursprünglichen Polizeiermittlung aufgetreten waren. Er musste es riskieren, entschied Danny – Durkin war nicht der Einzige, dem auffiel, wenn jemand Informationen zurückhielt, und er wusste etwas.

»Du bist dran, Jim«, sagte Danny, als er fertig war. »Was war da mit Adrian Kimbers Beziehung zu einer Baufirma, das dich dazu brachte, mit der Mutter zu reden, bevor wir aufbrachen?«

Durkin lachte. »Du hast ein scharfes Auge, Mr. Sanchez. Um das zu beantworten, ist es, glaube ich, einfacher, wenn ich's dir zeige.«

17

Sie unterhielten sich über Belangloses, während sie auf die M5 fuhren und dann bei der Ausfahrt Cheltenham den Blinker setzten. Sie fuhren durch eine Wohngegend, und Durkin schaute auf ein Stück Papier mit einer Adresse darauf.

»Hier ist es«, sagte er schließlich und bremste.

Danny ließ das Fenster herunter. »Das ist alles? Ein Haus?«

»Schau genauer hin.«

Danny schaute genauer hin, sah aber absolut nichts Bemerkenswertes an dem einstöckigen Haus, das von Gerüsten und Leitern umgeben war und auf dessen ziegellosem Dach eine Plastikplane flatterte. Dann entdeckte er das Schild, das am Grundstückstor hing.

»Apache Construction?«

Durkin grinste. »Dachte mir, dass dich das interessiert. Ich habe mir auch ein paar von deinen anderen Artikeln angeschaut, und der eine über den Besitzer einer Baufirma, der mit einem Hammer eins über den Schädel bekam, sprang mir förmlich ins Gesicht. Wie geht's den Hackers? Sind sie noch so charmant wie früher?«

»Du kennst sie?«

»Nicht persönlich, aber ich weiß über sie Bescheid. Haben sich in den ungefähr zehn Jahren, seit sie hier arbeiten, einen ziemlichen Ruf erworben.«

»Ich dachte, die stammen aus London?«

»Ursprünglich ja. Sie zogen während des Grundstücksbooms in den Achtzigern hierher.«

»Und das ist dieselbe Firma?«

»Als florierender Betrieb verkauft, als sie nach Spanien zogen.«

Danny schnippte mit den Fingern. »Adrian Kimber. Hat er für sie gearbeitet? Brian Kimber sagte doch, er war in einer Baufirma beschäftigt.«

»Genau. Aber soll ich dir was erzählen, was wirklich interessant ist? Ich weiß, warum die Hackers verkauften und nach Spanien zogen.«

Danny zündete sich eine Zigarette an. »Erzähl.«

»Eine Hand wäscht die andere.«

»Was willst du sonst noch wissen?«

»Die Kontaktdaten dieses Polizisten, O'Byrne.«

»Er wird nicht sehr begeistert sein, wenn ihn noch ein Journalist belästigt. Und es wird mir auch noch die kleinste Chance, mit ihm zu sprechen, zunichtemachen, falls wir ihn noch mal brauchen.«

»Glaub mir, das ist es wert.«

»Okay, er wohnt in Newbury.«

Durkin hatte den Stift gezückt. Er hob den Kopf, als Danny nicht weiterredete. »Ist das alles?«

»Sag mir, was du hast, und dann kriegst du den Rest. Ein Journalist deines Kalibers kann doch O'Byrne ganz einfach finden, wenn er den Namen der Stadt kennt.«

»Willst du mir Honig um den Bart schmieren?«

»Warum gingen die Hackers nach Spanien?«

»Zwei Wörter: Callum Hacker.«

»Was hatte er angestellt?«

»Callum Hacker ist schwul. Aber das würde er nie zugeben. Er ist so einer, der einen Typen vergewaltigt und ihn dann verprügelt, weil er ein ›Röckchenheber‹ ist. Er ist ernsthaft gestört.«

»Callum? Das ist der mit den Tattoos, nicht? Warum bist du dir da so sicher?«

»Weil Callum im Juli 2000 zu acht Jahren Gefängnis verurteilt wurde, weil er genau das mit einem Achtzehnjährigen gemacht hat. Sie kriegten ihn allerdings nur wegen schwerer Körperverletzung dran. Hackers Verteidiger versuchte es als Streit im Suff in einer Wohnung darzustellen, aber es ging das Gerücht, dass Callum den armen Kerl tatsächlich vergewaltigt hatte.«

»Gerüchte können aber genau das sein, nur Gerüchte.«

»Stimmt. Aber ob der Sex vor der Prügelei einvernehmlich war oder nicht, stattgefunden hat er auf jeden Fall. Außerdem verkaufte der Hacker-Clan ziemlich überhastet, kurz nachdem es passiert war und lange vor dem Prozess. Letztendlich saß Callum nur fünf Jahre ab. Es gab das Gerücht, er hätte auch drinnen keinen Mangel an Bettgenossen gehabt.«

»Wieder dieses Wort.«

Durkin zuckte die Achseln. »Ich stelle hier nur Hypothesen auf. Aber wenn Orson existiert, würde Callum Hacker doch ziemlich gut passen, oder? Gewalttätig, unterdrückte Homosexualität. Und diese Sache mit dem Make-up. Das dürfte eine verquere Mutterfixierung sein. Hattest du mal das Vergnügen mit Ma Hacker? Sieht mir nicht danach aus, als hätte sie ›ihren Jungs‹ eine ruhige und stabile Erziehung angedeihen lassen.«

»Da ist lediglich ein Problem.«

»Was?«

»Callum Hacker ist strohdumm, und genau das ist Orson offensichtlich nicht. Wenn er es wäre, würden wir nicht hier sitzen und darüber diskutieren, ob er überhaupt existiert.«

»Also ich mache in dieser Richtung weiter. Es passen ja auch die Daten: der letzte Grenzland-Mord war wann? Juli

1999. Anfang 2000 ist Callum Hacker hinter Gittern. Das könnte der Grund sein, warum die Morde aufhörten.« Man merkte Durkins Stimme an, dass er sich für seine Theorie ereiferte.

»Jim. Denk an unsere Abmachung: Keiner druckt irgendwas ohne die Zustimmung des anderen. Und alle drei Namen stehen unter dem Artikel.«

Sie fuhren zu einem Pub, bestellten Bier und etwas zu essen. Zumindest Durkin tat es. Danny trank Mineralwasser. »Ich trinke erst wieder, wenn ich diese Geschichte im Griff habe«, sagte Danny, als Durkin die Augenbrauen hob. »Ich bin es jemandem schuldig, hier alles richtig zu machen. Erzähl mir von Nicholas Todd. Warum passt das mit seinem Selbstmord nicht ins Bild?«

»Am Tag nach dem Mord an Kimber war Todd nervös. Ging in die Arbeit, kotzte, ging wieder heim. Ein paar Abende später soff er bis zum Umfallen. Ein Nachbar hörte ihn weinen und mit jemandem am Telefon streiten. Für mich hatte das immer wie Reue geklungen, als hätte Todd seinen Schneid verloren. Dann der eigentliche Selbstmord. Die toxikologische Untersuchung ergab, dass er zuvor große Mengen Alkohol und Tabletten zu sich genommen hatte.«

»Ein bisschen Mut antrinken ist bei Selbstmorden doch nicht ungewöhnlich, oder? Vor allem, wenn man sich aufhängen will.«

»Stimmt schon«, entgegnete Durkin, »aber die Mengen, die Todd intus hatte, hätten ein Nilpferd umgehauen.«

»Also hätte ihn jemand bewusstlos machen, erdrosseln und dann aufhängen können?«

»Ja. Und das Letzte ist, dass Todds Leiche einen Kissenbezug über dem Kopf hatte, als man sie baumelnd fand.«

»Einen Kissenbezug? Warum?«

»Wer weiß das schon bei so einem Spinner? Ich glaube, die Polizei tat es als eine Art Henkerskappe ab, nach dem Motto, überwältigt von Schuld, gerechte Strafe und so weiter.«

»Und die Sache wurde nicht weiterverfolgt?«

»Todd hatte Vorstrafen wegen Kindesmisshandlung und Körperverletzung. Er lungerte auf Spielplätzen herum. Ich glaube, die Polizei interessierte sich nicht wirklich für die vage Möglichkeit, dass jemand Todd mit Sherry und Schlaftabletten abgefüllt, den Mistkerl erdrosselt und dann aufgehängt haben könnte.«

»Bei einer solchen Todesart gab es doch sicher eine Autopsie. Was hatte der Leichenbeschauer gesagt?«

»Du weißt doch, wie es läuft, wenn die Polizei nicht mit dem Leichenbeschauer kooperieren will: Sie schieben Beweise, die eine Theorie stützen, in den Vordergrund und bremsen andere Ermittlungsrichtungen. Es ist subtil, aber es passiert. Ich weiß ganz sicher, dass alle Beamten, mit denen ich sprach, der Meinung waren, weg mit dem ganzen Blödsinn. Der Leichenbeschauer gab ›unklare Todesursache‹ zu Protokoll.«

»Wir müssen herausfinden, ob es eine Verbindung zwischen Nicholas Todd und Ishmael Vertanness gibt.«

»Gibt es nicht.«

»Woher weißt du das?«

»Wie ich dir schon sagte, habe ich einen Kontakt im Psychiatriesektor. Ich habe die Frau das recherchieren lassen, gleich nachdem ich deinen Artikel gelesen hatte und mir die Sache mit dem Make-up auffiel.«

»Wie bist du auf Vertanness gekommen?«

»Fand im Internet ein paar alte Artikel aus der Zeit des Vogelscheuchen-Prozesses, geschrieben von einem gewissen Herrn Danny Sanchez. Hab ihren Anruf bekommen, als du auf dem Klo warst.«

Danny nickte in stummer Anerkennung. Durkin war gründlich und raffiniert. Mit diesem Kerl konnte er arbeiten.

»Sag mir trotzdem, was du herausgefunden hast.«

»Für Todd und Vertanness waren völlig unterschiedliche Gesundheitsämter zuständig. Es gibt keine Parallelen in den Behandlungen, die sie erhielten, den Problemen, die sie hatten, oder dem medizinischen Personal, das sie betreute. Sie sind völlig unterschiedlich.«

»Wie verlässlich ist dein Kontakt?«

»Verlässlich.«

»Überzeuge mich.«

»Ich schlafe mit ihr.«

»Soll heißen, sie ist irgendein Flittchen, mit dem du in die Kiste hüpfst?«

»Soll heißen, sie ist meine verdammte Frau, okay?«

Danny bestellte als Entschuldigung eine neue Runde. »Kannst du sie dazu bringen, dass sie ein bisschen herumstochert, schaut, ob sie vielleicht irgendwelche …«

Durkin schüttelte bereits den Kopf. »Sie braucht einen guten Grund, um Akteneinsicht zu erhalten. Ohne konkrete Namen oder Faktoren, um die Parameter einzugrenzen, kann ich sie nicht bitten, sich aus dem Fenster zu hängen.«

»Akzeptiert. Aber sie könnte noch einen weiteren Namen recherchieren: Philip Samuel Cohen. Das ist der Kerl, den man lebendig eingemauert in dem Abrisshaus fand.«

Durkin schrieb sich den Namen auf, schaute dann auf die Uhr.

»Ich muss los, Danny.«

»Okay. Wie machen wir jetzt weiter?«

»Ich werde ein bisschen graben, ein paar Polizeikontakte aktivieren, um zu sehen, ob es irgendwas zu dem Todd-Fall gibt, das wir noch nicht wissen. Warum schaust du dir nicht dieses Universitätsprojekt an, an dem Adrian beteiligt war?«

»Klingt gut.«

Sie gaben sich die Hände. »Gute Jagd«, sagte Durkin.

»Dir auch. Ich melde mich morgen telefonisch nach Feierabend bei dir.«

Danny rief die psychologische Fakultät der University of Gloucester an und wurde mit einem Doctor Humphries verbunden. Ja, er erinnere sich an Adrian Kimber. Ja, er habe morgen früh um neun dreißig Minuten für Danny Zeit.

Humphries war jedoch nicht sehr glücklich darüber. Kaum hatte Danny Kimbers Namen erwähnt, bekam die Stimme des Arztes eine Zurückhaltung, die man normalerweise hörte, wenn man beim Zahnarzt einen Termin vereinbart und der Mann einem nicht sagen will, dass er wird bohren müssen.

Danny mietete sich in einem Hotel in Gloucester ein und verfolgte, wie die Sonne über den Dächern der Stadt unterging.

Erst als er sich überlegte, wohin er zum Essen gehen sollte, fiel ihm ein Anruf ein, den er völlig vergessen hatte: Marsha.

18

Mittwoch, 7. April 2010

Danny wachte früh auf, duschte und bezahlte das Zimmer.

Seine Hose sah nicht so toll aus. Die Innenseite der Jeans war bis über die Waden mit Matsch vom Bredon Hill bespritzt. Dreck klebte auf einem seiner Wüstenstiefel. Da er nicht davon ausgegangen war, über Nacht zu bleiben, hatte er nichts zum Wechseln dabei.

»Frostig« war eine starke Untertreibung für die Art, wie Marsha die Absage ihres Rendezvous aufnahm, als er sie am vergangenen Abend um 19.47 Uhr anrief. Nachdem sie sich seine Erklärung, er habe morgen ein Interview mit einem Universitätsprofessor, in arktischem Schweigen angehört hatte, sagte sie: »Was für ein aufregendes Leben du doch führst.« Schließlich vereinbarten sie, sich am Freitagabend zu treffen, und Danny versprach, alles wieder gutzumachen. Marsha hatte nicht sehr überzeugt geklungen. »Deine letzte Chance«, meinte sie, bevor sie auflegte.

Als Danny um halb neun in der Universität eintraf, wusste er aus eigener Erfahrung, wie leicht es war, durch Herumtrödeln auf einem Unicampus wertvolle Zeit zu vergeuden. Doctor Humphries hatte am Abend zuvor angedeutet, dass er Verspätungen nicht schätze. Der Akademiker begrüßte Danny an der Tür zu seinem Büro.

»Kommen Sie rein«, sagte Humphries und bot Danny einen Stuhl an, während er sich seine blonden Haare an den runden Schädel drückte. Er war ein großer, kräftiger Mann, auf eine Art, die Männer herzlich und freundlich wirken lässt. Doch an diesem Morgen zeigte seine Miene keine dieser Eigenschaften.

»Dann sind Sie also Reporter, mh?«, sagte er zum zweiten Mal, wobei der leicht höhnische Ton deutlich verriet, was er von der vierten Gewalt hielt. »Nun, wie schon am Telefon gesagt, kann ich Ihnen nicht mehr als dreißig Minuten widmen. Um genau zu sein« – er schob seine Manschette hoch –, »sind es jetzt nur noch siebenundzwanzig Minuten.«

Die Eingangsfloskeln hatte Danny bereits hinter sich gebracht: Vielen Dank, dass Sie mich empfangen. Ich weiß Ihre wertvolle Zeit sehr zu schätzen. Ja, es ist kalt für April. Ja, ich erinnere mich noch an unsere Abmachung, ich darf Sie auf keinen Fall zitieren. Damit waren diese drei verdammten Minuten draufgegangen. Jetzt kam er direkt zur Sache. »Adrian Kimber. Ich glaube, Sie haben mit ihm gearbeitet.«

»Und dieser Glaube ist völlig zutreffend.«

»Können Sie mir etwas über die Arbeit sagen, die Adrian an der Universität verrichtet hat?«

»Das ist lange her. Aber ich meine mich zu erinnern, dass Adrian einer unserer postgraduierten Studenten war, die bei uns blieben und bei Forschungsprojekten mithalfen. Natürlich war ich damals noch nicht Fakultätsleiter.«

»Erinnern Sie sich noch an das Projekt, an dem Adrian zum Zeitpunkt seines Mordes arbeitete?«

Humphries' Stirnfalten wurden noch tiefer. *Darum geht's also*, schien er zu denken. »Sie meinen das Project ROUNDUP?«

»Genau das. Können Sie mir sagen, was es war? Ist ja ein interessanter Name.«

»Ein völliges Chaos war das. Und geben Sie nicht allzu viel

auf den Namen. Immer mal wieder erfindet irgendein Sesselpupser in Whitehall ein flott klingendes Akronym und muss es dann so drehen, dass die Initialen irgendwas bedeuten. *Register of Undisclosed* irgendwas. War nicht mal korrektes Englisch. Es ging weniger um geheim gehaltene, sondern um noch nicht erkannte Fälle.«

»Was war es?«

»Es war ein erster Versuch, die Daten von Personen in der Obhut des Gesundheitsdienstes zusammenzustellen, die man als potenzielle Gefahr für sich und andere betrachten könnte.«

»Sie meinen potenzielle Serienmörder?«

»Ich würde es vorziehen, wenn Sie mir nicht in den Mund legen, was ich zu komplexen Themen meine, Mr. Sanchez. Nein, ich meine eindeutig nicht Serienmörder. Project ROUNDUP war Anfang der Neunziger ein Versuch, eine Art Frühwarnsystem innerhalb des Gesundheitsdienstes einzurichten, das ernsthaft gestörte Personen meldet, damit wir ihnen die Hilfe, die sie brauchen, schnell und effektiv angedeihen lassen können. Natürlich würde aufgrund der Kriterien unter diesen Personen auch eine gewisse Anzahl sein, die in der Lage war, andere ernsthaft zu verletzen.«

»Potenzielle Serienmörder?«

»Nun gut, wenn Sie es auf eine so infantile Ebene reduziert haben wollen, ja, potenzielle Serienmörder. Aber unter einer Vielzahl anderer potenzieller Pathologien.«

Danny unterdrückte ein Grinsen. Rück einer intelligenten Person auf die Pelle, und es dauert nicht lange, bis sie dich mit großen Worten bombardiert.

»Was ist mit dem Project ROUNDUP passiert?«

»Die Presse ist ihm passiert, Mr. Sanchez. Einige hochgeschätzte Mitglieder Ihrer Zunft beschlossen, das Register als eindeutigen Beweis dafür zu präsentieren, dass Tausende von« – er malte mit den Fingern Anführungszeichen in die Luft – »›*potenziellen Serienmördern*‹ frei in der Gesellschaft herumlaufen. Als es dann bei ROUNDUP ein Sicherheitsproblem gab, vollzog die Presse eine Kehrtwende und präsentierte es als Beispiel für die Gefahren des Big-Brother-Staats, weil da im Cyberspace mit den persönlichen Daten von Leuten herumgeworfen wird. Es war nur eine Frage der Zeit, bis das Innenministerium die Finanzierung des Project ROUNDUP einstellte.«

»Wie weit kam das Projekt?«

»Im Vergleich mit seinen hochgesteckten Zielen nicht sehr weit. In England gibt es achtundfünfzig verschiedene Psychiatriestiftungen, und wir schafften es nur, die Daten von fünf zu sammeln, bevor wir im Scheinwerferlicht der Presse verwelkten und die Finanzierung eingestellt wurde.«

»Erinnern Sie sich noch, welche fünf?«

»Ist das wirklich wichtig?«

»Das weiß ich erst, wenn Sie es mir sagen.«

Humphries atmete geräuschvoll aus und griff nach seiner Brille, die an einer Kordel vor seiner Brust hing. »Bereit?«, fragte er. Dann zählte er schnell die Namen auf, so schnell, dass nicht einmal Danny mit seiner Kurzschrift mithalten konnte. Danny bat ihn, die Namen zu wiederholen. Humphries machte ein entrüstetes Geräusch.

»Was wissen Sie noch von dem Vorfall, der dem Projekt den Garaus machte?«, fragte Danny, als er alle Namen notiert hatte.

Humphries nahm seine Brille wieder ab und massierte sich den Nasenrücken. »Ich habe nicht die Absicht, ehemalige oder gegenwärtige Kollegen zu kritisieren.«

»Was ist mit verstorbenen Kollegen? Und ich verlange ja

nicht, dass Sie irgendjemanden kritisieren. Ich will einfach nur die Fakten. Wie kam es zu dem Diebstahl, und warum wurde Adrian verdächtigt?«

»Bei der Sensibilität der Daten, die wir sammelten, registrierte und speicherte das Computersystem, mit dem wir die Daten archivierten, jede Person, die darauf zugriff, was auch nur mittels eines Benutzernamens und eines Passworts möglich war. Es gab auch ein Programm, das registrierte, wenn Daten auf fremde Medien kopiert wurden.«

»Da es Mitte der Neunziger war, reden wir vermutlich von den alten Floppy Discs?«

»Wahrscheinlich. Ich kann mich wirklich nicht mehr daran erinnern.«

»Warum fiel der Verdacht auf Adrian?«

»Er war die letzte Person, die auf den Computer zugriff, bevor der Diebstahl entdeckt wurde.«

»Und er kopierte Daten?«

»Nach unseren Computeraufzeichnungen, ja. Aber ich wiederhole, was ich zu Beginn des Interviews gesagt habe, Mr. Sanchez: Ich will nicht, dass irgendeine dieser Informationen publik wird. Bei Gott, Adrian hat für jede mögliche Verfehlung auf dem Bredon Hill tausendfach bezahlt.«

Danny notierte sich die Information, sodass ein kurzes Schweigen entstand. Dann fragte er mit ruhiger Stimme: »War Adrian ein flatterhafter Mensch? Der zu dummen, unverantwortlichen Handlungen neigte?«

»Absolut nicht.«

»Könnte sich jemand anders Adrians Benutzernamen und Passwort besorgt haben?«

»Ich vermute, das ist möglich. Doch es hätte ihm nicht viel gebracht. Die Computer waren damals ja noch nicht mit dem Internet verbunden. Um auf Informationen zuzugreifen, musste der Benutzer wirklich persönlich vor dem Rechner sitzen.«

»Und das würde heißen, er müsste in die psychologische Fakultät kommen?«

Humphries nickte. »Was unmöglich gewesen wäre, weil immer jemand hier war.«

»Wurde Adrian befragt?«

»Natürlich. Anfangs versuchten wir, die Sache unter der Decke zu halten, aber dann bekam die Presse Wind davon, und die Polizei interessierte sich dafür.«

»Was sagte Adrian?«

»Er beharrte auf seiner Unschuld. Wir boten ihm einen Ausweg an: Er musste nur die Diskette mit den Daten zurückgeben. Doch er blieb dabei, er wisse von nichts.«

»Seine Eltern erwähnten, dass er zu der Zeit Schwierigkeiten mit seiner Freundin hatte. Glauben Sie, das könnte Adrians Verhalten beeinflusst haben?«

»Also wirklich, was für eine absurde Frage. Woher um alles in der Welt soll ich das wissen? Das war vor sechzehn Jahren. Und jetzt fürchte ich, Ihre Zeit ist um, Mr. Sanchez. Guten Tag.«

Danny setzte sich draußen auf eine Bank, und ohne auf das laute Geplapper vorbeigehender Studenten zu achten, blätterte er in seinen Notizen. All die beliebigen Informationsschnipsel fügten sich allmählich zusammen, nahmen Gestalt an, eine Gestalt, die er zugegebenermaßen nur undeutlich im Augenwinkel sah, die aber – da war Danny sich inzwischen ganz sicher – wirklich existierte.

Er setzte einen Zeitrahmen und versuchte, Ähnlichkeiten zwischen den beiden Fällen zu finden, die über die Vorgehensweise und die Handschrift hinausgingen. Das Material von Project ROUNDUP wurde Anfang Januar 1994 gestohlen. Adrian Kimber wurde am 28. März 1994 ermordet. Der Mörder Nicholas Todd starb unter mysteriösen Umständen vier Tage später. Angenommen, Orson existierte, hatte er seinen ersten Mord provoziert und Todd dann, nachdem er Reue zeigte, beseitigt?

Ishmael Vertanness fing im Februar 1995 zu morden an. War die Lücke nichts als die Zeitspanne zwischen zwei völlig unzusammenhängenden Ereignissen? Oder war es die Zeit, die Orson brauchte, um seinen neuen Mörder zu finden und unter seinen Einfluss zu bringen?

Hier gab es allerdings ein Problem: Anscheinend hatte Orson sich Nicholas Todds entledigt. Warum hatte er das nicht auch mit Vertanness gemacht? Vor allem da, wie O'Byrne vermutete, Vertanness auf eigene Faust zu morden begonnen hatte. Hätte das Orson nicht in Gefahr gebracht? Es wäre doch viel sicherer, ihn zum Schweigen zu bringen. Danny kreiste die Frage ein. Hier waren noch weitere Nachforschungen nötig.

Die Grenzland-Morde fingen im August 1999 an und endeten vier Monate später, der Mörder wurde nie gefasst. Wieder die Lücke, wieder die Verbrechen mit einer ähnlichen Handschrift. Warum die Verzögerung? Musste Orson erst einen neuen Mörder finden? Oder war es ein Beweis dafür, dass die Ereignisse nichts miteinander zu tun hatten, dass es sich um Nachahmungstaten handelte, wie Polizei und Presse meinten?

Und dann die Leiche in Alan Reades Haus elf Jahre später. Wieder die gleiche Handschrift. Und dazwischen Philip Samuel Cohen, der bei lebendigem Leib im Haus der Cookes eingemauert worden war, den Kopf mit Klebeband umwickelt. Danny dachte über Todds Selbstmord/Mord nach, den Kissenbezug über dem Kopf. War das etwas Ähnliches? Und falls Orson mit seinem neuen Mörder tatsächlich nach Spanien gezogen war, hätte er dann eine Spur hinterlassen?

Das war die Frage.

Danny suchte sich ein Café mit WLAN-Anschluss, setzte sich nach draußen und startete seine Suche.

Er brauchte eine Stunde.

Im Mai 2000 hatte eine Gruppe Jäger in einem abgelegenen Teil der *sierra* in der Provinz Granada eine Leiche gefunden. Die Leiche eines schwedischen Trampers hing gefesselt und mit Make-up beschmiert an einem Baum. Danny las, auf wie viele Arten der Mörder die mit Ketten aufgehängte Leiche sexuell missbraucht hatte. Es ekelte ihn an, und doch konnte er nicht aufhören. Er hörte erst auf, als seine Zigarette niedergebrannt war und ihm die Fingerspitzen versengte. Vor Schmerz riss er die Hand hoch, und Asche rieselte auf die Tastatur.

Der Mord hatte eine beispiellose Menschenjagd ausgelöst. Einige Wochen lang war ganz Spanien in Alarmbereitschaft gewesen. Aber der Mörder hatte sich in Luft aufgelöst. Es gab keine weiteren Leichen mehr. Die üblichen Theorien machten die Runde: Der Mord war die Folge eines satanischen Rituals, jemand hatte ein Snuff-Movie gedreht.

Aber Danny wusste es besser: Orson war dort gewesen.

Er rief Jim Durkin an. »Glück gehabt mit dem Namen, den ich dir gegeben habe? Philip Samuel Cohen?«

»Ich fürchte, das ist noch eine Niete. Cohen wurde 1991 an den Northumberland, Tyne and Wear NHS Foundation Trust überstellt. Das ist meilenweit weg von Todd und Vertanness.«

»Tyne and Wear? Das ist doch knapp vor der schottischen Grenze, oder?«

Durkin war sofort klar, worauf Danny hinauswollte. »Die Grenzland-Morde?«

»Ja.« Danny wusste, dass er noch etwas übersehen hatte. »Sag mir noch einmal, wo Todd behandelt wurde.«

»Man hat Todd 1990 in die Avon and Wiltshire Mental Health Partnership eingewiesen, nachdem …«

»Was ist mit Vertanness? Wohin wurde er überwiesen? Und wann?«

Durkin blätterte in Papieren. »Surrey and Borders Partnership NHS Foundation Trust, 1988. Hat das was zu bedeuten?«

Aber Danny dachte jetzt laut. »Wo, zum Teufel, habe ich diese Namen schon mal gehört?« Er wühlte in dem Chaos in seiner Tasche, fand sein Notizbuch und blätterte es durch.

Hielt inne. Da waren sie. Alle drei, notiert während des Interviews mit Humphries: Northumberland, Tyne and Wear NHS Foundation Trust; Avon and Wiltshire Mental Health Partnership; Surrey and Borders Partnership NHS Foundation Trust. Es waren drei der fünf Psychiatriestiftungen, die an das Project ROUNDUP Daten geliefert hatten. Er sagte es Durkin und fragte dann: »Glaubst du an Zufälle, Jim?«

»Nein.«

»Ich auch nicht. Und dieses Project ROUNDUP war wann, 1994? Also waren vermutlich alle drei, Todd, Vertanness und Cohen, im System, als die Daten aus dem Project ROUNDUP gestohlen wurden. O Gott, das ist es. Kimber hat sie für ihn gestohlen. So fand Orson seine Mörder. Er hatte ihre Krankenakten. Er wusste, dass sie alle mental grenzwertig waren. Ob er auch ihre Adressen kannte?«

»Wenn die Akten so waren wie die, in der meine Frau nachschaute, hätte Orson jedes Detail gehabt, das er brauchte: Medikation, Krankheitsbild, ihre Fantasien, ihre Kindheit. Kurz, alles, was er brauchte, um sie zu finden und ihr Vertrauen zu gewinnen. O Mann, was für ein gerissener Hund. Das ist es, Danny. Das heißt, Orson existiert.«

»Da ist noch mehr. Es heißt, dass Adrian Kimber wusste, wer Orson war.«

Durkin hob aufgeregt die Stimme. »Es ist Callum Hacker. Ich sag's dir, er ist es.«

»Jetzt nur nichts überstürzen, Jim.«

»Ich kriege Druck von meinem Herausgeber. Vergiss nicht, ich arbeite für eine Tageszeitung. In den letzten paar Tagen habe ich nur die Hälfte meiner Arbeit erledigt. Ich muss jetzt ziemlich bald was veröffentlichen.«

»Okay. Dann warten wir wenigstens, bis ich noch einmal mit O'Byrne gesprochen habe. Unterdessen kannst du ja vielleicht deine liebe Gattin dazu bringen, die Akten durchzugehen, um zu sehen, ob sie in der Gegend um Gloucester irgendjemanden findet, auf den Orsons Profil passt, jemand Manipulativen, jemanden, der fixiert ist auf Fesseln und Make-up. Ich glaube, dass er hier aus der Gegend stammt.«

»Danny, das ist unmöglich. Auch wenn sie bereit wäre, das Risiko noch ein drittes Mal einzugehen – was ich wirklich bezweifle –, sind die Charakteristika einfach zu vage.«

Danny seufzte, als er erkannte, dass Durkin recht hatte. »Okay, dann müssen wir uns überlegen, wie wir die Parameter präzisieren können. Ich vermute ganz einfach, dass ein so gestörter Mensch wie Orson in der Psychiatrie schon mal aufgefallen ist.«

Danny lief zu seinem Auto und fuhr nach Newbury.

19

»Ich habe Ihnen doch deutlich gesagt, dass Sie mich nicht mehr belästigen sollen.« Harry O'Byrnes Stimme war so kalt und herrisch, wie es nur die eines Expolizisten sein konnte. »Verlassen Sie mein Grundstück, und zwar sofort.«

Danny hatte die Reaktion erwartet. Sein Fuß war in der Tür, bevor sie zugedrückt werden konnte. »Ich glaube, Sie hatten recht mit Orson, Mr. O'Byrne. Der Mistkerl existiert wirklich. Und ich glaube, er befindet sich in Spanien. Werden Sie mir helfen?«

Der Druck der Tür gegen den Wüstenstiefel blieb. Danny hielt ihm ein Blatt Papier hin. »Schauen Sie sich das an. Drei Jäger fanden im Mai 2000 in der Provinz Granada eine Leiche. Ich habe die wichtigen Wörter unterstrichen. *Cadáver* können Sie sicher erraten. *Sodomizado* ist das Partizip Perfekt eines Verbs, das Sie wahrscheinlich auch erkennen. Und *maquillaje* – wollen Sie wissen, was das heißt? Es heißt Make-up.«

Der Druck wurde größer.

Und war dann plötzlich weg. O'Byrne riss die Tür auf. Sein Auge zuckte, als er den Artikel überflog, sich das begleitende Foto anschaute von der Lichtung, auf der die drei Jäger die verstümmelte Leiche an Ketten von einem Baum hängend gefunden hatten. »Kommen Sie rein, wenn's unbedingt sein muss. Meine Frau ist bald zurück. Ich will, dass Sie in fünfunddreißig Minuten wieder verschwunden sind.«

Noch in der Diele erzählte Danny. O'Byrne hörte zu und fragte dann: »Was wollen Sie von mir?«

»Die Wahrheit. Ich arbeite an einer Theorie, aber ich muss die einzelnen Teile zusammenfügen. Orson benutzt andere für seine schmutzige Arbeit. Aber wenn an irgendeinem Punkt diese zweite Person Orson gefährdet, wird der Handlanger beseitigt. Wir sehen es hier bei Todd: Er tötet Adrian Kimber, er bekommt kalte Füße. Todd trinkt. Er ist nervös, weint. Und dann ist er tot. Sie haben doch bereits gesagt, dass Ishmael Vertanness beim fünften Mord über die Stränge geschlagen hatte. Gab es irgendeinen Hinweis darauf, dass Orson versuchte, sich seiner zu entledigen?«

Harry O'Byrne starrte ins Leere. Sein Gesicht war weiß geworden. »O Gott«, murmelte er, während er die Details des Kimber-Falls noch einmal durchging.

»Was passierte mit Vertanness? Wie konnten Sie ihn fassen?«

»Es war ein Tipp. Am Tag, als der fünfte Mord Schlagzeilen machte, bekamen wir den anonymen Tipp, Vertanness wäre der Schuldige für die Vogelscheuchen-Morde. Das war, noch bevor wir überhaupt eine Verbindung zwischen dem fünften Mord und den anderen vier hergestellt hatten.«

»Wie sah dieser Tipp aus?«

»Ein Klassiker: aus Zeitungen ausgeschnittene und auf ein DIN-A4-Blatt geklebte Buchstaben. Fünf Wörter: Die Vogelscheuche ist Ishmael Vertanness.«

»Was hielt die Polizei damals davon?«

»Es war nicht der erste Fall, bei dem so etwas passierte. Die Leute wissen etwas, haben aber zu viel Angst, um sich persönlich zu melden, oder empfinden eine gewisse Loyalität dem Mörder gegenüber. Aber irgendwann wird ihnen bewusst, wen sie da eigentlich schützen.«

»Aber es beweist noch gar nichts. Warum brachte Orson Vertanness nicht um?«

O'Byrnes Lippen zitterten. »Er konnte es nicht.«

»Warum nicht?«

O'Byrne seufzte und nahm die Brille ab. Er massierte sich den Nasenrücken. »Weil wir nach der Entdeckung der vierten Leiche ein halbes Dutzend Männer hatten, die wir als äußerst verdächtig betrachteten und unter vierundzwanzigstündige Beobachtung gestellt hatten. Vertanness gehörte dazu.«

Danny brauchte einen Augenblick, um die Implikationen des eben Gesagten zu begreifen.

»Wie, zum Teufel, schaffte Vertanness es dann, sein fünftes Opfer zu töten?«

»Fehler passieren eben. Vertanness wohnte in einer Zeile aus fünf Reihenhäusern. Uns war nicht bewusst gewesen, dass die Giebelbereiche der Dachböden der fünf Häuser zusammenhingen. Er benutzte ein leer stehendes Haus, um zu kommen und zu gehen, wie er wollte.«

»O Gott. Und das war vermutlich ein weiterer Grund, warum die Orson-Theorie aufgegeben wurde.«

O'Byrne nickte bedächtig. »Gleich nach der Verhaftung kam die Anweisung, die Sache schnell und sauber abzuschließen, das Interesse der Medien auf den Mörder zu richten und zu vergessen, dass diese Überwachungsoperation je stattgefunden hatte.«

»Jetzt will ich von Ihnen nur noch eins wissen, Mr. O'Byrne. Philip Samuel Cohen. Sagt Ihnen der Name irgendwas?«

»Sollte er?«

»Sie sind derjenige mit der Liste der Hauptverdächtigen bei den Grenzland-Morden. Ich weiß, Sie können mir die Liste nicht zeigen. Sagen Sie mir einfach, ob der Name draufstand. Die spanische Polizei hat die Leiche in dem Abbruchhaus als Cohen identifiziert. Wenn er auf dieser Liste ist, heißt das, Orson hat ihn beseitigt, wie er es bei Todd tat. Es bedeutet auch, dass er höchstwahrscheinlich für die Grenzland-Morde verantwortlich war.«

O'Byrne ging nach oben. Danny hörte die Dielen ächzen, dann kam O'Byrne wieder herunter. »Er steht drauf. Und nicht nur das, er war ein Verdächtiger der Gruppe A und wurde als überwachenswert betrachtet.«

O'Byrne führte Danny nun doch in den Wintergarten. Sie sprachen die ganze Sache noch einmal durch, und Danny machte sich Notizen. Als seine Frau zurückkam und Danny verärgert ansah, schickte O'Byrne sie weg. »Ich weiß, ich habe es versprochen, meine Liebe, aber das ist wichtig. Wichtiger, als du dir vorstellen kannst.«

Die beiden Männer redeten eine ganze Stunde, gingen alle Details vorwärts und rückwärts durch, versuchten, Löcher in ihre Theorien zu reißen. Es funktionierte nicht, sie kamen immer wieder zum selben Schluss: Orson war real, und er operierte in Spanien.

Anschließend planten sie, wie sie vorgehen sollten. O'Byrne würde mit der Polizei Kontakt aufnehmen, ihr die Beweise vorlegen. Er würde sie dazu bringen, die spanische Polizei zu informieren, eine Verbindung zwischen ihr und den Beamten herstellen, die die Grenzland-Morde bearbeitet hatten. Sie waren so gut wie fertig, als O'Byrnes Festnetzapparat klingelte. Seine Frau ging dran, kam zu ihnen und sagte: »Es ist für dich, mein Lieber.«

O'Byrne war nur dreißig Sekunden weg. Als er zurückkam, war sein Gesicht blass.

»Das war jetzt eben Edward Shelley aus Deepmere.«

»Hat er es sich anders überlegt und will mich jetzt doch zu Vertanness lassen?«

»Ja.«

Unvermittelt verschwand die Süffisanz aus Dannys Stimme. »Sie meinen, ich kann Vertanness besuchen?«

»Ja. Und nein.«

»Ich bin verwirrt.«

»Mr. Sanchez, Sie werden nicht dorthin fahren, um *ihn* zu sehen. Vertanness hat darum gebeten, *Sie* zu sehen. Irgendwie wusste er, dass Sie kommen würden.«

20

Donnerstag, 8. April 2010

Das Deepmere Hospital war nicht schwer zu finden.

Der Morgen war feucht und grau, dichter Nebel stieg aus den Feldern, die die hohen Backsteinmauern des Krankenhauses umgaben. Es gab dem Tag etwas Unheimliches, das Danny nun wirklich nicht brauchen konnte. Nicht, wenn er einen Psychopathen besuchte, der fünf Menschen auf dem Gewissen hatte.

Was, zum Teufel, wollte Vertanness von ihm? Und wichtiger noch, woher wusste er überhaupt, wer Danny Sanchez war? Er hatte eine schlaflose Nacht mit dieser Frage verbracht.

Es musste Orson gewesen sein, entschied Danny. Irgendwie hatte er es geschafft, Vertanness eine Nachricht zukommen zu lassen und diesen Besuch zu arrangieren. Es war die einzige logische Erklärung. Bei Vertanness handelte es sich nicht um einen Hannibal Lecter. Wie die meisten Serienmörder war er ein Außenseiter, ein kompletter Loser, und auch ohne seine grässliche Kindheit wäre er nie zu einem brillanten Kopf geworden: Das war im Prozess deutlich geworden. Auf gar keinen Fall wäre ihm selber ein Trick eingefallen, wie er sich mit der Außenwelt in Verbindung setzen konnte.

Außer er bekam Hilfe von außen. Das war das letzte Teil des Puzzles. Orson existierte. Und er wusste, wer Danny Sanchez war.

Als plötzlich innerhalb der Krankenhausmauern eine Sirene aufheulte, hätte Danny fast einen Herzinfarkt bekommen. Während er das Auto auf der Straße wieder ausrichtete, erinnerte er sich daran, was der Pressesprecher ihm gesagt hatte: dass jeden Vormittag um zehn der Ausbruchsalarm getestet wurde. Augenblicke später ertönte die Entwarnung. Sollte je einem Insassen die Flucht gelingen, würde der Alarm ausgelöst, um die Bewohner der nahen Häuser zu warnen, dass sich ein ernsthaft gestörtes Individuum auf freiem Fuß befand.

Und trotz all dieser Vorsichtsmaßnahmen war Deepmere ein Krankenhaus und kein Gefängnis. Es behandelte »Patienten«, nicht Gefangene. Das hatte der Pressesprecher drei- oder viermal betont im Verlauf der komplexen Verhandlungen, die Danny hatte durchstehen müssen, bevor man ihm gestattete, mit dem Mörder zu sprechen. Vertanness wollte Danny sehen, das Krankenhauspersonal offensichtlich nicht.

Edward Shelley begrüßte ihn am Tor. Er war ein großer Mann mit einer strengen Miene, und genau diese Strenge nutzte er aus, als er Dannys ausgestreckte Hand ignorierte. »Das ist gegen meinen Willen, und ich möchte, dass Sie das wissen. Nur weil Mr. Vertanness gegenüber seinem klinischen Team den ausdrücklichen Wunsch äußerte, mit Ihnen zu sprechen, werden Sie hier eingelassen.«

Im Innern von Deepmere hatte das Personal versucht, eine angenehme, freundliche Atmosphäre zu schaffen. Das war nur schwer vereinbar damit, dass man hier Menschen untergebracht hatte, die verantwortlich waren für die schlimmsten Verbrechen, die ein Mensch begehen konnte: Mord, Vergewaltigung, Kindesmisshandlung. Die dicken Backsteinmauern und Gebäude waren hoch gebaut, so wie die Viktorianer ihre Architektur liebten. Auf weißen Säulen waren Flutlichtscheinwerfer montiert.

Zweimal wurde das Sicherheitsprotokoll durchexerziert, bevor sie das Besucherzentrum erreichten.

»Hat er namentlich nach mir gefragt?«, erkundigte sich Danny.

»Nein. Er sagte ›ein Journalist aus Spanien‹. Ich wusste bereits von Ihrer Existenz, nachdem ich mit Mr. O'Byrne gesprochen hatte.«

»Bekommt er Post aus Spanien? Anrufe?«

»Ich werde weder das Recht eines Patienten auf Vertraulichkeit missachten noch …«

»Mr. Shelley, ich habe eins von Vertanness' Opfern gesehen. Eine schlimmere ›Missachtung der Vertraulichkeit‹ können Sie sich nicht vorstellen, das versichere ich Ihnen. Wenn diese Person darum gebeten hat, mich zu sehen, dann will ich wissen, wie und warum. Also bitte sagen Sie mir: Welchen Kontakt hat er mit der Außenwelt? Ich nehme an, dass er über keinen Zugang zum Internet verfügt.«

»Natürlich nicht. Er kann Briefe an einzelne Personen senden und Anrufe tätigen und erhalten.«

»Wird seine Post überwacht?«

»Wir prüfen alle Briefe, bevor die Patienten sie bekommen.«

»Und die Anrufe: Werden die überwacht?«

»Ein Patient wie Vertanness ist während der Telefonate in Begleitung, damit wir seine Reaktionen beim Sprechen einschätzen können. Beim ersten Anzeichen von Erregung oder Belastung wird der Anruf beendet.«

»Aber Sie hören nicht, was der Gesprächspartner sagt?«

»Das ist ein Krankenhaus, Mr. Sanchez, kein Gulag. Ich versuche, die Dinge aus Ihrem Blickwinkel zu sehen. Versuchen Sie bitte, sie auch aus meinem zu betrachten. Ihnen dürfte gar nicht bewusst sein, was für ein großer Durchbruch das ist. Abgesehen von gelegentlichen Anrufen von seinem Bruder und Gesprächen mit seinem Anwalt hat Mr. Vertanness in achtzehn Monaten kein einziges Wort gesprochen. *Das* ist der Grund, warum wir Ihnen gestatten, ihn zu sehen. Er will tatsächlich mit jemandem *sprechen.*«

»Wie bat er darum, mich zu sehen?«

»Normalerweise kommuniziert er mit Zetteln, allerdings eher selten. Das ist der Grund, warum es uns so interessiert, zu hören, was er Ihnen zu sagen hat.«

Danny nahm im Besucherraum Platz, einer freien Fläche mit Plastiktischen und -stühlen. Er erinnerte Danny ein wenig an eine Schulmensa. Danny hörte Türen schwingen. Sein Puls beschleunigte sich. Es war so weit.

Ishmael Vertanness schlurfte herein, flankiert von zwei Pflegern. Seit seinem Erscheinen vor Gericht hatte er Gewicht zugelegt. Seine Haare über einem Gesicht mit teigiger, blasser Hautfarbe waren kurz geschnitten. Haarschuppen sprenkelten die Schultern seines schwarzen T-Shirts. Er sah nicht aus wie das Monster, das fünf Männer vergewaltigt, ermordet und verstümmelt hatte.

Aber irgendetwas stimmte nicht mit ihm, etwas, das der rein animalische Instinkt sofort spürte. Es war, als würde er sich nicht mehr die Mühe machen, eine Rolle zu spielen. Hier, unter anderen Monstern, versteckte er sich nicht weiter hinter dem dünnen Firnis der Menschlichkeit.

Vertanness setzte sich Danny gegenüber, nachdem er den Stuhl pedantisch mit einem Taschentuch abgewischt hatte. Doch er schaute Danny nicht an. Der Blick blieb starr aufs Fenster gerichtet, das Gesicht war unbeweglich wie das einer Statue. Das war es, erkannte Danny: Das war es, was ihn so unheimlich machte – der Kerl blinzelte nicht.

»Wie geht es Ihnen heute?«, fragte Edward Shelley neutral.

Nichts. Danny verstand jetzt, was O'Byrne meinte. Vertanness ignorierte Shelley nicht, er war mit den Gedanken völlig woanders.

»Der Journalist, den Sie sehen wollten, ist hier, Ishmael.«

Nichts.

Edward Shelley gab Danny mit einer Geste zu verstehen, dass er etwas sagen sollte.

Danny räusperte sich und kam sich ein wenig lächerlich vor. »Hallo, Ishmael. Worüber wollten Sie mit mir sprechen?«

Vertanness' Lippen zuckten – nur ein einziges Mal, aber die Wirkung in diesem Ozean der Reglosigkeit war so, als würde ein Hai direkt neben einem Boot auftauchen.

»Warum wollten Sie mich sehen, Ishmael, wenn Sie nicht reden wollen?«

»Sie sind ... aus Spanien hier ... nicht?«

Edward Shelley setzte sich kerzengerade hin. Die anderen Mitglieder des klinischen Teams wechselten schockierte Blicke. Er hatte gesprochen. Ishmael Vertanness hatte gesprochen, mit einer Stimme wie ein trockenes Flüstern, wie Rattenfüße im Stroh, und seine feuchte Zunge lugte zwischen den Lippen hervor, als er den nächsten Satz sagte.

»Ich habe ... zwei Nachrichten ... für Sie.«

»Wie?«

Vertanness bewegte leicht den Kopf, unter seinem Kinn bildeten sich Speckfalten. Es war kein angenehmes Erlebnis: Wenn die Augen der Spiegel der Seele waren, dann schauten Ishmael Vertanness' in ein leeres Zimmer. Seine Mundwinkel waren klebrig von Spucke, als er jetzt die Lippen öffnete, um zu reden.

»Sigue el camino amarillo.«

Shelleys Mund klappte auf. Er wandte sich Danny zu. »Was hat er gesagt? Verstehen Sie das?« Danny brauchte einen Augenblick, bis ihm bewusst wurde, dass Vertanness Spanisch gesprochen hatte. Er ignorierte Shelley und beugte sich über den Tisch.

»Wie lautet die zweite Nachricht? Was ist es, Ishmael?«

»¡La puta con quien vives está muerta! ¡MUERTA!«

In Sekundenbruchteilen wurde aus Vertanness' Flüstern ein Kreischen. Danny zuckte zusammen, als Vertanness immer wieder mit der Hand auf den Tisch schlug und zwei Wörter wiederholte.

»¡PUTA! ¡MUERTA! ¡PUTA! ¡MUERTA!«

Nun sprangen die Pfleger herbei, fixierten Vertanness und zerrten ihn vom Tisch weg, während er weiter Danny die Wörter entgegenspuckte, die Augen jetzt lodernd vor Hass.

Danny richtete sich auf und legte die Hand auf sein hämmerndes Herz: Vertanness hatte ihm eine Heidenangst eingejagt.

Als Danny sich von dem Schock erholt hatte, schaute er auf sein Handy. O Gott, hier hatte er kein Signal. Er brauchte unbedingt ein Signal.

Er lief zur Tür, fand sie verschlossen. Shelley und die anderen folgten ihm und bestürmten ihn mit Fragen. Eine Schlüsselkarte wurde hervorgezogen, die Tür geöffnet. Sie gingen nach draußen, und Danny rief seine Mutter an, landete aber sofort auf dem Anrufbeantworter.

Edward Shelley packte Danny am Arm und wirbelte ihn herum. »Um Himmels willen, sagen Sie uns, was er eben gesagt hat.«

Danny kniff die Augen zusammen. »Ihr verdammter ›Patient‹ hat eben zwei Sachen gesagt, von denen die zweite eine Drohung gegen ein Mitglied meiner Familie ist.«

»Was hat er gesagt?«

»Die Schlampe, mit der du lebst, ist tot.«

3. Teil

Todas Putas

Er wartete und beobachtete in der Dunkelheit, spürte die Vorfreude in seinem Schritt pochen. Wieder bewegte sich die Silhouette der Frau hinter dem Fenster vorbei. Er hatte sich bereits entschieden, was er mit ihr tun würde, nachdem das Ding sie umgebracht hatte. Er strich über die Messer in seiner Tasche, hart und lang spürte er sie unter dem Stoff.

Das Ding war gierig, aufgeregt. Er hörte, wie es neben ihm atmete, roch sauren Alkohol in der Stille der Nacht. Es war neu bei der Arbeit. Es würde Geduld lernen müssen, sonst würde er es beseitigen, wie er es mit den anderen getan hatte – sie bedeuteten ihm nichts, waren nur Mittel zum Zweck.

Inzwischen waren sie Stunden da und beobachteten. Warteten. Sie hatten sie vor dem Haus gesehen, wie sie sich sonnte, wie sie rauchte und trank. Eine Schlampe, wie alle anderen. Vor dem Ende würde er sie das spüren lassen.

Der Maschendrahtzaun war bereits durchschnitten, an einer Stelle seitlich des Hauses, an der kein Fenster in den Garten hinausging. Vorsicht und Geduld.

Das Licht im Schlafzimmer wurde gelöscht. Jetzt gab es nur noch das Mondlicht, das die Blätter der Olivenbäume silbern färbte. Bald würden sie Rot haben. Wieder berührte er die Messer. Es war ein guter Platz zum Arbeiten: sehr abgelegen. Für heute Nacht hatte er etwas Spezielles geplant. Heute Nacht würde es keine Heimlichtuerei geben. Er würde ihnen eine Botschaft hinterlassen, die Botschaft, dass mit ihm nicht zu spaßen war. Er konnte es schon jetzt schmecken.

Sie schlichen auf den Zaun zu. Das Ding trug den Bolzenschneider für die Tür.

Nicht mehr lange.

1

Freitag, 9. April 2010

Zum zwanzigsten Mal rief Danny Paco Pino an, während er durch die Dunkelheit zur Abflughalle von Gatwick raste. Er ließ es klingeln, wartete, bis die Voicemail ansprang, und erschrak fast, als Pacos Stimme sagte: »*¿Hola?*«

»Mein Gott, endlich, Paco. Hast du …«

»Danny, es tut mir wirklich leid.« Pacos Schweigen schien ewig zu dauern. Danny füllte die Zeit mit tausend trüben Gedanken, bis er merkte, dass der Fotograf gegähnt hatte. »Ich kann deine Mutter nirgends finden. Keine Spur von ihr.«

Dannys Herz hämmerte wieder. »Warst du beim Haus?«

»Dreimal, *amigo*. Da ist niemand zu Hause.«

»Hast du irgendeinen Hinweis gesehen, dass an Türen oder Fenstern herumgemacht wurde?«

»Nein. Aber es war ja auch stockdunkel.«

»Mein Gott, Paco, warum hast du keine verdammte Taschenlampe mitgenommen?«

»He, jetzt mal langsam. Ich habe meinen halben Hochzeitstag vor deinem Haus verbracht, und jetzt beleidigst du mich um vier Uhr morgens. Lourdes und ich hatten eine Hotelsuite gebucht. Weißt du, wie viel ich für meine hundertzwanzig Euro bekommen habe? Ungefähr beschissene drei Stunden. Und das waren drei Stunden Schlaf, wenn du weißt, was ich meine.«

Die Leute im Check-in starrten Danny an, er schrie förmlich ins Telefon. Nun beruhigte er sich wieder. »Tut mir leid, Kumpel. Vielen Dank für alles. Ich weiß das wirklich zu schätzen.«

Paco zögerte, und Danny wusste, das konnte nur schlechte Nachrichten bedeuten. »Eine Sache war da, Danny ... Ich will dich nicht beunruhigen, aber Lucky war nicht dort. Nicht im Garten, nicht im Haus.«

»Scheiße.«

Wenn jemand ins Haus eindringen wollte, war der Hund das erste Hindernis, das er aus dem Weg räumen musste. Paco verstand Dannys Schweigen. »Die gute Nachricht ist, der Cousin eines Freundes ist bei der Policía Local in deinem Viertel. Ich habe ihm die Lage erklärt, und er hat versprochen, das Anwesen im Auge zu behalten und dafür zu sorgen, dass während der ganzen Nacht alle paar Stunden sichtbare Polizeipräsenz vorhanden ist. Außerdem habe ich einen Zettel unter der Tür durchgeschoben, um deiner Mutter zu sagen, sie soll mich im Hotel anrufen, wenn sie nach Hause kommt.«

Wenn Danny Paco zwanzigmal angerufen hatte, dann hatte er seine Mutter hundertmal angerufen und war immer nur bei der Voicemail gelandet. Wie hieß dieser blöde Freund von ihr in Mojácar gleich wieder? Der Franzose. Er zermarterte sich das Hirn, aber es brachte ihm nichts.

In Deepmere hatte er erbittert mit Edward Shelley gestritten, denn er beharrte darauf, dass der Mann sich die Telefonaufzeichnungen anschaute, herausfand, wann Vertanness' Bruder das letzte Mal angerufen und von wo aus er es getan hatte. Als Shelley schließlich nachgab, wäre es Danny fast lieber gewesen, er hätte es nicht getan.

»Hier ist die Nummer: 0034 950 343296.«

Die erste Zahl war die internationale Vorwahl für Spanien. Die zweite die für die Provinz Almería. Danny wählte die Nummer und ließ es läuten, bis sich jemand meldete, eine vorsichtige, Spanisch sprechende Stimme. Die Nummer gehörte zu einer Telefonzelle in der Stadt Los Membrillos.

Während Danny in der Schlange wartete und dann durch die Sicherheitsschleuse ging, war er das reinste Nervenbündel. Jede Sekunde wirkte wie eine Minute, jede Minute wie eine Stunde. Um 6.15 Uhr starteten sie in völliger Dunkelheit und überflogen den Golf von Biskaya, während die Sonne über blutroten Wolken aufging.

Danny hoffte, dass es kein schlechtes Omen war.

Im Flugzeug saß er so nahe an der Tür, wie es ging, lief die kurze Strecke von der Gangway zum Terminal und ignorierte die Rufe des Flughafenpersonals. Er hastete durch die Passkontrolle und sprang in ein Taxi. Die zehnminütige Fahrt schien ewig zu dauern. Er warf dem Fahrer einen Zwanzig-Euro-Schein zu und rannte, nach Lucky rufend, durch den Olivenhain zu seinem Haus.

Paco hatte recht. Der Hund war nicht da.

Danny rutschte das Herz in die Hose, als er sah, dass die Tür zu seinem Bungalow weit offen stand. Er ließ die Tasche zu Boden fallen und preschte los.

»*¡Mamá! ¡MAMÁ!*«

Mit dem Rücken zur Wand betrat er das dunkle Haus. Alle Fensterläden waren geschlossen. Im Inneren war es stockdunkel. Der Lichtschalter funktionierte nicht. Kalte Finger umklammerten sein Herz, als er das dunkle Wohnzimmer betrat und die Läden öffnete.

Nichts. Möbel, Tisch, Fernseher: Alles war so, wie es sein sollte.

Er wandte gerade rechtzeitig den Kopf, um die Gestalt durch die Haustür hereinschlüpfen und auf ihn zukommen zu sehen. Danny schrie und stolperte rückwärts über einen Hocker.

Die Gestalt schrie ebenfalls.

Es dauerte einen stummen Augenblick, bis bei Adriana Sanchez die Verärgerung den Schock verdrängt hatte.

»Danny, was um alles in der Welt stolperst du denn hier in der Dunkelheit herum? Du hast mir einen Mordsschrecken eingejagt. Jetzt steh endlich auf.«

»Mum? Was tust du hier?«

»Verdammt, ich wohne hier. Du wolltest doch eigentlich erst in zwei Tagen zurück sein.«

»Wo ist Lucky?«

»Ich habe Besseres zu tun, als dauernd hinter diesem stinkenden Köter herzujagen. Ich habe ihn bei dem netten Mann ein Stückchen weiter unten abgegeben. Ich war in den letzten paar Tagen nicht da.« Sie hielt die Hand noch immer aufs Herz gedrückt. »Ist das deine Art, mir den Streit heimzuzahlen, den wir hatten? Wenn ja, dann hast du es geschafft.«

Danny konnte nicht anders, er musste einfach lachen. Entweder das oder in Tränen ausbrechen. »O Gott, Mum, wenn du wüsstest, was ich in den letzten zwölf Stunden durchgemacht habe.«

»Was *hast* du denn durchgemacht? Ich komme heim in ein Haus ohne Strom. Ich gehe nach draußen, um mir den Sicherungskasten anzuschauen, ich höre dich meinen Namen schreien, und dann springst du mich in der Dunkelheit an. Und noch was.« Sie hielt ihm ein Blatt Papier hin. »Sag deinen Freunden, wenn sie mir einen unsittlichen Antrag machen wollen, wäre es mir lieber, sie wären so galant, es mir ins Gesicht zu sagen. Schau, was ich unter der Tür gefunden habe: *Adriana, ruf mich an, sobald du das liest, egal, um welche Uhrzeit. Ich übernachte im Hotel Almería. Paco.*«

Danny stand auf. Sein Lachen war inzwischen hysterisch, denn die Anspannung der letzten Stunden löste sich jetzt.

Adriana Sanchez stemmte die Hände in die Hüften. »Bist du betrunken? Was führst du denn hier auf? Du verhältst dich wie ein Verrückter und hast Glück, dass Jacques nicht hier ist. Er hätte dir eins über den Kopf gezogen. Er ist nämlich der eifersüchtige, beschützende Typ.« Danny öffnete den Mund, um alles zu erklären, aber sein Handy klingelte.

Der Name auf dem Display ließ sein Lachen sofort verstummen: Marsha.

Er ging nach draußen, um den Anruf entgegenzunehmen.

»Tut mir wirklich leid, dich zu belästigen, Danny, aber ich wollte nur wissen, was ich heute Abend anziehen soll: elegant, elegant/lässig oder Jeans und Bluse? Aber sag mir nicht, wohin wir gehen. Ich will mich überraschen lassen.«

Danny fuhr sich mit der Hand an den Kopf. Er hörte Marsha seinen Namen sagen, fragen, ob er noch dran sei. Er wappnete sich für das, was jetzt mit Sicherheit kommen würde.

»Hör zu, Marsha, es hat eine Planänderung gegeben ...«

2

»Danny.«

»Jim.«

»Alles in Ordnung mit dir? Du klingst ein bisschen überwältigt.«

Überwältigt: War dies das richtige Worte für seine Stimmung nach dem Anpfiff, den Marsha ihm verpasst hatte? Fix und fertig würde wohl eher passen. Jetzt hatte er sie verloren. Einen Weg zurück gab es nicht mehr, nicht nach dem, was sie ihm gesagt hatte.

»Denk dir nichts, Jim. Ich komm drüber weg.«

»Die Verbindung ist ziemlich schlecht.«

»Ja. Ich bin wieder in Spanien.«

»Aha. Okay.« Durkin sprach ohne Betonung, wie Leute es tun, wenn sie Zeit zum Nachdenken brauchen. »Arbeiten wir noch zusammen?«

»Mehr denn je. Ich brauche deine Hilfe.« Danny erklärte ihm, was passiert war.

»O Gott. Das tut mir wirklich leid. Dann war das Treffen mit Vertanness also ein abgekartetes Spiel? Dachte mir schon, das ist zu gut, um wahr zu sein.«

»Keine Angst, meine Mutter ist okay. Aber ja, es war ein abgekartetes Spiel. Irgendjemand hat Vertanness eine Nachricht ins Krankenhaus geschickt.«

»Das beweist, dass Orson existiert, stimmt's?«

»Ja. Und es beweist, dass er in Spanien ist. Zumindest war er es vor zwei Tagen, als er Vertanness anrief. Ich habe die

Nummer. Es ist eine Telefonzelle in einem kleinen Kaff ungefähr eine Stunde von meinem Wohnort entfernt. Außerdem weiß Orson über die Polizeioperation Bescheid. Vertanness sagte: Folge der gelben Ziegelsteinstraße. Das muss ein Verweis auf den Spitznamen Dorothy sein.«

»Du glaubst, es hat was zu bedeuten.«

»Nein, ich glaube, Orson will, dass wir unserem eigenen Schwanz nachjagen.«

»Natürlich bedeutet es noch etwas ganz anderes, Danny«, erklärte Durkin. »Er weiß, wer du bist.«

»Ja, aber zum Glück hat er seine Drohung offensichtlich nicht wahr gemacht. Ich glaube, wir haben ihn aufgescheucht, Jim. Hör mal, Vertanness hat Spanisch mit mir gesprochen. Also hat der Kerl nur getan, was er offenbar gut kann, nämlich nachzuplappern, was andere ihm sagen – was bedeutet, dass Orson Spanisch spricht. Würde das helfen, die Parameter für deine Frau einzugrenzen?«

»Nicht wirklich.«

Danny hatte es auch gar nicht erwartet.

»Was mach ich jetzt?«

»Wir sollten auf jeden Fall dranbleiben, Jim. Grab weiter, tu, was du bis jetzt getan hast. Orson hatte sich als Vertanness' Bruder ausgegeben. Such Vertanness' Familie. Schau, ob sie Licht in die Sache bringen können. Finde heraus, wo seine Brüder sind, ob es da irgendeine Verbindung zu Spanien gibt.«

Durkin schwieg, dann sagte er: »Danny, ich glaube noch immer, dass es Callum Hacker ist.«

»Nein. Und Folgendes beweist es: Vor zwei Tagen war Callum Hacker hinter Gittern. Verstehst du nicht? Er kann diesen Anruf nicht getätigt haben, wenn er in Untersuchungshaft saß.«

Durkins Schweigen deutete auf Widerspruch hin. Dann meinte er: »Ich habe mich ein bisschen über Serienmörder informiert. Sexuelle Psychopathen funktionieren nach einer Uhr. Je mehr sie morden, umso straffer ist die Triebfeder gespannt, umso schneller bewegen sich die Zeiger. Haben sie einmal angefangen, hören sie nicht mehr auf, Danny.«

»Soll heißen?«

»Wenn Orson die ganze Zeit in Spanien war, dann haben wir zwischen Mai 2000 und dem Toten in Alan Reades Haus, der vermutlich Ende 2009 umgebracht wurde, einen ernsthaften Mangel an Leichen. Callum Hacker befand sich einen Großteil dieser Zeit im Knast. Die Tatsachen passen. Das erklärt, warum es keine Leichen gab: Er war hinter Gittern. Und diese Geschichte, dass Callum so blöd ist. Na ja, beweist nicht die Tatsache, dass er seine Opfer in Häusern einmauerte, die mit ihm in Verbindung gebracht werden können, seine Dummheit?«

»Ich glaube es trotzdem nicht.«

Wieder reagierte Durkin mit Schweigen. »Lass uns morgen reden«, sagte er schließlich. Sein Tonfall gab deutlich zu verstehen, worüber sie reden würden.

Danny fing an, herumzutelefonieren und sich auf den neuesten Stand zu bringen. Zuerst rief er Paco Pino an. Noch immer gab es nichts über die beiden Leichen, die Polizei mauerte in jede Richtung. Charlie Hacker lag noch im Krankenhaus, allerdings nicht mehr auf der Intensivstation. Dann rief Danny Niall an, um ihm zu sagen, dass er wieder da sei. Am Tonfall des Greenhorns merkte er, dass etwas nicht stimmte.

»Danny, tut mir leid, ich hab vergessen, dich anzurufen.«

»Was ist los?«

Niall schluckte. »Die Hackers sind auf Kaution frei. Alle drei.«

»Seit wann?«

»Seit zwei Tagen.«

Danny legte auf. Jetzt war er wirklich überwältigt.

3

»Vielen Dank, dass Sie mich so kurzfristig empfangen, Señora Perez«, sagte Danny.

Die Frau schüttelte den Kopf. »Ich fürchte, Señora Perez ist zu beschäftigt, um Sie zu empfangen. Mein Name ist Dolores Donaire.«

Das erklärte es: Für Danny war die Frau viel zu jung, um die *decana* zu sein, die Dekanin der psychologischen Fakultät der Universität von Almería. Sie sah Dannys leicht enttäuschte Miene. Sie ging in die Defensive. »Ich habe zehn Jahre Erfahrung, und ich leite unser Seminar für Kriminalpsychologie.«

Danny lächelte. »Entschuldigen Sie. Ich bin mir sicher, Sie werden Ihr Bestes tun.«

Donaire führte ihn in ihr Büro. Sogar für eine Spanierin war sie dunkel, klein, schlank und attraktiv. »Also, Mr. Sanchez, dem Pressesprecher der Universität haben Sie gesagt, es sei extrem wichtig. Wie kann ich Ihnen helfen?«

Danny atmete einmal tief durch und berichtete alles, was er in Großbritannien herausgefunden hatte. Dann skizzierte er kurz seinen Verdacht und verfolgte dabei das Wechselspiel ihres Gesichtsausdrucks: Überraschung, Ungläubigkeit und dann das, worauf er gehofft hatte – Neugier.

»Nun gut«, sagte sie bedächtig, »Sie glauben also, dass diese Person, Orson, von Großbritannien nach Spanien gezogen ist?«

»Ja.«

»Faszinierend. Aber inwiefern glauben Sie, dass ich Ihnen helfen könnte? Ist das nicht Sache der Polizei?«

»Die britische Polizei wird sich mit den Behörden hier in Almería in Verbindung setzen. Ich bin gekommen, weil ich gern von Ihnen hören würde, wer dieser Orson sein könnte.«

Sie hob die Augenbrauen. »Das ist aber ein bisschen viel verlangt.«

»Ich weiß, aber könnten Sie mir zumindest eine gewisse Vorstellung von seinem Hintergrund geben?«

Ihre Augenbrauen verschwanden unter ihrem Pony. »Sie wollen, dass ich das jetzt *sofort* mache? Das ist unmöglich. Trotz ihres Namens ist die forensische Psychologie keine exakte Wissenschaft. Wir beschäftigen uns mit sorgfältig durchdachten Möglichkeiten, und das ist etwas, das man nicht überstürzen darf.«

»Tut mir leid, dass ich Sie so bedränge, aber ich bin verzweifelt. Menschen sterben, und ich glaube nicht, dass irgendjemand nach dem wahren Schuldigen sucht. Gibt es gar nichts, was Sie mir sagen können? Nur ein paar große Pinselstriche.«

Danny lächelte so gewinnend, wie er nur konnte.

»Okay«, sagte sie. »Aber ich will nicht, dass Sie irgendwas zitieren, was ich sage. Nicht, solange ich nicht genügend Zeit habe, meine Formulierungen zu überdenken. Sie haben mich hier in eine Ecke gedrängt. Das sind meine Bedingungen.«

»Okay.«

Sie streckte die Hand aus. »Sie sagten, Sie hätten Fotos der Opfer der Mordserie in Großbritannien, des Vogelscheuchen-Prozesses. Kann ich sie sehen?«

Danny zeigte ihr die Fotos der Vertanness-Morde, die Fotos, die er in O'Byrnes Haus geschossen hatte. Dann gab er ihr das Foto, das Paco vom Opfer in Alan Reades Haus aufgenommen hatte. Sie betrachtete sie eingehend und begann dann, sich Notizen zu machen. Nach ein paar Minuten sagte sie zu Danny: »Sie können gern eine Weile auf dem Campus spazieren gehen, Mr. Sanchez. Hierzu brauche ich mindestens eine Stunde. Lassen Sie mir auch das da, was Sie sich notiert haben. Mein Englisch ist gut.«

Danny schlenderte über das Gelände dicht am Ufer, überquerte die Straße und stand dann vor der Wand aus großen, braunen Felsbrocken, die als Wellenbrecher diente. Wind rauschte in den Palmen an der Uferpromenade, das Meer brandete in breiten Bahnen weißer Gischt heran. Die Spätnachmittagssonne versank langsam im Meer. Nirgendwo auf der Welt fand man einen Sonnenuntergang wie an der Küste Südspaniens.

Er rauchte ein paar Zigaretten, trank einen Kaffee und kehrte dann in Donaires Büro zurück. Zuvor hatte er sie überrumpelt, das war ihm jetzt bewusst, nun aber, da sie die Gelegenheit erhalten hatte, über alles genau nachzudenken, erkannte Danny, dass sie aufgeregt war.

Sie bot ihm einen Stuhl an, bat ihn, noch ein paar Punkte zu klären, und begann dann zu reden. »Okay, nach dem, was ich gesehen und von Ihnen gehört habe, ist Orson *wahrscheinlich*« – sie betonte das Wort – »ein gerissenes, skrupelloses und intelligentes Individuum Mitte dreißig mit einer Vorgeschichte familiären Missbrauchs.«

»Wie können Sie das Alter bestimmen?«

»Leute wie Orson werden in der Kindheit verkorkst, dann kommen die Pubertät und die Hormone, und der verkorkste Teil entwickelt allmählich das Bedürfnis, sich auszudrücken. Das ist eine der Tragödien: Der Missbrauchte wird oft zum Missbrauchenden. Abweichendes Verhalten wie dieses manifestiert sich normalerweise kurz vor oder nach dem zwanzigsten Lebensjahr. Das heißt, wenn Orson 1994 anfing, muss er jetzt Mitte dreißig sein. Er ist außerdem eine Person, die nach außen hin selbstsicher auftritt und es gewohnt ist, beobachtet zu werden. Schauen Sie sich nur die Mühelosigkeit an, mit der er andere dazu bringt, ihm zu Willen zu sein.«

»Orson benutzt also diese Ersatzmörder, um sich selbst zu schützen?«

»Das glaube ich nicht. Ich würde sagen, Orson setzt eine zweite Person ein, weil er den starken Wunsch verspürt, seine Opfer gedemütigt zu sehen. Die Verwendung eines Ersatzmörders, wie Sie es nennen, bedeutet, dass Orson im Hintergrund bleiben und jeden Augenblick des Spektakels ohne Unterbrechung genießen kann. Ich würde sogar die Vermutung wagen, dass die Kastration der letzte Akt der Machtausübung ist und von Orson selbst durchgeführt wird, sobald er allein mit dem Opfer ist.«

Das klang alles sehr plausibel. Danny machte sich Notizen. »Können Sie mir sonst noch was über ihn sagen?«

»Er hat bewiesen, dass er absolut skrupellos und zielstrebig sein kann. Sooft ein Komplize sich als problematisch erwies, beseitigte er ihn bedenkenlos. Dennoch scheint er eine gewisse Zurückhaltung in Bezug auf den eigentlichen Akt des Tötens zu haben.«

»Tatsächlich? Woraus schließen Sie das?«

»Diese Isolierbandmaske, die Sie beschrieben haben. Sie diente nicht dazu, das Opfer zum Schweigen zu bringen. Dazu wäre lediglich ein Band über den Lippen nötig gewesen. Sehen Sie, wie sie den gesamten Kopf bedeckt – der Person wird nicht nur die Sprech-, sondern auch die Seh- und Hörfähigkeit genommen. Und mit verhüllten Gesichtszügen wird das Opfer zu einem Objekt, zu einer Unperson, wenn Sie so wollen, etwas, das kontrolliert, gedemütigt werden kann. Ich glaube, Sie sagten, dass Nicholas Todds Kopf mit einem Kissenbezug bedeckt war.«

»Was bedeutet das?«

»Ich glaube, es zeigt, dieser Orson weiß, dass falsch ist, was er tut.«

»Ist das besser?«

»Schlimmer. Viel schlimmer. Das ist keine Person, deren Pathologie ihre Handlungen kontrolliert, sie zum Handeln zwingt. Diese Person hat sich komplett unter Kontrolle. Sie entscheidet *selbst*, wann sie sich auf diese Art verhält. Und das macht sie viel gefährlicher als einen normalen Serienmörder. Die Chancen, dass ihr nach so langer Zeit noch ein Fehler unterläuft, sind minimal.«

Und der Mistkerl weiß, wer ich bin, dachte Danny. Das war genau das, was er nicht hören wollte.

4

William Fouldes starrte hinaus auf die Grün-, Grau- und Brauntöne der Umgebung und unterdrückte ein Gähnen, während er der kurvigen Straße nach Süden durch das Valle de los Despeñaperros folgte, dieser Reihe von Schluchten, die die kastilische Ebene mit Andalusien verband. Es war schön auf eine karge, spanische Art: die Sonne, die über steilen Flanken splitternden Steins unterging, mit Bäumen und Büschen, die aus den Rissen zwischen den Blöcken wuchsen.

Doch William Fouldes war das eigentlich gleichgültig. Der Flug am frühen Morgen hatte sieben Stunden gedauert: von Bordeaux nach Amsterdam, dann zwei Stunden Wartezeit für den Anschluss Amsterdam–Madrid. Und jetzt die lange Fahrt von Madrid nach Almería: fünf Stunden, wenn dichter Verkehr herrschte, wie es bei ihm der Fall gewesen war. Es würde acht werden, bis er nach Hause kam.

Fouldes wechselte die CD und kämpfte gegen den Schlaf an, während er auf die *autovía* fuhr, die ihn durch die Provinz Granada und heim nach Huércal-Overa bringen würde. Die Konferenz in Bordeaux war total langweilig gewesen: die Herausgeber aller vierzehn von Ms. Pelham-Kerrs spanischen, französischen, deutschen und italienischen Publikationen, alle zusammengepfercht in einem Konferenzsaal für stundenlanges firmeninternes Blabla. Trotzdem war es nicht so schlimm gewesen, wie Fouldes befürchtet hatte. Das Personal jeder einzelnen Zeitung war rücksichtslos reduziert worden, aber noch hielten sie alle den Kopf über Wasser.

Natürlich bedeutete das viel mehr Arbeit für die restlichen Leute, aber das war Fouldes eigentlich egal. Wen kümmerte es, wie viel Arbeit zu tun war, wenn man die Aufgabe hatte, sie zu delegieren? Außerdem war er im Besitz der Telefonnummer einer sehr attraktiven italienischen Frau, die er im Hotel kennengelernt hatte.

Und es war gut, bei einer solchen Veranstaltung sein Gesicht zu zeigen. Er wusste sehr genau, dass der Herausgeber der größten spanischen Zeitung in Pelhams Kette fast einen Tausender mehr verdiente als er. Genau dort wollte Fouldes in zwei Jahren sein, weit oben in der Zentrale in Valencia, in behaglicher, sicherer Position, hübsch nah an der Macht, und nicht in diesem Kaff Almería. Dass er hatte übernachten müssen, passte ihm weniger: Es war nie gut, eine Frau wie Jeanine allein zu lassen, auch nicht für eine Nacht, denn genauso hatte ihr vorheriger Freund sie verloren.

Drei CDs später traf er zu Hause ein. Er drückte auf den elektronischen Schlüssel, sah zu, wie die Tore zu seinem ländlichen Anwesen sich öffneten.

Jeanine lag bereits im Bett: Das Schlafzimmerlicht brannte, die Vorhänge waren jedoch zugezogen. Wenigstens wartete sie auf ihn. Die Scheinwerfer von Fouldes' Auto huschten über die grauen Stämme der Olivenbäume, die Räder knirschten über den Kies.

Erst als er drin war und seine Schuhe auszog, fiel ihm auf, dass etwas nicht stimmte. Auf die weißen Fliesen des Bodens war mit einer fettigen Substanz ein Pfeil gemalt, der zur Treppe wies. Einen grässlichen Augenblick lang hielt er es für Blut. Als er sich bückte, erkannte er, was es war … Lippenstift? Oder Fettschminke?

»Jeanine? Was, zum Teufel, hast du hier unten gemacht?«

Auf der Wand des Treppenhauses prangte ein weiterer

Pfeil. Ein dritter deutete oben auf dem Absatz nach links, zum Schlafzimmer. Verärgerung kämpfte mit dem plötzlichen Blutandrang in seinem Schritt. Es war ein nettes kleines Spiel, aber sie hatte seine verdammte Tapete ruiniert.

William Fouldes schnupperte. Es roch nach Essen. Er schaute ins Wohnzimmer. Der Plasmabildschirm zeigte Kindercomics. Auf dem Couchtisch stand ein ketchupverschmierter Teller. Der Boden war mit roten Punkten gesprenkelt. Kopfschüttelnd trug er den Teller in die Küche, blieb aber in der Tür wie angewurzelt stehen.

Es sah aus, als wäre in der Küche eine Bombe explodiert. Die Kühlschranktür stand offen, zerbrochene Eierschalen bedeckten die Arbeitsfläche mit geronnenem Eiweiß. Aufgerissene Packungen mit Frühstücksflocken lagen umgekippt daneben. So wie die Flocken auf der Arbeitsfläche herumlagen, sah es aus, als hätte Jeanine sie einfach mit der Hand aufgeschaufelt und in den Mund gestopft.

Das war zu viel.

»Jeanine? Warum, zum Teufel, antwortest du mir nicht?«

William Fouldes packte das Geländer und nahm immer zwei Stufen auf einmal.

5

Um acht fuhr Danny zu Pacos Haus. Paco lebte in einer dieser umzäunten Wohnanlagen, von denen die meisten spanischen Paare träumten: Die Wohnungen waren zwar klein, doch die großzügig angelegten Gemeinschaftsflächen boten einen Swimmingpool, einen Tennisplatz und Unmengen von Bänken, auf denen die Bewohner abends zusammensitzen und plaudern konnten, während ihre Kinder herumtollten. Das war etwas, das die Spanier richtig und sehr gut machten: Die Kinder stellten das Zentrum des spanischen Lebens dar, die Achse, um die sich alles drehte.

Danny fuhr mit dem Lift in den vierten Stock. In der Wohnung war Paco gerade im Begriff, seine beiden Töchter zu baden. »Wie war's in England?«

Danny schaute in die strahlenden Gesichter der Mädchen und strich ihnen über die Haare. »Das erzähle ich dir später, Kumpel.«

Pacos Frau Lourdes stand in der Küche und bereitete das Abendessen vor. Danny unterhielt sich mit ihr, während Paco die Mädchen badete. Sie lud ihn zum Essen ein. Danny war zwar nicht hungrig, nahm aber trotzdem an. Nachdem er sein Hirn in den letzten Tagen mit den Entsetzlichkeiten dysfunktionaler Familien vollgestopft hatte, tat es gut, eine so glückliche, normale Beziehung zwischen Kindern, Ehemann und Ehefrau zu sehen.

Badezeit schien Chaoszeit zu sein: Hinter der geschlossenen Tür waren Scheppern, Spritzen und Lachen zu hören. Dann erhob Paco die Stimme, um Ordnung in das wässrige Tohuwabohu zu bringen. Er bat seine Töchter, sich zu waschen, aus der Wanne zu steigen und zuzusehen, dass sie ihre …

Lourdes erklärte eben die Hygieneroutine der Kinder, als Danny erstarrte, und zwar so unvermittelt, dass Lourdes die Stirn runzelte und ihn am Arm fasste. »Was ist los, Danny?«

Als Paco das Wort wiederholte, drehte Danny sich um und hämmerte gegen die Tür. »Dieses Wort, Paco. Was du eben gesagt hast. Wie schreibt man das?«

Paco reagierte unwirsch. »Habe hier alle Hände voll zu tun, Danny. Von welchem Wort laberst du?«

Aber Danny wusste bereits, wie man es schrieb.

Isabel, trockne dich dort unten ab.

Sei ein braves Mädchen, Alejandra.

Trockne deine *toto* ab.

Die Aussprache war so anders, er wäre nie drauf gekommen, bis er es einen Spanier sagen hörte. Spanische Vokale wurden trocken und kurz ausgesprochen – sie sagten nicht »tou-tou«. Das O in den beiden Silben klang wie das O in »Gott«: *to-to*.

Danny erinnerte sich jetzt an seine eigene Kindheit. Es war nicht einmal ein richtiges Wort, man würde es in keinem Lexikon finden. Mädchen hatten eine *toto*, Jungs einen *colita*. Die unschuldigen Wörter, die spanische Eltern benutzten, um über die Genitalien der Kinder zu sprechen. Wörter, die man nur lernte, wenn man von Kindesbeinen an mit einer Sprache vertraut war.

Er dachte an die Fotos von Vertanness' Opfern, an das in den Unterbauch geritzte Wort TOTO. O Mann, die Antwort hatte ihm die ganze Zeit ins Gesicht gestarrt.

Er trat auf den Balkon hinaus, schob die Tür zu und rief Jim Durkin an.

»Jim, sag deiner Frau, ich kann die Parameter jetzt eingrenzen. Sag ihr, sie soll nach spanischen Muttersprachlern suchen. Jeder mit einer Verbindung nach Spanien oder Südamerika. Oder mit einem spanischen Elternteil. Orson spricht nicht nur Spanisch, Jim. Ich glaube, er *ist* Spanier.«

Dannys merkwürdiges Verhalten verlangte eine Erklärung. Lourdes brachte die Kinder ins Bett, während Danny und Paco sich auf den Balkon setzten. Danny brauchte zwanzig Minuten, um alles zu erklären.

»Ich habe deinem Instinkt immer vertraut, Danny, aber ich muss sagen – da sind jede Menge Wenns, Abers und Vielleichts in deiner Theorie«, lautete Pacos Kommentar.

»Ich weiß. Aber ich arbeite mit einem englischen Journalisten an dieser Sache. Das könnte eine wirklich anständige Exklusivgeschichte werden.«

Doch Paco dachte nicht an Exklusivgeschichten. Seine Nasenwurzel kräuselte sich, als Danny von Vertanness' Drohung und seiner überstürzten Rückkehr nach Spanien berichtete; Pacos haselnussbraune Augen wanderten zum Zimmer seiner Töchter.

»Ich weiß nicht, Danny. Ich würde sagen, lassen wir zunächst die Polizei den Mistkerl fangen – und erst dann publizieren wir.«

»Keine Angst, ich werde nichts überstürzen. Es gibt da einen britischen Expolizisten, der etwas organisieren und irgendjemanden dazu bringen wird, mit der Polizei hier in Almería zusammenzuarbeiten. Aber je mehr wir über diesen Mistkerl herausfinden, desto weniger müssten wir uns darüber den Kopf zerbrechen, wann es zur Verhaftung kommt und das Wettrennen losgeht. Außerdem ist es auch in meinem eigenen Interesse. Ich will, dass dieses Ungeheuer gefasst wird. Ich will mir nicht den Rest des Lebens über die Schulter schauen müssen.«

Danach fuhr Danny nach Hause. Es war noch nicht mal halb zehn, als er seine Schultertasche aufs Sofa warf. Doch er duschte und machte sich bettfertig. Er fühlte sich völlig ausgelaugt und wollte nur noch schlafen. Seine Mutter hielt sich wieder bei Jacques auf. Die zusätzliche Sorge, sich auch noch um sie Gedanken machen zu müssen, konnte er jetzt nicht gebrauchen.

Er kontrollierte, ob alle Fenster geschlossen waren, verriegelte die Tür und schob das Sofa davor. Dann holte er aus der Küche ein langes Messer und legte es aufs Nachtkästchen. Als letzte Vorsichtsmaßnahme rief er Lucky ins Haus und stellte ihr Körbchen neben sein Bett.

Wenn Orson bei ihm auftauchen und herumschnüffeln wollte, würde Danny sich das nicht ohne Gegenwehr gefallen lassen.

Der Hund schaute ihn verwundert an, rollte sich dann aber im Körbchen zusammen und ließ den Kopf mit einem Seufzer sinken. Danny kontrollierte noch einmal, ob die Tür verschlossen und verriegelt war. Dann ließ er sich in einen tiefen, erholsamen Schlaf sinken.

6

Inspector Jefe Andrés Bosquet hielt sich am Geländer fest, als er die Treppe hinunterstieg, denn er hatte Angst, dass die Beine unter ihm nachgaben. In seinen zwanzig Dienstjahren hatte er schon Hunderte von Mordtatorten gesehen, aber so etwas noch nicht. Er konnte das Blut noch immer riechen, es schmecken. Die Luft im Schlafzimmer war geschwängert davon.

Und auch die Wände.

Die Spurensicherungstechniker plapperten nervös, während sie sich ihre weißen Overalls überstreiften. Einer, der tatsächlich oben gewesen war und den Tatort fotografiert hatte, warnte seine jüngeren Kollegen vor dem extremen Anblick, der sie erwartete.

Bosquets Handy klingelte. Es war wieder der verdammte Politiker. Froh um die Ausrede, das Schlafzimmer verlassen zu können, ging er nach draußen, um den Anruf entgegenzunehmen.

Gutierrez hielt sich nicht lange mit Höflichkeiten auf. »Wie schlimm ist es?«

Was für eine Frage.

Bosquet versagte zum ersten Mal die Stimme. »Das Schlimmste, was ich je gesehen habe.« Sieben Wörter, aber Bosquet stockte zweimal.

»Gibt es irgendeine mögliche Verbindung zu dieser anderen Geschichte?«

»Es ist zu früh, um das zu sagen. Sie hat kein Make-up im Gesicht. Aber die Genitalien sind zerstückelt.«

»Ich will nicht, dass auch nur ein Wort davon an die Presse gelangt, okay?«

»Die sind schon da. Ein Fotograf hat herumgeschnüffelt und Fragen gestellt.«

»*¡Joder!* Was hat er erfahren?«

»Nichts. Aber er wird anfangen, seine Kumpels anzurufen. Bald werden auch Reporter hier sein. Sie werden bei den Nachbarn an die Tür klopfen. Einer davon wird irgendeinen kennen, einen Krankenwagenfahrer, einen Cousin bei der Guardia.«

»Ich will nicht, dass irgendwas über eine mögliche Verbindung zu den anderen Morden publik wird. Und auch nicht zu der Sache mit den Jägern in Granada.«

»Die sind nicht blöd.«

»Okay, ich rufe die örtlichen Herausgeber an, gebe ihnen ein Exklusivinterview. Wenn ich es schnell mache, reicht die Zeit dafür noch. Aber was die Polizei angeht, ist das ein Einbruch, der aus dem Ruder gelaufen ist. Ich will nicht, dass irgendwas über die Schwere der Gewalttat durchsickert.«

»Aber wir können das nur für eine gewisse Zeit geheim halten.«

»Mehr verlange ich von Ihnen auch nicht, Inspector Jefe. Halten Sie es einfach für ein paar Tage geheim.«

»Aber da ist noch etwas anderes, das wir bedenken müssen.«

»Was?«

»Hier in der Provinz läuft ein ernsthaft gestörtes Individuum frei herum. Leichen in Mauern ist eine Sache, aber das hier geschah in den letzten vierundzwanzig Stunden.«

»Das ist Ihr Problem, nicht meins, Inspector Jefe. Tun Sie, was getan werden muss, um ihn zu finden, aber hinter verschlossenen Türen. Das muss absolut wasserdicht sein. Und halten Sie sich diesen großspurigen englischen Reporter vom Leib. Die spanischen Zeitungen werden mitmachen – sie wissen, was auf dem Spiel steht, aber er ist eine tickende Zeitbombe und gefährlich.«

»Warum?«

»Weil der blöde Mistkerl fähig ist, das eine zu veröffentlichen, was wir im Augenblick überhaupt nicht gebrauchen können: die Wahrheit.«

7

Dannys Telefon. Es klingelte.

Er setzte sich im Bett auf, tastete auf dem Boden nach seinem Handy und atmete deutlich hörbar ein, als er die nackten Füße auf die kalten Fliesen stellte.

Wie spät?

3.13 Uhr.

»Danny?«, sagte Paco, als er sich meldete.

»Wo muss ich hin?« Danny suchte sich bereits seine Sachen zusammen. Ein Anruf des Fotografen um diese Zeit konnte nur eins bedeuten.

»Huércal-Overa.«

»Große Sache?«

»Ja.«

»Was ist es?«

»Ein Mord in einem ländlichen Anwesen. Ich habe den Anruf kurz vor Mitternacht bekommen. Ich dachte nicht, dass es dich interessiert, aber es geht das Gerücht, dass eins der Opfer englisch ist.«

»Ich bin gleich da.«

Eine Stunde später traf Danny Paco auf dem dunklen Vorplatz einer Tankstelle kurz vor der *autovía*. Der Fotograf war blass.

»Was auch passiert ist, es muss ein Riesending sein. Ich habe in Almería noch nie so viele Polizeifahrzeuge zu einem Tatort rasen sehen. Es ist, als hätten sie dort eine Bombe gefunden.«

»Wie hast du es erfahren?«

»Ein Sanitäter. Die Agentur zahlt ihm eine monatliche Vergütung, damit er uns über sämtliche Vorfälle mit Toten informiert. Ich schätze, die lokalen Blätter wissen bereits Bescheid, aber beim Verkauf an die britischen nationalen dürften wir klar die Nase vorn haben.«

»Schon was Neues über die Opfer?«

»Das Opfer, nur eins. Eine englische Frau – das ist inzwischen bestätigt. Der Ehemann/Freund/Partner – das ist noch nicht klar – kam nach Hause und fand sie.«

»Könnte es ein häusliches Verbrechen sein?«

»Das dachte ich zuerst. Ein Nachbar hörte die Schreie und rief die Polizei. Der Kerl war offensichtlich halb wahnsinnig.«

»Klingt wie Reue, oder?«

Paco schüttelte sich. »Was es auch ist, es ist schlimm. Ich arbeite jetzt seit neunzehn Jahren als Fotograf und habe von Schießereien und Messerstechereien bis zu Explosionen und Massenkarambolagen auf der Autobahn alles geknipst. Aber ich habe noch nie Beamte der Guardia so erschüttert gesehen wie heute Nacht.«

Sie stiegen in ihre Autos. Danny folgte Paco am Stadtrand vorbei in ein Netz kurviger Landstraßen, die von Villen und Chalets hinter hohen Mauern gesäumt waren. Er bog um eine Kurve und sah Pacos Bremslicht aufleuchten. Mitten auf der Straße standen zwei Beamte der Guardia Civil. Paco sprach mit ihnen und kam kopfschüttelnd zu Danny.

»Sie haben eine Straßensperre errichtet. Kannst du dir das vorstellen? Das Anwesen ist noch einen guten Kilometer entfernt. Ich habe sie noch nie so nervös gesehen.« Er starrte in die Dunkelheit. »Ich brauche ein paar gute Tageslichtaufnahmen des Anwesens.«

»Sieht aus, als müssten wir latschen.«

Sie fuhren zu einer Vierundzwanzig-Stunden-Tankstelle, aßen *tostadas*, tranken Kaffee. Bis Sonnenaufgang war noch genügend Zeit. Sie bestellten in Folie eingewickelte *bocadillos* und eine Flasche Wasser, da sie nicht wussten, wie lange sie dort draußen sein würden, und fuhren dann zurück. Ihre Autos stellten sie ziemlich weit von der Straßensperre entfernt ab, kletterten ein unbefestigtes Bankett hinunter und marschierten dann durch uneingezäunte Oliven- und Mandelhaine zum Haus. Hin und wieder fluchten sie, wenn sie über schwarze Bewässerungsrohre aus Plastik stolperten, die kreuz und quer über das Gelände verliefen.

Es war nicht schwierig, das Anwesen zu finden: Trotz Dunkelheit und fehlender Straßenbeleuchtung stach es durch die Menge an Polizeifahrzeugen und Krankenwagen im Umkreis des Hauses wie ein Casino in Las Vegas hervor. In allen Fenstern des Hauses brannte Licht. Die Bauernhöfe der Umgebung waren ebenfalls beleuchtet.

Sie fanden einen guten Aussichtspunkt und warteten.

Der Morgen brach an, wie er es in Spanien immer tat: Blasses Licht entzündete die Bergspitzen in der Ferne, aus milchigem Grau wurde Mitternachtsblau, bevor eine Sichel blutroter Sonne über den Horizont lugte und die Hügel des Vorgebirges mit warmem, braunem Licht und kriechenden Schatten tränkte.

Ein älterer Spanier tauchte aus der Dunkelheit auf, eine kurzstielige Hacke über der Schulter, auf dem Kopf ein schwarzes Barett. Die beiden Männer, die unvermittelt aus einem dunklen Olivenhain traten, schienen ihn nicht im Geringsten zu beunruhigen. Danny sprach ihn an: Nein, er wisse nicht, was da in dem großen Haus vor sich gehe, aber ja, die Besitzer seien Ausländer.

Er bot Danny und Paco seinen Weinschlauch an, rieb sich die runzligen Hände. »Was, das sind Engländer? Ich dachte immer, es sind Deutsche. Aber was weiß denn ich? Habe nie mit ihnen gesprochen.«

Der Umriss des Hauses wurde sichtbar. Es war eine große zweistöckige Villa.

Inzwischen war die Sonne ganz aufgegangen und blendete sie. »Wir müssen da seitlich herum. So fotografiere ich direkt in die Sonne.«

Doch Danny hörte nicht zu. Er starrte das Haus an, die Zinnen, die die Dachterrasse umgaben, den Glockenturm, der sie überragte.

Er lief dem Spanier nach, holte ihn ein.

»Der Besitzer des Hauses«, sagte Danny, außer Atem vom Laufen. »Fährt er ein großes, silbernes Auto? Einen 4 x 4?«

Der alte Mann hackte die Erde auf. Er hielt inne und überlegte auf die langsame, bedächtige Art, mit der spanische *campesinos* sich alles überlegen. »Ja. So eins mit einem Gestänge vorne dran.«

O Gott. Danny hatte also doch recht.

Es war William Fouldes' Haus.

8

Samstag, 10. April 2010

Um zehn Uhr waren die Angestellten der *Sureste News* im Redaktionssaal versammelt. Sie alle wussten über die Gerüchte Bescheid. Sandra hatte geweint.

»Stimmt es, Danny?«, fragte sie zwischen zwei Schluchzern, als Danny hereinkam.

Er holte tief Luft. »Ja. Die Polizei sagt nicht viel. Ich weiß nur, dass in Williams Haus eine Frau ermordet und ein Mann – wahrscheinlich William – unter Schock ins Krankenhaus gebracht wurde. Ich denke, die einzige logische Schlussfolgerung ist, dass das Opfer seine Freundin Jeanine ist.«

Sandra schluchzte wieder. Niall starrte zu Boden. Leonard hielt seinen Spazierstock fest umklammert.

Danny war wie betäubt vor Erschöpfung und doch von Schlaf weit entfernt. Nachdem er erkannt hatte, wessen Haus es war, hatte Paco sofort seinen Sanitäterkontakt angerufen. Er hatte schweigend zugehört und dann kopfschüttelnd aufgelegt. »Dieses herzlose Ungeheuer ist danach nach unten gegangen und hat sich ein Omelett gemacht.«

»Was?«

»Du hast mich richtig verstanden. Hat auch ein bisschen TV geschaut, wie's aussieht. Die Küche war schmutzig – zerbrochene Eierschalen, alle Pfannen aus den Schränken. Den Teller mit Sauce fand man auf dem Couchtisch im Wohnzimmer. Der Fernseher lief.«

O Gott, genau wie Ishmael Vertanness, der seine Zigaretten rauchte. Um die Zeit totzuschlagen, während Orson seine Arbeit verrichtete.

»Was ist mit der Leiche?«, fragte Danny. »War das Gesicht mit Make-up beschmiert?«

»Das weiß er nicht. Er hat deinen Chef ins Krankenhaus gefahren. Aber er hat draußen Guardia-Beamte reden hören. Anscheinend wurde sie ausgeweidet. Überall an den Wänden war Blut.«

»Wir müssen eine solide Verbindung zwischen diesem Verbrechen und dem herstellen, was ich in Großbritannien herausgefunden habe.«

»Warum müssen *wir* das tun?«

»Weil abgesehen von uns niemand nach diesem Bastard sucht. Verstehst du denn nicht, Paco? Genauso geht er vor. Die Polizei sucht nach *einer* Person, der Person, die Jeanine umgebracht hat. Aber hier ist noch jemand anders beteiligt, die Person, die diese Verbrechen initiiert. Er ist immer da, im Schatten, er versteckt sich hinter anderen. Und währenddessen wird er besser und besser in dem, was er tut; er verfeinert seine Technik. Schau dir das Opfer an, das wir in Reades Haus gefunden haben: Es ist jetzt über eine Woche her, und sie haben immer noch nichts über ihn, außer dass er ›wahrscheinlich‹ nordafrikanischer Abstammung ist. Und hier in Spanien hat Orson perfekte Jagdgründe gefunden: eine Migrantenbevölkerung, isoliert durch Sprache und Kultur. O Gott, der Kerl könnte Dutzende getötet haben.«

»Aber woher kommen diese Leute, Danny? Wo findet Orson Menschen, die spurlos verschwinden?«

»Es gibt Tausende, die illegal in der Provinz herumlungern.«

»Zugegeben. Aber irgendwo haben sie alle Familien. Und

die Leichen, Danny. Wo sind die Leichen? Du weißt so gut wie ich, wenn jemand getötet wird, taucht die Leiche immer irgendwann auf.«

»Vielleicht gibt's noch ein anderes Haus.«

»Warum hat die Polizei es dann noch nicht gefunden?«

Paco hatte recht. Wenn die Polizei eine Leiche nicht fand, dann taten es die Bussarde und Geier der Sierra.

Doch im Augenblick plagten Danny wichtigere Sorgen. Er musste sich um die Zeitung kümmern. Danny atmete durch. »Ich weiß, das ist eine schwierige Zeit für alle von uns, aber wir müssen uns konzentrieren. William war wann in Bordeaux? Den ganzen Donnerstag, und er kam erst spät am Freitagabend zurück. Jeanine – es muss sie sein – wurde irgendwann während dieser Zeit getötet. Also, ich will, dass alle so ruhig wie möglich bleiben – aber ich glaube nicht, dass das ein zufälliger Angriff war.«

Sandra zog die Luft ein, wischte sich Rotz von der Nase. Ihre Augen traten vor.

»Das ist eine ziemlich kühne Behauptung«, meinte Leonard, die Knöchel weiß an seinem Spazierstock. »Eine, die eine Erklärung erfordert.«

»Ich habe in England Informationen bekommen. Irgendjemand kommunizierte mit einem Serienmörder in der Hochsicherheitspsychiatrie in Deepmere. Passierte während meiner Abwesenheit in der Zeitung irgendwas Ungewöhnliches?«

Alle starrten ihn verständnislos an.

»Ungewöhnlich in welcher Hinsicht?«, fragte Niall.

»Ich weiß auch nicht. Ein Drohbrief? Jemand, der am Telefon schwer atmete?«

Nein, es hatte nichts dergleichen gegeben.

»Was ist mit ungewöhnlichen Besuchern? Kam irgendein

Fremder ins Büro? Der mit Fouldes allein sprach? Oder per Telefon? Irgendwas außer der Reihe?«

Aus irgendeinem Grund hob Niall die Hand, bevor er sprach. »Da war eine Frau von *The Sunday Times.*«

»Und was wollte sie?«

»Sie wollte mit dir sprechen.«

»Warum?«

»Wegen deines Artikels über die Morde.«

»Woher wusste sie, dass er von mir stammte? In der Verfasserzeile stand ›Reporter der Redaktion‹.«

»Ich habe es ihr gesagt. Aber dann übernahm William den Anruf.«

»Und was sagte er ihr?«

Niall zuckte die Achseln. »Keine Ahnung. Er bat mich, die Tür zu schließen, und danach ließ er keinen Ton mehr darüber verlauten. Aber er gab mir eine Nummer, bei der ich es versuchen sollte, eine Nummer aus der Gegend.«

»Und, hast du es getan?«

»Ja. Irgendwann antwortete jemand. Es war ein Telefonhäuschen in …«

»Los Membrillos.«

»Woher weißt du das, Danny?«

O Gott. Er würde wetten, dass Fouldes behauptet hatte …

»Wie hieß sie? Diese Journalistin von *The Sunday Times*?«

Danny rief bei *The Sunday Times* an und erhielt nach dreißig Minuten Zeitvertrödeln die Antwort, die er erwartet hatte: Es gebe bei der Zeitung niemanden mit diesem Namen. Danny zitterte, als er den Hörer auflegte. Orson hatte eine Komplizin. Plötzlich kamen ihm Zweifel. War es doch Hacker? Die Komplizin wäre dann seine Mutter.

Er erzählte es Leonard. Dieses eine Mal hatte der alte Mann beim Zuhören kein sardonisches Grinsen auf den Lippen. »Du weißt, was es bedeutet, wenn Fouldes behauptet hätte, *er* hätte deinen Artikel geschrieben, oder?«

Natürlich wusste es Danny; er konnte an nichts anderes denken: Wer Fouldes dies angetan hatte, hatte eigentlich ihn treffen wollen.

9

Danny stand vor dem Zeitschriftenkiosk und überflog kopfschüttelnd die spanischen Morgenzeitungen: Der Mord an Jeanine hatte es nirgendwo auf die Titelseite geschafft.

Bei den landesweiten – *El País*, *El Mundo*, *ABC* – konnte er es verstehen, aber bei den Lokalblättern? In der gesamten Provinz gab es vielleicht zehn Morde im Jahr, und bei den meisten ging es entweder um häusliche Gewalt oder um dumme Streits, die aus dem Ruder gelaufen waren. Jeanines Tod musste irgendwo in den mittleren Seiten vergraben sein, der traditionellen Müllhalde für unwichtige Nachrichten.

Danny besorgte sich alle drei Lokalzeitungen und setzte sich in eine Bar, um sie durchzublättern. Alle drei folgten einer Linie: Jeanines Tod sei die Folge eines schiefgelaufenen Einbruchs.

Doch was Danny wirklich Kopfzerbrechen bereitete, war die Frage, wer ihnen die Geschichte gesteckt hatte: Danny und Paco waren die einzigen Journalisten vor Ort gewesen, und bis Mitternacht hatte auch Paco nichts davon gewusst. Das war lange nach Redaktionsschluss der spanischen Zeitungen.

Auch die spanischen Fernseh- und Radiosender folgten dieser Linie. Ein Fernseher über der Bar erregte seine Aufmerksamkeit: Jesus Gutierrez' strahlendes Gesicht – strahlend auf eine Art, wie Politiker es tun, die gerade dabei sind, einen Scheißhaufen mit Schokolade zu überziehen.

»Die Situation ist völlig unter Kontrolle, und es gibt keinen

Grund zur Panik. Ich kann Ihnen nur sagen, dass die Polizei den Tod einer britischen Frau in Huércal-Overa untersucht und sie bereits einen Mann identifiziert hat, den sie im Zusammenhang mit dieser Angelegenheit befragen will.«

Da war sie wieder, diese neutrale Sprache: der Tod einer britischen Frau. Diese Angelegenheit. Danny kannte einen spanischen Journalisten, der einen der Artikel geschrieben hatte. Er rief ihn an.

»Julio? Was, zum Teufel, läuft hier?«

»Die Mordgeschichte? Ich weiß.«

»Du gibst also zu, dass es Mord war? Deiner Schlagzeile ist das nicht zu entnehmen: Britische Frau stirbt bei Einbruch. *Stirbt?* Nicht ermordet? Oder abgeschlachtet? Bei dir klingt es, als wäre sie mit Herzinfarkt umgekippt.«

»Hey, ich habe die Schlagzeile nicht geschrieben, okay? Und zu deiner Information, ich glaube, dass es Mord war, und habe es auch so geschrieben. Aber später gestern Abend kam von ganz oben dann die Anweisung, die Schlagzeile zu ändern.«

»Wie bist du auf die Sache gekommen?«

»Gegen 22.45 Uhr gestern Abend erhielt der Herausgeber einen Anruf: Da kommt ein Riesending herein, jeder unterbricht sofort seine Arbeit.«

»Wer war der Anrufer?«

»Weiß ich nicht. Aber die Presseverlautbarung, die wir erhielten, war von der Regierung.«

»Warum von der Regierung? Sie hätte doch eigentlich von der Polizei kommen müssen.«

Julio senkte die Stimme. »Sei nicht naiv, Danny. Bei dieser Geschichte sind Interessen hinter den Kulissen im Spiel. Kein Mensch will, dass die Provinz schlecht dasteht. Zumindest nicht diese Woche.«

»Interessen? Innerhalb einer Woche tauchen drei Leichen auf, und du sprichst von Interessen?«

»Die Situation hier ist schlecht, und sie wird noch schlimmer werden. Die Arbeitslosigkeit liegt im Augenblick bei dreißig Prozent, Tendenz steigend. Keiner weiß, wann die Talsohle erreicht ist. Kurz gesagt, alles ist beschissen. Ernsthaft. Die Leute geben der Regierung die Schuld. Die Regionalregierung hier existiert seit 1978, und *immer* waren die Sozialisten am Ruder. Sie haben jede Wahl gewonnen. Andalusien ist ihre Bastion. In achtzehn Monaten sind Wahlen, und zum ersten Mal sieht es so aus, als könnten die Sozialisten verlieren. Aber nicht nur das, die Konservativen könnten sogar die absolute Mehrheit erreichen. Die Sozialisten tun alles, um das zu verhindern. Das ist der Grund, warum gewisse Prestigeereignisse so wichtig geworden sind.«

Endlich fiel der Groschen. »O Mann, willst du damit sagen, das ist alles wegen diesem Powerboot-Rennen?«

»Nein, ich rede von Almerías *Bewerbung* um das Powerboot-Rennen. Ich rede von einem viertägigen, internationalen Ereignis, zu dem der weltweite Jetset in Massen herbeiströmen wird. Ich rede von einem Rettungsanker für Tausende von lokalen Geschäften, Hotels, von kostenloser Publicity für die Exporte der Provinz und vor allem von einem kleinen Sonnenstrahl für die Sozialisten in einer Periode ununterbrochener Düsternis.«

»Man untersucht also Morde nicht – aus Angst vor schlechter Publicity?«

»Nein. Die Morde werden untersucht, aber als getrennte Einheiten betrachtet.«

»Warum?«

»Weil Morde ständig passieren. Wie Regentage und Verkehrsunfälle sind Morde unglückliche, unvermeidliche Tatsachen. Aber ein Serienmörder? Das ist eine völlig andere Geschichte. Über Serienkiller wird international berichtet. Und Serienmörder implizieren von Haus aus Inkompetenz aufseiten der Behörden, ganz einfach weil man, um einer zu werden, mehr als einmal getötet haben muss. Die Frage ist immer: ›Warum wurde er nicht schon früher gefasst?‹«

»Können Politiker so viel Druck auf die Polizei ausüben?«

»Zu deiner Information, ja, das können sie. Aber glaubst du ernsthaft, es geht nur um Politiker? Es geht um jeden. Um die nationale Regierung, die Regionalregierung, um Gemeinderäte, die Handelskammer, Geschäftsmagnaten. Kein Mensch will etwas von einem Serienmörder hören, der sich eine Woche, bevor der Prüfungsausschuss sich mit Almerías Bewerbung befasst, in der Provinz austobt.«

Danny legte auf. Die Regierung hatte die spanische Presse mit dieser Einbruchsgeschichte gefüttert.

Nun ja, Danny Sanchez wusste es besser. Er wusste, dass Jeanines Tod Teil von etwas anderem war, und er würde es auch beweisen.

Er musste jetzt genau herausfinden, was in Fouldes' Haus passiert war.

Und es gab nur einen Menschen, der ihm das sagen konnte.

10

Er breitete die Zeitung vor sich aus und lächelte: ein schiefgegangener Einbruch? Sie hatten die Botschaft verstanden. Sie hatten Angst.

Er dachte zurück an eine andere Zeit, eine Zeit, als er Schlagzeilen gemacht hatte. Das war ein Kick gewesen, jeden Morgen in den Zeitschriftenladen zu gehen und Fotos seiner Arbeit auf allen Titelseiten zu sehen.

Damals hatten sie die Botschaft auch verstanden. Die Leute hatten zu Recht Angst vor ihm.

Alle Artikel benutzten dasselbe Foto, eine nächtliche Aufnahme der Vorderseite des Hauses. Er strich mit dem Finger über das Haus, hielt beim Schlafzimmerfenster kurz inne und dachte an das, was sich hinter den Vorhängen befand. Frauen waren eigentlich nicht sein Ding, aber sie war wirklich eine sehr gute Arbeit gewesen. Sein Meisterstück bis jetzt.

Er schloss die Augen, führte sich die Szene noch einmal vor Augen, hörte das Rascheln der Müllsäcke, die er sich zur Arbeit umgebunden hatte, seine wunderbare, nasse Arbeit, Schneiden und Schälen. Er hatte sie geöffnet wie eine Knospe, hatte sie auf dem Bett präsentiert, die Arme ausgebreitet, um diesen Wichser von Herausgeber zu empfangen, wenn er nach Hause kam.

Aber er hatte seine Perücken und die Schminke zu Hause vergessen. Auch gut. Die Versuchung, die Schlampe zu beschmieren, während er arbeitete, war überwältigend gewesen. Doch er hatte eine kleine Mahnung hingekritzelt. Um der alten Zeiten willen. Vorsicht und Geduld. So schickte man sie auf eine falsche Fährte. Verändere dich. Lass sie im Trüben fischen. Das hatte er schon sehr früh gelernt.

Dorothy hatten sie ihn früher genannt. Er mochte den Namen. Er erinnerte ihn an Zöpfe und rote Schuhe, nass funkelnd und rubinrot. Er hatte den Namen von einem Polizisten. Es war einfach gewesen, ihn zum Reden zu bringen: Er wusste, was kleine Jungs wollten.

Danach nannten sie ihn Orson. Das gefiel ihm nicht so sehr: Er war noch nie fett gewesen.

Das neue Ding war gut. Es hatte gut gearbeitet, obwohl Frauen auch nicht sein Ding waren. Aber sie würden bald wieder arbeiten: Er hatte noch einen anderen Fisch an der Angel, den er einholen wollte.

11

William Fouldes saß ein Stückchen vom Eingang zur Intensivstation entfernt. Zwei Uniformierte der Guardia Civil befragten ihn. Eine Beamtin saß neben ihm und hörte ihm mit einfühlsamer Miene zu. Ihr männlicher Kollege stand vor Fouldes und schrieb seine Antworten auf einen Notizblock.

Fouldes war leichenblass. Er zitterte trotz der Decke um die Schultern. Beständig zuckten seine Gesichtsmuskeln. Als Danny ihn so sah, verflüchtigten sich all die schlechten Gedanken, die er je über William Fouldes gehabt hatte. Mein Gott, der arme Kerl: zu so etwas nach Hause zu kommen.

Danny beobachtete ihn nur, wartete den richtigen Augenblick ab. Als Fouldes aufstand, um zur Toilette zu gehen, folgte er ihm.

»William.« Danny legte ihm die Hand auf die Schulter. »Es tut mir leid.«

Fouldes drehte sich langsam um und hob den Blick zu Danny. Zuerst erkannte er ihn nicht. Dann kräuselte ein leichtes Hohnlächeln seine Oberlippe. »Sanchez. Was machst du denn hier?«

Was sollte er tun? Ihn direkt fragen? Mit Smalltalk beginnen?

Sei aufrichtig.

»Ich bin hier, um dir Hilfe und Unterstützung anzubieten, William, und zwar von jedem Einzelnen in der Redaktion. Aber ich fürchte, ich muss dir zuerst eine schwierige Frage stellen. War Jeanines Gesicht mit Make-up beschmiert?«

Er fragte sich, ob Fouldes ihn überhaupt verstanden hatte. Der Mann bewegte die Lippen, schien aber mit sich selber zu sprechen.

»William, alles in Ordnung mit dir?«

Fouldes verzog zynisch den Mund. »In Ordnung? Wie um alles in der Welt soll denn alles in Ordnung sein? Kannst du dir vorstellen, was ...« Ein wenig kehrte das Feuer in Fouldes' Augen zurück. Er hob verärgert die Stimme. »Und, nein, da war kein verdammtes Make-up. Was treibst du denn, Danny, Kleiner? Suchst den Aufhänger, was? Willst eine Geschichte draus machen. Und an die Schmierblätter zu Hause verkaufen. Noch ein Exklusivbericht von Alan Smithee? Glaubst du, ich weiß nicht, dass du das bist? Du Wichser. Du widerst mich an. Hast du mich verstanden? Du widerst mich an.«

Fouldes wollte ihn anspucken, aber es kamen nur ein paar Tropfen heraus, die ihm von der Unterlippe hingen. Er wischte sie mit dem Handrücken ab und starrte sie dümmlich an. Dann brach Fouldes vor Dannys Augen zusammen: schluchzend und stöhnend sank er auf die Knie.

Dieser Gefühlsausbruch überraschte Danny – aber nur für eine Sekunde. Er hatte so etwas in seiner Karriere schon öfter gesehen. Er wusste, was zu tun war. Er kniete sich neben William Fouldes, schlang die Arme um ihn, drückte seinen Kopf an seine Schulter, wiegte ihn, tröstende Worte flüsternd. Sie blieben so, bis Fouldes sich wieder beruhigt hatte, dann führte Danny ihn nach draußen.

»Er hat sie ausgeweidet«, sagte Fouldes beim Gehen. Sein Unterkiefer zuckte unkontrolliert beim Sprechen. »Wie ... ein Schwein im Schaufenster eines Metzgers.«

»Versuch, nicht daran zu denken, William.«

Fouldes hörte ihm nicht zu. »Er hat ihr Buchstaben auf den Bauch geschrieben.«

Danny zuckte zusammen. Er musste sich beherrschen, um nicht sofort mit der Frage herauszuplatzen. Er klopfte Fouldes auf den Arm, beruhigte ihn wieder und plapperte Belangloses.

»Was waren das für Buchstaben, William?«

»Toto.«

Bei Danny drehte sich alles. Er war es also doch.

Die Guardia-Beamten scheuchten Danny davon, als sie ihn Fouldes aus der Toilette führen sahen. Danny war froh, so einfach davongekommen zu sein. Ein Teil von ihm wollte bleiben und Fouldes' Leid mit ihm teilen, doch er wusste, er hatte Dinge zu erledigen. Zuerst brauchte er allerdings einen Kaffee. Er ging zur Treppe, rannte, zwei Stufen auf einmal nehmend, hinunter.

Als Erstes stieg ihm Parfümgestank in die Nase. Dann hörte er das Klappern hoher Absätze. Er brauchte einen Augenblick, bis ihm bewusst wurde, was diese Kombination von Sinneseindrücken bedeutete: Mrs. Hacker.

Aber nicht allein. Der Muskelmann-Hacker war bei ihr, in seinem gewohnten Unterhemd und den engen Jeans, mit dem üblichen dümmlichen Gesichtsausdruck. Obwohl er fast einen halben Meter größer war als seine Mutter, in der Breite wie in der Höhe, trottete er mit merkwürdig verschüchtertem Blick hinter ihr her.

Adam Hacker erkannte Danny in dem Augenblick, als seine Mutter die Augen zusammenkniff. Sie zischte etwas. Er schüttelte den Kopf, dann verdüsterte sich seine Miene, als er begriff. »Konsulat, dass ich nicht lache. Komm her, du verlogenes Arschloch.«

Danny drehte sich auf dem Absatz um und lief zurück zu Fouldes, der bei den Guardia-Beamten stand. Adam Hacker kam um die Ecke gerannt, bremste dann schlitternd. »Bullenfotze«, sagte er im Vorübergehen. Mrs. Hacker schaute ihm direkt in die Augen, ein kalter, hasserfüllter Blick. »Du hast uns ruiniert, du Mistkerl. Meine Jungs werden es dir heimzahlen.«

Danny setzte sich den Beamten gegenüber. Der Kaffee konnte warten.

12

Der vierstöckige Palacio de Justicia in Almería steht an der Kreuzung der beiden wichtigsten Straßen der Stadt, des Paseo de Almería mit seinen Läden und den Lorbeerbaumreihen und der Avenida Federico García Lorca, einer breiten, mit weißem Marmor gefliesten Fußgängerzone. Anwälte und Beamte bevölkerten die Eingangsstufen. Danny zeigte seinen Presseausweis, sagte, er habe einen Termin bei Inspector Jefe Andrés Bosquet. Der Uniformierte an der Tür sah sich seinen Ausweis an und winkte ihn hinein.

Bosquet saß hinter seinem Schreibtisch und stand nicht auf, als Danny klopfte und eintrat.

»Sie wollten mich sehen, Señor Sanchez«, sagte er und legte Papiere in einen Korb auf seinem Schreibtisch. »Vorausgesetzt, es ist wichtig, habe ich fünf Minuten für Sie Zeit.«

»Schon irgendwelche Fortschritte beim Mord von letzter Nacht?«

Der Polizist schaute ihn mit schmallippigem Lächeln an. »Wenn es der einzige Grund Ihres Besuchs ist, mir exklusive Details zu entlocken, dann wird es mir großes Vergnügen bereiten, Sie aus diesem Gebäude werfen zu lassen.« Er nahm den Hörer vom Apparat auf seinem Schreibtisch.

»Es ist schon früher passiert. Der Mörder stammt aus England. Er mordet straflos seit 1994, Inspector Jefe. Und ich glaube, er ist seit 2000 in Spanien.«

Der Hörer klickte, als er wieder aufgelegt wurde. Bosquet deutete auf einen Stuhl.

Zuerst fragte Danny, ob die britische Polizei sich schon gemeldet habe, sah das feine Hohnlächeln auf Bosquets Lippen bei der Erwähnung der britischen Truppe. Obwohl alle versuchten, es zu verbergen, war es ein offenes Geheimnis, dass die britischen und spanischen Polizeieinheiten nicht gut miteinander auskamen: Gibraltar blieb ein beständiger Stachel im Fleisch dieser beiden Länder. Erst vor Kurzem hatte eine Razzia der Guardia Civil Drogenschmuggler in britische Gewässer gejagt. Die Royal Gibraltar Police hatte die Drogenhändler und die Beamten der Guardia Civil verhaftet.

Danny erklärte alles: Adrian Kimber, Nicholas Todd, der Vogelscheuchen-Prozess, die Grenzland-Morde, die Leiche, die von Jägern in Granada gefunden worden war. Dann erklärte er, was das Project ROUNDUP war.

Bosquet legte die Fingerspitzen aneinander. Danny hatte sein Interesse geweckt, so viel war klar. »Und Sie glauben, dass der Mörder noch immer auf freiem Fuß ist?«

»Nein. Ich glaube, der *Anstifter* zu diesen Morden ist noch auf freiem Fuß. In jedem Fall haben die eigentlichen Täter sich so umfänglich und schlüssig belastet, dass die britische Polizei nie nach jemand anderem suchte. Aber bei der letzten Mordserie wurde die polizeiliche Aufmerksamkeit einfach zu groß. Also brach er seine Zelte ab und zog um in ein sichereres Land.«

»Sicherer?«

Das war die falsche Wortwahl gewesen: Bosquet ärgerte sich über die Andeutung, die britische Polizei wäre kompetenter. »Sicherer, weil niemand etwas von ihm wusste, meine ich.«

Bosquet dachte über Dannys Worte nach. »Ich muss zugeben, Sie präsentieren mir da einen sehr überzeugenden Fall, aber ich fürchte, dieses Dezernat kann überzeugenden Hypothesen nicht nachgehen. Falls, wie Sie behaupten, ein Verrückter frei herumläuft, wo sind dann die Leichen?«

»Sie haben zwei Leichen in Hauswänden gefunden. Es könnten noch mehr sein.«

»Zustimmung. Und das ist der Grund, warum wir jedes Haus untersucht haben, das Apache Construction seit Gründung der Firma gebaut oder an dem sie mitgearbeitet hat. Wir haben nichts gefunden.«

»Sind Sie sicher?«

Bosquet runzelte die Stirn. Seine Stimme wurde härter. »Ja, wir sind sicher. Wir haben uns die Baupläne angesehen, wir haben gemessen und gebohrt. Einige der Hausbesitzer haben ihre eigenen Häuser eingerissen, um ganz sicher zu sein, dass sie nicht mit Leichen darin leben.«

»Was ist mit den Häusern, die noch im Bau sind?«

»Das waren die ersten, die wir untersucht haben.« Bosquet sah Zweifel in Dannys Miene. »Es gibt noch ein anderes Problem mit Ihrer Theorie neben den fehlenden Leichen. Leute verschwinden selten, ohne dass irgendjemand es bemerkt.«

»Was, wenn Orson es auf die Migrantenbevölkerung abgesehen hat? Menschen, die offiziell gar nicht hier sind. Der tote Mann in Reades Haus war Nordafrikaner.«

»Zugegeben, das würde die Chancen erhöhen. Aber irgendjemand dürfte es dennoch bemerken. Migrantengemeinden neigen zu einem engen Zusammenhalt, weil sie sonst niemanden haben, an den sie sich wenden können. Aber egal. Was mir Sorgen macht, ist Ihre Beteiligung.«

»In welcher Hinsicht?«

»Sie sind Journalist, Señor Sanchez. Würde ich zugeben, dass es einen Zusammenhang zwischen diesen Morden geben könnte, dann wäre es ein Leichtes für Sie, einen Artikel über das Versagen der spanischen Polizei zu schreiben.«

»Darum geht es mir hier überhaupt nicht.«

»Worum geht es Ihnen dann? Ich glaube, das muss klar definiert sein, bevor wir weitermachen.«

»Mein Gott, ein Verrückter läuft frei herum, und Sie fragen mich, worum es mir geht? Mir geht es darum, dass dieser Mistkerl gefasst wird.«

Bosquet nahm seine Brille ab, polierte die Gläser mit seiner Krawatte, schaute auf die Uhr. »Was genau wollen Sie?«

»Ich habe zuvor Gutierrez im Fernsehen gesehen. Er sagte, Sie hätten Indizien, die einen Briten belasten. Was haben Sie gefunden?«

»Eine spermafleckige Unterhose unter dem Bett.«

»Und Sie kennen den Namen des Mannes?«

Bosquet überlegte, bevor er antwortete. »Ja.«

»Wie haben Sie ihn herausgefunden?«

»Wir haben einen positiven DNS-Abgleich.«

»Das war aber ziemlich schnell für eine DNS-Analyse.«

»Sein Name war in den Bund des Kleidungsstücks eingestickt.«

»Also, ich bitte Sie. Ein Kerl begeht einen Mord und lässt seine spermafleckige Unterhose mit seinem eingestickten Namen am Tatort zurück?«

Das Vorteilhafte dieses Fundes machte Bosquet ebenfalls Kopfzerbrechen, so viel war offensichtlich. Der Zweifel stand in Großbuchstaben ins Gesicht des Mannes geschrieben. Danny zog einen Ordner aus seiner Tasche.

»Ich kann Ihnen das geben. Das ist alles, was ich in England herausgefunden habe. Ich besitze Fotos. Und ich habe alle wichtigen Dokumente für Sie ins Spanische übersetzt. Ich verfüge über Kontaktnummern der britischen Polizei.«

»Als Gegenleistung für?«

»Den Namen, den der DNS-Abgleich ergeben hat. Ich will

wissen, nach wem Sie suchen. Ich glaube, dem Mann soll die Tat in die Schuhe geschoben werden.«

Der Polizist lehnte sich in seinem Sessel zurück und legte die Daumenkuppen aneinander, während er nachdachte. »Habe ich Ihr Versprechen, dass nichts von alldem unter Nennung meines Namens verwendet wird? Und dass Sie den Namen nicht drucken werden?«

»Wenn ich Ihnen das Versprechen schriftlich geben soll, werde ich es tun.«

»Eine unglückliche Formulierung. Etwas Schriftliches ist genau das, was ich fürchte.«

»Ich falle meinen Quellen nicht in den Rücken.«

»Ihre Moral ist bewundernswert, aber um mich zu überzeugen, braucht es schon mehr. Wenn Sie den Namen nicht drucken dürfen, was wollen Sie dann damit tun?«

»Ich habe Kontakte zum Psychiatrischen Dienst in Großbritannien. Wenn Sie mir den Namen geben, kann ich dort anrufen und versuchen herauszufinden, ob es da noch mehr gibt, ob es eine Verbindung gibt. Ich bin lange genug Journalist, um zu wissen, dass diese Mistkerle nie aufgrund von solider, methodischer Polizeiarbeit gefunden werden. Ich will damit sagen, dass ich in eine andere Richtung recherchieren kann, ohne von den üblichen juristischen Fallstricken behindert zu werden.«

Bosquet nickte langsam. Er kramte in seiner Schublade, schrieb etwas auf ein DIN-A4-Blatt, faltete es zusammen und schob es über den Tisch.

»Ich wiederhole: Ich will diesen Namen nicht gedruckt sehen«, sagte er, ohne die Finger von dem Papier zu nehmen. »Haben wir uns verstanden?«

»Vollkommen.«

Danny wollte das Blatt auseinanderfalten, aber Bosquets

Finger blieben darauf. »Sorgen Sie dafür. Wenn Sie Mist bauen, werde *ich* dafür sorgen, dass Sie es bedauern.«

Danny faltete das Papier auf, las den Namen, stand auf, damit Bosquet seine Reaktion nicht sah.

Alan Reade.

13

Zuerst überprüfte Danny es online. Es war genauso, wie er gedacht hatte: Sperma war auch Monate nach der Ejakulation noch für eine DNS-Untersuchung zu gebrauchen. Dann schickte er eine SMS an Alan Reades Handy: »Hatten Sie im letzten Monat ungeschützten Sex? Wir müssen reden. Man will Ihnen den Mord von letzter Nacht anhängen. Danny, *Sureste News.*«

Er rief Durkin an. »Mann, hier ist wirklich die Kacke am Dampfen. Du würdest nicht glauben …«

»Danny, ich weiß, wer Orson ist.«

»Was?«

»Meine Frau hat einen perfekten Kandidaten gefunden: Tomas Enrique Cain. Die Mutter war Spanierin, der Vater Schotte. Er wuchs in der Gegend um Gloucester auf, und die Behörden wurden zum ersten Mal auf ihn aufmerksam, als der junge Tommy – das musst du dir auf der Zunge zergehen lassen – ›einen anderen Jungen mit Paketschnur fesselte und ihn sexuell nötigte, nachdem er sein Gesicht mit weißer Farbe besprüht hatte‹. Das ist ein wörtliches Zitat aus dem Gutachten eines Psychiaters während des Prozesses.«

»Wie hast du ihn gefunden?«

»Ich besuchte einen Kerl, der Anfang der Neunziger für uns als Gerichtsreporter am Gloucester Crown Court gearbeitet hat. Ich fragte ihn, ob er sich an irgendetwas über Fälle sexuellen Missbrauchs mit Beteiligung von Spaniern erinnere. Der Typ ist Mitte siebzig, aber er hat ein Gedächtnis wie ein Elefant. Er erinnerte sich sofort an etwas, und zwar weil die Mutter des Angeklagten im Gerichtssaal einen wortreichen spanischen Nervenzusammenbruch hatte. Dann habe ich mir das Zeitungsarchiv angesehen. Ich habe dir Scans geschickt. Schau sie dir an, würde mich interessieren, was du davon hältst.«

Es waren drei Artikel über den Prozess gegen Tomas Enrique Cain und seine Mutter. Der erste Artikel berichtete, wie 1992 der achtzehnjährige Bauarbeiter Tommy Cain der Vergewaltigung eines Minderjährigen angeklagt wurde sowie seine Mutter der Unterstützung und Beihilfe. Der zweite Artikel beschrieb einen Vorfall während des zweitägigen Prozesses. Cains Mutter, eine Immaculada Cain, geborene Cruz, war nach einem »gewaltsamen Ausbruch«, bei dem sie »die Hauptzeugin der Anklage verbal beleidigte und anspuckte«, aus dem Gerichtssaal entfernt worden.

Hier hatte Durkin eine Notiz beigefügt: *Die Hauptzeugin der Anklage war Cains eigene Schwester, das heißt Immaculada Cains eigene Tochter. Sie konnte aufgrund der Anonymitätsgesetze, die bei Opfern sexueller Gewalt gelten, nicht namentlich identifiziert werden, aber es war in der ganzen Stadt ein offenes Geheimnis.*

O Gott. Die eigene Tochter. Was für eine Mutter würde so etwas tun?

Die Antwort stand im dritten Artikel. Er beschäftigte sich mit der elenden Existenz der Familie Cain: Die Mutter, eine Alkohol- und Drogensüchtige, kratzte sich den Lebensunterhalt als Prostituierte der schäbigsten Art zusammen, während sie beide Kinder sowohl psychisch als auch physisch missbrauchte. Obwohl Tommy seinen Teil abbekommen hatte, schien die Mutter den größten Hass für die Tochter reserviert und den Sohn dazu ermutigt zu haben, das Mädchen zu missbrauchen: Immaculada Cain hatte einige der Übergriffe fotografiert, wobei ihre halbwüchsige Tochter mit Make-up beschmiert und in Zöpfen zu sehen war. Der Missbrauch hatte sich schließlich weiterentwickelt. Die Kunden der Mutter hatten teilnehmen dürfen, während Tommy im Schatten lauerte, zusah und abwartete, bis er an der Reihe war.

Das war es: das letzte Teilchen des Puzzles. An diesem Punkt hatte Tommy Cain seinen Geschmack am Spektakel entwickelt.

Danny rief Durkin an. »Mein Gott. Das ist es. Er ist es. Es muss einfach so sein.«

»Ach, es wird noch viel besser, Kumpel.« Durkin konnte die Aufregung in seiner Stimme kaum verbergen. »Willst du noch das Beste von allem hören? Tommy Cain arbeitete für Apache Construction. Es passt alles zusammen.«

»Hast du den Namen der Schwester?«

Durkin lachte. »Jetzt mal langsam, Kumpel. Ich denke, das ist nicht schlecht für die Arbeit eines Vormittags.«

Danny spürte, wie auch er von der Aufregung mitgerissen wurde. Aber das Summen einer kleinen Fliege konnte er nicht ignorieren. Er brauchte einen Augenblick, bis er darauf kam.

»Wurde Cain schuldig gesprochen?«

»Natürlich.«

»Aber wenn das 1992 war, dann dürfte Cain während der Vogelscheuchen-Morde im Gefängnis gewesen sein. Und während der Grenzland-Morde.«

»Vielleicht. Ich versuche noch immer herauszufinden, was mit ihm passiert ist, wie lange er gesessen hat. Aber vielleicht ist er ja geflohen, Danny. Vielleicht war sein Einspruch erfolgreich. Und wenn nicht, könnte es durchaus funktionieren. Stell dir mal Folgendes vor: Cain arbeitet mit Callum Hacker, beschreibt ihm, was er mit seiner Schwester zu tun pflegte, bringt Hacker vielleicht das Wort ›toto‹ bei. Hacker gefällt der Klang, er bringt Kimber dazu, für ihn eine Liste mit Verrückten zu stehlen, freundet sich mit Todd an, und schon geht's los. Er hätte Adrian Kimber mit der Ausrede, er brauche ihn an diesem Abend für eine Arbeit, anrufen können.«

»Ich sehe das nicht so, Jim. Callum Hacker ist gewalttätig. Verstehst du denn nicht? Er brauchte keinen anderen für seine Drecksarbeit. Er würde es selber tun. Außerdem hat er mehr als einmal bewiesen, dass er strohdumm ist.«

»Da stimme ich dir nicht zu. Wir sind nicht die Polizei, Danny. Es ist unsere Pflicht, diese Information so schnell wie möglich an die Öffentlichkeit zu bringen, damit die Polizei etwas in dieser Hinsicht unternehmen kann. Meiner Meinung nach habe ich genug Informationen für eine Veröffentlichung.«

»Wir haben eine Vereinbarung.«

»Und ich habe mich daran gehalten. Aber das ist jetzt der Punkt, wo ich mich verabschiede, Kumpel.«

»Was?«

»Ich habe so viel auf Zeitungskosten recherchiert, ich muss etwas drucken. Mein Herausgeber ist schon stinksauer.«

»Du Hurensohn.«

»Ich weiß. Und ich habe ja auch ein schlechtes Gewissen, wirklich. Wenn es dir irgendwas bedeutet, es tut mir echt leid.«

»Das ist zu spät.«

Durkin legte auf. Danny hatte zwei Anrufe aus der Redaktion verpasst.

»Was ist los?«, fragte er, als Leonard antwortete.

»Du klingst nicht sehr glücklich.«

»Bin ich auch nicht.«

»Dann wird dir das gefallen: Wir hatten eben einen anonymen Anruf mit dem Angebot, ich zitiere, ›geheimer Informationen über die Hackers und die Morde‹.«

»O Gott, mehr brauche ich wirklich nicht. Klang er ernsthaft oder nur nach Zeitverschwendung?«

»Für mich als Boulevard-Korrespondent ist dieser ganze Mantel-und-Degen-Quatsch ein bisschen außerhalb meines Reviers, meinst du nicht auch? Aber ja, ich glaube, er klang ernsthaft. Ernsthaft nervös auf jeden Fall.«

»Okay, wo und wann?«

Leonard nannte ihm die Details: Am Leuchtturm Cabo de Gata, um vier Uhr. »Es gibt noch eine Bedingung: Du musst was zu essen und zu trinken mitbringen.«

»Was?«

»Vorzugsweise ein Big-Mac-Menü, groß, mit normalen Fritten, aber Sandwiches und Chips tun's auch. Zum Trinken Coca-Cola.«

»Du nimmst mich auf den Arm.«

»Der Herr ist mein Zeuge, das waren exakt die Worte des Informanten – ohne die grammatikalischen Fehler und den schrecklichen Liverpooler Akzent.«

»Liverpool?«

»Ohne jeden Zweifel. Er klang fast wie Ringo Starr.«

Es war Reade.

Alan Reade hatte angerufen.

14

Der Leuchtturm auf dem Cap Cabo de Gata, dem Punkt, wo die östlichen und südlichen Küsten Spaniens an einem gekrümmten, schwarzen Felsfinger aneinanderstoßen, ist einer der einsamsten, trostlosesten Orte des Landes. Überall an der spanischen Mittelmeerküste gibt es normalerweise geschützte Buchten mit ruhigem Wasser, aber hier an diesem Kap brandet und schäumt das Meer an die steilen, spitzen Klippen. Vor der Küste sieht man die Schatten zerklüfteter Riffe unter der Oberfläche des aufgewühlten Wassers – deshalb auch der Leuchtturm.

Es war ein guter Ort für eine Begegnung.

Oder für eine Falle.

Der Leuchtturm liegt jenseits einer Ansammlung von Inlandssalzmarschen, in denen Flamingos einen Teil des Jahres verbringen und die nur über eine steile Straße zu erreichen sind, die sich die Klippenflanke emporschlängelt. Es handelt sich um eine Straße, wie es sie nur in Spanien gibt: Berge aus drei Millionen Jahre altem Stein auf der einen Seite, ein Abgrund von hundert Metern zum Meer hin auf der anderen. Um alles noch gefährlicher zu machen, ist die Straße nur breit genug für ein Auto und hat zwölf blinde Kehren.

Danny liebte den Leuchtturm, hasste aber die Fahrt dorthin. Allein schon beim Gedanken an die Straße schlug ihm das Herz bis zum Hals. Er hielt an einer Tankstelle, kaufte Sandwiches, Chips und eine Flasche Diät-Cola. Er sah auf die Uhr. Er musste sich beeilen, wenn er bis um vier Uhr dort sein wollte.

Danny fuhr so schnell, wie die Vorsicht und die einspurige Straße es erlaubten, aber eine Busladung holländischer Touristen, die am Beginn der Leuchtturm-Straße ausstiegen, besiegelte sein Schicksal. Als er endlich sein Ziel erreichte, war er zwanzig Minuten zu spät dran.

Ein allem Anschein nach spanisches Paar stand am Geländer und schaute hinunter zum schäumenden Wasser am Fuß der Klippen. Der Wind zerzauste ihre Haare und drückte ihnen die Anoraks eng an den Körper. Hier oben war es immer windig.

Es standen nur zwei Autos da: eine Limousine und ein schrottreifer, dunkelroter Transporter.

Danny wollte die Spanier eben fragen, ob sie irgendjemanden gesehen hätten, als er ein lautes »Psst« hörte. Hinter einem großen Felsen trat ein Mann hervor, die Arme gegen die Kälte um die Brust geschlungen. Er trug eine ungewöhnliche Kombination von Kleidungsstücken: ein Pyjamaoberteil unter einer zerrissenen Thermoweste mit Farbflecken und Jeans, bei denen Danny hätte schwören können, dass sie für eine Frau gedacht waren.

Und Sandalen.

Und nur eine Socke.

Es war Reade. Er erkannte das Gesicht des Mannes: blonder Pferdeschwanz, vernarbte Lippe.

»Sind Sie von der Zeitung?«, fragte Reade.

Danny nickte.

»Gottverdammten Dank. Haben Sie Essen dabei?«

»Im Auto.«

Reade wollte auf den Golf zugehen, aber Danny hob die Hand.

»Nicht so schnell. Zuerst will ich Ihren Arm sehen.«

»Was?«

»Den Unterarm. Den mit den Daten drauf.«

Reade schüttelte den Kopf, krempelte aber den Ärmel hoch. Danny ging vorsichtig auf den Mann zu, las die Daten, insgesamt fünf, und fand, wonach er suchte: Juni 1996 bis Januar 2001. Zur Zeit der Grenzland-Morde war Reade also im Gefängnis gewesen. Er war nicht Orson. Danny hatte das bereits gewusst, aber man konnte nicht vorsichtig genug sein.

Sie saßen mit laufender Heizung in Dannys Auto. Reade griff hungrig nach dem Essen, stopfte sich Sandwiches und Chips in den Mund. Er roch, als hätte er die Nacht im Freien verbracht.

Reade bemerkte, dass Danny die Nase rümpfte. »He, normalerweise ziehe ich mich nicht so an, okay?«

»Was ist passiert?«

»Die Hackers fanden mich vor zwei Tagen im Haus meiner Freundin oben in San José.«

»Und Sie kamen da in einem Stück raus?«

»Zum Glück war ich wach, als sie auftauchten. Ich war bei der Hintertür draußen und über den Zaun, bevor sie überhaupt klopften, aber ich musste mir an Klamotten schnappen, was gerade herumlag. Und ich kann nicht mehr nach Hause, seit die Hackers diese alte Kuh von gegenüber haben, die für sie spioniert.« Seine Miene verdüsterte sich, als er darüber nachdachte. »Ich frage mich nur, wer der Polizei von der verdammten Leiche erzählt hat. Die Hackers müssen mich verpfiffen haben. Ich habe darüber nachgedacht. Ich meine, das ist die einzige Möglichkeit. Die Polizei wäre doch nicht willkürlich zu meinem Haus gefahren und hätte zu bohren angefangen, oder?«

»Auf keinen Fall.« Danny beschäftigte sich mit seiner Schultertasche, bis er den schuldbewussten Ausdruck auf seinem Gesicht wieder unter Kontrolle hatte.

Nachdem der Hunger teilweise gestillt war, kam Reade zum Wesentlichen. »Was soll dieser Unsinn, dass man mir einen Mord anhängen will?«

Danny erklärte ihm, was in William Fouldes' Haus passiert war. Reade klappte die Kinnlade herunter. Dann wurde er wütend.

»Sehe ich aus wie ein Trottel, der seinen verdammten Namen in seine Unterhose sticken würde?«

»Ich glaube, das Namensschild ist das geringste Ihrer Probleme. Auf der Unterhose ist ein Spermafleck, den die spanische Polizei mit Ihren DNS-Daten in Großbritannien abgeglichen hat.«

Reade wurde blass.

Danny veränderte seine Position. »Hören Sie, ich weiß, dass Sie es nicht waren. Aber Sie müssen ganz ehrlich zu mir sein, wenn Sie meine Hilfe wollen.«

»Okay.«

»Wie kamen Sie an Craig Thorndykes Bankkarte?«

Reade zuckte beiläufig die Achseln. »Keine Ahnung, wovon Sie reden.«

Zurück zum Anfang.

»Hören Sie, ich habe Sie an dem Geldautomaten gesehen: Mojácar Plaza, kurz nach halb acht. Ich vergesse nie ein Gesicht, Alan, vor allem keins mit einer Narbe auf der Oberlippe. Also kommen Sie, erwarten Sie wirklich, dass ich Ihnen irgendwas glaube, wenn Sie nicht mit offenen Karten spielen? Woher hatten Sie die Karte?«

Er zog einen Schmollmund. »Hab sie gefunden. Und das ist wirklich die Wahrheit, also helfen Sie mir.«

»Wo?«

Reade rutschte auf dem Sitz hin und her. »Vor ungefähr drei Monaten konnte ich diese Tussi aufreißen. Oder genauer, sie riss mich auf. Sie war wirklich eine Sau. Wir fuhren zu meinem Haus, verbrachten die Nacht dort. Am nächsten Morgen fand ich die Karte auf dem Boden. Muss ihr aus der Handtasche gerutscht sein.«

»Woher hatten Sie die PIN-Nummer?«

»Sie war in einen Zettel gewickelt. Die PIN stand darauf.«

»Lassen Sie den Scheiß.«

»Es ist die Wahrheit. Gott ist mein Zeuge«, beteuerte Reade.

Danny fiel etwas ein. »Hatten Sie ungeschützten Sex mit ihr?«

»Das geht Sie nichts an.«

»Mein Gott, jetzt ist nicht die Zeit für falsche Scham. Haben Sie ein Kondom benutzt?«

Er schüttelte den Kopf.

»Und haben Sie …«

»Ja, habe ich.« Jetzt begriff Reade, worauf Danny hinauswollte. »O Gott.«

»Ja, Kumpel. Wie gesagt, man will Ihnen was anhängen. Erzählen Sie mir von dieser Frau. Wo haben Sie sie getroffen?«

»In einer Disko.«

»Wie sah sie aus?«

»Ziemlich durchschnittlich. Dunkle Haare, eher kurz, ziemlich fit.«

»Wie alt?«

»Ende dreißig, denke ich.«

Damit war die Ma-Hacker-Theorie geplatzt. Wer, zum Teufel, war diese Frau, die nicht davor zurückschreckte, mit einem Ekelpaket wie Reade zu schlafen? Eine Prostituierte, die von Orson bezahlt wurde, um Reade zu belasten? Das war die wahrscheinlichste Erklärung. Indem er die Kreditkarte benutzte, hatte er sich selbst belastet: Er hatte nicht nur eine Leiche in seiner Hausmauer, er verwendete auch eine Kreditkarte, die einem verschwundenen Jugendlichen gehörte.

»Woher kam diese Frau?«

»Sie war Engländerin. Hatte einen von diesen Provinzakzenten. Bristol oder so.«

»Was passierte mit der Bankkarte?«

Wieder zog Reade einen Schmollmund. »Ich ging zu dem Automaten, nachsehen, ob Geld drauf ist. Zufrieden? Ich geb's ja verdammt noch mal zu. Ich hab Geld von dem Konto gestohlen. Aber das macht mich noch nicht zum Mörder, oder?«

»Und Sie sind jeden Monat hingegangen?«

»Ja.«

»Warum dreimal hingehen?«

»Der Automat hatte ein Limit: dreihundert Euro pro Tag.«

»Und warum gerade der Geldautomat in Mojácar?«

Reade reagierte gereizt. »Ich zahle doch nicht sechs Euro Gebühr für jede Abhebung. Wenn Sie mich fragen, das sind die wirklichen Diebe. Die Scheißbanken.«

Ein geiziger Dieb: Jetzt hatte Danny alles gehört. Ein Klumpen zerkautes Brot flog Reade beim letzten Wort aus dem Mund. Mit schmuddeligem Finger wischte er ihn von Dannys Armaturenbrett.

»Beantworten Sie die nächste Frage mit eingeschaltetem Hirn. Haben Sie Charlie Hacker überfallen?«

Reade schüttelte heftig den Kopf. Er schluckte einen Bissen Brot hinunter. »Gott ist mein Zeuge, ich habe ihm nie auch nur ein Haar gekrümmt.«

»Fällt Ihnen jemand ein, der es getan haben könnte?«

»Ich habe mich umgehört, als die Hackers anfingen, mich zu jagen. Und wissen Sie was? Vor ungefähr drei Wochen verletzte ein Bulgare sich an der Hand, während er für Charlie Hacker arbeitete. Es gab einen Mordsstunk, weil Hacker ihn nicht ins Krankenhaus bringen wollte. Der arme Kerl saß blutend und mit zerschmetterter Hand da und wartete auf ein Taxi. Der Taxler schaute sich die Verletzung nur kurz an und suchte dann schnell das Weite. Letztendlich fuhr Hacker ihn, setzte ihn aber eine gute halbe Meile vor dem Krankenhaus ab. Anscheinend war der Bruder des Kerls nicht so begeistert, als er letzte Woche hier auftauchte.«

Das war also die Antwort. Es handelte sich um ein Phänomen, das in Spanien ziemlich häufig auftrat. Es gab Tausende von Firmen wie die der Hackers, die billige, bar zu bezahlende Arbeitskräfte beschäftigten, und die Inhaber wurden nervös, wenn ein Arbeiter sich verletzte. In einem berüchtigten Fall wurde einem Arbeiter ein Arm abgerissen, sein spanischer »Chef« setzte ihn hundert Meter vor dem Krankenhaus ab und schärfte ihm ein, nur ja nicht zu verraten, wo oder wie der Unfall passiert war.

»Wo sind diese Bulgaren jetzt?«

»Woher soll ich das wissen? Glauben Sie, ich will mit einem Kerl was zu tun haben, der verrückt genug ist, Charlie Hacker eins über den Schädel zu ziehen? Diese Osteuropäer fackeln nicht lange. Ich meine, es gibt hart und es gibt exkommunistisch hart.«

Das stimmte allerdings.

»Okay. Und was ist jetzt diese geheime Information, die Sie am Telefon erwähnt haben?«

Reade lächelte. »Ich habe die Geschichte in Ihrer Zeitung verfolgt und gelesen, dass die Polizei alle Häuser überprüft, die von den Hackers gebaut wurden, und die Wände aufreißt, um herauszufinden, ob da noch mehr Leichen sind. Na ja, es gibt da ein Haus, das die Polizei übersehen hat.«

»Sind Sie sicher?«

»Sicher bin ich sicher. Was glauben Sie, wo ich letzte Nacht geschlafen habe?«

15

Staub stieg auf, als Dannys Auto durch das ausgetrocknete Flussbett holperte. Sie waren nach einer einstündigen Fahrt vom Leuchtturm wieder im Almanzoratal in Los Membrillos, unter einer tief stehenden, frühabendlichen Sonne, die jedoch heiß brannte.

Woher Reade von diesem Haus wisse? Das war die erste Frage, die Danny ihm gestellt hatte. Die Antwort lautete: Reade war gerade dabei gewesen, die Rohre zu verlegen, als die Arbeiten gestoppt wurden. Er hatte gewusst, dass es eins der zwielichtigen Baugeschäfte der Hackers war, und hatte es ein paarmal für »schnelle Nummern« benutzt, von denen seine Freundin nichts erfahren durfte.

Danny sah Reades roten Lieferwagen links abbiegen und verfolgte im Rückspiegel, ob Paco noch hinter ihnen war. Er hatte den Fotografen angerufen, erfahren, dass er irgendwo in der Nähe arbeitete, und ihn dazu überredet, mitzukommen. Je mehr, desto sicherer.

Reades Transporter hielt an. Sie waren da. Danny und Paco parkten hinter dem Lieferwagen.

Die Villa wäre im fertigen Zustand ein erstaunliches Anwesen gewesen. Von der Größe her erinnerte sie an die Villa der Cookes, ebenfalls mit Obergeschoss. Die Außenwände waren komplett hochgezogen, doch es fehlte der Verputz. Danny schätzte, dass es auf gut achttausend Quadratmetern Grund stand, auf zwei Seiten begrenzt von graubraunen Wänden aus Schlamm und Fels, vor Tausenden von Jahren von Wassermassen aufgetürmt. Die Erde hier war gesprenkelt von Espartogras und Kakteen. Reihen vertrockneter Oliven- und Mandelbäume bedeckten den sandigen Grund links des Hauses, der von dort zum Flussbett abfiel.

Es gab keine Fenster – aber kreuzweise gespanntes, schwarz-gelbes Plastikband mit der Aufschrift SEPRONA – die Abteilung der Guardia Civil, die sich mit Umweltvergehen beschäftigte – flatterte vor einigen der Löcher. Eine niedrige Steinmauer markierte die Grundstücksgrenze. Eine Anhöhe aus sandigem Geröll ragte hinter dem Haus zehn Meter in die Höhe. Dutzende von Häusern standen darauf.

Paco beschattete die Augen gegen die Abendsonne und sah zu den Häusern hinauf. »Für einen Mörder bei der Arbeit nicht gerade eine abgelegene Stelle.«

Danny schüttelte den Kopf. »Ich habe Reade gefragt. Die ganzen Häuser da oben sind neu. Vor zwei Jahren gab es außer diesem Haus im Umkreis von einer Viertelmeile überhaupt nichts.«

»Warum wurden die Bauarbeiten gestoppt?«

»Es steht in einem potenziellen Überschwemmungsgebiet.«

Seitlich des Hauses lagen Haufen unbenutzten Baumaterials. Unkraut wucherte aus den Löchern in den Waschbetonsteinen und durch die Lücken zwischen Ziegelpaletten.

Die Treppe führte in der Mitte des Hauses im Zickzack in die Höhe. Ein Großteil der vier Mauern war noch eingerüstet. Metallstangen stützten einen Teil des Dachs.

»Und jetzt?«, fragte Paco. »Wir haben ein halb fertiges Haus gefunden. Wie sollen wir das verkaufen?«

Das war eine gute Frage. Danny inspizierte die Mauern aus grauen Waschbetonsteinen. Es war nicht festzustellen, ob sie zu dick waren oder nicht. Paco stützte die Hand gegen eine Wand. »Wenn du glaubst, dass ich den Rest des Tages damit verbringe, willkürlich Löcher in Mauern zu bohren, dann hast du dich geschnitten.«

Wieder hatte Paco recht. Sie hatten fast zwanzig Minuten gebraucht, um einen Stein aus Reades Haus herauszubrechen. Wenn sie dieses Gebäude ohne einen Plan angingen, konnten sie durchaus die ganze Nacht hier verbringen.

»Wir brauchen die Baupläne«, sagte Danny.

»Ich ... habe ... Pläne«, sagte Reade in stockendem Spanisch.

Danny lächelte, schaltete auf Englisch um. »Wo sind sie?«

Reades Miene besagte nur eins: *Ich und meine große Klappe.* »Auf gar keinen Fall. Ich gehe nicht in mein Haus. Nicht wenn die Hackers auf Kaution wieder auf freiem Fuß sind.«

»Geben Sie mir die Schlüssel, und sagen Sie mir, wo sie sind.«

»Ich lasse Sie doch nicht in meinem Haus herumschnüffeln.«

»Mein Gott, Kumpel. Es ist Ihr Hals, der in der Schlinge steckt.«

Reade schluckte und zog die Schlüssel aus der Hosentasche. »In der Ecke meines Schlafzimmers, unter der Kommode gibt es eine Fliese, die nicht verfugt ist. Heben Sie sie hoch, darunter befindet sich ein Bodensafe. Dort sind die Pläne.«

»Haben Sie ein Maßband in Ihrem Transporter? Gut.« Danny warf ihm Stift und Block zu. »Fangen Sie an, die Zimmer auszumessen, Länge und Breite. Paco? Geh doch mal zu diesen Häusern da oben und frag, ob irgendjemand irgendwas gesehen hat.«

»Was zum Beispiel?«

»Leute, die nachts hierherkommen, verdächtige Aktivitäten, solche Sachen. Versuch es einfach, man weiß ja nie, vielleicht haben wir Glück.«

Bis zu Reades Haus war es eine zwanzigminütige Fahrt. Danny parkte am Ende der Straße, ging an der Rückseite des Grundstücks entlang und sprang über die Mauer. Scherereien mit den Hackers wollte er jetzt auf keinen Fall.

Er betrat das Haus durch die Terrassentür, fand Reades Schlafzimmer. Alle Akten und Papiere auf den Regalen waren verschwunden. Die Polizei hatte sie mitgenommen.

Auch Reades Schlafzimmer war von der Polizei durchsucht worden. Das Bett war zur Seite geschoben, die Schubladen waren geleert, die Kleidung lag in Haufen auf dem Bett.

Doch den Safe hatten sie nicht gefunden, er war zu gut versteckt. Danny hob die Fliese und öffnete den Bodensafe. Offensichtlich bewahrte Reade hier seine illegalen Sachen auf. Es gab ein Tütchen mit einem weißen Pulver – vier oder fünf Gramm – und eine große Tüte mit Skunk-Marihuana: Bei dem Katzengestank, den es verströmte, war das eindeutig. Darunter lagen jede Menge Akten: Details der Schwarzarbeit, die Reade übernommen hatte. Er war offensichtlich ein vorsichtiger Mann.

Danny durchsuchte den Stapel, fand die Pläne für das Haus. Er fotografierte sämtliche Dokumente in dieser Akte – es waren Beweisstücke, wenn Danny dazu kam, den Artikel zu schreiben, denn er konnte sich nicht darauf verlassen, dass Reade ihm die Originale überließ. Dann schrieb er die Maße eines jeden Zimmers in Quadratmetern in sein Notizbuch: Voll auseinandergefaltet nahmen die A1-Pläne ein gutes Drittel des Betts ein.

Er war zu drei Vierteln fertig, als er in der Haustür einen Schlüssel hörte. Sekunden später erstarrte Danny, als die Terrassentür geöffnet wurde. Das Licht im Wohnzimmer ging an, jemand rief auf Spanisch: »Schlafzimmer. Im Schlafzimmer.«

Danny stand noch immer reglos da, als ein großer, muskulöser Mann ins Zimmer gerannt kam. Die Akte fiel zu Boden, seine Hände schnellten in die Höhe.

Er starrte in den Lauf einer Waffe.

16

Er saß vor dem Spiegel, betrachtete sich, machte sich für die Arbeit fertig. Er mochte diesen Teil der Arbeit, dieses Sichverhüllen, Verstecken. Kein Mensch schöpfte je Verdacht. Er bewegte die Lippen, übte sein Lächeln, bewunderte die perlweißen Zähne. Wenn nur seine Haare länger wären. Dann könnte er sie zu Zöpfen flechten. Manchmal stellte er sich vor den Spiegel und ahmte diese wimmernden, winselnden Gesichter nach, die er schon so oft gesehen hatte. Doch nicht heute Nacht. Vorsicht und Geduld.

Die Akten aus der Baufirma der Brüder brachten ihm nichts mehr. Die Polizei hatte sie. Doch sein Haus hatten sie nicht gefunden. Er hatte darauf geachtet, keine Spuren zu hinterlassen. Das Haus war zu heilig, um irgendein Risiko einzugehen. Jetzt jagten sie den Klempner. Falls das nichts brachte, konnte er sie in die Richtung des Bauunternehmers stoßen, des Fetten, Callum. Er war der Hauptgrund gewesen, warum er sich in diesem Teil Spaniens niedergelassen hatte. Tausende halb fertiger Häuser und ein brutaler Vergewaltiger, der sie baute: Das war zu gut, um es nicht zu nutzen. Er kannte Hacker von früher, von zu Hause. Er wusste, was passiert war, was er dem Jungen angetan hatte. Es war gut, sich in der Nähe eines solchen Mannes zu verstecken.

Er hatte noch einen Fisch an der Angel, den er einholen wollte. Er hatte sein Vertrauen gewonnen. Er konnte die Stimme des Mannes jetzt hören, sein schlechtes Spanisch am Telefon, und er stellte sich das Gesicht vor, das dazugehörte.

In welcher Sprache würde er schreien? Er würde es bald herausfinden. Das Ding war hungrig, wollte sich wieder an die Arbeit machen. Es hatte gequengelt. Aber man durfte diese Dinge nicht überstürzen. Sie mussten einen neuen Ort finden, wo sie in Frieden arbeiten konnten. Nach so langer Zeit wollte er die Freuden in Ruhe genießen.

Wie immer, wenn er an das Haus dachte, wollte er es sich ansehen.

Er merkte erst, dass etwas nicht stimmte, als er auf seinen Balkon trat, sich eine Zigarette anzündete und in die Senke hinabschaute, in der das graue Steinhaus vor sich hin gammelte.

Autos.

Vor der Tür standen drei Autos.

Er lief nach drinnen, schnappte sich sein Fernglas.

Es war der Reporter. Der verdammte Reporter.

Und Reade.

Wie konnten sie es wagen? Der Ort war heilig. Er zitterte am ganzen Leib. Er würde es ihnen heimzahlen.

Wer war der Dritte? Fett, mit Kameras um den Hals? Woher kannte er ihn?

Er lief ins Haus. Er verzog die Lippen, als ihm klar wurde, dass er den Fotografen wirklich kannte, sich erinnerte, wo er den Mann gesehen hatte.

Er griff zum Telefon. »Hallo, es ist was dazwischengekommen. Kann sein, dass ich ein bisschen später zur Arbeit komme.«

17

Danny war ausschließlich auf die Hackers fixiert und hatte ganz vergessen, dass die Polizei Reades Haus überwachte. Eigentlich logisch: Der Mann stand im Verdacht, einen der schlimmsten Morde begangen zu haben, die die Provinz je erlebt hatte.

Vor diesem Hintergrund war es für ihn eine Erleichterung, als der Kerl mit der Waffe schrie: »*¡Policía!*«

Die Polizei hatte ihn durchsucht, seine Dokumente, seinen Presseausweis kontrolliert. Dann hatten sie mehr als eine Stunde gewartet, dass Bosquet auftauchte, und in der ganzen Zeit hatte Danny mit gefesselten Händen auf der Bettkante gesessen.

Das war vor zwanzig Minuten gewesen. Der Anschiss war Bosquet im Hals stecken geblieben, als Danny gesagt hatte: »Die Hackers. Es gibt noch ein Haus, das Sie nicht durchsucht haben.«

»Bringen Sie uns hin. Sofort.«

»Sobald Sie mir diese Handschellen abnehmen, tu ich das sehr gern.«

Sie waren in drei Autos unterwegs: zwei zivilen Polizeifahrzeugen und Dannys. Danny fuhr im zweiten Polizeiwagen, Bosquet im ersten. Keiner wollte Danny sagen, ob er verhaftet war oder nicht.

Inzwischen war es dunkel. Die Scheinwerfer malten Lichtflecken auf die nackte Steinmauer des halb fertigen Hauses. Und dann war das Flackern einer Bewegung zu sehen, ziemlich weit links, am Rand des Sichtfelds: ein Mann, der zwischen den Bäumen hindurchrannte.

Danny sah Paco im Licht stehen und die Augen beschirmen. Der Fotograf sagte: »Wo, zum Teufel, warst …«, verstummte jedoch, als er sah, dass es nicht Danny war, der aus dem Auto stieg.

Inspector Jefe Andrés Bosquet deutete zu den Olivenbäumen. »Wer war das, der da wegrannte?«

Paco hatte keinen Grund zu lügen. »Alan Reade.«

Bosquet wirbelte herum, befahl dem anderen Auto, Reade zu folgen, gab die Fahndung heraus. Dann wandte er sich dem zweiten Auto zu, in dem Danny saß. »Warum haben Sie mir nicht gesagt, dass Reade hier ist?«

»Sie haben nicht danach gefragt.«

Bosquet schlug mit der Hand auf die Motorhaube.

»Keine Spielchen mehr, Señor Sanchez.«

»Reade hat mit dieser ganzen Sache nichts zu tun. Man wollte sie ihm anhängen.«

»Verdammt, diese Entscheidung treffen nicht Sie.«

Danny wurde grob aus dem Auto gezerrt. Er hatte gewusst, dass Reade rennen und Bosquet sauer sein würde. Aber es war ein kalkuliertes Risiko. Im Augenblick wollte er auf keinen Fall, dass die polizeilichen Ermittlungen sich auf das Verhör des falschen Verdächtigen konzentrierten – denn genau das wollte Orson.

Danny ging zu Paco. »Ich habe die Maße aus den Plänen«, flüsterte Danny ihm zu und zündete sich eine Zigarette an.

Der Fotograf klopfte auf seine Tasche. »Und ich habe hier Reades Maße.« Seine Miene war ernst. »Schau mal da rüber.«

Etwas glänzte in der Dunkelheit. Danny brauchte einen Augenblick, bis er erkannte, was es war: ein Haken, gut dreißig Zentimeter lang, über zwei Zentimeter dick, wie Fleischer ihn verwendeten, um ganze Schweine aufzuhängen. Daneben lag zusammengerollt ein Seil.

»Ich habe das drinnen gefunden, in einem fensterlosen Raum in der Mitte des Hauses. In der Decke ist ein Loch, dort war der Haken angeschraubt.«

Danny nickte zu den funkelnden Lichtern in den Häusern über ihnen.

»Hast du da oben was herausgefunden?«

Paco zuckte die Achseln. »Nicht viel. Die meisten sind Engländer. Aber da war eine spanische Frau. Sie hat mich richtig ausgefragt, wollte meinen Presseausweis sehen, fragte mich nach meinem Namen, für welche Zeitung ich arbeite.«

»Wusste sie irgendwas?«

»Nicht wirklich. Sie sagte, sie wohnt noch nicht sehr lange hier.«

Polizisten kamen und verhörten die beiden Männer, wie es schien, stundenlang. Es war fast zehn, als Danny und Paco wieder miteinander reden konnten.

In der Zwischenzeit hatten die polizeilichen Aktivitäten Fahrt aufgenommen. Es fing ungefähr zwanzig Minuten nach ihrer Ankunft an. Bosquet kam aus dem Haus und sah blass und wütend aus, als er in ein Funkgerät sprach und ein Spurensicherungsteam anforderte.

Es stimmte also. Da war noch eine weitere Leiche.

Die Verstärkung traf ein. Jede Menge Verstärkung. Ihre Blinklichter erhellten die Schlucht mit buntem Neon. Absperrband wurde vor den Eingang gespannt, Beamte mit Baugerät trafen ein und begannen, das Haus einzureißen. Und dann tauchten noch mehr auf.

Und noch mehr.

Paco pfiff, während er heimlich ein paar Fotos schoss.

»Was um alles in der Welt haben die da drin gefunden?« Mehr als zwanzig Beamte der Guardia Civil befanden sich auf dem Grundstück. Im Inneren brannten von einem Generator gespeiste Scheinwerfer. Man konnte nicht sagen, wo im Haus gearbeitet wurde. Bohrgeräusche schienen von überall her zu kommen.

Doch wenn Danny genau hinhörte, war er sicher, dass sie nur aus zwei Ecken kamen.

»Zeig mir Reades Maße. Mal sehen, welches Zimmer es ist.«

Sie hielten die beiden Notizbücher nebeneinander und verglichen die Listen. Es war harte Arbeit. Weder Danny noch Reade hatten sie in einer bestimmten Reihenfolge geschrieben. Die beiden Männer sortierten ihre Listen, vom größten zum kleinsten Zimmer. Dann verglichen sie die Listen noch einmal.

»O Gott«, sagte Paco, während sein Blick von einer Liste zur anderen wechselte.

Es war nicht nur ein Zimmer.

Es war jedes Zimmer. Jedes einzelne Zimmer war kleiner, als es nach den Plänen sein sollte.

Die Mauern waren voll.

18

Es war vorbei. Er schaute vom oberen Fenster zu, sah die Lichter über die Wände seines Hauses wandern. Es war Zeit weiterzuziehen, wieder einmal. Jetzt spürte er gar nichts. Keine Wut, keine Angst. Beides würde nur sein Urteilsvermögen trüben. Vorsicht und Geduld. Die Arbeit kam vor allem anderen. Jetzt würde er sich aus dem Staub machen, unter die Oberfläche sinken. Er konnte warten.

Aber zuvor musste er noch etwas erledigen. Er musste seine Spuren verwischen. Diesmal waren sie ihm zu nahe gekommen.

Er hob die Benzinkanister in den Kofferraum seines Autos. Noch heute Nacht würde er alles vorbereiten und morgen dann die letzten offenen Probleme lösen: Reporter, Fotograf und Ding.

19

Sonntag, 11. April 2010

Im Lagerraum der *Sureste News* waren ein Schlafsack und eine Luftmatratze. Danny arbeitete bis vier Uhr früh, schickte den Sonderartikel ab, breitete dann beides auf dem Boden des Redaktionssaals aus und legte sich, seine zusammengerollte Jacke als Kissen benutzend, hin.

Bosquet hatte sie gegen zehn fahren lassen. Oder genauer, er hatte sie gegen zehn davongejagt. Das Letzte, was Danny mitbekam, war der Mordermittler, der aufgeregt vor dem Haus hin und her lief und übers Handy stritt. »Diesmal nicht. Verdammt, es sind zu viele. Wir können das nicht auch als schiefgelaufenen Einbruch abtun. Oder als sonst irgendwas. Wir machen uns zum Narren, wenn wir noch einmal lügen.«

Dann hatte er den Kopf gehoben und gesehen, dass Danny und Paco ihn anstarrten. »Was, zum Teufel, tun die noch hier? Schickt sie weg.«

Gegen 22.30 Uhr hatte Danny einen Anruf von seinem Chef erhalten – seinem obersten Chef, der Weißen Hexe persönlich.

»Mr. Sanchez. Was ist da bei Ihnen los? Stimmt es?«

»Ja.«

»Wie viele Leichen sind dort?«

»Das weiß keiner. Viele.«

»Was haben Sie damit zu tun?«

Danny erklärte es, wobei er Wert darauf legte zu betonen,

dass er einen Großteil seiner Informationen während seines Urlaubs gesammelt habe. Danny spürte ihren Missmut aus dem Telefon dringen wie einen kalten Luftzug.

»Und diese Bewerbung um die Powerboot-Veranstaltung ist der Grund, warum die Behörden die Sache bis jetzt verheimlicht haben?«

»Ich glaube schon.«

»Was haben Sie vor zu schreiben?«

»Was ich …? Ich habe vor, genau das zu schreiben, wofür Sie mich bezahlen, Ms. Pelham-Kerr: die Wahrheit.«

Die Weiße Hexe schwieg. »Können Sie mir erklären«, sagte sie, nachdem ihr Schweigen fast zu einer Grabesstille geworden war, »warum ich einen anonymen Anruf erhalten habe, in dem gedroht wurde, Werbung im Wert von hundertfünfzigtausend Euro zu stornieren, wenn wir diese Nachrichten veröffentlichen?«

»Weil einige Leute hier so dumm sind zu glauben, man könnte die Flut aufhalten, wenn man ihr nur genug droht.«

»Und ist es das? Eine unaufhaltsame Naturgewalt?«

»Die scheint die Wahrheit oft zu sein, oder? Früher oder später auf jeden Fall. Morgen werden die spanischen Zeitungen hier herumschnüffeln. Bei so etwas sickert immer was durch. Bis morgen Mittag haben sie für ihre Online-Versionen irgendwas zusammengepfuscht. Wir sollten für *unsere* Online-Version noch heute Nacht eine Sonderausgabe vorbereiten. Damit die Leute auch wirklich wissen, dass das unsere Geschichte ist.«

»Meine Geschichte, Mr. Sanchez. Ich bin diejenige, die es riskiert, hundertfünfzigtausend Euro an Werbung zu verlieren.«

»Irgendjemand wird die Geschichte als Erster bringen. Ich habe alle Fakten.«

»Ich organisiere hier alles, Mr. Sanchez. Und Sie garantieren mir, dass Sie recht haben.«

Gegen acht wurde Danny von seinem Handy aus unruhigem Schlaf geweckt. Er hatte kaum Zeit, Hallo zu sagen, bevor die Stimme am anderen Ende sagte: »Wo du auch bist, du Wichser, ich finde dich, und dann bringe ich dich um. Hast du verstanden? Du bist tot.«

Dann war die Leitung tot. Danny brauchte einen Augenblick, bis ihm klar wurde, wem die Stimme gehörte: Callum Hacker. Aber warum? Danny hatte Hacker in seinem Artikel kaum erwähnt, dem Artikel, der wahrscheinlich gerade jetzt für die Sonderausgabe bearbeitet wurde. Worüber regte Hacker sich so auf?

Dann fiel Danny ein, dass sein Artikel nicht der einzige zu diesem Thema war.

Er ging zu seinem Computer und schaute sich die Online-Ausgabe von *The Gloucester Herald* an.

Sein Kopf sank in seine Hände, als er die Schlagzeile las.

GLOUCESTER-VERGEWALTIGER
WEGEN COSTA-MORDEN VERHÖRT

Verbindung zwischen Mord auf dem Bredon Hill
und spanischem Serienmörder

Von Jim Durkin, Ray Taylor und Danny Sanchez

Danny hätte nie geglaubt, dass er einmal Grund haben würde, Humor unter Journalisten zu bedauern, aber Durkin hatte sich an ihre Vereinbarung gehalten: In der Verfasserzeile hatte er alle drei Namen genannt.

Danny überflog den Artikel nur; die Fakten kannte er ja bereits. Durkin war ein guter Journalist: gute, knappe Prosa, eine solide auf Fakten gegründete Geschichte. Zu viele Fakten für Dannys Geschmack. Der Artikel berichtete detailliert über Callum Hackers homosexuelle Neigungen und seine Gefängnisstrafe für die Vergewaltigung eines Mannes. Der Unterschied war, Durkin hatte neunhundert Meilen und die Biskaya zwischen sich und Callum Hacker, Danny nur ungefähr fünf Minuten auf der *autovía*.

Ab halb zehn erschienen die Reporter der *Sureste News*. Man hatte sie für eine sonntägliche Sondersitzung einbestellt. Die Geschichte mit den Leichen erforderte alle vier. Danny erzählte ihnen von Callum Hacker, schärfte ihnen ein, ihre Türen immer verschlossen zu halten. Um zehn Uhr rief Danny Paco an. Danny hörte, dass Paco fuhr.

»Ich kann nicht reden, Danny.« Er klang besorgt. »Es geht um Alejandra.«

»Was ist mit ihr?«

»Lourdes kann sie nicht finden.«

»Bist du sicher?«

»*Joder*, Danny, sie dreht fast durch. Natürlich bin ich sicher. Ich muss ihr bei der Suche helfen. Tut mir leid.«

»Braucht dir nicht leidzutun, *amigo*. Finde dein kleines Mädchen.«

Um elf ging Dannys Artikel online. Die Anrufe setzten um 11.15 Uhr ein, zuerst die spanischen Lokalblätter, dann die britischen Nationalen. Bis Mittag hatte er Journalisten aus Frankreich, Italien und Holland an der Strippe, die Kontaktnummern wollten.

Danny hatte die Tatsachen berichtet: Der Anstifter einer Mordserie sei seit Jahren auf freiem Fuß und benutze gestörte Personen für seine Taten. Es war verführerisch, auch die offiziellen Versuche, die Ermittlungen zu behindern, zu erwähnen, aber er hatte keine Fakten, um diese Theorie zu untermauern. Das war eine Geschichte, die noch warten konnte. Im Augenblick mussten sie herausfinden, wie viele Leichen tatsächlich entdeckt wurden, wie lange sie dort gewesen und woher sie gekommen waren.

Genau am Mittag gab es Neuigkeiten im Radio: Alan Reade war gefasst worden. Danny schüttelte den Kopf. Jetzt war es wichtiger denn je, dass sie bei dieser Geschichte die Nase vorn hatten: Alle würden sich auf Alan Reade stürzen, doch es war eine falsche Fährte.

Dannys Handy klingelte. Er wäre beinahe nicht drangegangen, doch dann sah er eine Nummer, die er nicht kannte.

»Señor Sanchez, hier Dolores Donaire von der Universität. Ich habe heute Vormittag Ihren Artikel gelesen. Ich denke, wir sollten reden.«

»Sehr gern, aber wir müssen es telefonisch machen. Ich kann hier nicht weg.«

»Ich habe einen Kollegen wegen eines Profils für Orson konsultiert, und wir sind zu einigen Schlussfolgerungen gelangt. Haben Sie schon einmal von Dr. Benjamin Spock gehört?«

»Klar«, antwortete Danny. »Schlage deine Kinder nicht. Der Typ, oder?«

»Zu seiner Arbeit gehört ein bisschen mehr. Nach dem Zweiten Weltkrieg führte er eine Studie durch, in der er nachwies, dass es Soziopathen viel leichter fällt, Angehörige des anderen Geschlechts zu täuschen und zu kontrollieren als Personen des eigenen Geschlechts: Männer können Frauen täuschen, Frauen Männer. Angehörige ihres eigenen Geschlechts fanden sie allerdings immer unheimlich. Nehmen Sie das Beispiel Ted Bundy: Es fehlte ihm nie an weiblicher Begleitung, aber er hatte so gut wie keine männlichen Freunde.«

»Ich will ja nicht unhöflich sein, aber ich muss hier wirklich weitermachen. Was hat das mit Orson und seinen Opfern zu tun?«

»Seinen. Genau darum geht's mir: Ich habe sorgfältig darüber nachgedacht, und jetzt glaube ich, dass *er* in Wahrheit eine *Sie* ist, Mr. Sanchez.«

»Orson ist eine Frau?«

»Klingen Sie nicht so überrascht. Der Vergewaltigungsaspekt hat mich darauf gebracht. Sie haben mich selber danach gefragt. Dieses Individuum ist offensichtlich intelligent, geduldig und extrem vorsichtig. Aber warum dann diese ›Idioten‹ hinzuziehen, wenn Sie mir den Ausdruck verzeihen. Männer wie Nicholas Todd, Ishmael Vertanness, Philip Cohen? Außenseiter und Loser, Männer, die so perfekt zum Profil eines brutalen Kriminellen passen? Was war es, das sie zu der Gleichung beitrugen?«

»Was?«

»Eine Frau kann physisch nicht in eine andere Person eindringen. Sie kann es mit Gegenständen tun, aber nicht mit ihrem Körper. Überlegen Sie: Wir haben es mit dem starken Drang zu tun, den anderen zu kontrollieren, zu erniedrigen, sein Leiden mitzuerleben. Diese abweichenden Fantasien rühren oft von etwas her, das in der realen Welt fehlt. Ich würde die Hypothese wagen, dass Orson in der Vergangenheit Opfer eines sexuellen Übergriffs oder einer Vergewaltigung war, wie es sich in seinem Drang, zu kontrollieren, zu dominieren, ausdrückt. Vielleicht ist das eine Art von Dämonenaustreibung. Da Orson Opfer war, hat Orson jetzt Macht und Kontrolle.

Das ist der Grund, warum ich Orson für eine Frau halte. Der Rest fügt sich ins Bild. Sie haben sich selber gefragt, wie um alles in der Welt jemand wie Vertanness seinen Opfern so nahe kommen konnte? Was für einen besseren Komplizen gibt es als eine Frau? Schauen Sie sich das Beispiel der Wests an. Die Mädchen stiegen zu Fred ins Auto, weil Rose bei ihm war. Es könnte auch wahrscheinlich sein, dass diese Frau in der Vergangenheit mit einer Art ›Stellvertretungsvergewaltigung‹ experimentiert hatte: Dadurch erkannte sie, wie unbefriedigend das ist. Es ist wie so oft, Mr. Sanchez: Der Missbrauchte wird zum Missbrauchenden.«

Er legte auf. Die Erkenntnis stürzte auf ihn herab wie ein Zentnergewicht. O Gott, es war nicht Callum Hacker und auch nicht Tommy Cain. Kein Mensch wusste, wer Orson war.

20

Er stand vor dem Spiegel, streckte den Busen heraus, strich sich mit den Fingern durch die Haare. Er würde sie wieder wachsen lassen, beschloss er, sie zu Zöpfen flechten. Er musste seine Erscheinung sowieso wieder ändern, warum also nicht?

Nackt von der Taille abwärts stand er da und schob die Finger in das haarige Dreieck der Schamhaare, kniff dann seine Schenkel zusammen und spürte die feuchte Wärme.

Er. Ihm. Seine.

Seine. Ihm. Er.

Er schaute in sein Gesicht, verzog die Lippen zu einem schüchternen Lächeln. Die Leute blickten viel zu lange in Gesichter. Sie schauten ihn an und sahen nie einen Mann. Aber er hatte es ihnen gezeigt. Hinter diesen Augen war einmal ein kleines Mädchen gewesen, aber davon war keine Spur mehr übrig. Dafür hatte er gesorgt. Kleine Mädchen waren schmutzig. Sie waren Schlampen. Sie waren schwach. Kleine Mädchen konnte man schubsen und stoßen und prügeln, in eine Ecke drängen, so wie sie Mamás Katze mit einem Besenstiel gefangen, gejagt hatten, bis sie nirgendwo mehr hinkonnte. Diese Lektion hatte er in Mamás Keller gelernt, gefesselt und mit schwingenden Zöpfen, während Tommy und Mamás Freunde über ihr grunzten und schwitzten.

Die Antwort war so einfach gewesen. Tommy war nie etwas passiert. Er würde sich verändern. Er würde das kleine Mädchen für immer in einen Keller sperren. Von da an wäre er derjenige, der verletzte, derjenige mit Macht. Und er würde alle dafür bezahlen lassen. So wie er die Katze hatte bezahlen lassen, die jaulte und zuckte, während Tommy sie festhielt.

Aber nützlich war es schon, so wie er aussah. Kein Mensch schöpfte je Verdacht. Sie liebten es, mit ihm zu flirten. O ja, er wusste, was die Jungs wollten. Diese Lektion hatte er schon vor langer Zeit gelernt. Er genoss es, wie andere Männer seine langen Beine, seine Kurven anstarrten und gar nicht erkannten, in welcher Gefahr sie schwebten. Die Leute vertrauten Frauen.

Vor allem hier in dem neuen Land. Deshalb hatte er darauf bestanden, den Ausweis des Fotografen zu sehen. Er wusste, wo er ihn schon einmal gesehen hatte: im Publikum im Kindergarten, mit seinem kleinen Mädchen im Arm, und beide hatten sich über den Clown gefreut. Pogo hatte der Kleinen einen Lutscher geschenkt. Was konnte ungefährlicher sein? Ein weiblicher Clown. Er genoss diese Shows, stand da unter seinem Make-up und wusste, dass sie ihn nicht als das sehen konnten, was er wirklich war.

Er hielt an, ließ das Seitenfenster herunter, winkte einem Mann und fragte ihn, was er schon Dutzende andere gefragt hatte. Paco Pino? Der Fotograf. Ja, ich kenne ihn. Er wohnt gleich da unten an der Ecke. Aber er ist gerade in der Arbeit.

Er parkte vor dem Zaun, beobachtete eine Gruppe Kinder durch den Zaun. Er rief eins zu sich, fragte es, wie das kleine Mädchen mit den dunkelbraunen Haaren heiße: Alejandra. Das war ihr Name.

Er fuhr noch einmal um den Block, wartete zehn Minuten, ging dann zu Fuß zum Zaun und rief das Mädchen bei seinem Namen.

»Hallo, Alejandra. Erinnerst du dich an mich?«

Das kleine Mädchen nickte begeistert. »Du warst mit dem Clown in unserem Kindergarten.«

Er lächelte. »Das stimmt. Ich bin Pogos Freundin. Deine Mama ist jetzt bei Pogo. Würdest du sie beide gern sehen?«

Ein kurzes Zögern. Dann ein Nicken.

»Dann drück einfach da auf den Knopf, Liebes, und mach das Tor auf.«

Sie musste springen, um den Knopf zu erreichen. Das Tor ging klickend auf.

Er umfasste die Hand des Mädchens mit blutrot lackierten Fingern und führte sie ruhig über die Straße. Vorsicht und Geduld.

Aber er lächelte jetzt nicht mehr. Er hatte eine Arbeit zu erledigen.

21

Danny rief Jim Durkin an. Der Journalist hob mit einem Seufzen ab. »Wenn du mich jetzt anschreien willst, erspar es dir. Ich hatte bereits Todesdrohungen aus Spanien.«

»Jim, tu mir noch einen Gefallen, und wir sind quitt. Hast du mehr über Tommy Cain herausgefunden?«

»Ja. Du hattest recht. Er war im Gefängnis. Ist es immer noch.«

»Was ist mit der Schwester?«

»Ja. Ricarda Immaculada Cain, besser bekannt als Ricki Cain.«

Danny wiederholte stumm ihren Namen, fragte sich, warum er so vertraut klang. Dann hörte er Brian Kimbers Stimme. Adrians Freundin. Nicki Jane.

Oder so ähnlich.

»Weißt du, wie sie ausgesehen hat? Kannst du mir ein Foto schicken?«

»Woher das plötzliche Interesse?«

»Kannst du's, oder kannst du's nicht?«

»Mal sehen, was sich machen lässt.«

Danny legte auf.

Das war's. Ricki Cain, das Mädchen, in das Adrian so vernarrt war. Er hatte die Informationen für sie gestohlen und dann gelogen, um sie zu schützen. Und niemand anderen als sie hatte er auf dem Bredon Hill treffen wollen – wer würde schon ein neunzehnjähriges Mädchen verdächtigen?

Dannys Handy klingelte.

»Paco, du errätst nie, was …«

»Komm zum Firmengelände der Hackers. Sofort. Es ist wichtig.«

»Was willst du …«

»Bitte, Danny. Tu's einfach.«

Die Leitung war tot.

22

Danny hielt vor dem Grundstück der Hackers und fragte sich, was zum Teufel Paco da drin wollte. Es war später Nachmittag. Die Tore zum Bauhof standen offen. Danny ging zur Lagerhalle und drückte gegen die Tür. Sie quietschte. Eine Männerstimme sagte: »Komm rein. Geh in die Mitte der Halle.«

»Warum?«, fragte Danny, ohne sich zu bewegen.

»Weil ich das Mädchen umbringe, wenn du es nicht tust.«

Es war eine Frauenstimme, tief, gelassen, kalt. Wo hatte er die Stimme schon einmal gehört? Er kannte sie, da war er sich ganz sicher, diesen tiefen, maskulinen Ton.

Es stank in der Lagerhalle. Danny wurde davon schwindlig, als er nach drinnen ging. Paco saß zusammengesunken mitten in der Halle, Blut tropfte von seiner Stirn. Danny ging weiter, bemerkte zwei Gestalten, die im Dämmerlicht seitlich der Tür lauerten.

Das Gesicht der Frau war von Schatten verhüllt. Danny hörte ein Quieken, sah das Kind sich in ihren Händen winden. Die Klinge an Alejandras Kehle glänzte. Dem Mädchen standen Tränen in den Augen, aber es gab keine Geräusche von sich: Es konnte nicht begreifen, was hier geschah.

Ricki Cain ging, das zappelnde Kind im Arm, vorwärts. Ein junger Mann trottete hinter ihr her, in der Hand ebenfalls ein Messer.

Danny erkannte Craig Thorndykes bleiches, verwüstetes Gesicht. Er sah, was Toby Ibañez gemeint hatte, als er ihn »unheimlich« nannte. Sein Blick war nervös, unstet, der

Mund voller Schorf. In der anderen Hand hielt er ein Seil, seine Lippen waren von Speichel feucht.

Ricki Cain winkte Danny in die Mitte der Halle und sagte dann zu Thorndyke: »Fessle ihn.« Als Danny zögerte, drückte sie dem Kind das Messer an die Kehle. »Du hast keine andere Wahl.«

Sie hatte recht. Er hatte wirklich keine.

Er setzte sich mit dem Rücken an den Pfosten. Pacos Hände waren mit einem Kabelbinder nach hinten gefesselt. Seine Stirn war blutverschmiert. Der Kabelbinder schnitt Danny in die Arme. Paco bewegte sich schwach.

Craig Thorndyke kniete sich neben ihn und drückte ihm das Messer an die Kehle, während Ricki Cain zur Tür ging. Thorndykes Blick war fiebrig, sein Gesichtsausdruck animalisch. »Nicht mehr lange. Ist dir klar, was für einen Spaß wir haben werden?«

In Dannys Kopf drehte sich alles. Irgendwas in dem Lagerhaus stank, ein starker, chemischer Geruch, wie Benzin. Danny schnupperte.

Nicht *wie* Benzin.

Es *war* Benzin.

Danny wurde in dem Augenblick klar, was passieren würde, als sein Blick zur Wand schnellte und er die leeren Halterungen sah, in denen früher die Feuerlöscher gehangen hatten.

»Thorndyke, achte auf die Tür.« Danny wand sich verzweifelt. »Lass sie die Tür nicht schließen.«

Craig Thorndyke grinste. »Glaubst du, ich bin von ge…«

Thorndyke wirbelte herum, als er Glas splittern hörte, riss den Mund auf, als die Flammen des Molotowcocktails eine Ecke der Halle schluckten. Die Metalltür knallte zu. Danny hörte das Klirren einer Kette, die vorgehängt wurde.

Thorndyke rannte, riss an der Tür. Sie öffnete sich einen kleinen Spalt.

Danny hörte das Geräusch eines startenden Motors. Das Feuer wütete, raste die Wände zu beiden Seiten entlang. Sie hatte die Halle so präpariert, dass sie ausbrannte – wozu nicht viel nötig war. Flammen leckten an Holzstapeln, etwas explodierte. Die Hitze war intensiv. Aber das eigentliche Problem stellte der Rauch dar. Schon jetzt bereitete das Atmen Probleme. Der Gestank verbrannten Plastiks stach Danny in die Nase. Seine Augen brannten davon.

Craig Thorndyke starrte dümmlich in die orangefarbenen Flammen, die von einer Wand zur anderen sprangen. In wenigen Sekunden hatten sie sie eingekreist. Er hämmerte an die Tür und schrie mit schriller Stimme: »Ricki, du Schlampe. Ich bin noch hier drin. Lass mich nicht zurück.«

Die Flammen leckten hungrig die Wand hoch.

Craig Thorndyke rammte ein Holzbrett gegen die Tür. Der Krach übertönte das Knistern der Flammen und auch Dannys Schreien, mit dem er Thorndykes Aufmerksamkeit zu erregen versuchte. »Es gibt noch einen anderen Weg nach draußen.«

»Was?« Vor Panik traten Thorndyke die Augen aus den Höhlen.

»Es gibt noch einen anderen Weg nach draußen.«

»Wo?«

»Mach uns los.«

Thorndyke drückte Danny das Messer an die Kehle. »Wo?«

»Entweder du schneidest mir den Kabelbinder oder die Kehle durch.«

Den Arm gegen die Hitze vor dem Gesicht, rannte Thorndyke durch die Halle.

»*Wo ist der Fluchtweg?*«

Danny schüttelte den Kopf. »Mach uns los, oder wir verbrennen alle miteinander.«

Thorndyke schrie auf, als brennendes Holz direkt neben ihm zu Boden krachte. Seine Augen traten noch weiter hervor. Er kniete sich hin, machte Danny los.

»Wo?«

»Schneid ihn auch los. Schnell.«

Danny half Paco auf die Beine. Sie taumelten in den hinteren Teil des Lagerraums. Danny tastete die Wand ab, versuchte sich an das Loch zu erinnern, durch das die Rottweiler hereingekommen waren, versuchte herauszufinden, ob es auch groß genug war für einen Menschen.

Das war es.

Flammen loderten über die Decke, als Danny Paco durch die Hundeklappe zog. Irgendwo schmolz Plastik. Der giftige Rauch in der Luft wurde immer dichter. Craig Thorndyke folgte ihnen auf Händen und Knien.

Es passierte so schnell. Zuerst waren sie einfach nur draußen, wanden sich im Staub, rappelten sich hoch, um von der intensiven Hitze wegzukommen, schnappten nach frischer Luft, drei Überlebende, die froh waren, endlich im Freien zu sein.

Und dann fand Paco seine Stimme wieder.

Er hob den Kopf. Mit funkelnden Augen starrte er Thorndyke an.

»*Hijo de puta.*«

Paco machte einen Satz.

Die beiden Männer stießen zusammen. Paco streckte die Hand nach Thorndykes dürrem Hals aus. Er schaffte es fast, dann keuchte er auf. Von den Beinen aufwärts schien die Luft aus ihm zu entweichen; er ächzte, stolperte rückwärts, drückte sich die Hand an den Bauch. Ein dunkler Fleck breitete sich zwischen seinen Fingern aus.

Craig Thorndyke wandte sich Danny zu, das von Blut triefende Messer in der Hand. Das Feuer hatte seine langen Zotteln versengt und die Augenbrauen weggebrannt. »Du bist dran, du Arschloch.« Er stürmte auf Danny zu.

Zum Nachdenken blieb keine Zeit. Danny packte eine Handvoll Sand, warf sie Thorndyke ins Gesicht. Die Hände des Jungen schnellten vor sein Gesicht. Er stolperte an Danny vorbei, der einfach stehen blieb, einen Stein packte und ihm damit auf den Hinterkopf schlug. Craig Thorndyke stürzte zu Boden.

Danny verkniff es sich, ihm noch einen Schlag zu versetzen.

Paco versuchte, sich aufzusetzen. Er schaffte es fast, dann drang ein Wimmern aus seiner Kehle. Seine Hände waren klebrig feucht, als Danny sich neben ihn kniete. Er fasste ihn an den Handgelenken, zog ihn von dem brennenden Lagerhaus weg. Paco schrie. Danny rief einen Krankenwagen, rollte seine Jacke zusammen, legte sie Paco unter den Kopf und sagte ihm, er solle ruhig liegen bleiben. Flammen und Rauch quollen unter den Rändern des Metalldachs hervor, riesige, flackernde, orangefarbene Zungen, die fünf, zehn Meter in die Höhe stiegen, umgeben von wabernden Rauchschwaden, weißlichgrau vor dem schwarzen Nachthimmel. Das ganze Grundstück war in einen orangefarbenen Schein getaucht.

Immer wieder versuchte Paco sich aufzusetzen. Bei jedem Mal kam ein Blutschwall aus seiner Wunde. Danny brauchte einen Augenblick, bis ihm auffiel, dass Pacos Stöhnen tatsächlich ein Versuch zu sprechen war. Er brachte sein Ohr dicht an Pacos Mund.

»Finde … meine … Tochter.«

Alejandra.

Sie befand sich noch immer in Ricki Cains Gewalt.

Jetzt kamen Nachbarn aus den in der Nähe liegenden Häusern, spanische Hausfrauen in Hausschuhen und Kittelschürzen. Ein Mann mittleren Alters rannte auf sie zu und zog sich sein T-Shirt über den Kopf.

Danny winkte ihm, erklärte ihm, so schnell es ging, die Situation. Der Spanier blieb bei Paco, während Danny Thorndyke die Hände hinter dem Rücken fesselte und das Messer an sich nahm. Er wischte Pacos Blut an Thorndykes T-Shirt ab und hastete zu seinem Auto.

Der Mann rief ihm nach: »Hey, wohin wollen Sie?«

Die Leute starrten ihn nur an, als Danny durch die Menge fuhr, die sich inzwischen am Tor des Bauhofs versammelt hatte. Plötzlich war ein dumpfes Krachen zu hören: Ein Teil des Dachs war eingestürzt. Danny raste die Straße entlang.

Während er das tat, kam ein weißer Transporter quietschend zum Stehen, wendete und raste hinter ihm her.

23

Im Fahren wählte Danny Toby Ibañez' Nummer.

»Mr. Ibañez, ich brauche eine Information. Ihre Mitarbeiterin, Allison. Wo wohnt sie?«

»Diese Information kann ich Ihnen nicht geben.«

»Haben Sie von dem Haus gehört, das die Polizei gestern gefunden hat, voll mit Leichen?«

»Natürlich.«

»Es war Allison. Nur dass sie nicht Allison heißt. Ihr Name ist Ricki Cain.«

Eine Pause. »Soll das ein Witz sein? Das zeugt aber von sehr schlechtem …«

»Hören Sie, sie hat mich eben in einem brennenden Gebäude eingesperrt und die fünfjährige Tochter meines Freundes entführt. Und jetzt geben Sie mir die verdammte Adresse, damit ich die Polizei rufen kann, oder ich sorge dafür, dass Ihr Name in jeder Zeitung von Birmingham bis Benidorm steht.«

Ibañez schwieg. Dann sagte er: »Sie lebt in Los Membrillos.«

Das passte.

Die Lösung war Danny gekommen, als er Ricki Cains Stimme gehört und sie sofort erkannt hatte, ohne anfangs zu wissen, woher. Das einzige Mal, das er sie reden hörte, war auf Französisch gewesen, in diesem Hinterzimmer von Shelter All. Und so hatte sie ihre Opfer gefunden. O Gott, sie hatte sie direkt an der Strippe gehabt und konnte sie nach allen möglichen persönlichen Details fragen. Wer weiß, dass Sie hier sind? Haben Sie Ihrer Familie gesagt, wo Sie sich aufhalten? Sind Sie durchgebrannt? Wann haben Sie das letzte Mal mit Ihrer Familie gesprochen? Und sobald sie einen der Waisen und Heimatlosen gefunden hatte, einen, der nicht vermisst wurde, vereinbarte sie ein Treffen mit ihm. Und dann verschwanden sie. Oder doch eher nicht, denn um zu verschwinden musste jemand sie vermissen, und Ricki Cain hatte sehr darauf geachtet, sich nie so jemanden auszusuchen.

Die Adresse war leicht zu finden, doch als Danny auf das Haus zufuhr, erkannte er die Gegend wieder. Sie lag ganz in der Nähe des Gebäudes, in dem die Leichen gefunden worden waren. O Gott, ihr Haus stand direkt darüber.

Er bog in die unbefestigte Straße ein.

Vor dem Haus stand eine Palme. Als Dannys Scheinwerferlicht sie erfasste, sah er, dass Ricki Cain frontal dagegengefahren war. Die beiden vorderen Reifen waren geplatzt. Scherben des Scheinwerferglases funkelten auf dem Boden. Der Kofferraum stand offen. Die beiden Feuerlöscher aus der Lagerhalle lagen darin.

Ricki Cain stand rufend und flüsternd neben dem Haus. Bellen und Knurren drangen aus dem Haus, begleitet von Reiß- und Kaugeräuschen. Dann hörte er den Schrei.

Alejandra war im Haus.

Danny rannte zur Vordertür, rammte die Schulter dagegen, prallte ab. Die Tür war zu solide. Da hätte er ebenso gut durch die Mauer brechen können. Alle Fenster waren vergittert.

Ricki Cains Gesicht wirkte völlig ruhig, als Danny sich ihr näherte. Oder genauer: Ihr Gesicht war bar jeglichen Gefühls. Ihre Augen sahen wie die von Ishmael Vertanness aus – leer, schwarz, seelenlos. Drei blutende Kratzer zogen sich die

Wange hinunter. Sie berührte sie mit der Hand. »Die kleine Schlampe hat mich gekratzt.«

»Wo ist sie?«

»Es geht ihr gut. Sie ist drinnen.«

Die Bedeutung ihres gerissenen Grinsens musste erst verdaut werden. »Sie haben sie im Haus bei den Hunden gelassen?«

»Nicht nur irgendwelche Hunde. Die Hunde der Hackers. Ich bin diese ›ehemalige Putzfrau‹, die Sie in Ihrem Artikel erwähnt haben. Jetzt geben Sie mir Ihren Autoschlüssel.«

»Du Hexe.«

Danny machte einen Schritt vor und schwang das Messer. Ricki Cain wich aus, lachte und wirbelte die Hausschlüssel um den Zeigefinger. »Noch einen Schritt, und ich werfe sie in die Dunkelheit. Jetzt geben Sie mir die Schlüssel zu Ihrem verdammten Auto.«

Aus dem Haus drang ein gellender Schrei.

»Die Schlüssel.«

Danny warf ihr die Autoschlüssel vor die Füße. Und sie warf ihm sofort den Hausschlüssel zu. Natürlich. Sie wollte, dass er die Schlüssel hatte: Damit sorgte sie dafür, dass er zu beschäftigt war, um sie am Wegfahren zu hindern.

Danny rannte zur Haustür und fummelte den Schlüssel ins Schloss, als Ricki Cain mit seinem Auto flüchtete. Die Riegel klickten. Er öffnete die Tür einen Spalt, hörte Pfoten über Linoleum klacken. Ein sabberndes Maul aus Rosa, Schwarz und Weiß erschien. Etwas Großes, Schweres krachte gegen die Tür.

Wieder hörte er Alejandra schreien. Er lief zum Schlafzimmerfenster, schaute durch das Gitter, sah, was passierte. Die Tür zum Schlafzimmer war geschlossen, aber jemand hatte ein Loch in das dünne Holz getreten, groß genug, dass die

Hunde es weiter aufreißen konnten. Stück für Stück rissen sie heraus. Alejandra kauerte im hintersten Eck unter dem Fenster. Das war das Flüstern gewesen. Ricki Cain hatte die Hunde gerufen, sie aufgestachelt. Jetzt hatten sie das Mädchen gewittert.

Die Tür klapperte im Rahmen, als ein weiteres großes Stück herausgerissen wurde.

Was sollte er tun? Wenn's zum Äußersten kam, würde er sich selbst opfern, sich auf einen Messerkampf mit den Hunden einlassen müssen. Doch sie würden ihm kaum eine Chance geben und ihn in Stücke reißen. Aber mehr Chancen als Alejandra hatte er immer noch.

Er hob das Messer und wappnete sich fürs Eindringen.

Und blieb unvermittelt stehen.

Die Feuerlöscher.

Er rannte zu dem zerbeulten Auto, schnappte sich einen der Löscher, rannte zur Tür zurück und stieß sie weit auf. Die Hunde kamen auf ihn zugestürzt. In Sekunden hatten sie das Haus durchquert, während Danny noch am Verschluss des Geräts herumfummelte.

Danny hörte Pfoten übers Linoleum tappen, dann wurde die Welt plötzlich weiß.

Die Explosion des trockenen Pulvers kam so unvermittelt, dass sie Danny überrumpelte. Er taumelte nach hinten, der Pulverstrahl schnellte in verrückten Auf-ab- und Links-rechts-Bewegungen hin und her, während Danny versuchte, ihn unter Kontrolle zu bringen.

Dicht vor sich hörte er etwas krachen und knurren, während er sich an der Wand entlang, noch immer Pulver verspritzend, durch den erstickenden Nebel vorwärtsschob.

Als der Nebel sich etwas lichtete, sah er, dass der erste Hund völlig bestäubt war: Augen, Schnauze und Maul waren mit einem dicken Film weißen Pulvers verklebt. Der zweite war nur halb getroffen.

Das Tier blieb stehen, weil es Bewegung spürte. Danny war nur noch einen guten halben Meter von der Schlafzimmertür entfernt, als es losstürmte.

»Alejandra, sperr die Tür auf!«, schrie Danny, als das Maul des Hundes hinter ihm zuschnappte und an seiner Jeans riss. Der Hund war so kräftig, dass Danny hin und her geschüttelt wurde, als er an seinem Hosenbein riss. Danny stürzte zu Boden. Der geblendete Hund witterte Beute, warf wütend den Kopf hin und her. Mit zitternden Fingern öffnete Danny seinen Gürtel und schälte sich aus seiner Hose. Kiefer schnappten nach seinen nackten Beinen. Er drehte sich um, betätigte noch einmal den Feuerlöscher.

»Alejandra, sperr die Tür auf!«

Der andere Hund wurde zu einem rasenden Monster, knurrend und sabbernd krachte er durch die Küche, das Gehör der einzige Sinn, den er noch hatte.

»Sie ist offen.« Alejandras Stimme klang erbärmlich dünn hinter der Tür.

Er drückte gegen die Tür. Sie bewegte sich nicht. Danny war so verängstigt und bemerkte im ersten Augenblick gar nicht, dass sich die Tür nach außen öffnete. Beide Hunde kamen auf ihn zugestürzt, als er sie endlich aufbekam. Danny riss die Tür zu, lief zur Kommode und zerrte sie durchs Zimmer, um die Tür zu verbarrikadieren, die erzitterte, als die Hunde sich dagegenwarfen.

Danny drückte seine neunundachtzig Kilo gegen die Kommode. Zum ersten Mal in seinem Leben war er froh über sein Gewicht.

24

In einer Staubwolke, die Zähne zusammengebissen, wendete Callum Hacker den Transporter. Er hatte ihn verloren. Mit der Faust schlug er aufs Armaturenbrett.

Wohin, zum Teufel, war dieser verdammte Journalist verschwunden? Das war das Problem mit diesen blöden spanischen Straßen, zu viele verdammte Kurven und Höcker. Aber er würde den Mistkerl schon noch finden. Dean und Adam kümmerten sich um das Feuer, aber er? Das Geschäft war ihm scheißegal. Er wollte nur noch Rechnungen begleichen.

Sanchez.

Er würde ihn töten. Er hatte den Artikel gelesen. Kein Mensch nannte Callum Hacker schwul. Oder vielleicht würde er ihm zuerst die andere Lektion erteilen, würde das Schwein zu Boden drücken und es ihm geben. Und dieses verlogene Arschloch zu Hause in Gloucester würde er sich auch vorknöpfen.

Dann würde er ihn töten. Er hatte immer gewusst, dass er es tun konnte. Im Gefängnis war er schon dicht davor gewesen; ein Laken hatte er dem Wichser schon um den Hals gewickelt und zugesehen, wie die Adern hervortraten und das Gesicht sich lila verfärbte. Doch heute Nacht würde es so weit sein. Ohne Gefängniswärter, die einen überraschten …

Wie aus dem Nichts tauchte das Auto auf. Erst war die Straße noch leer gewesen, dann erschienen zwei Scheinwerfer. Es kam aus einem Feldweg, der auf die Hauptstraße mündete. Er sah den Staub, den es aufwirbelte …

Weißer Golf. Schwarzer Rallyestreifen.

Callum stieg mit beiden Beinen auf die Bremse. Er hörte Reifen quietschen, machte mitten auf der Straße eine Dreipunktkehre. Vor ihm leuchteten zwei rote Lichter. Er hatte ihn. Jetzt hatte er ihn.

Er jagte den Transporter bis ans Limit: 130 km/h. 140. 150. Er holte auf.

Er schaltete das Fernlicht ein. Er wollte dem Wichser Angst einjagen. Er lachte, als er eine Hand aus dem Fenster winken sah, anscheinend wollte der Kerl ihn vorbeiwinken.

»Da hast du's«, kreischte er, trat das Gas bis zum Anschlag durch und rammte den Golf von hinten. Das Auto schlingerte über die Straße. Noch einmal rammte er es und lachte, als die beiden Fahrzeuge über die schmale Straße schlitterten. Aus dem Golf kam hektisches Hupen, als Callum Hacker neben ihn fuhr und ihn seitlich rammte.

»Du hältst mich für schwul, was? Nennst mich eine gottverdammte Schwuchtel, ha?«

Voller Befriedigung verfolgte er, wie das Auto über die Vorderräder kippte und die Straßenmitte entlangrollte. Sein Blick klebte am Rückspiegel, als es über den Rand holperte und in einer Schlucht verschwand.

Die Felswand ragte wie aus dem Nichts auf. Erst verlief die Straße gerade, dann knickte sie scharf nach rechts. Das Geräusch splitternden Glases war das Letzte, was Callum Hacker hörte, bevor die Luft sich zu einem Vorschlaghammer verdichtete und ihn nach oben, nach hinten, ins Nichts schleuderte.

25

Drei Tage später

Danny saß auf seiner Terrasse. Heute Abend trank er keinen Wein. Morgen war Abgabetermin, und es würde hektischer sein als gewöhnlich.

Ricki Cain war tot. Das hatte er sich vom Pressesprecher der Guardia Civil schriftlich geben lassen: Ja, die aus dem Wrack seines Autos geborgene Leiche war eindeutig eine Frau Ende dreißig. Er hatte der Polizei alles gesagt, was er über sie wusste, über die Morde, die sie angestiftet hatte. Als die Polizei ihr Haus durchsuchte, fand sie allerdings nur eine Sache, die sie mit den Verbrechen in Verbindung brachte: die geschmolzenen Überreste einer verbrannten Schneiderpuppe im Garten, Brust und Genitalien zerstückelt, das Gesicht mit Make-up beschmiert.

Paco Pino war okay: Das Messer hatte alle lebenswichtigen Organe verfehlt – »größtenteils dank der fünf oder sechs Zentimeter Fett, die es erst durchdringen musste«, hatte der Arzt nur halb im Spaß gemeint. Noch jemand, der froh war um seine schlechten Ernährungsgewohnheiten.

Alejandra erholte sich ebenfalls, ihre kindlich unbeschwerte Fröhlichkeit wollte allerdings nicht so recht wiederkommen. Jetzt habe sie eine stille, in sich gekehrte Seite, sagte Lourdes, und sie müsse ihr erneut Windeln anlegen.

Danny erzählte der Polizei von Craig Thorndykes Verwicklung. Man ermittelte. Und es zeigte sich, dass Thorndyke nicht wegen der Drogen aus England weggebracht worden war. Es waren andere Gründe gewesen, nämlich eine frühere Verurteilung wegen gewalttätigen sexuellen Übergriffs auf einen Schulkameraden, den er im zarten Alter von fünfzehn Jahren begangen hatte.

Die beiden Hackers – Vater und Sohn – landeten gemeinsam im Krankenhaus. Charlie Hackers Schädelbruch heilte wieder. Callum Hackers Verletzungen nicht.

Die Tatsache, dass er noch atmend aus dem Wrack seines Fahrzeugs geborgen wurde, nachdem er fast fünfzig Meter einen abschüssigen Hang hinuntergestürzt und dann in einer felsigen Schlucht aufgeprallt war, zeigte, wie stark er war. Achtundvierzig Stunden später wurden alle lebenserhaltenden Maßnahmen eingestellt.

In den Wänden des Hauses fand die Polizei fünfzehn Leichen, alle Immigranten. Toby Ibañez wurde verhört, aber es war klar, dass er mit den Verbrechen nichts zu tun hatte. Doch die Publicity, die Shelter All erhielt, besiegelte das Schicksal dieser gemeinnützigen Einrichtung. Diese vielen Nächte, die Ricki Cain – alias Allison – allein am Telefon verbracht hatte, um sich in aller Stille ihre Opfer auszuwählen, bedeuteten, dass die Nachricht in den Immigrantengemeinden sehr schnell die Runde machte und Toby Ibañez sich nun in der absurden Situation befand, einen Wohltätigkeitsverein ohne Kundschaft zu betreiben.

Danny trank einen Schluck Wasser, hörte seine Mutter in ihrem Schlafzimmer herumstöbern. Morgen würde er wieder viel telefonieren müssen. Es gab jedoch noch einen Anruf, den er unbedingt jetzt erledigen wollte.

Er wählte die Vorwahl für Großbritannien und wartete, bis er verbunden wurde.

»Hallo, Marsha«, begann er.

»Was willst du?«

»Ich bin dir noch immer einen Abend schuldig.«

Marshas Stimme klang kalt. »Das wird ein bisschen schwierig werden, meinst du nicht auch?«

Danny hatte sich gefragt, was er wohl sagen würde, jetzt aber kamen ihm die Worte ganz leicht über die Lippen. »Deshalb will ich, dass du zu mir kommst und ein Wochenende in Spanien verbringst. Ich bezahle den Flug.«

Schweigen. Dann: »Meinst du das ernst?«

»*Por supuesto*. Das ist Spanisch für ›natürlich‹.«

»Angeber.« Ihre Stimme hörte sich nun schon weicher an. Wieder Schweigen. »Danny. Ich weiß nicht, was ich sagen soll.«

»Dann sag ›Ja‹. Was hast du denn zu verlieren?«

Erneutes Schweigen. »Kann ich darüber nachdenken?«

»Solange du über eine Zusage nachdenkst, hast du alle Zeit der Welt.«

Jetzt genoss sie das Gespräch offensichtlich. »Spielst mal wieder den harten Verkäufer, was? Ich werde unverzüglich damit anfangen. Aber ich verspreche rein gar nichts.«

»Dann rufe ich dich in ein paar Tagen an.«

»Ich freu mich schon drauf, Danny.«

Sie legten auf.

Okay, ein Problem war gelöst. Jetzt zu Problem Nummer zwei. Sanchez ging nach drinnen, klopfte an die Tür seines Gästezimmers.

»*¿Mamá?* Hast du einen Augenblick Zeit? Ich muss etwas mit dir besprechen.«

Danksagung

Ich bedanke mich bei Salt Publishing für das mir entgegengebrachte Vertrauen. Dank gebührt auch Peter und Rosie von der Ampersand Agency, die an mich geglaubt haben. Ich danke Jim Simpson für seine Auskünfte zu polizeilichen Ermittlungsmethoden in den Neunzigerjahren. Ich danke Richard Torné, meinem Chef bei den *Costa Almería News* – er war es, der mir die Möglichkeit zum Schreiben gab und die Figur des Danny Sanchez inspirierte. Ich danke Françoise, Ian und Damyin für ihre Kommentare und Ratschläge. Ich danke Richard, Russel und Helen für ihre Geduld. Ich danke Paul, meinem Sponsor bei den Anonymen Alkoholikern, fürs Klartextreden. Dank geht auch an meine Verlegerin Linda Bennett.

Ich möchte an dieser Stelle Len und Helen Prior erwähnen, das britische Ehepaar, dessen Haus in Almería im Januar 2008 aufgrund eines Gerichtsbeschlusses abgerissen wurde. Ich war als Journalist an dieser Geschichte dran, und indirekt hat sie mich zu meinem Romananfang inspiriert. Keinesfalls möchte ich mit meinem Buch Kapital schlagen aus dem Leid, das die spanischen Behörden den Priors zugefügt haben. Bis zum heutigen Zeitpunkt haben Len und Helen keinen einzigen Cent Entschädigung erhalten, im Gegenteil: Der Streit mit kleinkarierten spanischen Beamten in der lokalen und regionalen Verwaltung dauert an. Wenn dieses Buch einen Beitrag dazu leisten kann, die unrühmliche Rolle insbesondere der andalusischen Regierung in dieser Sache öffentlich zu machen, hat es seinen Zweck mehr als erfüllt. Caveat emptor.

Michael Robotham

Sag, es tut dir leid

480 Seiten
ISBN 978-3-442-31316-7
auch als E-Book und
Hörbuch erhältlich

Als Piper Hadley und ihre Freundin Tash McBain spurlos aus dem kleinen Ort Bingam bei Oxford verschwinden, erschüttert es das ganze Land. Trotz aller Bemühungen können sie nie gefunden werden. Isoliert von der Außenwelt werden sie von ihrem Entführer gefangen gehalten, bis Tash nach drei Jahren die Flucht gelingt. Kurz darauf entdeckt man ein brutal ermordetes Ehepaar in seinem Haus in Oxford. Der Psychologe Joe O'Loughlin, der einen Verdächtigen befragen soll, vermutet, dass dieses Verbrechen mit der Entführung der beiden Mädchen in Zusammenhang steht. Währenddessen hofft Piper verzweifelt auf Rettung durch ihre Freundin. Doch mit jeder Stunde wächst ihre Angst. Denn der Mann, der sie in seiner Gewalt hat, ist in seinem Wahn zu allem fähig.

www.goldmann-verlag.de
www.facebook.com/goldmannverlag

GOLDMANN
Lesen erleben